Para o Paulo por ter sido a primeira pessoa a escutar a minha ideia e para a Paty para ter certeza de que eu não durmo das 11 da noite às 6 da manhã

O livro "A Outra Opção" é uma obra
de ficção. Todos os personagens, lugares
ou situações são pura fantasia.
Qualquer semelhança com histórias ou pessoas
reais é pura coincidência.

Todos os direitos sobre o livro
são reservados ao autor.
Dezembro de 2017.

A Outra Opção

Por R. B. Setti

Capítulo 1

Eu levantei cedo naquela manhã. Provavelmente era o único garoto da escola que estava realmente ansioso com o primeiro dia de aula. E, na verdade, havia alguns motivos para a ansiedade, uns maiores que outros.

Em primeiro lugar, era o meu primeiro dia no ensino médio. O segundo motivo era, na verdade, a grande razão da ansiedade. Era porque nos últimos seis meses eu realmente não achei que chegaria aqui. E não, eu não digo academicamente.

O problema é que para chegar onde estava eu precisaria estar vivo. Nos últimos três anos eu estive doente. Muito, muito doente. A coisa foi tão feia que eu tive que estudar o ano anterior de casa. Isso porque minha situação piorava a cada dia e, tanto meus pais como meus professores, sem falar nos médicos, achavam que eu podia morrer a qualquer momento.

Eu consegui mostrar a todos que não era bem assim. Apesar dos prognósticos ruins, eu ainda estava vivo. E estudando. E pensando. Mesmo confinado a uma cama ou a uma cadeira de rodas, eu continuava lutando. Sem desistir. Aliás a única que todos concordavam é que eu era um lutador. Sempre fui. Mesmo tendo sempre sido pequeno comparado com meus amigos, mesmo antes de ficar doente, eu nunca soube quando parar. Desistir simplesmente não fazia parte de mim. Não estava no meu sangue. De qualquer forma, deixe-me voltar a minha história.

Lá estava eu, em pé no meu quarto na frente do espelho com um sorriso de merda no rosto, se é que se podia chamar de sorriso. Ah, e desculpe-me a linguagem, mas meus pais me deram um pouco de liberdade com isso quando acharam que eu ia morrer. É um hábito difícil de quebrar, uma vez que você começa. Pelo menos essa era a minha desculpa...

Enfim, lá estava eu admirando no espelho minha forma esquelética e feliz com os quase 15 quilos que eu tinha ganho nos últimos quatro meses. Eu nunca fui musculoso nem nada parecido, ao contrário, eu acabava de chegar nos 45 quilos que, para os meus 1,60 metros, me fazia parecer um fiapo. Mas só o fato de que eu conseguia ficar em pé sozinho e não precisava mais daquela droga de cadeira de rodas, para mim já bastava. Eu conseguia viver com o "esquelético". Eu até notei alguns pontos onde parecia que eu estava ganhando um pouco de gordura. Era, na verdade, um dos efeitos colaterais do tratamento que salvou a minha vida. E quer saber, se eu "inchasse" um pouco aqui ou ali, tudo bem. Afinal, "era melhor que a outra opção". Esse tinha sido meu lema nos últimos meses, à medida em que eu melhorava. Não importa o que acontecesse, o fato de eu estar vivo era melhor do que o que eu tinha antes.

Convencido de que o dia ia ser sensacional, terminei de me vestir e desci para tomar café da manhã com meus pais. Agora a tarefa seria convencê-los de que eu não quebraria com o primeiro vento e que eu estava pronto para fazer as coisas sozinho. Eu sei que eles estavam preocupados comigo. Mas veja, eu vi a morte de perto, olhei nos olhos dela e sobrevivi. Por isso eu ainda tinha um sorriso no rosto, quando entrei na cozinha.

Minha mãe foi a primeira a me ver e ao perceber meu sorriso disse, "Parece que alguém acordou de bom humor essa manhã."

Ainda sorrindo enquanto colocava Sucrilhos na xícara, eu respondi, "Pode apostar! Hoje vai ser muito bom!"

Meu pai abaixou o tablet um pouco, o suficiente pra conseguir me enxergar e disse, "Filho, eu sei que você está animado, mas cuidado com as suas expectativas. Você sabe..."

Eu o interrompi na hora, "Pai, pode acreditar, eu sei o que significa ter um dia ruim". Parei quando senti meu humor começar a piorar, mas respirei fundo and tirei os pensamentos ruins da cabeça. Continuei, "Então não importa o que aconteça, hoje vai ser um bom dia e nada pode estragar isso!"

Minha mãe tinha se levantado e já estava me rodeando. Quando apareceu uma chance ela me abraçou por trás e me disse, "Eu sei, meu lindo. Estamos preocupados com você, só isso. Tem certeza que não quer uma carona agora de manhã?"

Tentando me livrar o abraço pra continuar comendo meu Sucrilhos eu disse, "Mãããeee, eu vou ficar bem. E também eu já estou bem mais forte do que antes. Vai dar tudo certo."

Ela suspirou, "Ok, tudo bem... Mas você sabe que a sua energia ainda não está onde deveria, talvez nunca mais volte ao normal. Eu só não quero que você faça muito esforço. Lembre-se que eu te conheço, menino!"

Eu sabia as minhas limitações. Eu não gostava delas, mas as conhecia bem. Suspirando, eu continuei, "Mas mãe, se eu não me esforçar como você quer que eu melhore a minha forma?"

Meu pai não se conteve e reclamou de trás do iPad. Sem mesmo levantar os olhos, disse, "Só tenha certeza que o seu telefone está com você o tempo todo. Se precisar, ligue! Se tiver uma recaída porque se esforçou demais, eu juro que daqui até o fim do ano vou te levar todos os dias pra escola e vou te dar um abraço e um beijo bem na frente da escola. Todo santo dia!" Ele abaixou o iPad o suficiente para eu ver o sorriso no seu rosto.

Só de olhar eu sabia que ele estava brincando. Ou quase... Eu sabia que se eu não me cuidasse ele ia fazer exatamente o que tinha dito. Suspirei, "Ugh, tá bom... Eu vou tomar cuidado."

Isso apareceu acalmá-los por alguns segundos, mas logo que eu terminei de enxaguar a minha xícara e começar a fazer a minha mala, minha mãe não se conteve e disse, "Jordan, eu queria que você repensasse as aulas de Educação Física. A gente pode pedir dispensa. Não precisamos esperar até..." Ela não conseguiu terminar a frase, mas eu sabia o que ela queria dizer. Esse tem sido o grande problema, desde a minha cirurgia e desde que comecei os tratamentos.

Tentando não soar como se estivesse reclamando, porque eu realmente não estava, eu disse, "Mãe, por favor... Eu sei que não vou conseguir fazer Educação Física por mais do que um ou dois semestres, mas pelo menos agora eu tenho a chance de ser um pouco normal. Mesmo que seja por alguns meses... Podemos esquecer isso? Pelo menos por agora?"

Ela se aproximou e me deu outro abraço, dizendo, "Tudo bem, por agora. Eu sei que você precisa de uma certa 'normalidade' depois de... depois de tudo o que aconteceu. Mas como todo o resto, não se esforce demais!"

Ela deixou escapar um suspiro e, mesmo sem querer, me deixou ir. Com um rápido 'até mais' eu saí de casa a caminho da escola. Nas últimas semanas eu vinha caminhando pela vizinhança todos os dias, melhorando minha força e minha energia. Mas infelizmente eu nunca pensei no peso extra dos livros na minha mochila. Estava a um pouco mais de um quarteirão de casa e já tão cansado que pensei seriamente em ligar para eles. Mas nem a pau que eu ia deixar meu pai me envergonhar durante o ano inteiro! Então, parei um pouco, respirei por cinco minutos e segui meu caminho. Na verdade, eu tinha me preparado para isso, por isso saí meia-hora antes de casa, para percorrer um caminho que antes eu fazia em menos de 15 minutos. E graças a isso, ainda consegui chegar com mais de cinco minutos de sobra.

Entrei na escola, respirei fundo e meu primeiro pensamento foi, "Eca!" A escola cheirava a suor e poeira. Será que ninguém limpou esse lugar no verão? Eu sei que era uma escola velha. Quer dizer, meu pai tinha estudado lá, e ele já tinha o que, cinquenta anos? Velho mesmo! De qualquer forma, olhei no quadro de avisos e achei o número da minha classe. Enquanto andava na direção que eu achava que era a certa, reparei vários outros estudantes me olhando de uma forma estranha. Eu quase disse algo mas achei que eles apenas estavam surpresos de ver alguém que tinha se recuperado de uma doença tão grave. Odeio admitir, mas errei o caminho umas duas vezes até que cheguei na minha classe bem antes do sinal tocar. Enquanto eu olhava e procurava um lugar pra sentar, uma figura enorme chegou perto e começou a rir.

"Ei baixinho, você sabe que aqui é o ensino médio, não é? Você não deveria estar em outra classe, sei lá, sexto ano?", o grandalhão disse. Apesar da voz diferente, eu imediatamente reconheci o Teddy. Ele tinha crescido bastante desde a última vez que jogamos juntos. Você sabe... antes de... bom, você me entendeu.

Olhei para cima, afinal ele era mais de uma cabeça mais alto que eu, disse, "Caraca, Tubby, o que você andou comendo?" Nós nos conhecíamos há muito tempo, mesmo quando ele mais gordinho, e daí vinha o apelido. Ele nunca se incomodou com isso, por isso eu não esperava a reação que ele teve.

O Teddy abaixou um pouco e me ameaçou, "Ei, ninguém mais me chama assim! Quem você pensa que é, nanico!?"

Apesar de ele parecer bem bravo eu ainda não me senti ameaçado, afinal nós tínhamos jogado no mesmo time. Alguns anos atrás, é claro, mas ainda assim eu não parei de sorrir. Levantei minhas mãos e disse, "Ei, calma aí grandão! Eu não queria te deixar bravo..."

O sr. Bowen, que tinha sido meu professor uns anos atrás, entrou na sala e parou a briga, "Posso saber o que está acontecendo? Já pra suas cadeiras! Os dois!"

O Teddy só me olhou de lado, "Isso não acabou, pirralho." Eu só concordei, ainda incapaz de parar de sorrir feito um idiota.

Assim que todo mundo sentou, o professor começou a fazer a chamada. Já quase na metade, ele parou de repente. Ficou olhando fixo pro papel e falou baixo, "Isso está errado..."

Foi o Rick, outro dos grandalhões da sala, também um ex-colega meu de time, perguntou, "O que está errado, professor?"

O professor Bowen deu um suspiro e falou, "Esse nome não devia estar na minha lista..."

O Rick perguntou confuso, "Que nome?"

O professor olhou em volta, tirou os óculos e falou, "É o nome do Jordan. Vocês se lembram, Jordan Taylor?" É, é esse o meu nome: Christopher Jordan Taylor. Como eu odeio o nome Christopher, todo mundo me chama de Jordan. Ou Jordie. Percebi que nessa hora vários alunos abaixaram a cabeça, como se eles estivessem rezando, ou de luto por alguém. Caramba, foi aí que eu percebi que todos eles deviam achar que eu tinha morrido, ou coisa parecida! Não aguentei e comecei a rir. Provavelmente não foi a melhor coisa. Mas, pensando bem, o que mais eu poderia fazer?

O professor olhou firme e me deu uma bronca, "Ei, você, está rindo do que?"

Tentando me desfazer da minha risada, eu perguntei, "Professor, por que meu nome não estaria aí? Eu estou aqui!"

Ele me olhou sem acreditar, na verdade toda a classe virou e olhou pra minha cara, "Jordan?!!"

Eu levantei a mão e disse, "Presente!"

O Tubby, quer dizer, Teddy, deu um grito, "Nem a pau! Jordie?"

O professor falou logo em seguida, "Theodore, olha a boca!" e olhou direto pra mim, "Meu filho, nós recebemos a notícia que você tinha..."

Eu ri e falei, "Morrido? Acho que não passa de um boato. Ou, pelo menos, ninguém me contou..." A classe inteira começou a ir e eu vi o Teddy me olhando. Ele sorriu em acenou com a cabeça. Eu retornei o gesto.

O professor continuou pra mim, "Bom, Jordan, fico feliz que os boatos não sejam verdade. Quero então ser o primeiro a lhe dar as boas-vindas. Antes de sair para o intervalo passe aqui na minha mesa para conversarmos."

Eu concordei e disse, "Pode deixar."

Como era o primeiro dia, todas as aulas foram um pouco mais demoradas, porque sempre tínhamos que preencher alguma coisa. Terminado tudo, me levantei e fui falar com o professor. Ele quis saber como eu estava e fez questão de dizer como todos tinham sentido a minha falta. E, já que ele era também técnico do nosso time de beisebol, me disse que meu lugar no time estava garantido, quando eu quisesse. Eu disse que ainda tinha que ganhar muita força e me exercitar muito, mas que um dia eu gostaria de voltar.

Vários dos meus colegas vieram me desejar boas vindas, e o Teddy e eu comparamos nossas agendas. Tínhamos várias aulas juntos e a mesma hora de almoço, então poderíamos nos falar mais tarde. O grandalhão me deu um abraço que me tirou do chão e praticamente me colocou em cima do próprio ombro com se eu fosse um saco de batatas. Era mais uma lembrança de como eu era pequeno. Comparado com meus amigos, eu parecia mesmo um menino do sexto ano. Eu, no entanto, não deixei que isso me incomodasse ou tirasse meu humor. Quando ele me colocou no chão, tirei esses pensamentos da cabeça e começamos a rir juntos. Esses eram meus amigos, meus colegas de time! Eu sabia que provavelmente não conseguiria alcançá-los nunca mais, mas ainda era melhor que a outra opção, repeti meu lema na cabeça.

Segundo a agenda aquele era um dia "A", ou seja, as matérias eram Química e Álgebra, depois almoço. Como a maioria de nós tinha a mesma agenda, combinamos de continuar conversando no almoço. Todos queriam saber como eu tinha melhorado, então nas próximas duas aulas eu fiquei pensando em como eu poderia explicar sem revelar nada. Eu realmente ainda não estava pronto para explicar para as pessoas o que os médicos tinham feito para me curar. Era simplesmente vergonhoso. Ainda bem que as aulas eram mais sobre preencher papelada e pegar o material, o que me deu tempo para pensar no que eu podia falar e no que eu ia ou não ia contar. Claro que a informação sobre a minha volta e sobre eu não ter morrido se espalhou rapidamente, e quando cheguei na aula de Álgebra a coisa já estava bem mais calma.

Fiquei feliz em ver que pelo menos o refeitório da escola tinha sido reformado. Tudo novo e agora tinham várias filas: massas, carnes e até uma fila vegetariana! Sendo o primeiro dia, não quis arriscar e lá fui eu pra fila das massas. Peguei meu almoço e logo ouvi alguém me chamando na mesa dos "grandões". Era, claro, o meu enorme amigo Tubby... Ufff, vou ter que me acostumar a chamá-lo de Teddy. Ele nem de perto parecia aquele gordinho que eu conheci três anos atrás.

Assim que eu sentei na mesa dos grandões, vários deles me olharam como se eu fosse louco de sentar ali. Eu reconheci provavelmente metade dos que estavam sentados ali da época em que eu era considerado 'grande'. Os outros provavelmente entraram na escola depois que eu parei de jogar beisebol. Por sorte, tanto o Teddy como os que eu conhecia simplesmente ignoraram os outros. Tudo o que eles queriam saber era o que tinha acontecido, como eu tinha conseguido 'virar a minha sorte'.

O Teddy foi o primeiro a perguntar, "Cara, o que aconteceu? Na última vez que eu te vi você estava numa cadeira de rodas..."

Olhando para os outros que estavam querendo saber a mesma coisa, eu comecei, "Os médicos finalmente descobriram o que estava me deixando doente." Doente... Eu digo doente pra ser bonzinho.

Eu sempre tive um estômago frágil, desde que eu me lembro por gente, mas na maioria das vezes nunca me incomodou muito. Se eu comesse algumas coisas específicas, eu passava mal depois e devolvia tudo. Mas sem muito problema, pelo menos até os meus dez anos de idade. Aí a coisa realmente ficou feia.

Foi o Rick que disse, "É, eu me lembro que você não podia comer muito. Aí você começou a perder tanto peso que o técnico teve que te tirar do time."

Eu disse, "Não é que eu não queria comer. É que tudo o que eu comia voltava na hora. Eu fiquei tão fraco e aí meu corpo começou a se auto atacar. E é por isso que eu fiquei tão baixo." Eu estava tentando explicar porque eu ainda parecia tão pequeno, mas ainda tinha medo de explicar o que tinha causado o problema.

O Teddy então disse, "Bom, você até que está parecendo bem. Pelo menos para um camarão." Ele riu e zoneou meu cabelo. "Então conta, o que era?"

Eu queria contar a verdade, eu realmente queria. Mas contar o que realmente tinha salvo a minha vida me deixava apavorado. Eu respirei fundo e disse, "Bom, vocês lembram como eu fiquei fraco? Quando eu parei de vir na escola eu estava pesando uns 36 quilos... Os médicos continuaram trabalhando, mas um certo ponto eles avisaram meus pais que o melhor era me 'deixar confortável'. Quando eu cheguei nos 35 quilos eu sabia que não ia demorar muito."

Eu tive que parar um pouco. Só de lembrar o olhar dos meus pais quando eles receberam a notícia me doía por dentro. Depois que me recuperei, continuei, "Os médicos continuaram procurando mesmo assim. E eles finalmente encontraram. No fim das contas era um gene mutante que causava um problema com meus hormônios. Meu corpo estava basicamente se envenenando."

Um dos caras que eu não conhecia riu, "Então você é um mutante? Eu pensei que os X-Men eram maiores." Alguns outros riram, mas eu não achei nada engraçado. Considerando o que os médicos tiveram que fazer para me salvar.

Eu ri, meio à força, "Ha ha ha... Engraçado... Você pensou tudo isso sozinho?"

Teddy olhou para eles, olhou de volta pra mim e perguntou, "Mas eles consertaram as coisas, né? Quer dizer, você está aqui e parece bem melhor do que na última vez que nos vimos."

Eu concordei, "É, eles fizeram tudo que podiam. Eu talvez não cresça muito mais, ou talvez mais nada, pelo que os médicos disseram. E eu vou ter que tomar remédios pelo resto da vida. Mas é... considerando o que podia ter acontecido... Eu estou bem..." Eu repeti meu lema na minha cabeça 'melhor que a outra opção'.

Graças a deus as conversas voltaram ao normal, na maioria sobre esportes, já que essa era a mesa dos esportistas. Mesmo não tendo participado do time nos últimos anos, eu me mantinha atualizado sobre meus amigos graças às redes sociais. Eu até passei um tempo chateado quando muitos deles pararam de me visitar depois que eu saí da escola. Mas pensando nisso agora eu não os culpo. Ninguém queria continuar me ver definhando.

Não demorou muito e o sinal tocou avisando o fim da hora do almoço. Eu, o Teddy e o Rick limpamos nossas bandejas e nos dirigimos à aula de Educação Física. Eu fiquei orgulhoso de mim mesmo. Eu até tinha conseguido comer metade do meu almoço. Não, eu não vomitava mais, mas o fato de ter ficado tanto tempo sem comer nada sólido fez meu estômago diminuir bastante. Eu vinha tentando comer mais, mas era um processo lento.

Eu andava ansioso e ao mesmo tempo com medo da aula de Educação Física. Eu estava pronto para começar a me exercitar, mas ao mesmo tempo eu sabia o quanto isso ia me lembrar de tudo que eu tinha perdido.

Entrando no vestiário para me trocar eu me dei conta de quanto eu era menor que todos. Tinham outras classes no mesmo vestiário com meninos mais velhos. Dos meus amigos, só o Teddy e o Rick sabiam quem eu era. E é claro que os meninos mais velhos fizeram um monte de piadas sobre o baixinho no vestiário. O Teddy e o Rick até tentaram me defender, mas eu os convenci a não fazer nada. Quer dizer, eles são grandes, mas os outros meninos eram bem mais velhos. Tudo bem, eu sou pequeno, mas 'melhor que...', vocês sabem.

Não estava nem na metade da aula quando eu comecei a repensar a ideia de pedir dispensa. Eu queria um pouco de normalidade na minha vida, pelo menos por pouco tempo... Quanto fosse possível. Eu simplesmente aguentei e continuei. Todos os exercícios só me ajudaram a lembrar como eu estava fraco e como eu me cansava fácil. Ainda antes do fim da primeira hora e eu já não tinha gás nenhum, mas continuei em frente. Até a hora que começou o jogo de queimada.

Vou confessar que eu sempre gostei de queimada. Eu sempre fui rápido e ágil. Apesar de eu não conseguir mais arremessar forte, eu ainda era rápido. E agora, por ser pequeno, também era um alvo difícil de acertar. Infelizmente, eu me animei demais e comecei a provocar o time adversário. Eu não devia, mas voltei ao meu modo de jogar de antigamente. Nosso time inteiro começou a provocar o time adversário e quanto mais eles erravam mais bravos ficavam.

É, realmente não tinha sido uma boa ideia, especialmente no fim do jogo quando eu já não tinha energia nenhuma. Eu hesitei por um segundo, o suficiente pra um idiota que eu não sabia o nome conseguir jogar uma bola fortíssima. Antes que eu conseguisse desviar, a bola pegou em cheio no meu peito. A força da porrada me fez sair do chão e a dor me fez cair sem fôlego. Eu me ajoelhei no chão, com os braços em volta do meu peito.

O Teddy foi o primeiro a chegar, "Jordie, você está bem, cara?" Eu só gemi.

Depois de alguns minutos eu consegui respirar, "Caraca!!! Isso doeu mais do que devia..." Eu não falei mais nada e comecei a morder meus lábios para não chorar. Não fazia sentido, morder os lábios quando você tem dor no peito, mas pelo menos adiantou. Eu ainda estava sentado quando o técnico chegou perto, "Jordan, será que você quebrou algo?"

Eu acenei que não e ele tentou segurar meus braços para ver quando eu tinha me machucado. Eu só resmunguei, "Foi só uma pancada forte, professor. Eu estou bem... Posso ir pro chuveiro? A água quente deve me ajudar." Ele não pareceu gostar muito, mas me deixou matar o resto da aula. O Teddy quis voltar comigo, mas eu o convenci que só precisava de um banho. Ainda a caminho do vestiário eu o escutei confrontar o idiota que jogou a bola. Eu torci para que ele não se metesse em encrenca, mas ele era grande e sabia se virar.

Eu cheguei no chuveiro e tirei a roupa em uma das cabines. Quando entrei embaixo da água quente, finalmente relaxei e deixei as lágrimas correrem. Eu odiava isso! Mas não consegui segurar. Lembrei de uma vez em que eu quebrei o braço jogando futebol, e não chorei. Mas agora...

Acabei chorando tudo o que precisava no chuveiro. Saí, me enxuguei e me vesti antes que os outros chegassem no vestiário. Enquanto todos tomavam banho, eu fiquei sentado nos bancos, esfregando a pele na região onde a bola tinha batido. Era praticamente do pele e osso onde eu deveria ter músculos... Tive que me segurar para não chorar de novo. Felizmente ninguém disse nada até a hora do sinal. Nem mesmo o Teddy. Ele só ficou lá me olhando, com cara de preocupado. Eu não virei nem disse nada. Aí o sinal tocou e eu saí correndo do vestiário o mais rápido que eu pude, sem nem ver onde eu ia.

Felizmente eu consegui praticamente me recuperar antes de chegar na última aula do dia. Já era tarde quando eu cheguei porque acabou levando mais tempo que eu esperava para me recompor o suficiente para parar de me esconder atrás da porta do meu armário.

Como eu cheguei logo antes do segundo sinal, oito mesas na sala já tinham quatro alunos em cada uma. Eu olhei em volta e só tinha uma mesa com lugar vago. Sentada na mesa estava uma menina sozinha. Eu dei de ombros e me dirigi a ela. Vários alunos deram risada quando eu sentei e eu olhei para eles tentando entender qual era o problema.

Quando eu a olhei mais de perto meu primeiro pensamento foi que ela era bonita de um jeito meio moleca. E apesar de ela estar usando um pouco de maquiagem, estava vestida apenas com jeans e camiseta branca. Ela parecia esportista, depois eu ia perguntar. E ela também parecia familiar, mas sei lá, eu devia já tê-la visto antes de eu ficar doente. Eu sorri para ela, o que fez ela virar os olhos e rir para mim. A sua risada era contagiante e eu não resisti e ri com ela. Consegui perguntar, "Está rindo do que?"

Antes que ela pudesse responder, o professor levantou e falou, "Ok, já que essa é uma aula de ciências vamos ter que criar duplas de trabalho. Para evitar as panelinhas, a pessoa em frente de cada um é a dupla de trabalho."

Vários alunos reclamaram porque a maioria tinha sentado ao lado dos seus amigos e agora tinha como parceiro a pessoa que estava na frente. Como a menina e eu éramos os únicos que estavam na nossa mesa era óbvio que ela seria minha dupla, o que eu não reclamei, já que ela era realmente bonita.

O professor Reeves continuou, "Ok, agora que todos já sabem vou dar um tempo para vocês se apresentarem para seus parceiros de laboratório enquanto eu termino algumas coisas aqui. Espero que vocês se deem bem, porque não vou aceitar nenhuma troca." A maioria dos alunos reclamou, menos eu.

Eu sorri para a garota novamente e estiquei minha mão, "Olá, meu nome é Jordan."

Ela apertou a minha mão e sorriu, "Eu sei quem você é. Você está bem considerando..."

Confuso, eu olhei para ela de novo e ainda não consegui reconhece-la. Então eu pensei que ela talvez soubesse quem eu era pela fama. O garoto-que-morreu-e-voltou. Ainda segurando a mão dela eu perguntei, "De onde você me conhece? Eu não me lembro de você."

Ela sorriu de novo e olhou para a minha mão ainda segurando a dela. Eu corei um pouco e soltei a mão dela rápido tentando me desculpar. O que, é claro, vez ela rir mais ainda. Ela finalmente falou, "Você me conhece... Meu nome é Sam..."

Sinceramente, aquilo não me ajudou, então perguntei, "Eu não me lembro de nenhuma garota chamada Sam... É o apelido para Samantha?"

Ela sorriu para mim, mas rapidamente olhou para baixo onde as suas mãos estavam cruzadas na mesa e disse, "É, pelo menos um dia vai ser..."

Eu entendia cada vez menos e continuei, "Como assim, um dia vai ser?"

Ela olhou de novo e vi o sorriso sumir do seu rosto, "Jordie, sou eu... Samuel..."

Imediatamente as memórias de jogar futebol com o Sam, apelido do Samuel voltaram à minha cabeça. E tudo o que eu consegui dizer foi, "Ah, oi Sam..."

Capítulo 2

Não vou mentir, eu estava chocado. Não queria ser rude nem nada, mas aquela garota linda na minha frente tinha acabado de admitir que ela era um amigo meu que eu tinha conhecido como menino.

Eu estava olhando pro rosto dela e aí consegui ver um pouco do Sam que eu conhecia, ou pelo menos quase. Ele sempre teve esse olhar. Quer dizer, todo mundo tem um olhar, mas o Sam sempre teve esse olhar muito sério, muito compenetrado. Ele jogava beisebol muito bem, muito focado, mesmo pra uma criança. Agora, porém, aquele olhar concentrado não estava mais lá. E isso deixava o rosto dele muito mais suave, muito mais agradável.

Eu não tinha me dado conta que eu estava encarando-a por tanto tempo, e quando ela falou sua voz me trouxe de volta para a realidade, "Então, imagino que você esteja repensando a ideia de sentar aqui, não é?" Ela disse e seus olhos voltaram a olhar para baixo.

Eu me senti um idiota, "O quê? Não... Não era o que eu estava pensando, eu juro. Você só me pegou desprevenido." Eu engasguei, mas estava falando a verdade. Com tudo o que eu passei e com a disfunção do meu corpo com os hormônios, eu tinha lido um bocado sobre problemas transgêneros. Honestamente eu não tinha nenhum problema com isso especialmente considerando meu... Bom, falo disso mais tarde.

Ela me olhou novamente e eu senti seus olhos castanhos tristes penetrando minha alma. Ela disse, calma, "Pelo jeito que me olhou, parecia que você estava pensando em um jeito de sair correndo... Mais ou menos como todo mundo."

É, eu realmente estava me sentindo como um babaca. Esse é na verdade um dos meus dons, eu consigo ser um babaca mesmo sem querer. Ouvi-la dizer que todo mundo queria fugir dela me deixou irritado. Eu sabia qual era a sensação. Na teoria eu conseguia entender porque ninguém queria ficar perto de mim quando eu fiquei doente. Mas na prática era outra história, "Sam, eu não ia fugir de você, ok... Só fiquei surpreso com a notícia. Você me conhece, eu não fujo de nada..."

Ela pareceu aliviada enquanto sorriu, "É, e algumas vezes você provavelmente deveria ter fugido."

Eu me lembrei de algumas vezes em que eu provavelmente forcei um pouco mais do que deveria, e disse, "Você está certa. Eu não vou negar... Mas essa não é uma dessas vezes, ok?" Ela pareceu como se estivesse querendo acreditar em mim, mas ainda estava duvidando. Eu continuei, "Quer saber a verdade? Quando eu sentei aqui eu achei que eu tinha tirado a sorte grande. Eu ia ser o único sentado na mesma mesa que uma menina linda. Quando você soltou a bomba, eu não acreditei que aquele moleque esquisito que eu conhecia podia ter ficado tão bonito." Eu não consegui segurar meu sorriso com a mudança de expressão no rosto dela.

Ela começou a dizer, "Ei, eu não era esquisito!", e aí me viu tentando segurar minha risada, e continuou, "Uff, algumas coisas não mudam mesmo. Você não tem jeito..." Ela começou a sorrir, mas rapidamente sua expressão voltou a ficar séria, "Como você não sabia que era eu? Quer dizer, esse é o meu primeiro dia como... eu mesma... Mas com certeza você ouviu por aqui os alunos falando sobre o 'estranho fantasiado', não? As pessoas não têm nem tomado cuidado pra não falar perto de mim..."

Eu toquei a mão dela de leve, quase por reflexo, "Você não é estranha, e do meu ponto de vista você não está usando nenhuma fantasia. Talvez você estivesse antes, quando se vestia como menino, mas não agora. Olha, as pessoas são muito idiotas..." Eu comecei a falar e vi que ela se surpreendeu quando viu que minha mão estava encostada na dela. Eu puxei minha mão de volta e me desculpei, mas percebi que eu tinha ficado um pouco vermelho. Sorri para ela e disse, "Quer dizer, as pessoas são mesmo idiotas... Na verdade eu até escutei alguns alunos falando que eu realmente voltei dos mortos. Como um zumbi..."

Ela riu um pouco mais alto, o que chamou a atenção da outra mesa perto de nós. Nós os ignoramos e ela disse, "Você, um zumbi? A ideia até que é engraçada..."

Eu concordei, com uma careta, e disse, "Até que seria, se não fosse na verdade triste..." Ela olhou para mim sem entender muito e eu quis encerrar o assunto, "É, mas pensa bem. Se eu fosse um zumbi aqui não teria muitos cérebros para comer..."

Levou uns segundos para ela entender a piada e aí num clique ela deu uma risada alta. O suficiente para atrair a atenção do professor Reeves que nos deu uma secada que nos fez ficar quietos.

Ela então falou baixo para mim, "Seu humor continua único..." E me deu uma piscada de olho, "Fico feliz em ver que algumas coisas nunca mudam." Ela parou e, por um momento, uma expressão séria apareceu no seu rosto quando ela comentou, "A maioria das pessoas ficam desconfortáveis com 'isso'" Ela falou enquanto apontava para ela mesma. E perguntou, "Como você acha tudo isso normal?"

Eu tive que pensar rápido na melhor forma de responder. Eu tinha lido como é fácil dizer a coisa errada nessas situações e a Sam era a última pessoa quem que queria magoar. Eu tinha várias razões para não me sentir 'desconfortável' com ela, mas resolvi apenas dizer, "Sam... Na boa..." Ela olhou bem e vi que ela percebeu que eu estava sendo sério a respeito, então continuei, "Com tudo que eu passei nos últimos anos, acho que posso dizer que eu aprendi a separar o que é realmente importante na vida. Você sempre foi minha amiga. E se você está mais feliz assim, não tenho razão nenhuma para estragar essa amizade. A propósito, eu ainda consigo ver algo do velho Sam aí." Ela franziu a testa e eu falei, "Calma, deixa eu explicar. A parte do Sam que eu vejo é aquela pessoa focada e determinada, sempre no limite e tentando fazer o que tem vontade. Sam... dá pra ver que você está bem mais feliz. E a felicidade cai bem em você. Como amigo, eu tenho é que ficar feliz em te ver feliz, não acha? Pelo menos é como eu vejo as coisas... Eu seria um amigo de merda se não quisesse te ver feliz."

Ela me deu um sorriso aliviada e enxugou o canto dos olhos, o que me fez perceber que ela estava começando a chorar. Eu comecei a me desculpar por tê-la magoado, mas antes que eu conseguisse dizer qualquer coisa, ela pegou a minha mão e apertou um pouco. E me disse com a voz um pouco trêmula, "Jordie... Você não imagina como eu estou feliz por você não ser um amigo de merda. Você pode ser várias coisas, mas não um amigo de merda." Eu apertei a sua mão de volta e ela limpou a voz e me disse com um sorriso, "Então eu ouvi direito? Você me achou linda?!"

Foi nessa hora que o professor começou a chamar os nomes de cada um para irmos pegar os livros e os materiais do laboratório. Eu só sorri maliciosamente para ela e fiz um gesto com as mãos na minha boca, como se estivesse fechando meus lábios com um zíper. Ela virou os olhos e foi pegar as coisas quando o professor chamou seu nome.

Foi nessa hora que, apesar do quanto eu estava confuso com as coisas que eu tinha passado, ou estava passando, ou sei lá... que ainda vou passar, consegui ter certeza de uma coisa. Fazê-la sorrir me fez sentir bem. Eu conseguia imaginar como estava sendo duro para ela ver todos os amigos a tratarem como se ela tivesse alguma doença contagiosa, ou pior. E ser o tipo de amigo que todos deveriam ser e como isso a fazia feliz, mesmo por um momento, era suficiente para que eu não ficasse pensando nos meus problemas. Pelos menos por um tempo.

****

Chegando no final da aula, à medida em que eu colocava meus livros na mochila comecei a perceber que o material ficaria um pouco mais pesado do que eu tinha imaginado. A Sam se aproximou e perguntou, "Então, você vai de ônibus pra casa? Ou seus pais vêm te pegar? Eu queria conversar mais com você."

Foi aí que eu me lembrei que ela morava só a alguns quarteirões da minha casa. E pelo jeito ela não estava querendo pegar o ônibus. Eu disse, "Estava pensando em ir para casa a pé. Estou querendo me exercitar depois de ter ficado naquela cadeira de rodas por tanto tempo. Mas se você preferir podemos pegar o ônibus."

Ela começou a dizer, esperançosa, "Ah, se você preferir, podemos andar pra casa juntos. Assim podemos conversar e eu te faço companhia, se você não se importar."

Eu disse, "Por mim tudo bem. Na verdade, se você quiser até ficar um pouco lá em casa comigo, nós podemos conversar ainda mais." Eu realmente não queria ficar sozinho por muito tempo sem nada pra me distrair. Isso me dava mais tempo pra pensar e geralmente eu não gostava de onde meus pensamentos iam. Continuei, "Só preciso te avisar que talvez eu precise dar umas paradas no meio do caminho." Eu odiava pensar nisso e comparar como eu era ativo antes me deixava até envergonhado.

Acho que ela percebeu meu constrangimento e disse, "Ei, pra mim tudo bem dar umas paradas. Eu só preciso ligar para a minha mãe e avisar que eu vou pra casa andando." Ela deu um sorriso.

Nós já tínhamos empacotado nossas coisas quando o sinal tocou marcando o final da aula. Assim que levantamos e ficamos frente-a-frente eu pude ver o quando ela era mais alta que eu. Eu senti como se fosse uma porrada... Eu sabia que eu era pequeno, muito menor que a maioria dos meninos. Mas não entendi por que tinha me incomodado o fato da Sam ser pelo menos uns dez centímetros mais alta que eu.

Eu resmunguei, "É, eu sou baixinho. Na verdade, eu não cresci nada nos últimos anos..." Eu olhei para baixo tentando esconder a minha vergonha.

Ela me deu uma bronca, "Jordie!" Eu olhei pra cima e ela continuou, "Não se preocupe com isso, ok... Você esteve muito doente e eu aposto que agora que as coisas estão melhorando você ainda vai crescer um pouco mais."

Eu me encolhi um pouco ao escutar sobre meu corpo funcionando direito. E disse, "Pelo que os médicos disseram, provavelmente não. Mesmo que eu cresça, não devo passar de 1,65 metros..." Eu sacudi minha cabeça e respirei fundo. Tentei de tudo pra sorrir um pouco e disse, "Tudo bem... Ser nanico ainda é muito melhor do que a outra opção. Você sabe, a outra opção de ter... Você sabe, o que quase aconteceu comigo..."

Ela franziu as sobrancelhas e olhou pra mim, "Jordie, eu não me importo, ok? Você não se importou com o fato de eu ser uma menina agora. Eu prometo que sua altura também não me incomoda nem um pouco. Combinado?"

Isso me deu uma sensação gostosa. Não um calor, mas uma sensação gostosa por dentro, um calorzinho que passou pelo meu corpo. Foi estranho e nunca tinha acontecido comigo, tipo meio esquisito... Até pensei que se isso fosse parte das mudanças todas, até que seria bom, o que me deixou ainda mais assustado. Enfim, eu sorri para ela, "Ei, sabia que você até que é uma boa amiga não-de-merda também?"

Ela sorriu, o que trouxe de novo o calorzinho gostoso, e me disse, "Então vamos ser uma boa dupla de amigos não-de-merda, combinado?"

Nós dois rachamos de rir com a ideia. Depois que conseguimos parar combinamos de nos encontrar do lado de fora da escola para andarmos juntos pra casa. Enquanto eu colocava parte do meu material no meu armário comecei a pensar em como tinha sido meu dia. Primeiro tinha sido muito bom rever o Teddy. E apesar da nossa amizade ainda existir, dava pra ver que ele tinha mudado. Não só a parte de ter crescido um monte e emagrecido. Ele estava diferente de algum jeito, eu não sabia dizer o que, mas não me deu uma sensação boa. E tive a mesma sensação com os outros grandalhões na hora do almoço. Caras que foram meus amigos, e ainda eram, mas que tinham mudado de um jeito... E aí eu encontrei a Sam. E como ela tinha mudado... Ela talvez tivesse mudado mais que todos, mas de alguma forma eu senti que nossa amizade ainda existia. Pensando bem, talvez ela não tivesse mudado tanto quanto parecia.

Eu ainda estava andando e pensando nas diferenças todas quando saí da escola uns dez minutos depois e a vi me esperando. Perguntei, "E então, pronta?". E tentei disfarçar o fato de que eu já estava quase sem fôlego só de andar do meu armário com o peso da mochila nas costas.

Ela me respondeu sorrindo, "Claro. Eu ia agora mesmo ligar para a minha mãe pra avisar. Eu posso ligar enquanto a gente anda." Eu vi que ela estava animada com a nossa caminhada. E fiquei aliviado por ela não estar no ônibus. Eu podia imaginar as coisas que ela deve ter ouvido na ida pela manhã. Cara, as pessoas as vezes são f...

Enquanto nós dois tirávamos nossos telefones, eu falei, "Ok, eu vou mandar mensagem pra minha mãe pra avisar que estamos indo juntos. Ela vai gostar de saber que eu não estou indo sozinho". Ela começou a ligar enquanto eu escrevia uma mensagem. O bom é que o telefone me distraiu um pouco do meu cansaço.

{Eu, texto} ** Mãe, a Sam está andando comigo pra casa. Só queria que você soubesse pra não ficar preocupada... Muito preocupada.

Eu ouvi um lado da conversa da Sam enquanto eu escrevia para minha mãe, "Oi mãe... Não, tudo bem comigo. Na verdade, tudo ótimo! Só queria avisar que eu estou indo pra casa a pé com o Jordan e não de ônibus..."

{Minha mãe, texto} ** Ok, filho. Agradeça a ele por mim. Vocês dois vão dar um tempo aqui em casa?

{Minha mãe, texto} ** Ainda se fala "dar um tempo"?

Continuei ouvindo a Sam, "Não, mãe... Meu amigo Jordie. Você se lembra, aquele que ficou doente, bem doente?"

{Eu, texto} ** Sim, mãe, a gente ainda fala "dar um tempo..." Ah, mãe, a propósito, a Sam é transgênera. O Sam agora é "ela". E ela é muito legal, prometo.

A Sam, "Isso mãe. Ele mesmo... Ele está bem melhor, bem mesmo. Ele quer ir andando pra recuperar o fôlego e a energia."

{Minha mãe, texto} ** Ah, a escola me disse mesmo que tinha um aluno transgênero começando nesse ano. Eles não disseram quem era. Você contou pra ela sobre você?

{Eu, texto} ** Não, mãe, não contei. Ela precisa de um amigo, só isso. Hoje o dia não foi fácil para ela.

Sam, "Não sei, mãe. Vou perguntar."

{Minha mãe, texto} ** Ela quer ficar para o jantar? Eu gostaria que conhecê-la. Eu prometo não te envergonhar. Pelo menos não muito.

Eu resmunguei um pouco lendo essa mensagem, mas, ao mesmo tempo a Sam cobriu o telefone dela e disse, "Minha mãe quer saber se tem algum problema eu ficar até um pouco mais tarde lá, até ela poder ir me buscar. Ela não quer que eu fique em casa sozinha..."

Eu dei risada e mostrei a mensagem da minha mãe, e perguntei, "Será que elas combinaram isso?"

Pude ver o rosto dela se iluminar e ela então perguntou, "Sério? Você não se importa se eu ficar?"

Eu disse, ainda sorrindo, "Boba... Se eu me importasse não tinha te mostrado a mensagem."

Ela sorriu enquanto voltava para a conversa no telefone, "Tudo bem, mãe. O Jordie e a mãe dele me convidaram para jantar."

{Eu, texto} ** Ok, ela disse sim. Vejo você em casa. Beijo, mãe!

{Minha mãe, texto} ** Beijo, meu filho. Te vejo em casa.

A Sam ficou olhando para o telefone dela com um sorriso enorme no rosto enquanto eu colocava meu telefone de volta no bolso. E eu comecei a me concentrar em cada passo que eu dava. O dia de esforços mais o peso extra na minha mochila começaram a pesar em mim. Eu até escutei ela falar alguma coisa, mas não estava prestando muita atenção até que a ouvi falar meu nome alto. Foi aí que olhei e vi a cara de preocupada dela.

Eu disse, "Me desculpa. Eu acho que vou precisar de uma daquelas pausas que falei." Quando tentei colocar minha mochila no chão, ela na verdade escapou do meu obro e caiu com tudo. E eu sentei no chão também um pouco de repente.

A Sam se agachou na hora e me olhou nos olhos, "Jordan, algum problema?" Eu nem sei se ela se deu conta que estava com mãos no meu joelho.

Eu encostei a minha mão na dela de leve e, ainda tentando recuperar meu fôlego, disse, "Tudo bem... É só que não precisa muito pra me deixar exausto. Hoje o dia foi puxado com a aula de Educação Física e tudo mais." Eu tentei de verdade não choramingar, sem muito sucesso. Ainda bem que ela não comentou nada sobre isso.

Ela concordou e disse bem calma, "Eu entendo... Descansa o tempo que precisar, ok?" Minha esperança é que meus olhos tenham mostrado o quanto eu agradecia a oferta, porque eu só consegui encostar para trás e continuar respirando. Ela sentou quieta do meu lado e só ficou me olhando. E acho que nenhum de nós nos demos conta que ela deixou uma das mãos no meu joelho. Não que eu me importasse. Eu só estava feliz por ela estar ali e por eu não estar sozinho.

Nós ficamos ali sentados por vários minutos até que meu fôlego começou a voltar ao normal. Quando eu olhei para o lado ela ainda estava ali olhando pra mim. Quando eu acenei com a cabeça ela me deu um sorriso e levantou, fez o gesto para me dar a mão e perguntou, "Pronto para o segundo round?"

Eu concordei e segurei a mão dela. Com um único puxão ela me levantou e me fez ficar de pé. Isso só me ajudou a lembrar o quanto ela era mais forte que eu, o que foi mais uma pancada no meu ego, ou pelo menos o que ainda existia do meu ego... Antes que eu conseguisse pegar minhas coisas, ela passou a mão na minha mochila e colocou sobre os próprios ombros.

Eu reclamei, "Ei, minha mochila!"

Ela me disse, tentando ajudar, "Jordie, não... Eu carrego sua mochila hoje, tá? Está na cara que você está exausto..."

Eu sabia que ela só estava querendo ajudar, de verdade. Assim como eu sabia que meus pais queriam ajudar, mas me ajudando me faziam sentir como se eu fosse um bebê, como se eu fosse feito de vidro, ou coisa parecida. Eu sabia que eles todos queriam me ajudar, mas era tudo muito frustrante. Eu estourei, "Dane-se que estou cansado! É por isso que eu preciso carregar o peso extra, Sam! Eu preciso me esforçar pra ficar mais forte! Faz um mês que eu ando todos os dias pelo bairro, mas ainda não é suficiente!!! Você não entende!" Fiquei arrependido da raiva e das palavras no minuto que vi a tristeza no olhar dela. Abaixei a cabeça e, muito mais controlado, disse, "Sam, me desculpa... Eu não queria ter estourado assim... Eu preciso conseguir fazer as coisas sozinho. Eu sei que eu estive doente, mas eu tenho quatorze anos. Não sou mais um..."

Ela terminou a frase por mim, "Você não é um bebê... Eu entendo, Jordie, de verdade. Eu juro que não estava tentando ser sua babá. Eu só queria te ajudar. Você precisa entender uma coisa. Você é o único amigo que eu tenho e eu acabei de ganhar você de volta. Eu não posso perder você de novo, só porque você quer provar algo."

Eu concordei e disse, "Ok. Eu prometo que não vou a lugar nenhum. Mas Sam... Eu não quero nunca voltar a ser um inválido." Eu tive que parar de falar pra não engasgar. Eu odiava me sentir assim tão emocional a ponto de quase chorar por qualquer besteira.

Ela disse calmamente, "E você não vai voltar a ser. Eu vou te ajudar com isso, mas não vou deixar você se machucar só porque está sendo uma mula teimosa... Quer carregar alguma coisa? Que tal um começo?" Ela, então, me passou dois livros e uns cadernos que tinha nas mãos, que eram obviamente muito mais leves que minha mochila.

Olhando a oferta eu perguntei, "Você não vai me dar minha mochila de volta, né?"

Ela respondeu, "Não pelo menos até a gente chegar na sua casa." Eu até tentei ensaiar um olhar bravo, mas era impossível ficar bravo com ela. Depois de alguns segundos eu aceitei os livros e ela ainda disse, "E também, não é um cavalheiro que carrega as coisas para uma dama?"

Eu respondi com o máximo de indignação que eu podia fingir, "É, mas isso quando a dama não precisa carregar as coisas pesadas do cavalheiro..."

Ela riu e saiu andando. Olhou para trás o suficiente para perguntar, "E aí, vai ficar aí parado?"

Eu só resmunguei e comecei a segui-la. Apesar dos livros dela não serem tão pesados, eram desconfortáveis o suficiente pra carregar com uma mão só, então eu abracei o material e passei a carrega-lo na minha frente, na minha barriga. Depois de uns minutos andando assim, eu percebi que meus braços caindo na frente apertavam meus peitos o suficiente para fazê-los parecerem um pouco mais "inchados". Fiquei com medo que ela notasse algo, e abracei os livros na frente dos meu peito e fiquei assim o resto do caminho. Ainda bem que ela pareceu não ter notado, apesar de eu ter visto alguns olhares estranhos dela para mim. Talvez ela estivesse apenas surpresa que eu não tinha precisado de mais nenhuma pausa até chegar em casa.

Ela manteve sua palavra e só me deu minhas coisas de volta depois que pisamos dentro de casa. Eu ainda estava meio bravo com o que ela tinha feito, mas entendia o motivo. E eu também sabia que eu conseguia ser uma mula teimosa de vez em quando. Mas saber que ela me queria por perto me dava mais um daqueles calorzinhos gostosos que eu tinha sentido antes.

Tentando me distrair dessa sensação e melhorar o vermelho no meu rosto, eu perguntei, "Você quer beber algo? Eu tenho que tomar meu suco da tarde." Vendo a expressão confusa dela, eu completei, "Bom, tecnicamente é a minha bebida nutricional hiper-protéica, mas é mais fácil chamar de suco. E também chamando de suco me faz acreditar que o gosto é um pouco melhor."

Ela fez uma careta com meu comentário e respondeu, "Coca Light, leite ou água, o que for mais fácil. Não sou muito exigente."

Eu ri enquanto a levava para a cozinha, e disse, "Acho que tenho alguma coisa aqui." Peguei uma Coca Light, dei para ela junto com um copo e comecei a fazer a minha mistura. Eu sempre colocava um pouco de canela e baunilha no meu suco pra tentar fazer um pouco mais tragável. Enquanto eu preparava as minhas coisas virei para ela e perguntei, "Sam... Você se incomoda se eu fizer algumas perguntas?"

Ela me deu um sorriso leve e disse, "Nem um pouco. Na verdade, estou até surpresa que você demorou tanto pra perguntar."

Tentando deixa-la mais confortável, eu disse, "Você não precisa responder nada que não queira, ok?"

O sorriso dela aumentou à medida que ela ficou bem mais relaxada, e disse, "Obrigada... Mas não precisa se preocupar. Vamos lá, manda!"

Eu comecei a colocar os pedaços de suplementos secos com leite no liquidificador e continuei, "Eu imagino que você sabia que queria ser menina desde quando você era pequena, não?"

Ela concordou, "Desde mais ou menos uns cinco anos de idade."

Eu acenei e continuei, "Puxa... Pena que eu nunca soube disso. Eu acho que não teria me importado, mas entendo porque você nunca falou nada com nenhum de nós. Mas o que eu queria saber é por que agora? O que te fez decidir dar esse passo? Quer dizer, hoje é o primeiro dia de aula, mas seu cabelo está bem comprido, então eu imagino que já faz algum tempo que você vem planejando, certo."

Ela me olhou por alguns momentos, com as sobrancelhas franzidas e disse, "Como você reparou nisso? É, é isso mesmo."

Droga. Eu não queria parecer que conhecia muito do assunto e disse, "Eu tive muito tempo pra ler e li sobre tudo, inclusive sobre transgêneros." Menti, ainda com vergonha de admitir a verdade por que eu sabia sobre isso.

Ela não pareceu acreditar muito em mim, mas continuou, "Eu tenho falado para os meus pais desde que eu era bem pequena. Eles me levaram num terapeuta e aos dez anos eu fui diagnosticada. Comecei a crescer e cuidar do meu cabelo aos onze anos. Mas só no ano passado eu tomei a decisão de assumir completamente."

Ela ainda estava me olhando como se não acreditasse na minha história, então em respondi, "Olha, eu prometo pra você que eu não sou transgênero nem nada. Eu juro que sou feliz sendo menino, na verdade eu adoro ser homem, pelo menos o tanto homem que eu consigo ser..." Eu não gostava de falar assim, mesmo sendo tecnicamente verdade. Eu realmente gostava de ser homem e queria poder ser alto e forte. Mas ainda assim sentia estar mentindo, o que fez com que meu humor caísse de repente.

Ela me deu uma dura, "Jordan, pode parar! E daí que você é pequeno? Ser homem é muito mais do que ser grande e ter músculos. Existe a bondade, a coragem... E ser forte não é necessariamente ser fisicamente forte. Você é, na verdade, uma das pessoas mais fortes que eu conheci, e um dos melhores homens que eu talvez vá conhecer na minha vida inteira!"

Eu sabia que ela estava tentando me animar, o que eu agradecia, mas não concordava com ela. Eu disse, "Sam, obrigado, mas eu não sou nada disso..."

Ela retrucou, "Você é! E não pense pouco de você mesmo, Jordan Taylor! Você quer saber a verdade sobre o que me deu a força e a coragem pra finalmente ser eu mesma?" Eu só esperei. Ela se debruçou perto de mim, colocando a mão dela sobre a minha e disse, "Você, Jordie! Você me deu coragem." Aquilo me deixou completamente chocado e seguramente minha expressão mostrou isso, mas ela continuou, "Você se lembra uma das últimas semanas antes de você sair da escola? Quando os alunos tinham que te empurrar na cadeira de rodas para as aulas?"

Eu tentei esquecer aquela época, sem poder fazer nada sozinho, dependendo dos outros para tudo. Foi uma das piores sensações que já tive. Perguntei, "Me ver completamente inválido te deu força?"

A Sam sorriu suavemente, "Não Jordie. Você podia estar fraco pra fazer as coisas, mas você não estava inválido. Você se lembra no dia que eu fiquei te empurrando na cadeira de rodas? Foi o dia que eu decidi fazer isso."

Eu tentei e consegui me lembrar daquele dia. Eu estava com muita dor, mas lembro que a Sam estava realmente deprimida. Eu falei, "Sim, eu lembro daquele dia. Você estava bem chateada com alguma coisa. Eu achei que era por ter que ficar me empurrando pra cima e pra baixo... O que eu fiz?"

Ela respirou pesado e disse, "Jordie, eu estava chateada sim. Estava chateada e triste em ver você daquele jeito. Mas odiava o fato de que eu não tinha coragem de assumir minha vida para ninguém além dos meus pais. Aquele dia que eu passei com você... Nós todos sabíamos que você ia morrer, e logo... Você tinha enfraquecido tanto naquele ano! Mas você não deixou aquilo mudar quem você era. Tentou me animar, fez até piada comigo. Lembro que você disse para eu não me preocupar que nós dois teríamos cadeiras de rodas no asilo quando ficássemos velhinhos e aí poderíamos até apostar corrida." Ela começou a chorar e pegou um guardanapo para enxugar os olhos. E continuou, "Então eu estava ali me escondendo de algo que eu mesma tinha começado e tinha medo de assumir, enquanto você, um garoto olhando a morte de frente e falando: 'que se f...' e ainda tinha tempo pra me animar... Essa foi a coisa mais corajosa que já vi alguém fazer. Você me mostrou como ter coragem de fazer isso. E aqui estou eu... E olha só, você está aqui também! Você não imagina como eu quero apostar corrida de cadeiras de rodas no asilo. Vou te cobrar!"

Eu fiquei sentado, em choque, olhando as lágrimas que estavam escapando do canto dos olhos dela. Senti minhas emoções subirem ao limite que quase me juntei a ela no choro. Mas eu continuava odiando a ideia de chorar por tudo. Então, segurei o nó na garganta o máximo que consegui e por mais estúpido que eu soubesse como isso ia soar, foi a única coisa que consegui dizer, "OK."

Capítulo 3

Ela então me perguntou, "Estamos combinados? Corrida de cadeira de rodas no asilo em 60 ou 70 anos?" Fiquei feliz de ver o humor voltando ao seu rosto, o que desarmou o meu quase-choro.

Eu sorri para afogar a última vontade de chorar e disse, "Fechado. Mas sabe que eu vou ter que pegar leve com você no começo... Quando você pegar a sua cadeira eu já vou ter uns bons anos de prática."

Ela riu comigo e continuou, "Você que pensa... Veremos! A propósito, você esqueceu seu suco?"

Sem mesmo perceber eu tinha sentado na mesa com ela. Eu virei para a pia e vi lá a gororoba me esperando no liquidificador. Eu nem sequer liguei o botão... Levantei e em antecipação pelo gosto fiz uma careta que fez a Sam sorrir.

Ela disse, sorrindo de leve, "Não pode ser tão ruim, pode?"

Apertei o botão do liquidificador e enquanto tudo era misturado eu disse, "O gosto não é tão ruim, na verdade, se você gosta de carvão com uma certa textura de areia."

Eu vi a careta que ela fez junto com a expressão de nojo. Fiquei alguns minutos sério antes de rir. Afinal era eu que ia beber aquela coisa horrível.

Enquanto ela olhava meu copo de gosma, ela perguntou, um pouco hesitante, "Jordie, o que aconteceu com você de verdade? Eu sei que você está bem melhor, mas qual era o problema que eles encontraram?"

Pronto, ali estava a pergunta-que-não-quer-calar... Para ganhar algum tempo, eu levantei meu dedo pedindo um minuto e bebi a minha areia com carvão, pelo menos com um bom cheiro de canela e baunilha. Por mais que eu tentasse, não consegui segurar uma careta e uma tremida de nojo. Acho que ela se sensibilizou porque ficou verde só de me ver tomar aquilo. Eu demorei pelo menos uns trinta segundos para me recompor e, como sempre, tentei desengasgar com um copo de leite.

Respirei fundo para acalmar meus nervos e perguntei, "Então você quer qual versão? A curta ou a completa com todo o jargão médico?"

Ela pensou por um minuto e disse, "A versão curta está bom. Eu duvido que eu consiga entender a versão completa. Mas antes... O que raios tinha nisso que você acabou de beber?"

Ainda com o gosto de carvão na minha boca, eu falei, "Como eu disse, é uma bebida com proteínas. Esse era, a propósito, um dos problemas iniciais. Lembra que eu sempre tinha que tomar cuidado com o que eu comia para não passar mal? Quer dizer, antes de eu ficar super mal..." Ela confirmou e pediu que eu continuasse, "Na verdade, apesar dos médicos não acharem o que tinha errado comigo até seis ou sete meses atrás, meu corpo tinha um problema em processar proteínas. Algumas células no meu corpo sofreram uma mutação. Provavelmente desde que eu nasci. Ao invés de fazerem o que deveriam, elas 'enlouqueceram'."

Ela perguntou, "O que você quer dizer com 'enlouqueceram'?" Eu vi que ela estava totalmente envolvida na minha história.

Eu parei. Estava tentando tomar coragem para contar a verdade. Toda a verdade... Porque apesar de eu ter contado tecnicamente a história para meus amigos no almoço, era apenas a metade da verdade. De todas as pessoas, eu sabia que a Sam entenderia. Eu sabia que ela não ia fugir e me deixar sozinho... Eu queria contar para ela... Mas não conseguia... O medo que me causou só em pensar em dizer aquelas palavras me deu um aperto no peito e comecei até ficar com falta de ar... Eu não acho que o medo era de contar para ela, e sim de me ouvir dizer a verdade.

Ela perguntou, preocupada, "Jordie, qual é o problema?"

Ainda bem que foi nessa hora que todo o ar que eu tinha bebido com a gosma verde resolveu voltar. Eu tampei a minha boca para tentar arrotar o mais baixo possível. Ainda fiz mais uma careta com o gosto e continuei, "Desculpa, isso sempre acontece... Não aconteceria se eu bebesse mais devagar, mas é impossível."

Nessa hora eu decidi, mais para evitar um outro ataque de pânico, que eu só ia contar metade da verdade, por mais que não gostasse da ideia. Continuei, "As enzimas, pelo menos acho que são assim que se chamam. Sei lá... as coisas que meu corpo produz que deveriam quebrar as proteínas e transformá-las em algo que pode ser usado, não funcionam. Então ao invés de quebrá-las em algo útil para mim, elas transformam em algo que funciona como um veneno, que começa atacar meu sistema digestivo, meus músculos e até meus ossos."

De novo, apesar de isso tudo ser tecnicamente correto, era apenas o resultado e não a causa do problema. Eu me consolei porque pelo menos estava falando uma parte da verdade. Ainda assim me senti mal por isso. Eu sabia que estava tentando me convencer de que estava tudo bem, mas até para isso eu era muito teimoso.

Ela me disse, "Uau! Eu achei que isso apenas te fizesse não conseguir comer... Jordie, que droga. Eu não sabia!" Ela apertou minha mão de leve e continuou, "Por que você nuca contou pra niunguém?"

Eu dei de ombros, "Bom, pra começar, ninguém sabia direito o que estava acontecendo comigo. E também não tinha nada o que fazer. Não ia melhorar minha situação em nada e só ia fazer todos vocês se preocuparem mais ainda comigo. Mais do que vocês já estavam preocupados. Eu andava de cadeira de rodas não porque estava fraco, mas porque doía muito andar. Mas pra mim não tinha diferença. Eu estava na cadeira de qualquer jeito..."

Ela perguntou, quase com medo da resposta, "Você ainda sente dor?"

Eu pensei um pouco e respondi, "Na verdade, não. Quer dizer, ainda tenho um pouco de dor nas juntas e no quadril, mas nem perto do que era. Eu quase nem percebo. E essa gosma que eu bebo tem uma dose extra de cálcio e outras coisas que ajudam. Tenho umas pontadas de vez em quando, mas muito raro. Os médicos dizem que vai sumir em alguns meses, se eu continuar bebendo essa porcaria, é claro."

Ela perguntou séria, "E com isso eles arrumaram o problema das proteínas? Porque é isso que tem nessa bebida, né?"

Respondi, "Mais ou menos. Na verdade, a bebida tem aminoácidos. Sabe, a coisa em que as proteínas são quebradas. E tem mais algumas coisas pra ajudar meu corpo a absorver nutrientes mais rápido. Eu vou ter que tomar remédio e essas coisas pro resto da vida." Eu, é claro, omiti a parte do bloqueador de testosterona que tinha também na bebida para garantir que nem um miligrama do hormônio que ainda existia no meu corpo interagisse com a proteína. E também não contei sobre a famosa pílula azul que eu tomava todos os dias, e teria que tomar pro resto da vida.

Ela baixou um pouco os olhos e disse, "Se você tem que tomar todos os dias, significa que eles não curaram, só estão tratando os sintomas?"

Eu segurei as mãos delas pra confortá-la e disse, "Eles fizeram o que puderam para limitar a tal da enzima mutante. Eu estou quase curado. Tenho que tomar esses remédios para contra-atacar o que ainda sobrou no meu corpo. Como eu já disse, é melhor do que a outra opção, né?"

Ela me olhou nos olhos com um olhar suave e disse, "É... bem melhor..."

Quando me dei conta, percebi que eu estava olhando fixo para os olhos delas, o que fez meu corpo tremer um pouco. Isso me trouxe imediatamente de volta à realidade. Larguei as mãos dela rapidamente e perguntei, "Quer fazer alguma coisa? Eu devia ter te avisado, mas sempre que tomo meu suco, fico com energia extra e preciso fazer algo."

Ela percebeu que eu tinha ficado encarando-a por muito tempo. Sentou e disse, "Boa ideia. O que você sugere?"

Eu parei pra pensar. Na verdade não tinha muito o que fazer na minha casa, afinal eu ainda estava me recuperando depois de meses doente. Mas, de repente eu lembrei de uma coisa e dei um pulo, dizendo, "Já sei! Eu ainda tenho uma luva extra de beisebol! A gente podia ir la fora e jogar um pouco a bola um pro outro." Foi aí que me lembrei que não estava mais falando com o meu amigo Sam, que jogava bola comigo, mas com a minha amiga, Sam. Completei, meio sem graça, "Quer dizer, se você ainda gostar de beisebol..."

Ela riu alto e disse, "Jordie, não é só porque eu estou fazendo essa transição que eu não vou mais gostar das coisas que de que gostava... Eu adoraria ir lá fora e jogar um pouco de bola. Na verdade, faz tempo que não faço e sinto um pouco de falta."

Aquilo me animou, e falei, "Sério? Eu não jogo desde que... Bom, faz tempo que não jogo. Já volto!" Subi as escadas correndo até o meu quarto, peguei algumas bolas velhas de beisebol e duas luvas. E num instante já estávamos a caminho do jardim.

Ver o sorriso no rosto dela enquanto ela colocava a luva me fez ficar orgulhoso da minha ideia. É claro que, pensando bem, provavelmente era o mesmo sorriso que eu tinha colocando a minha própria luva. Disse, "Já vou avisando. Eu provavelmente estou muito enferrujado."

Ela riu outra vez, e disse enquanto me mostrava a luva "Eu tenho certeza que eu também estou. Agora chega de conversa e joga essa bola!"

Minha intenção era ter jogado a bola direto para ela. Mas como tudo mais, minha cabeça lembrava exatamente o que fazer, mas a minha força não estava lá... ainda. Me desculpei enquanto ela corria pra pegar a bola que tinha caído bem mais na frente.

Ela me deu uma bronca, "Jordie, pode parar, ok? Vai levar tempo até você se recuperar e vai exigir muito treino. E pode deixar que eu vou fazer você treinar bastante!" Ela atirou a bola de volta e deu pra ver como a mira dela também estava bem ruim, o que me fez sentir menos culpado.

Ficamos pelo menos uma meia hora jogando a bola um para o outro. Ela tentando melhorar a mira e eu mudando o jeito de jogar para conseguir fazer a bola chegar nela o máximo possível. Não demorou muito e eu me dei conta de como isso fazia sentido, como isso me lembrava a época em que nós jogávamos bola. Não importava que eu estava fraco e que a Sam agora era uma menina... Estava aqui jogando beisebol com a minha amiga e, por um momento, tudo pareceu normal na minha vida.

Mas é claro que assim que o pico de energia do meu suco acabou, minha estamina também se foi e tivemos que parar.

Enquanto sentávamos na sala de estar com dois copos de água cheios de gelo, a Sam disse, "Jordie, obrigada por hoje... Eu não sabia o quanto eu sentia falta disso. Foi a coisa mais divertida que eu fiz nos últimos tempos."

Respondi, "Ei, não precisa me agradecer! Eu também me diverti muito. Se você sente tanta falta, porque você não tenta voltar pro time da escola? Seria ótimo pra eles. Eu vi o arremessador deles em alguns vídeos do ano passado. Você já era melhor que ele quando tinha dez anos de idade!"

Ela disse, "Eu já tentei... Na verdade os outros garotos não me querem no time. E também a escola não quer abrir nenhum precedente." Vendo meu olhar confuso ela continuou, "Hoje em dia é uma discussão bem acalorada sobre em que time as pessoas transgêneras devem jogar. No sexo de nascença ou no sexo de escolha? Eles acham que as pessoas contra esse movimento podem usar isso como vitrine para piorar a discussão."

Ela deu de ombros, mas eu percebi o quanto isso a incomodava. Falei meio irritado, "Sam, isso é bobagem! Pelo menos a parte dos outros jogadores. Você joga melhor que qualquer um deles! Porque as pessoas não podem simplesmente deixar os outros em paz? Você quer jogar beisebol e isso é o que devia ser importante."

Ela tentou me acalmar, "Ei... Calma lá! Eu agradeço a ajuda, mas a última coisa que eu quero é ser garota-propaganda para o outro lado piorar a vida de pessoas transgêneras. E também, beisebol não é o único esporte que existe. A professora Dawson tem conversado comigo. Ela já me viu jogar e como eu já estou tomando bloqueadores de testosterona há tanto tempo, ela tem quase certeza que eu posso entrar no time das meninas."

Eu ainda estava meio irritado então demorou um pouco para entender e perguntei espantado, "Espera, aí... Professora Dawson? Time das meninas? Você está falando de Softball?" Nunca tinha pensado nessa possibilidade.

Ela me respondeu, "É, bobo! Softball! Arremessadora, pra ser mais precisa. Pessoalmente, eu não me importo. Ainda é um jogo, ainda é arremessando bola, então eu vou topar. Depois de jogar umas bolas com você hoje, eu percebi o quanto eu sinto falta, então vou encarar. Parece que a arremessadora titular se formou no ano passado e a professora está apanhando pra achar uma substituta à altura. Elas estão nas finais estaduais então vou tentar."

Um pouco surpreso pelo fato de que ela queria jogar Softball, eu disse, "Vai dar um trabalhão pra treinar. Toda a mecânica de arremessar é diferente. Você tem o que, cinco meses até a temporada começar?"

Ela concordou, "É, mas eu já tenho treinado desde o começo do verão." Ela percebeu minha confusão e continuou, "Meus pais avisaram a escola da minha transição no ano passado para eles poderem se preparar. A professora veio até a minha casa para conversar com meus pais sobre o time. Não tem sido fácil mas aos poucos eu estou entrando em forma, melhorando minha técnica. Meu pai colocou um colchão velho na cerca do quintal e pintou um alvo para eu praticar. Mas sabe, ia ajudar um bocado se eu tivesse... hum, um apanhador pra treinar comigo."

Eu sorri com as memórias que me vieram à cabeça. Aquelas eram as duas posições que sempre foram perfeitas para nós, e que na verdade nós dois podíamos ter jogado. Mas como ela sempre teve mira melhor e eu sempre fui um pouco menor, ela como arremessadora e eu como apanhador sempre tinha sido a combinação perfeita. E eu imediatamente lembrei de uma coisa que me fez começar a rir.

Ela me disse, indignada, "Jordan Taylor, não tem graça! Eu só estava perguntando se você queria me ajudar. Você podia só dizer não, ao invés de rir." Eu imediatamente percebi que a tinha magoado.

Eu imediatamente respondi, "Sam, não! Não é nada disso! Eu vou adorar te ajudar! Na verdade, eu estou achando que tudo isso é um sinal de que você deve jogar Softball."

Ela fez uma careta tentando entender o que eu estava dizendo, e disse, "Como é? Sinal?"

Eu voltei a sorrir e disse, "É, Sam. Um sinal. Pensa bem. Justo na hora em que você precisa de uma ajuda com um apanhador, você esbarra comigo, provavelmente o único bom apanhador que iria topar te ajudar. E o que é mais engraçado? Eu tenho o meu equipamento de quando eu era 'pequeno'. E, pra ser sincero, ele ainda cabe em mim, porque eu ainda sou pequeno..."

A expressão dela foi de não acreditar para brava, até que ela me deu um tapa na perna. Acho que com todo o alívio da tensão do dia, isso foi a gota d'água para começarmos a rir sem parar. Deitamos no sofá e ficamos rindo até a barriga começar a doer. Foi nessa hora que minha mãe entrou pela porta.

Ela já entrou perguntando com um sorriso no rosto, "Posso saber do que vocês dois estão rindo tanto?"

A Sam imediatamente ficou de pé, visivelmente desconfortável com a situação, olhando nervosa para mim. Foi aí que eu me dei conta que tinha esquecido de dizer a ela que já tinha contado para minha mãe sobre a mudança dela e que minha mãe aprovava tudo.

Eu comecei a dizer que estava tudo bem, mas minha mãe foi mais rápida. Deu alguns passos e abraçou a Sam dizendo, "Sam, querida... Que bom te ver!" Imediatamente vi que a Sam relaxou e retornou o abraço.

Quando terminaram o abraço, a Sam falou, "Oi sra. Taylor. Faz tempo, né? Eu estava com saudades daqui." Naquela hora percebi que a Sam tinha exatamente a altura da minha mãe, ou seja, por volta de 1,65 metros.

Minha mãe deu dois passos para trás para ver o novo visual da Sam, e disse, "Meu deus, como você está linda!" Aquilo trouxe um sorriso no rosto dela, mas também a fez corar. Minha mãe continuou, "Mas me diga o que uma menina tão linda está fazendo andando com esse traste do meu filho?" A Sam ameaçou me defender, mas minha mãe piscou o olho pra ela e as duas riram.

Para não ficar fora da brincadeira, eu reclamei, "Mããães... Traste??? Só porque eu sou fraquinho e não consigo me defender..." Mas minha mãe me deu um olhar estranho e, mesmo com a Sam e eu rindo, vi que ela mudou de expressão como se fosse começar a chorar.

Eu parei de rir imediatamente e fiquei preocupado em ter levado a piada um pouco longe. Fiquei em pé, fui até perto da minha mãe e falei, "Desculpa, mãe. Eu só estava brincando..."

Ela então me abraçou forte. Eu olhei para a Sam e vi que ela estava meio sem saber o que fazer. Minha percebeu isso também e acenou para ela se aproximar e se juntar ao abraço em grupo. E disse, meio choramingando, "Sam, obrigada por trazer meu filho de volta."

A Sam ainda tentou argumentar, "Mas sra. Taylor... Eu não entendo. Eu não fiz nada. O Jordan é que me ajudou o dia inteiro."

Eu sabia que minha mãe estava chorando, porque pude sentir as lágrimas dela caindo no meu rosto enquanto ela respondia, "Sam, você fez mais do que você imagina. Não me lembro a última vez que eu ouvi a risada do Jordan."

Eu senti os braços das duas me apertarem ainda mais. Eu até percebi que a Sam tinha começado a chorar só de ouvir ela soluçando. E eu não conseguia escapar das duas mulheres bem maiores que eu me abraçando ao mesmo tempo. E o pior, comecei a me emocionar também de um jeito que meus olhos ficaram marejados. Então a única coisa que consegui fazer para escapar da situação foi gritar, "Mãe!!! Seus peitos estão me sufocando!!!"

Eu senti, mais do que ouvi, a Sam começando a rir e, graças a deus, as duas me soltaram. Minha mãe me olhou, ainda com as lágrimas escorrendo pelo rosto, como se estivesse zangada por eu ter quebrado o choro dela no meio e disse, "Viu só? Não disse que você é um traste..."

E aí ela fez uma coisa que normalmente fazia. Me deu um tapinha de leve. Claro que nunca doeu, nem era a intenção. Mas como a mão dela passou perto dos meus... De onde a bola do jogo de queimada tinha batido... Ok, meus peitos! A droga dos meus peitos!!! Eu rapidamente tentei esconder o meu reflexo de cobri-los com as mãos. Na verdade ainda bem que só parecia que eu era um pouco "cheinho" no peito e não que eu, na verdade, tinha peitos. Quer dizer, se você pensasse bem e comparasse com o resto do meu corpo sendo tão magro, até dava para desconfiar. Mas eles não pareciam peitos de mulher. Não ainda...

A Sam me olhou preocupada e minha mãe também. A Sam por não saber o que tinha acontecido, mas minha mãe por saber exatamente do que se tratava.

A Sam perguntou, "Jordie, o que aconteceu?" Minha mãe cobriu a boca com as mãos, supresa.

Eu resmunguei, "Não foi nada. Eu só tomei uma bolada bem forte no jogo de queimada hoje. Eu acho que vai ficar roxo, mas é só isso."

A Sam, então, me deu um olhar meio estranho, como se não acreditasse muito na história. Minha mãe, vendo a situação, interveio para me salvar, "Bom, tome cuidado então e coloque gelo se precisar. E, mudando de assunto, quem quer me ajudar com o jantar?"

Eu na hora aproveitei a chance de me tirar daquela situação e disse, "Eu ajudo! Sam, você vem com a gente?"

Ainda olhando para minha mãe e para mim, tentando entender, ela respondeu, "Claro... Eu sempre ajudo minha mãe. Vou adorar ajudar vocês."

Com isso resolvido rumamos para a cozinha. Conforme minha mãe foi tirando as coisas para o jantar ela disse para a Sam, "Ah, esqueci de falar mas o Jordan tem umas restrições de dieta que a nutricionista colocou para ele. Nós dois normalmente comemos a mesma coisa. Às vezes meu marido sai pra comer fora alguma coisa mais... forte." Silenciosamente eu agradeci por ela não ter falado "coisa mais de menino".

A Sam estava examinando as coisas que minha mãe estava preparando e disse, "Sem problema. Na verdade parece muito com as coisas que eu como na minha dieta."

Minha mãe perguntou, realmente curiosa, "Você também tem restrições de dieta?"

A Sam respondeu, "Na verdade, não. Mas minha mãe e eu fizemos várias pesquisas e várias comidas podem ajudar a produção de hormônios. Eu tenho comido muita soja eu outras coisas para aumentar o nível de estrógeno no meu corpo, já que por enquanto eu só posso tomar bloqueadores de testosterona."

Minha mãe pareceu surpresa, "Ah, eu achei que você tinha começado a reposição hormonal, já que você já se desenvolveu um pouco."

Sem perceber, eu corrigi minha mãe, "Não, mãe, ela tem que esperar pelo menos até os dezesseis anos..." E imediatamente eu percebi que tinha feito uma besteira.

A Sam me olhou curiosa e disse, "É isso mesmo, Jordan. Como você sabe disso?"

Eu respondi, "Como eu disse antes, eu li muito... É só por isso mesmo... Eu juro, eu não sou transgênero... Mãe, conta pra Sam... Eu alguma vez pensei em ser uma menina?". Torci pra que minha mãe respondesse só o que eu tinha perguntado.

Minha mãe respondeu, "Não, Jordan, você nunca pensou em ser uma menina. Sam, ele está falando a verdade. Ele nunca quis ser nada além de um homem alto e forte..." Consegui ouvir uma ponta de frustração na voz dela.

A Sam não se deu por convencida, "Soa tudo muito estranho... Você sabe todos esses detalhes sobre transgênero, está comendo as mesmas coisas que eu como... Você sabe que tudo isso soa muito estranho, né?"

Respondi, "A dieta é só por causa dos meus problemas com proteínas, só isso. Se você olhar, a maioria dessas coisas têm pouca proteína. O problema é que a maioria das comidas que aumentam sua testosterona são as mesmas com muita proteína. Eu juro, as coisas que eu sei é porque li muito por curiosidade. Não é porque eu estava pensando em fazer nenhuma transição..." A essa altura eu vi que eu estava quase implorando para ela acreditar. E, na verdade, a última coisa que eu queria fazer era uma transição. Pelo contrário, eu queria é crescer, ser homem. Alto e forte... Mas nem sempre as coisas saem como desejamos.

O rosto dela pareceu suavizar. Eu esperava que ela conseguisse ouvir a sinceridade na minha voz, porque era verdade, "Ok. Mas você sabe que você pode me contar qualquer coisa né, Jordan?"

Eu concordei, "Eu sei. De verdade, sei mesmo. Mas tem muitas coisas com as quais eu ainda estou lutando, por causa do meu problema... É difícil falar sobre o assunto, pelo menos por enquanto." Eu senti as lágrimas encherem meus olhos, mas enxuguei-as antes de caírem. "Sam, assim que eu puder, assim que eu conseguir falar sobre esse assunto, você vai ser a primeira a saber, eu prometo. Mas agora... eu não consigo..." Minha voz sumiu completamente enquanto um medo irracional tomou conta de mim.

Eu consegui ver a preocupação da Sam quando ela chegou perto de mim e me abraçou. "Tudo bem, Jordie... Eu vou estar aqui quando você estiver pronto..." Senti a mão da minha mãe pousar sobre o meu ombro.

Eu sabia que ia explodir a qualquer momento. Me afastei devagar e disse, "Eu sei, Sam..." E me desculpando dizendo que precisava ir ao banheiro, saí meio depressa. Podia ver o olhar de preocupação no rosto dela.

No caminho do banheiro ainda ouvi minha mãe falar, "Ele ainda está tentando reconciliar tudo o que ele perdeu..." E não consegui ouvir mais nada porque corri escada a cima para o meu banheiro. Mal tranquei a porta e a represa transbordou.

Abri a torneira ao máximo para abafar o som dos meus soluços de choro. Levou vários minutos para que eu conseguisse me controlar. E quando consegui, olhei no espelho e vi meus olhos vermelhos e inchados. E pensei que, do jeito que a minha vida estava caminhando, mais um ano e eu estaria cobrindo olhos de choro com maquiagem... Esse pensamento me deixou com raiva. E raiva, nessa hora, era bem melhor do que choro. Mais uns minutos, consegui melhorar minha cara e voltei para o andar de baixo.

Foi esquisito quando entrei de volta na cozinha. A Sam estava ajudando a minha mãe e as duas estavam agindo como se nada tivesse acontecido. Eu me juntei às duas e sentamos para comer, já que meu pai não viria jantar conosco. Hoje era uma das suas noites de pôquer e ele provavelmente estava comendo uma pizza com os amigos. Acabamos de jantar e nos sentamos para conversar. E, curiosamente, a conversa não tocou no assunto do meu desabafo.

Conversamos sobre a Sam querer voltar a jogar e como eu pretendia ajudá-la. Minha mãe até se arriscou a dar palpite sobre porque os meninos não jogavam softball porque ela gostaria de ver a Sam e eu em ação novamente. Eu pensei um pouco sobre o assunto e em como talvez eu até pudesse jogar softball quando as coisas todas ficassem claras. Quem sabe até poderia fazer uma dupla com a Sam novamente... E foi a primeira vez que pensar nas coisas que estavam acontecendo comigo não me deixaram bravo.

Estávamos acabando de arrumar a louça quando alguém bateu na porta. Minha mãe foi atender e me deixou com a Sam na cozinha. Ela me olhou e perguntou, "Tudo bem com você?"

Eu disse calmamente, "Estou pelo menos tentando..."

Ela hesitou um pouco e se aproximou de mim, levantando os braços como que pedindo um abraço. Eu sorri e acenei com a cabeça que tudo bem. Ela me abraçou e sussurrou no meu ouvido, "Jordie... Esse foi o melhor dia que eu tive em... sei lá quanto tempo."

E respondi o abraço apertando-a nos meus braços e disse, "Eu também, Sam... E eu prometo que quando puder falar..."

A Outra Opção

Ela me confortou e disse, "Eu sei... Só quero que você saiba que eu estarei aqui quando você estiver pronto."

Eu não sabia o que dizer, então concordei com a cabeça enquanto sentia a respiração dela no meu rosto. E aquele calor gostoso se espalhou pelo meu corpo de novo, agora com um pouco mais de intensidade, dando até um pouco de arrepio. Então ela me surpreendeu de novo e me deu um beijo no rosto. Isso fez o arrepio aumentar a ponto de me fazer tremer um pouco. Ela recuou bruscamente e disse, "Desculpa, não sei o que me deu... Nos vemos amanhã?"

Isso tudo me pegou de surpresa, mas eu não fiquei bravo com o beijo. Ao contrário, o arrepio foi uma sensação gostosa. Eu sorri e disse, "Pode contar com isso! Obrigado pelo dia de hoje, Sam..." Eu a abracei de novo, quando ouvimos minha mãe e a mãe da Sam, a sra Wilkins, conversando.

Quando entramos na sala de estar a mãe dela praticamente nos cercou, perguntado sobre o nosso dia e como estava tudo. Basicamente do mesmo jeito que a minha mãe ficou quando chegou em casa antes. Antes de sair, a sra Wilkins me abraçou e me disse o quanto estava feliz por eu estar bem e quanto estava agradecida por eu ter ajudado a filha dela. Eu disse a mesma coisa que tinha dito para a Sam, que ela sempre foi minha amiga e só porque ela agora era uma menina eu não ia desprezá-la.

Assim que elas saíram, minha mãe se aproximou de mim e perguntou, "Você está melhor, filho?"

Eu dei de ombros. Pelo menos para a minha mãe eu podia contar a verdade, "Eu não sei, mãe... Hoje tinha sido um dia ótimo ate que... Você viu..."

Ela me abraçou e disse, "Eu sei, meu amor."

Eu continuei, "Eu estou exausto. Vou tomar um banho e dormir, ok?"

Eu percebi que ela queria conversar mais, mas ela apenas concordou com a cabeça e disse, "Está bem, amor. E não esqueça do seu remédio da noite."

Conforme eu subia as escadas pensava em como eu podia esquecer o remédio da noite. Minha mãe me lembrava toda noite, como se fosse possível esquecer. Eu sabia bem o que acontecia quando eu pulava uma única dose: eu começava a ficar mal de novo. Não de uma hora para outra, mas mal o suficiente para ficar com medo de comer qualquer coisa. Depois que você passa alguns anos vomitando todos os dias, às vezes até várias vezes por dia, você chega naquele ponto em que você faz qualquer coisa para melhorar. Mesmo que fosse preciso tomar um remédio que, apesar de estar me dando minha saúde de volta, estava destruindo tudo o que fazia de mim... eu mesmo.

Não demorei muito no banho e logo já estava pronto e com os dentes escovados. Aí abri o armário de remédios e peguei a maldita pílula azul. Eu odiava o fato de precisar tanto dela e ao mesmo tempo como tinha medo do que podia acontecer se não tomasse. Conforme coloquei ela embaixo da língua para dissolver, comecei a fazer uma inspeção no espelho. Vendo o excesso de volume no meu peito eu me dei conta de como estava aliviado por eles ainda não parecerem seios. Exceto pelo fato do direito estar um pouco vermelho e inchado pela bolada que eu tinha tomado, tudo parecia em ordem.

Quando lembrei do quanto doeu quando a bola bateu, eu comecei a apertar os dois lados. E imediatamente senti o incômodo vendo que o esquerdo também tinha ficado vermelho e inchado rapidamente.

Eu estava tomando o remédio já havia quatro meses, e até agora nada parecia ter mudado. Cheguei, por um minuto, a pensar que tudo o que eu tinha lido e aprendido podia estar errado. Talvez o remédio não me mudasse tanto quanto eu esperava. Mas o vermelho e o inchaço nos meus peitos eram uma amarga evidência de como a esperança pode cair por terra rapidamente.

A Outra Opção

Há apenas umas semanas eu tinha reparado no excesso de volume pela primeira vez, mas até então era quase imperceptível. Como eles podiam ter mudado tanto em tão pouco tempo. E aí me lembrei do que o endocrinologista falou. Ele disse que por causa da desnutrição pela qual passei, talvez demorasse um pouco para o meu corpo reagir aos remédios. Mas quando reagisse, provavelmente tentaria retomar o tempo perdido. E o problema era que a pílula que eu tomava ia mandar os sinais errados para o meu corpo sobre o que ele deveria fazer.

Foi aí que comecei a me preocupar com o quanto meus peitos iam crescer. Ou o quanto tudo mais ia mudar. Lembrei que tinha lido em algum lugar que, para meninas transgêneras, o melhor é olhar na mulher mais próxima na família para saber quais mudanças esperar. E, com isso, comecei a sentir as lágrimas se formarem. Não tinha mais forças nem vontade para segurá-las...

Aos quatorze anos de idade eu sabia que minha mãe era uma mulher bonita. E eu sabia que parte do que a fazia bonita eram exatamente suas curvas. Mesmo com os anos, e ganhando uns cinco ou sete quilos a mais, ainda era uma mulher com formas bem acentuadas. E pensei na Sam, e em como ela tinha sorte. Sua mãe, a sra. Wilkins era bem mais "enxuta" que minha mãe. Sabia que, na verdade, a Sam provavelmente estaria pensando a mesma coisa de mim e daria tudo para ter a genética vinda da minha mãe. Porque a mãe dela era bonita sim, e tinha suas curvas, mas nada comparada com a minha.

Eu não sei quanto tempo fiquei ali chorando e soluçando, nem quanto barulho eu fiz, até que minha mãe bateu na porta, "Jordan, querido... Abra a porta."

Eu até tentei responder, mas as palavras simplesmente não saíram. Então destranquei a porta devagar e deixei-a entrar. Ela me olhou e me deu um abraço, "Meu amor, o que aconteceu? Como eu posso de ajudar?"

Eu solucei enquanto a abraçava e chorei, "Mãe, por favor, me ajuda a fazer parar..."

Ela alisou meu cabelo devagar e disse, "Meu amor, parar o que? Eu faço que for preciso, me diz o que você está sentindo."

Eu mal consegui falar, "Já começou, mãe... Me ajuda a fazer parar..."

Ela me olhou tentando ver o que poderia estar errado e disse, "Não estou entendendo, querido..." Como eu não conseguia formar nenhuma sentença coerente, eu só apontei para os meus peitos. Ela imediatamente entendeu a situação e me abraçou de novo, dizendo, "Jordan, querido, nós sabíamos que isso ia acontecer cedo ou tarde... Vai dar tudo certo. Você vai superar isso..." Ela me abraçou por mais uns minutos até que eu parasse de soluçar e me levou para meu quarto. Chegando lá sentou na cama do meu lado.

Eu ainda estava muito agitado, mas pelo menos melhor depois de todas aquelas lágrimas. Disse, "Mãe, desculpa... Eu não sei se consigo... Saber que isso ia acontecer é uma coisa, mas ver acontecendo... Eu não sei como lidar com isso..."

Colocando os braços em volta de mim outra vez, ela sussurrou, "Jordan, não fique assim. Você é forte o bastante para qualquer coisa. Sempre foi... Mesmo quando estávamos no pior momento, você encarou e superou coisas que quebrariam qualquer outra pessoa."

Começando a me sentir bravo novamente eu disse, "Isso é pior, mãe... Pelo menos quando eu estava doente... Ainda era eu mesmo... Agora, eu não sei..."

Ela tentou me consolar, "Jordan, não importa o quanto seu corpo mude, ainda será você."

Eu estava desesperado para fazê-la entender, "Não, mãe, não é verdade... Já está acontecendo. Eu já comecei a sentir que estou me perdendo, e a mudança mal começou..."

Ela disse, "Jordan, olhe para a Sam. Ela mudou? Para mim pareceu que vocês dois se conectaram como antigamente."

Lágrimas começaram a se formar novamente e eu disse, "Não é a mesma coisa, mãe. A Sam quer essa mudança e está feliz com isso. No meu caso, eu vou ser como ela era antes."

Ela tentou me ajudar, "Jordan, você não sabe se isso é verdade. Fale com a Sam. Conte para ela o que realmente está acontecendo. Ela pode te ajudar."

Eu tentei responder entre soluços, "Eu quero contar para ela. Realmente quero. Mas não consigo..."

Ela perguntou, "Por que você tem medo de contar para ela?"

A verdade é que eu não sabia se era da Sam que eu tinha medo e sim de mim mesmo. Eu disse, "Mãe, eu não acho que eu tenho medo de contar para ela. É que, quando eu falo sobre o assunto... Fica tudo tão real..." Pela expressão confusa dela, eu percebi que ela não tinha entendido, pelo menos não do jeito que eu queria. Continuei, "Mãe, hoje foi o melhor dia desde... Hoje pela primeira vez eu me senti como eu mesmo. Eu não quero estragar isso..."

Ela ainda estava confusa, mas disse, "Jordan, você não imagina como eu estou feliz que hoje tenha sido um bom dia. Não imaginei que fosse possível ter mais nenhum bom dia. Mas, o que isso tem a ver com contar para a Sam?"

Frustrado, eu olhei para ela quase implorando, "Mãe, eu gostava de mim. Quer dizer, de como eu era. E hoje me lembrou do quanto eu gostava da minha vida. Contar para ela, é como admitir que aquela minha vida se foi para sempre..."

Ela me abraçou, "Querido, só porque seu corpo vai mudar, não significa que você vai deixar de ser você mesmo. Só você pode definir quem você é, ok?"

Triste, eu discordei, "Não, mãe, não é verdade... Eu já comecei a mudar. Todas essas crises emocionais, não fazem parte de mim. E, se eu contar para os outros, é como se esse verdadeiro eu sumisse, virasse uma memória. Por enquanto, essa memória é tudo o que sobrou de mim mesmo. Eu não posso perder isso. Pelo menos não agora."

Depois disso ela apenas continuou me abraçando enquanto eu chorei um pouco mais. Quando ela finalmente saiu do meu quarto eu fiquei lá, deitado, pensando na minha situação. A única coisa boa que vinha na minha cabeça era a Sam, e percebi que eu tinha esquecido de pegar o número dela. A única coisa que eu queria era poder falar com ela, para fazê-la rir. Porque ouvir a risada dela era a única coisa que podia me fazer sair da minha miséria...

Capítulo 4

Acordei na manhã seguinte me sentindo esgotado, mentalmente e emocionalmente. Fisicamente eu tinha descansado e apesar de meus músculos estarem um pouco doloridos do dia anterior, eu estava bem. Não demorou muito e eu desci para tomar café da manhã, onde encontrei os olhos curiosos dos meus pais, querendo saber como eu estava.

Meu pai foi o primeiro a perguntar, "Como você está se sentindo hoje, campeão?"

Eu dei de ombros, "Tudo bem, eu acho..."

Ele continuou, "Sua mãe disse que você teve uma noite difícil..."

Eu resmunguei entre colheradas de Sucrilhos, "É, foi..." Quer dizer, Sucrilhos com leite de soja... Parece que soja é algo que ajuda as meninas a "crescerem"... Uhuuu! Estava comendo meu cereal o mais rápido que podia para fugir das milhares de perguntas que viriam a seguir. A última coisa que eu queria era falar dos meus sentimentos, especialmente dos sentimentos da noite anterior. Eu ainda não conseguia acreditar a forma como eu tinha explodido. Eu sabia que isso ia ser cada vez mais frequente mas ainda não conseguia aceitar como a coisa toda me pegou.

Minha mãe perguntou, "Querido, nós só estamos preocupados com você. Vou ligar hoje ainda para o Dr. Byrnes... Você prefere para hoje mesmo ou pode ser no sábado de manhã?"

Respondi, "Que tal nunca? Eu estou bem e não preciso 'conversar' agora..." Eu queria evitar conversar com o médico a qualquer custo.

Ela disse, "Depois da noite passada, não é mais uma opção. Você parece estar bem agora. Eu não quero tirar você da aula no segundo dia, mas vou ligar para a escola mesmo assim." Pelo jeito o que eu queria não era muito importante. Não que eu tivesse tido muitas opções ultimamente.

Eu reclamei, "Ok, ok... Marca o médico para sábado, mas por favor não liga para a escola... Por favor!" Eu estava praticamente implorando, mas fazia qualquer coisa pra adiar a conversa com o médico.

Ela apertou os olhos um pouco para tentar parecer brava e disse, "Está bem. Mas eu ainda acho que devia ligar para a escola principalmente depois que você se machucou na Educação Física."

Eu quase pulei da cadeira e disse, "Mãe, não! Você me prometeu que ia me deixar ter isso o máximo que eu pudesse. Foi só um garoto dando uma de idiota..." Eu tentei me acalmar para não piorar a situação. Pelo menos não piorar mais. Eu sabia que meus dias de me sentir normal estavam contados, mas eu precisava do máximo de normalidade que eu conseguisse ter antes de... Bom, antes das coisas não serem mais normais.

Meu pai veio meu resgatar, "Querida, nós prometemos que ele poderia fazer Educação Física o quanto conseguisse. Com tanto que ele não tenha mais nenhum 'acidente' e ainda se sinta confortável em fazer a aula, acho que podemos deixar."

Minha mãe continuou sentada, se sentindo vencida. Eu quase levantei e dei um abraço no meu pai, mas achei que seria abusar muito da sorte. Eu terminei meu Sucrilhos e estava lavando meu prato quando a campainha tocou. Minha mãe foi atender enquanto eu arrumava minha mala. Assim que acabei de fechar o zíper da mochila ouvi a voz da Sam, "Bom dia, sra Taylor. O Jordie já está pronto?"

Minha mãe respondeu, "Bom dia, querida! Que bom te ver!"

Eu estiquei meu pescoço e olhei pela porta da cozinha, "Quase pronto! Aliás, o que você está fazendo aqui a essa hora da manhã?"

Ela me mostrou uma mala de ginástica que estava carregando além da mochila, "Achei que você ia querer ir andando pra escola hoje. E à tarde vou cobrar a promessa que você me fez."

A risada dela imediatamente me fez sorrir. Era impressionante como meu humor mudava perto dela. Eu disse, "Bom, não posso ir contra um sinal de deus, né?" Nós dois rimos ao mesmo tempo, enquanto minha mãe virava os olhos como quem dizia, 'lá vem eles de novo com essa história'.

Meu pai apareceu na sala e disse, "Olá, Samantha! Há quanto tempo!"

A Sam pareceu hesitar por um segundo, mas meu pai não deu tempo para dúvidas e foi logo lhe dando um abraço. Ela abraçou de volta e disse, "Obrigada, sr Taylor. Tomara que não fiquemos tanto tempo sem nos ver. A não ser que o Jordie fique cheio de mim."

Eu ri de novo e disse, "Não conte com isso!" Coloquei minha mochila nas costas e disse, "Vamos?"

Mal tínhamos virado a esquina e ela parou e me deu uma ordem, "Ok, passa para mim."

Eu olhei para ela realmente sem saber o que ela estava dizendo. Ela então apontou para a minha mochila. Eu protestei imediatamente, "Sam, não. Eu consigo carregar minha mochila."

Ela sacudiu a cabeça dizendo não, "Sem negociações, Jordie. Eu prometi que ia ajudar, mas não vou deixar você se machucar. Pode passar para mim. Eu prometo que eu te devolvo antes de ficarmos à vista da escola."

Eu reclamei e reclamei mais ainda. Eu não queria ela carregando as minhas tralhas. Mas assim mesmo, tirei a minha mochila do ombro e passei para ela. Pelo menos ela sabia que estava me forçando, como se importasse alguma coisa. Ela só riu quando pegou minhas coisas. Colocou minha mochila em uma mão, os livros dela na outra, comparou os pesos e me passou as coisas dela. E antes de começarmos a andar ela abriu o zíper da minha mochila, pegou um dos meus livros mais leves e acrescentou à minha pilha.

Enquanto colocava a minha mochila de volta nas costas ela disse, "Pronto, esse deve ser peso o suficiente para você começar por hoje." Eu realmente tentei ficar bravo com ela, mas não consegui. Eu sabia que ela só estava querendo ajudar. Eu ainda olhei para ela ameaçadoramente do alto dos meus um metro e sessenta. Rapidamente abracei os livros na frente dos meus peitos e comecei a andar. Eu sabia que eles ainda não eram visíveis, mas depois da noite anterior eu tinha exata consciência deles e queria ter certeza que eles estavam bem escondidos.

Ela me deu um olhar estrando, suficiente para eu perguntar, "Por que está me olhando assim?"

Ela voltou a olhar para frente e disse, "Nada... Estava só pensando aqui como você estava se sentindo depois da noite passada. Você parece estar bem melhor."

Concordando, eu resmunguei, "É, bem melhor. A não ser pelo fato de eu não conseguir carregar minha mala para a escola." Ela apenas riu, o que me fez sorrir de volta. Continuei, "De vez em quando eu ainda me sinto sobrecarregado com tudo... Fico triste que você tenha visto a cena..."

Ela me olhou séria e disse, "Jordan, eu não fico. Você é meu amigo e isso inclui não só as horas fáceis, ok? Ninguém pode ser forte o tempo todo. Nem mesmo você! Além disso, deixa eu te contar um segredo. Ontem, sendo o meu 'primeiro' dia na escola, eu estava totalmente sobrecarregada. Quase desabei algumas vezes."

Eu olhei para ela, surpreso. Pelo que eu tinha visto no dia anterior ela parecia bem calma. Perguntei, "E como você fez para lidar com isso?"

Ela me olhou de volta e sorriu, "No começo foi bem difícil de lidar. Eu estava sozinha na maior parte do dia. Ninguém queria sentar perto de mim ou mesmo falar comigo. Sem contar os olhares que todos me davam. Aí encontrei um grande amigo que eu achei que tinha perdido. E isso fez toda a diferença."

Nessa hora eu engasguei um pouco. E me lembrei quanto me senti sozinho quando as pessoas pararam de me visitar. Mesmo sabendo que fui eu quem pedi para pararem. O caso dela era diferente. Mesmo tendo mudado por fora, ela ainda era a mesma pessoa. E, na minha opinião, ela era muito legal! Me deixava muito irritado o fato das pessoas a tratarem diferente, então eu disse, "Fico feliz por ter te encontrado. E quer saber? Azar o deles!"

Ela me deu um sorriso sincero e respondeu, "Obrigado, Jordie. Isso significa muito pra mim..." Ela pensou por alguns segundos e continuou, "Eu ia esperar mais um pouco, mas você parece estar pronto para carregar sua mochila. Já estamos quase na escola e você nem precisou parar para descansar."

Foi aí que me dei conta de onde estávamos. E que eu realmente não tinha precisado parar para descansar, mesmo carregando parte do nosso material. Concordei, sorrindo, "É, eu não estou mesmo me sentindo tão cansado. Então acho que estou pronto."

Levamos menos de um minuto para trocar nossos materiais e continuamos os últimos quarteirões perdidos nos nossos próprios pensamentos. Logo antes de nos separarmos e irmos para nossas classes eu disse, "Ei, se cuida e tenta ter um bom dia, tá? Não deixa aqueles bundões te amolarem." Nós tínhamos comparados nossas agendas e a única classe que dividíamos era Ciências, em dias "A". E como hoje era um dia "B" não teríamos nenhuma aula juntos.

Cutucando meu ombro com o dela, ela respondeu, "Você também, Jordan. Nos vemos no caminho de casa hoje à tarde."

Eu prometi, "Estarei lá!" E fui andando para minha classe.

Eu mal tinha me sentado na minha cadeira e dado oi para o Teddy, quando o professor me disse para ir até a sala do diretor, o sr. Miller. A única coisa que ele disse é que o diretor precisava falar comigo. A classe começou a rir, porque isso só acontecia quando alguém se metia em encrenca. Era só o segundo dia de aula e eu ainda não tinha tido tempo de me meter em nenhuma... Ainda. Minha imaginação começou a voar. Pelo que meus pais tinham me dito, a escola, e é claro, o sr. Miller tinham sido informados sobre o que estava acontecendo comigo, e isso significava que os professores também deveriam saber. Apenas para que eles pudessem me ajudar se fosse preciso. Eu respirei fundo porque tinha certeza que tinha a ver com o incidente na aula de Educação Física no dia anterior. Assim que cheguei na diretoria, me mandaram direto para a sala dele.

Quando cheguei, a porta da sala estava aberta mas eu bati assim mesmo. Ele me viu e disse, "Por favor entre sr. Taylor. Entre, feche a porta e, por favor, sente-se."

Fiz exatamente como ele mandou e assim que me sentei perguntei, "Estou metido em alguma encrenca? Eu não me lembro de ter feito nada de errado..."

Ele pareceu surpreso com a minha pergunta e logo sorriu, "Não, não, Taylor, está tudo bem. Eu preciso conversar com você sobre um outro assunto, muito importante na verdade."

Eu gemi por dentro, sentindo meu medo começando a crescer. Isso não estava cheirando bem. Eu disse, "Hummm, ok. Só uma coisa, sr.

Miller. Pode me chamar de Jordan? Quando o senhor me chama de Taylor, parece que está falando com meu pai..."

O sr Miller concordou, "Ok. Jordan. Eu primeiro gostaria de dizer que todos os professores, incluindo eu mesmo, nos orgulhamos em sempre colocar a segurança dos nossos alunos em primeiro lugar. Especialmente aqueles que passam por situações... particulares." Eu engoli em seco, sabendo que ele estava falando de mim. E ele continuou, "Os professores são instruídos a manter uma atenção especial a esses alunos. Bom, ontem eu recebi a informação de uma situação bem específica que aconteceu. Antes de continuar, deixe-me dizer que eu já contatei os seus pais e..."

Eu interrompi, "Professor, se isso tem a ver com o que aconteceu no jogo de queimada, quero dizer que está tudo bem. Foi só uma pancada forte."

Confuso, ele respondeu, "Como é? O que aconteceu no jogo de queimada?"

Agora quem estava confuso era eu, "Espera... Isso não tem a ver com eu ter me machucado no jogo de queimada?"

Ele disse, "O quê? Não, não tem. Mas o que aconteceu nesse jogo? E mais importante, o quanto você se machucou?"

Agora eu é que estava completamente confuso com a história toda, mas a essa altura já não tinha como desviar a atenção dele. Eu disse, "Professor, nada aconteceu. Só um outro aluno me deu uma bolada forte enquanto jogávamos queimada. E só doeu um pouco mais do que deveria...". Inconscientemente eu esfreguei as mãos onde a bola tinha batido.

Ele arregalou os olhos um pouco, "Ah, entendi..." Ele ficou sem saber o que dizer então eu decidi falar algo para quebrar o gelo. Afinal eu sabia que a escola tinha sido informada do procedimento e da medicação que tinha salvado a minha vida. E também dos efeitos...

Eu resmunguei, "É... Eles estão crescendo... Mas ainda não o suficiente para serem notados. Eu ainda posso fazer Educação Física!"

Ele concordou, "Você está com medo que eu te tire da Educação Física, não é?" Com o meu consentimento, ele continuou, "Apesar de eu ter a papelada para a sua dispensa pronta, vou esperar que você e diga quando posso coloca-la em efeito. Ou então quando as mudanças se tornarem muito visíveis. Mas confio em você para me falar antes que isso aconteça."

Eu concordei e continuei, "Mas se não estou aqui por causa disso, o que aconteceu?"

Ele sorriu e disse, "Na verdade você está aqui por causa da Samantha Wilkins. Nós estamos preocupados em como os outros alunos vão aceitá-la. Apesar de não ter escutado nenhuma reclamação de provocações, parece que os outros alunos a estão evitando. E apesar de não podermos fazer nada sobre isso, recebi um relatório do professor Reeves sobre algo que aconteceu na aula dele ontem."

Tentando me lembrar se alguém tinha mexido com ela, eu disse, "Eu estava naquela aula e não me lembro de ter visto ninguém provocá-la. Eu teria feito algo."

Ele riu, "Eu sei disso, Jordan. E pelo que conversei com seus pais, sei que você teria dito algo se tivesse visto alguém desrespeitá-la. Parece que com os anos você desenvolveu um senso de justiça bem apurado que inclusive te colocou em apuros algumas vezes."

Eu dei de ombros, "Não sei sobre apuros... Em algumas vezes eu entrei em algumas situações maiores do que podia lidar. Mas eu simplesmente não consigo me segurar... Mas o que aconteceu com a Sam na aula do sr. Reeves?"

Ele respondeu, "Na verdade, Jordan, o que aconteceu foi algo bom. Parece que todos os amigos da srta. Wilkins a estavam evitando. E ficar sozinho nunca é uma coisa boa para alguém na idade de vocês, especialmente com todos os desafios que ela já está passando. E aí o professor Reeves me contou como você interagiu com ela. Foi aí que tive uma ideia e, antes de mais nada, liguei para os seus pais. Eles me disseram como vocês sempre foram amigos e como eles estavam felizes em ver como vocês ainda eram."

Eu disse, "É, então... A Sam e eu sempre fomos amigos. E mesmo que eu tivesse vários outros amigos no time de beisebol, ela sempre foi praticamente minha melhor amiga." Nessa hora eu me dei conta de uma coisa muito específica na nossa amizade. A Sam sempre tinha sido muito determinada e muito focada, quase agressiva, tentando mostrar muita masculinidade quando estava perto dos outros amigos. Mas quando estávamos só nós dois, talvez por eu sempre ter sido pequeno perto dela, ela parecia mais relaxada. Voltei à realidade e a minha atenção para o sr. Miller, "Veja, eu não vou abandonar a Sam nunca, se é isso que lhe preocupa. Ela é minha melhor amiga!"

Ele sorriu para mim, "Eu não estava preocupado com isso, Jordan. Na verdade, eu ia lhe pedir um favor. E, é claro que eu já tenho a aprovação dos seus pais."

Eu franzi minha testa, desconfiado. Sempre que alguém usava a palavra "favor" normalmente não tinha nada de bom para mim. Perguntei, "Que tipo de favor?"

Ele suspirou, "Bom, Jordan. Como eu disse antes, você parece ser a única pessoa que não está fugindo dela. Então, olhando os calendários de vocês, eu imaginei se não seria bom fazer com que seus horários combinassem mais. Eu queria saber se você estaria disposto a trocar de classe e de horário para que a maioria das suas aulas, pelo menos nos dias B, combinassem com a da Samantha."

Eu concordei na hora, "Claro! Pra mim não tem problema. Quais as mudanças que teremos que fazer?"

Visivelmente mais aliviado, ele me explicou. E na verdade não seria uma mudança tão grande assim. Eu continuaria tendo a mesma grade de matérias e a mesma quantidade de horas para cada uma. A diferença seria nos dias em que eu teria cada matéria e em qual horário. Mexendo algumas coisas e mudando a hora do meu almoço eu ficaria em praticamente todas as aulas da Sam. O almoço mais tarde era um pouco chato, mas pelo menos eu poderia almoçar com ela.

Olhando o resultado da mudança para os dias B, eu perguntei, "O que eu teria que fazer para mudar tudo, inclusive os outros dias?"

Ele respondeu, "Bom, pelo jeito você concordou com a mudança e está ansioso para começar. Como você pode ver, a mudança na carga é mínima. Podemos simplesmente colocá-lo com as mesmas aulas que ela, começando a partir de hoje, se você quiser."

Continuei, "Claro que quero. A Sam é minha melhor amiga. E mudar minha agenda para ajuda-la é o mínimo que eu posso fazer."

O professor Miller teclou no seu computador por alguns segundos e finalmente disse, "Pronto. Está feito. Pegue o seu novo calendário e se quiser já pode se dirigir à sua nova aula. Eu vou mandar uma mensagem para todos os professores agora mesmo." Ele se levantou e me cumprimentou, dizendo, "Jordan... Você sabe que isso não é apenas para ajudar a Samantha, não é? Eu estou a par do que você e sua família esperam que aconteça com você nos próximos meses. Isso pode também te ajudar bastante."

Eu disse, "Imaginei... Mas estou fazendo isso mesmo é para ajudar a Sam."

Enquanto eu levantava e caminhava até a porta ele disse, "Jordan. Você sabe que sempre que precisar conversar, minha porta está aberta para todos os alunos, não sabe?" Eu apenas concordei. As drogas das emoções me deixavam apavorado só em pensar no assunto. Fechei a porta ao sair, peguei meu novo horário e fui para minha nova classe.

Quando entrei na sala, no meio da aula de História, percebi que era uma repetição da cena que eu tinha presenciado no dia anterior. A Sam estava sentada no canto da sala e todas as cadeiras ao redor dela estavam vazias, com exceção da cadeira logo a frente. Ver o que os outros alunos estavam fazendo com ela me deixava ainda mais irritado. Ela estava prestando atenção no telefone dela, se esforçando para ignorar os outros que a estavam ignorando. Tanto que não me viu chegar nem sentar do lado dela.

Eu perguntei, "Ei, tem alguém sentado aqui?"

Ela me olhou e demorou um segundo para se dar conta de que era eu mesmo. E aí o sorriso dela apareceu imediatamente, "Jordie! O que você está fazendo aqui? Eu pensei que você estivesse na aula de Biologia."

Aquele calor estranho e gostoso passou pelo meu corpo por um instante, vendo como ela tinha se animado em me ver. Tentei esconder a sensação e disse, "Me chamaram na sala do diretor. Ele me disse que eu tinha uma mudança na minha agenda, e agora aqui estou eu."

Ela disse, desconfiada, "Tem certeza que foi só isso que aconteceu?"

Eu sorri, "Mais ou menos..." E dei o papel com meu novo horário para ela ver."

Ela leu rapidamente e me disse, "Você está em todas as minhas aulas nos dias 'B', exceto Educação Física... Jordan, o que realmente aconteceu?"

Comecei a achar que ela poderia ficar brava, então confessei, "O sr. Miller me contou como as pessoas andam te evitando. E o professor Reeves contou para ele como nós dois nos demos bem ontem. Aí o sr. Miller ligou para os nossos pais para saber o que eles achavam de nós termos estarmos na mesma classe..."

Ela me olhou e disse, "E ninguém te perguntou nada? Quer dizer, estou feliz que você esteja aqui, mas eles não tinham que ter te perguntado antes de fazer toda essa mudança?"

Eu concordei, "Ele primeiro fez toda a pesquisa para ver se as agendar batiam. Depois me disse que se eu quisesse eles podiam fazer a mudança."

O rosto dela suavizou, "Ah... Eu imagino então que você aceitou..."

Eu disse, sorrindo, "Sem hesitar!"

Por um momento achei que ela fosse chorar. Ela olhou para o outro lado e respirou fundo algumas vezes. Depois olhou de novo para mim, aliviada, "Obrigada, Jordan..."

Eu sorri, "Lembra? Amigos não-de-merda." Foi o suficiente para fazê-la rir. Ela apenas concordou e sorriu de volta para mim.

Pouco depois a sra. Tate começou a aula de História. Não me leve a mal, ela era uma senhorinha muito gentil, mas a impressão que dava era que ela tinha vivido grande parte da história. E ela era extremamente seca e monótona. Mas eu consegui ficar acordado, pelo menos a maior parte da aula.

Enquanto arrumávamos as coisas para a próxima aula, a Sam disse, "Jordie, eu realmente não estou a fim de fazer a próxima aula... Estava pensando se a gente podia matar a aula juntos..."

Eu sabia que a nossa próxima aula era Educação Física e ela estava apavorada de ter que fazer a aula com as meninas. Tentei motivá-la, "Vai dar tudo certo, Sam... Você não pode deixar as pessoas mexerem com você só porque você é diferente. Não pode ser muito pior do que eu, sendo o anão da classe. Quer dizer, sei que é diferente, mas ainda assim... Você consegue!"

Ela suspirou, "Ok, vou tentar... Eu queria ser tão forte quanto você."

Eu ri, "Olha quem fala... A menina que tem carregado a minha mochila."

Ela riu e me deu um encontrão de ombro, "Bobo... Você me entendeu. Obrigada de novo, Jordie. Nos vemos no almoço?" Eu concordei e ela se aproximou, me deu um abraço e um beijo no rosto. Meu corpo inteiro ficou quente e, quando ela me largou, notei alguns outros alunos nos olhando meio estranhos. Eu fiquei encarando até que eles ficaram sem jeito e peguei minhas coisas para ir até o vestiário.

Conforme fui andando, meus pensamentos voltaram para a Sam e o que ela devia estar encarando com as outras meninas na aula de Educação Física. Eu não sabia como as pessoas a tratavam quando eu não estava por perto e me peguei querendo estar na aula com ela para ajuda-la. Claro que, sendo uma aula só de meninas, era o último lugar que eu queria ir. Afinal, se meu corpo mudasse como eu achava que ia mudar, logo eu teria que frequentar aquela aula de qualquer jeito. E no fim, imaginei que eu terminaria parecendo com uma versão menor da minha mãe. Mas também comecei a imaginar essa garota na aula, com a Sam por perto e se divertindo. E, puxa, se a Sam continuasse minha amiga depois dessa mudança toda, quem sabe não seria tão ruim. E inconscientemente, comecei a sorrir.

No fim me dei conta que, normalmente, só de pensar nesse assunto deveria me deixar apavorado. E dessa vez o que me apavorou foi não ter tido medo ao pensar nisso...

Capítulo 5

Eu gostaria de poder dizer que eu consegui me concentrar e retomar tudo o que eu tinha que estudar e estava atrasado por causa do meu chilique na noite anterior. Mas a verdade é que eu sempre voltava a pensar em como as mudanças todas tinham me apavorado na noite passada e como eu, de repente, estava me sentindo bem. Não que me imaginar como uma menina não me amedrontasse. Só de pensar no meu corpo ganhando curvas e volumes chegava a me dar falta de ar. A única coisa que conseguia me acalmar era pensar na Sam. Pensando em mim como menina era ruim, mas pensando em mim como menina, ao lado da Sam, não era tão mal... Seja lá como fosse, ela era a chave. O que era normal, afinal ela era minha melhor amiga, certo? Ou era algo mais do que isso?

Sinceramente eu não sabia. Na verdade, desde que tinha ficado doente nunca tinha parado para pensar no assunto. Eu nunca achei que ia ter a chance de me sentir atraído por alguém, nunca pensei que ia ter a chance de ter alguém, então eu simplesmente não sabia o que achar. A única coisa que eu sabia era que pensar em nós dois como algo mais do que amigos trazia aqueles calores no meu corpo. É claro que eu achava que isso devia ser os famosos calores que eram esperados quando seus hormônios estão completamente desregulados, como era o meu caso...

Ótimo, mais uma coisa com a qual eu tinha que me preocupar e discutir com o médico na próxima consulta.

Eu continuava essa linha de pensamento quando entrei na fila de massas no refeitório. Com todo o exercício e todo o esforço que eu andava fazendo, me entupir de carboidratos parecia uma boa ideia. Eu estava ainda perdido em meus pensamentos quando a Sam sentou na mesma mesa.

Ela perguntou, obviamente preocupada, "Ei, tudo bem com você?"

Eu sorri de volta, "Tudo bem... Eu só tenho pensado bastante em... coisas... Duas horas na biblioteca me deu muito o que pensar."

Ela disse, "Ok. Você sabe que sempre que você quiser conversar sobre... coisas... eu estou aqui para ouvir. Só queria mesmo saber se você estava bem. Você pareceu meio preocupado."

Eu respondi, "Não, não estou preocupado..." Eu vi nos olhos dela que ela não estava acreditando muito. Continuei, "Bom, talvez. Mas deixa pra lá... Estou bem melhor. Você é que parece estar de muito bom humor. Pelo jeito a Educação Física não foi tão ruim quanto você imaginava."

Ela sorriu, "Não mesmo! Quer dizer, foi meio esquisito no começo. Algumas das meninas pareciam não estar confortáveis comigo na aula. E também o fato de que eu tive que me trocar na sala da professora. Mas a parte boa é que várias garotas da minha classe estão no time de Softball e a professora já falou para elas sobre eu arremessar no time. E até mostrou para elas alguns vídeos sobre como eu jogo. Elas ficaram tão animadas que querem que eu comece já no mês que vem!"

Eu perguntei, "Já no mês que vem? Mas a temporada de Softball só começa no próximo semestre. Por que tão cedo?"

Ela disse, animada, "A professora acha que comigo no time a gente tem uma boa chance de concorrer no campeonato estadual. Então ela quer que eu esteja pronta já no começo da temporada. E várias meninas se ofereceram para me ajudar."

Eu tentei esconder minha decepção, e perguntei, "Então você não vai precisar da minha ajuda?"

Ela arregalou os olhos, "Não, Jordie, pelo contrário! Eu disse para as meninas que você ia me ajudar a treinar, como antigamente. Elas concordaram e disseram inclusive que nos fins de semana a gente pode usar o campo de Softball pra terinar com elas. Se você concordar, é claro... Assim a gente pode treinar com rebatedores de verdade."

Eu me senti aliviado, "Ufa... Por um minuto fiquei preocupado... Eu realmente estou animado em pegar seus arremessos de novo. Então quer dizer que pelo menos as jogadoras do time estão ok com você sendo... Bom, você mesma..."

Ela concordou, "É, na verdade eu não acho que elas dão a mínima pra isso. Algumas delas eu tenho certeza que são até casais. Apesar de ninguém dizer nada abertamente, elas também não fazem questão de esconder. A Shelly e a Rachel, por exemplo, com certeza são um casal. E veja, quando elas viram os filmes que o professor Bowen mandou, elas ficaram mais do que animadas em me ter no time."

Quando ela mencionou o possível casal de lésbicas no time, eu imediatamente voltei aos meus pensamentos de antes. Se nós éramos mais do que amigos, seria possível sermos algo depois que minhas mudanças se tornassem públicas? Eu perguntei, hesitante, "Hummm, Sam... Você se incomoda se eu te fizer uma pergunta bem pessoal?"

Vendo como a minha pergunta era séria, ela disse, "Vai em frente! Eu não me importo em responder nenhuma pergunta pra você."

Com o medo que eu tinha, ou melhor, o pavor que eu tinha de ter que contar a ela toda a verdade, tomei coragem e perguntei, "Estava aqui pensando... Quando você mencionou as meninas que são lésbicas, me dei conta que nunca te perguntei se você gosta de meninos ou de meninas... Se você não se importar em dizer..."

Ela achou graça no meu nervosismo e respondeu, "Você sabe que eu nunca pensei muito nisso... Com toda a coisa de gêneros na minha cabeça todos esses anos, acho que nunca tive muito espaço pra pensar em nada mais... Quer dizer, além de beisebol, é claro..." Ela sorriu, o que me fez sorrir também. Pensou mais alguns minutos, olhou pra mim meio corada, como se estivesse com vergonha, e disse, "Acho que de meninos... Se for a pessoa certa." Ela me olhou com um olhar meio tímido, que nunca tinha visto nela.

Meu coração ficou um pouco apertado com a resposta. Se ela gostava mesmo de meninos, então todo o meu pensamento do que poderia acontecer entre nós não servia para nada. Eu mal era um menino agora, e o que sobrava ia desparecer logo. Ela percebeu meu ânimo mudando e entendeu errado a minha expressão, dizendo, "Calma... Eu nunca pensei em dar em cima de você ou de nenhum outro amigo do time, pode ficar tranquilo... Aliás, eu imagino que você goste de meninas, não é?"

Isso era algo que também nunca tinha passado pela minha cabeça. Eu disse, "Sabe, eu nunca pensei muito sobre isso. Como eu fiquei doente muito cedo e muito rápido, nunca achei que isso era algo que eu iria ter um dia. Mas, pra responder a sua pergunta, acho que sim, gosto de meninas. Bom, pelo menos de uma menina específica..."

A expressão dela mudou um pouco. Eu não consegui exatamente perceber o porquê, mas ela disse, "Ah... ok." E eu vi que os olhos delas se voltaram para o prato onde ela começou a mexer a comida de um lado para o outro sem comer nada.

Depois de alguns minutos em silêncio eu fiquei imaginando o que eu podia ter dito que a tinha chateado. Revi as minhas palavras na minha cabeça e finalmente perguntei, "Sam, o que aconteceu?"

Ela olhou para mim e forçou um sorriso, "Desculpa... Acho que você não é o único que tem pensando em... coisas... Ah, mudando de assunto, eu quase me esqueci. A professora e as outras meninas do

Softball me pediram para te perguntar uma coisa. Quando os treinos começarem, se você tiver tempo, você podia nos dar uma mão."

Surpreso com a mudança na conversa, eu perguntei, "Hummm, por que elas querem minha ajuda. De qualquer forma eu não posso jogar no time..."

Ela respondeu rindo, "Bobo... Claro que você não pode jogar no time de Softball. Mas já que elas vão ter que treinar uma outra apanhadora, elas acharam que você podia ajudar no treino. E além disso, acho que isso ia também te ajudar."

Levantando as sobrancelhas, eu disse, "Eu gostaria muito de ajudar no treino. Mas por que exatamente isso ia me ajudar?"

Ela sorriu, sincera, "Eu pensei que além de ajudar o time, isso podia também te ajudar a melhorar o seu condicionamento físico para quando você quiser voltar para o time de beisebol. Você vai voltar, não?"

Eu entendi o raciocínio dela e por isso forcei um sorriso para disfarçar, "É, na verdade, o professor já falou que é só eu pedir que ele me coloca de volta no time." Eu tentei o meu melhor para não parecer chateado. Mas a verdade era que eu tinha desistido completamente de voltar a jogar beisebol desde que a minha mudança de hormônios começou. Eu não sabia quanto tempo eu ia conseguir esconder, mas seguramente não até o começo da temporada, no próximo semestre.

Os olhos dela brilharam comprovando que ela não tinha percebido a verdade. Ela disse, "Oba, que ótima notícia! Ainda assim acho que não ia fazer nenhum mal entrar em forma nos ajudando, não acha?"

Pelo menos o sorriso sincero dela me fez substituir o meu sorriso falso por um verdadeiro. Sem hesitar, eu disse, "Sabe, Sam, você nem precisava ter me dados todos esses motivos para ajudar vocês."

Ela disse, "Jura? Eu pensei que você ia achar meio esquisito treinar um time de meninas."

Eu disse calmamente, "Sam, eu teria ajudado só pelo fato de que você pediu..."

Por um minuto achei que ela ia começar a chorar, mas ela limpou a garganta e pegou a minha mão enquanto dizia, "Eu estou realmente feliz por você ser meu amigo, Jordan."

Eu respondi, usando todas as minhas forças para não mostrar a decepção que eu estava sentindo, "Eu também... Melhores amigos para sempre, combinado?"

Ela acenou concordando. E foi naquele momento que eu soube, sem sombra de dúvida, que eu queria que nós fôssemos mais do que amigos. Eu não sabia exatamente o que 'mais' queria dizer. Desde que eu tinha ficado doente, eu nunca tinha sentido atração por ninguém. Eu só sabia que eu queria algo mais, seja lá o que fosse. Mas não importava de qualquer jeito, afinal não era algo que, pelo jeito, ela estivesse interessada. Adicionei isso a minha lista de frustrações com todas essas mudanças.

Eu continuava dizendo a mim mesmo que tudo isso ainda era 'melhor do que a outra opção', mas cada dia isso ficava mais difícil de acreditar.

****

O resto do dia foi absolutamente inútil. Afinal, isso ainda era uma escola... Nós dois estávamos nas mesmas aulas o dia inteiro e, como sempre, sentávamos juntos. Exceto quando tínhamos que ir para os nossos armários, que ficavam em lados opostos, do contrário estávamos sempre juntos.

Por sorte naquele dia eu não tinha que levar nenhum livro extra para casa, afinal eu tinha conseguido colocar toda a minha leitura em dia. Como ainda era o primeiro dia "B" a maioria dos professores ainda estava preparando as aulas para começarem, ao contrário da sra. Tate que tinha feito questão de começar o primeiro dia a todo vapor... E notei como minha mochila estava parecendo mais leve e não apenas pela falta de livros. Acho que toda a movimentação e todo o exercício dos últimos dias já estava começando a fazer efeito. Pelo menos me parecia que eu não estava me sentindo tão cansado.

Eu estava chegando no nosso ponto de encontro e vi que a Sam já estava lá. Mas percebi que ela estava meio chateada e perguntei, "O que aconteceu?"

Ela só resmungou um pouco e olhou para um grupo de meninas do outro lado da rua, "Nada, só aquele grupo de clones da Barbie. Ficam apontando para mim e cochichando... Não que eu consiga ouvir o que elas estão falando, mas ainda assim... Sei lá." Eu olhei furioso para o grupo e vi que elas realmente estavam rindo da Sam. Ela disse, "Jordan, não liga pra elas. Deixa pra lá, está tudo bem..."

Eu olhei de volta para ela e só de ver o quanto elas a deixaram chateada realmente me deixou furioso, "Não, Sam. Não está tudo bem. Nem um pouco..." Olhei de volta para as Barbies e assim que a Lisa, a "líder" do grupo olhou nos meus olhos eu mostrei meu dedo do meio, com vontade, pra mostrar o quanto eu a desprezava e tudo o mais o que ela fazia. Ela ainda teve coragem de se sentir ofendida com o meu gesto. Não recuei e continuei olhando firme ate que elas decidiram ir embora.

A Sam se aproximou e disse, "Você é mesmo um caso sério, Jordan... Não te incomoda o que elas vão falar de você para os outros?"

Eu sacudi a cabeça, "Nem um pouco... Aquelas vacas pensam que ser bonita e popular é tudo na vida. Pra mim é tudo besteira. Então danem-se!"

Ela me deu um abraço e disse, "Obrigada por me defender."

Eu retribuí o abraço, "Você não precisa me agradecer. Você me conhece, eu não consigo ficar parado quando alguém está sendo injustiçado."

Ela disse, "É, eu te conheço... Mesmo que isso possa acabar com a sua reputação."

Eu pude ver uma ponta de culpa no rosto dela, e isso me deixou arrasado. Eu sabia que ela se sentia culpada por tudo isso, mas que não queria me falar. Eu tentei confortá-la, "Sam, pode parar com isso, ok? Aquelas meninas não passam de supérfluas e preconceituosas. E você é o oposto delas. Você é uma menina incrível e legal então você não precisa de aprovação daqueles projetos de Barbie. E lembra que você ainda vai ser a estrela do Softball que vai levar esse time para o campeonato nacional..." Ela sorriu e concordou e eu não pude resistir, "E também, não se preocupe com a minha reputação... Hoje na biblioteca eu escutei alguém me chamando de zumbi anão. Então minha reputação não tem mais como cair... E vamos embora. Lembra que hoje é a minha vez de te dar uma canseira no treino."

Ela sorriu, "Não vejo a hora! Obrigada de novo, Jordan... Tipo, por tudo!" Eu apenas sorri e concordei com ela. E percebi que ela tinha esquecido completamente de carregar a minha mochila e eu não precisei fazer nenhuma parada. Apesar de tudo o que estava acontecendo, pelo menos eu estava ficando mais forte. Fisicamente, quer dizer...

Fizemos uma parada rápida na minha casa para eu tomar minha gosma de baunilha e canela. A Sam ficou na cozinha enquanto eu bebia, mesmo depois de eu ter dito que não precisava. Ela disse que a gosma tinha uma aparência tão ruim que ela queria estar lá para "sofrermos juntos". Claro que quando eu ofereci um gole ela recusou na hora.

Levamos pelo menos uma meia hora para pegar todo o equipamento de treino na garagem e colocar tudo no quintal. Ainda bem que tudo parecia em ordem. A rede de arremesso e o nosso alvo feito em casa pareciam funcionar bem. Usamos uma rede de dormir com alguns bambolês cortados e colados juntos numa tábua. Medimos mais ou menos a altura de uma jogadora de Softball e marcamos onde a Sam deveria mirar.

Passamos uns quinze minutos só jogando a bola um para o outro. Como a bola de Softball era bem mais leve que a de beisebol, achamos que seria uma boa forma de aquecer e se acostumar com ela. Outros quinze minutos ficamos treinando arremessos leves na metade da distância certa, apenas para treinar um pouco a mira. Usamos dois baldes para colocar as bolas e depois recolher todas as que tínhamos arremessado.

Quando começamos pra valer, a Sam estava tendo problema com a mira. Ela conseguia acertar uma a cada quatro bolas no alvo. As outras três bolas eu tinha que ir buscar com a minha luva para não irem para longe. Mas depois de encher os baldes de bolas umas quatro vezes, ela já estava bem mais a vontade, acertando três a cada quatro bolas. Com isso mudamos o foco e passamos os próximos 10 minutos só melhorando a velocidade das bolas que ela arremessava.

Eu queria me convencer de que não estava fraco, mas depois de mais umas duas rodadas de bolas, eu precisava sentar. Como eu ficava levantando e agachando toda hora para pegar os arremessos dela, o exercício estava já me cansando e, quando terminamos, minhas pernas pareciam estar pegando fogo.

Ao final do treino, apesar de estar claro que ela estava cansada, a bola rápida da Sam estava impressionante. Foi, na verdade, o único tipo de arremesso que nós trabalhamos naquele dia, já que aquele ia ser a sua arma-secreta. Isso mostrou que o tanto que ela tinha praticado durante o verão tinha valido a pena. A minha ideia era treinar a bola rápida até ela conseguir jogar dormindo e aí partir para um arremesso diferente, e assim por diante.

Outra coisa que eu reparei enquanto treinávamos é que, apesar da Sam ser um pouco tímida no geral, pelo menos na frente das outras pessoas, quando ela estava no campo ela se transformava. Eu conseguia ver toda a confiança que eu conhecia nela. E isso me trouxe várias memórias boas, principalmente da conexão que nós sempre tivemos. Uma conexão de quem jogava junto, de arremessador e apanhador, e ver isso acontecer de novo de deu uma sensação muito boa.

Mais tarde, depois de nos abraçarmos e nos despedirmos, a noite foi como sempre. Meus pais, é claro, ficaram felizes em ver todo o equipamento de treino espalhado pelo quintal e me cobriram de perguntas sobre como o treino estava indo. E até isso, como durante o treino, me fez sentir como nos velhos tempos.

Depois do banho, quando o espelho já tinha desembaçado, fiquei ali olhando meu reflexo. E tentei prestar atenção em tudo sobre o meu corpo. Eu ainda estava muito magro, mas já não parecia doente como antes. Reparei no meu cabelo comprido, completamente embaraçado e descuidado. Aliás essa era outra coisa que minha mãe sugeriu e que eu concordei relutante. Desde que eu tinha começado a terapia hormonal que não cortava o cabelo. A ideia dela é que conforme meu corpo mudasse e ganhasse mais curvas femininas seria bom ter o cabelo comprido. E até lá eu podia manter ele descuidado num corte mais masculino.

Foi aí que peguei meu telefone para comparar algumas fotos. Eu vinha tirando fotos toda semana desde que eu comecei a me recuperar. O psiquiatra achou que era uma boa ideia para que eu pudesse acompanhar meu progresso. Ele dizia que, mesmo que as mudanças não fossem do jeito que eu queria, podendo comparar o quanto eu tinha ficado mal ajudaria a me manter animado com a minha nova aparência.

Eu olhei de volta no espelho e ainda consegui ver um menino. Quer dizer, já com um ar meio andrógeno, mas ainda assim mais masculino do que feminino. Mesmo com o meus peitos um pouco inchados. E comparei com as outras fotos. É claro que a diferença entre agora e as primeiras fotos eram enormes. Mas mesmo olhando a foto da semana anterior e a de hoje, já dava para notar diferenças. Sutis, mas ainda assim visíveis. Lembrei que o endocrinologista falou que meu corpo ia acelerar a retomada. Parecia que era exatamente isso que estava acontecendo.

Pelo menos dessa vez não desabei, como na noite passada. Talvez eu estivesse, aos poucos, me contentando com o que estava acontecendo. Ou talvez eu não tivesse mais energia para chorar depois da noite anterior.

Estava terminando de colocar meu pijama quando ouvi o telefone apitar.

{Sam, texto} *** Ainda acordado?

{Eu, texto} *** Ainda... Quase indo pra cama.

{Sam, texto} *** Só pra te avisar que na sexta-feira não vou conseguir treinar. Tenho uma reunião de grupo. Quer ir comigo?

Eu já tinha falado pra ela que se ela quisesse que eu fizesse algo era só pedir... Tirando, é claro, coisas como roubar bancos... Se bem que mesmo assim eu pensaria.

{Eu, texto} *** Claro! Grupo do que?

{Sam, texto} *** É o meu grupo de suporte transgênero. Eu queria que você conhecesse alguns amigos e amigas.

Eu engoli em seco. Por que ela queria que eu fosse a um grupo de suporte transgênero? Ela tinha me perguntado antes se eu era transgênero e eu sinceramente não achava que fosse. Pelo menos não no modelo que eu conhecia. Talvez ela não tivesse acreditado quando eu falei que não era. Estava pensando nas opções quando ela mandou outra mensagem.

{Sam, texto} *** Não quero ser exigente. Se você não quiser não precisa ir.

Respirando fundo eu respondi.

{Eu, texto} *** Claro que eu vou! Que horas?

Capítulo 6

Na manhã seguinte, enquanto caminhávamos para a escola, eu perguntei a ela uma pergunta que não saía da minha cabeça. Eu disse, "Estava pensando... Por que exatamente você quer que eu vá na reunião na sexta-feira? Tudo bem mesmo eu ir? Essas reuniões não deveriam ser privadas como um lugar seguro para as pessoas?"

Ela me olhou desconfiada, talvez se perguntando como eu sabia essas coisas. E respondeu, "Normalmente sim. Os convites são feitos apenas pelo mediador. Mas de vez em quando eles fazem um 'dia para as pessoas queridas' o que inclui amigos e família. Como você é meu melhor amigo, eu queria te levar lá. O grupo tem andado muito preocupado com os meus dias na escola."

Eu sorri para ela. Afinal tudo fazia sentido e o pânico que eu tinha sentido na noite anterior desapareceu tão rápido quanto começou. Eu disse, "Entendi... Então você quer me exibir para seus amigos..."

Foi a vez dela de ficar um pouco desconfortável, e disse, "Não, não é isso! Quer dizer... Veja, eu estava apavorada de voltar para a escola. Conforme o primeiro dia foi andando, só ficou pior. Apesar de ninguém dizer nada diretamente para mim, ninguém também falou comigo... Foi aí que você apareceu de volta do mundo dos mortos e entrou na minha aula de ciências. E, diferente de todo mundo, você não me julgou nem por um minuto. Quer saber... Talvez eu queira, sim, exibir você um pouco. Não é toda garota que tem um príncipe encantado vindo resgatá-la num cavalo branco..."

Lembra quando eu falei que consigo ser um idiota sem mesmo perceber? Pois é, a coisa começou a ficar séria e eu precisava de algo para descontrair a situação. Ela podia achar que eu era algum tipo de herói em uma missão de resgatá-la. Mas não era como eu me via. Eu era só um nanico que não conseguia encarar a verdade e ser honesto nem com a pessoa mais próxima de mim. Então tentei fazer uma piada, "Você deve ter me confundido com alguém. Se fosse um pônei talvez fosse eu. Porque não vejo como eu conseguiria montar em um cavalo branco, levando em conta meu tamanho..." Eu tentei rir, mas a piada soou mal até para mim mesmo.

Ela parou e me olhou zangada, "Jordan, não fala assim!"

Confuso, eu perguntei, "Assim como? Foi só uma piada."

Ela falou dura comigo, "Pare de tirar sarro de você mesmo. Não é engraçado!"

Eu ainda tentei argumentar, "Na verdade até que é um pouco engraçado, Sam. Eu sou baixinho, essa é a verdade. Eu prefiro fazer piada com isso do que ficar me sentindo mal o tempo todo."

Ela devolveu, "Bom, na verdade você está se sentindo mal o tempo todo por causa de alguma coisa. Eu conheço você há bastante tempo, Jordan Taylor." Ela colocou a mão no meu ombro de leve e disse, "Eu sei que algo está incomodando você, Jordan. E algo grande. Só quero que você saiba que estou aqui pra quando você precisar, ok?"

Eu comecei a sentir as lágrimas formando nos meus olhos e limpei-as rapidamente, "Sam, eu sei que posso confiar em você. É que... Eu estou feliz de estar vivo, mas o que tiveram que fazer comigo para me salvar... Eu perdi tanto... Eu não..." Minha voz tremeu e não houve autocontrole que fosse suficiente para segurar as minhas lágrimas. Ela rapidamente me abraçou e levou uns bons minutos para que eu conseguisse me acalmar. Olhei para ela e disse, "Eu prometo que quando eu estiver pronto você vai ser a primeira a saber. Desculpa... É o melhor que eu consigo agora..."

Ela me abraçou de novo e sussurrou, "Ok, Jordie... Quando você estiver pronto eu vou estar aqui."

Eu concordei ainda com a cabeça no ombro dela e, me sentindo realmente baixo naquela situação, disse, "E acredita em mim. Ser baixo é o menor dos meus problemas."

Eu senti quando ela concordou e me abraçou mais forte. Quando me soltou, olhou bem nos meus olhos e disse, "Ok. Acredito em você... Eu só que queria que você, por um minuto, conseguisse se ver tão grande quanto eu te vejo... Você é maior e mais bonito do que a maioria das pessoas, Jordan."

Eu concordei, com medo dizer qualquer coisa e começar a chorar de novo. Ela pegou uma caixa de lenços de papel da bolsa e me deu. Quando eu consegui finalmente me recompor, agradeci e continuamos andando na direção da escola, cada um perdido nos próprios pensamentos. Mais de uma vez eu vi que ela estava me olhando preocupada. Eu tentei ignorar do mesmo jeito que tentava ignorar as minhas próprias emoções.

Depois de nos despedirmos, afinal aquele era um dia "A", seguimos cada um para sua classe. Foi aí que me dei conta o quanto eu estava incomodado com aquele dia e que não via a hora de vê-la novamente. Colocando uma expressão de coragem no rosto e tentando esquecer meus sentimentos, abri a porta da classe e fui de encontro ao dia.

Quando me sentei perto do Teddy, ele perguntou, "Ei, onde você se enfiou ontem? Eu não te vi nem no almoço e nem na biblioteca."

Eu respondi, "Ontem me pediram para mudar todos os meus dias 'B' para ajudar um outro aluno."

Isso atiçou a curiosidade dele, que me perguntou, "Quem precisa da sua ajuda? Você praticamente está voltando ao mundo dos vivos..."

Eu hesitei em falar quem, não porque tivesse vergonha de algo, de jeito nenhum. Meu medo era que ele dissesse algo realmente estúpido e aí não ia ter gente o suficiente na escola pra me fazer largar o pescoço dele. Respirei fundo para manter a calma e disse, "O Sam... Imagina só, eu voltei do mundo dos mortos e ele agora é uma menina. Todo mundo tem evitado falar com ela e a gente se encontrou na aula de ciências. Ela está realmente precisando de amigos nessa hora."

Ele meio que desdenhou, "Jura? O Sam?"

Olhei friamente para ele e disse, "Teddy, se eu fosse você eu tomaria muito cuidado com o que você vai dizer agora. A Sam tem sido nossa amiga por muito tempo, e ela ainda é e vai continuar sendo minha amiga."

O Teddy percebeu o quanto eu estava falando sério e pelo menos parou de rir, "Jord, você não acha meio estranho de repente ele aparecer falando que é uma menina?"

Eu ameacei, "Teddy, a Sam é uma menina. E ela também é minha amiga. E você se lembra bem como eu fico quando alguém insulta ou ameaça algum dos meus amigos, né? Ou você precisa que eu te lembre?"

Ele me olhou de cima para baixo, "Cara, você realmente acha que você ia ter alguma chance comigo agora? Eu não sou o mesmo."

Eu comecei a levantar e disse, "Quer tentar? Porque eu sei que eu não vou parar."

Ele levantou a mão num gesto de paz, "Cara, calma! Quer dizer, eu só achei estrando, só isso. Não quis ofender ninguém."

Eu sentei de volta, mas ainda estava furioso. Perguntei, "Você tentou falar com ela desde que ela voltou?" Ele sacudiu a cabeça e eu continuei, "Deveria... Ela é realmente legal, Teddy."

A Outra Opção

Alguma coisa me dizia que apesar da diferença física, por dentro o Teddy ainda era o mesmo moleque que eu conhecia. E ainda estava surpreso que ele tinha recuado com a minha ameaça. Parecia que a amizade que tínhamos tinha ajudado. Pelo menos a que tínhamos tido, porque sinceramente eu não via muito futuro em ser amigo dele. Considerando o quanto eu tinha pensado em colocar as coisas do jeito que eram, até me surpreendeu esse pensamento não me deixar tão chateado. Pelo jeito, pensar que as coisas podiam voltar a ser como antes tinha sido ingênuo e maluco. E não era a primeira vez que eu era chamado das duas coisas.

Eu não conversei muito mais com o Teddy depois disso, mesmo quando o sinal tocou para irmos para as nossas classes. Eu ainda estava meio bravo, mas me dei conta que estava mesmo é decepcionado com ele. Não importa o quanto ele tinha crescido e se desenvolvido fisicamente, não passava daquele moleque assustado que tinha medo da própria sombra. Eu até fiquei me sentindo meio culpado de tê-lo enfrentado daquele jeito, mas depois pensei em como a Sam deveria estar se sentindo, e a culpa desapareceu.

Nada divertido aconteceu nas aulas seguintes, a não ser que alguém ache Matemática e Inglês divertidos. No caminho para o almoço eu estava pensando no que fazer no refeitório. Depois do confronto com o Teddy, eu não estava seguro que me sentar com o pessoal do time seria uma boa. Eu não pertencia mais a esse grupo e, sinceramente, não fazia questão nenhuma de pertencer.

Depois que servi meu prato de lasanha na fila eu escutei o Rick chamar meu nome. Vi que todos os meus amigos estavam sentados na mesma mesa e olhando para mim. Quer dizer, todos menos o Teddy que ficava só olhando para o próprio prato. Imaginei que ele ainda não tinha espalhado a notícia então pensei em resolver as coisas de uma vez por todas.

Cheguei e perguntei, "E aí, pessoal?"

Foi o Rick que respondeu, "Onde você se meteu ontem? Sentimos sua falta."

Olhei para o Teddy e vi que ele continuava olhando para o prato. Tive certeza que ele ainda não tinha atualizado o pessoal sobre a nossa conversa de antes. Fiquei pensando no que fazer e no fim resolvi que se eu ia tomar porrada porque eles resolveram maltratar a Sam, então dane-se, eu ia apanhar... Não ia ser a primeira nem a última vez que isso ia acontecer. Falei, "O diretor me pediu pra trocar meus dias 'B' para ajudar uma aluna. E antes que vocês falem algo, é a Sam. E eu resolvi ajudar porque todos os amigos dela viraram as costas."

Só dois riram. Os outros resolveram continuar comendo e olhando para o prato. Um deles, o Jason, que era um jogador da reserva quando eu estava no time, riu e disse, "Então você trocou a nossa companhia pra ficar com aquele esquisito?"

Eu levantei e encarei, "Vai se ferrar, Jason! Você acha isso engraçado? Sabe o que é mais engraçado? É que a Sam, mesmo sendo menina, ainda vai jogar dez vezes melhor que você, imbecil!"

Ele gritou, "Vai se ferrar você, nanico! Pelo menos eu ainda estou jogando no time. Você, até onde sei, está parado sem fazer nada."

Devolvi, "É, você só está jogando porque eu não estou no time. Senão você ainda estaria sentado no banco o jogo inteiro como você ficava. Enfiando o dedo no nariz e com cara de idiota." Eu não tinha me dado conta mas ele era pelo menos uns 15 centímetros mais alto que eu e pelo menos uns 30 quilos mais pesado. Não que isso fosse fazer alguma diferença.

O Rick levantou para intervir, "Chega vocês dois!" Ele olhou pra mim e disse, "Cara, você quer mesmo morrer arrumando briga desse jeito?" E disse para o Jason, "Você acha isso engraçado? Você conhece o Jordan e, na boa, se eu tivesse que escolher entre você e ele, você já era."

O Jason gritou, "Você ia ficar do lado desse tampinha? Na boa, o que está errado com vocês?"

O Rick, já bem mais calmo, falou, "Uma coisa o Jordan tem razão. Se ele estivesse no time você ainda estaria no banco. Aliás, se continuar com essa briga eu vou falar com o técnico sobre isso. Lembra que eu ainda sou o capitão do time. E não me desafie. Não ia custar nada treinar um novo apanhador."

O Jason levantou e, junto com seu amigo Jack, foram ambos sentar em outra mesa. Continuaram me encarando e, como eu também não parava de encarar, o Rick gritou, "Jordan, chega!"

Eu olhei supreso, "Nossa... Tá bom, papai..." Eu não resisti à piada, mas me sentei mesmo assim. Na verdade, fiquei até impressionado. Parecia que o Rick, pelo menos, tinha realmente crescido nos últimos anos.

Com isso, o Rick resmungou, "Cara, você realmente não mudou mesmo, não é?"

Eu concordei, "Não mesmo. Eu ainda pareço ter onze anos de idade."

Ele colocou a mão no meu ombro, "Não foi isso que eu quis dizer, você sabe. Pelo contrário, você pode parecer um camundongo, mas tem a coragem de um leão."

Eu suspirei, "De que adianta essa coragem toda se eu ainda tenho o tamanho de um rato..."

Ele me deu uma dura, "Cara, nem pensa desse jeito. Essa coragem foi o que te manteve lutando e que fez que você vencesse a sua doença. Espero que isso nunca mude."

O Tom entrou na conversa, "Também acho!"

Mudando de assunto, o Rick disse, "Então você mudou sua agenda pra ajudar a Sam?" Eu só concordei e ele continuou, "Muito legal, Jord.

Vocês sempre foram amigos e fico feliz que ela ainda tenha você pra ajudá-la."

Eu respondi, "Bom, ela teria mais do que só eu se os amigos dela não a tivessem deixado na mão como se ela fosse uma batata quente."

Eu percebi que tanto o Tom como o Rick ficaram incomodados com a minha acusação. O Rick disse, "É, eu sabia que você ia chegar nesse assunto. Não sei, cara. É meio... esquisito. Acho que é o melhor jeito de explicar. Não é culpa dela, nem nada. É que eu conheço o Sam desde pequeno. Agora que ele, quer dizer ela, é uma menina... Não sei nem como começar uma conversa."

O Teddy estourou, "Quer saber? É esquisito pra caramba, isso sim!" Finalmente tirando os olhos da comida, ele continuou, "Desculpa, Jordan, mas acho muito esquisito. Vai em frente e pode me cobrir de porrada, mas é o que eu acho." Ele levantou e saiu rápido do refeitório sem nem mesmo levar a bandeja dele. Eu ameacei ir atrás dele, mas o Rick me segurou.

O Rick disse, "Deixa ele, Jordan. Ameaçar e forçar não vai adiantar nada."

Eu resmunguei, "Ufff, eu sei... Rick, você precisa falar com a Sam. Se você não sabe o que dizer, que tal, 'Oi, Sam, desculpe eu ter sido um babaca.'"

O Rick riu, "É, essa seria uma boa maneira de começar uma conversa. Então, como ela está? Eu ouvi dizer que a professora Dawson está pensando em chamá-la para arremessar no Softball."

Eu concordei, "É verdade. Nós treinamos ontem pela primeira vez. E o arremesso dela já está impressionante! Mal posso esperar pra ver ela realmente em forma."

Os dois me olharam, surpresos. E o Tom perguntou, "Então você está treinando com ela, além de ajudá-la na escola?"

A Outra Opção

Eu disse que sim, mas antes que pudesse dizer algo mais, o Tom completou, "Muito legal! Ia ser legal ver vocês dois em ação novamente. Era muito bom vê-los jogando juntos."

O Rick riu, "É verdade. Quando vocês dois estavam inspirados não tinha mais nada pra gente fazer a não ser assistir. Pelo menos com você ajudando, a gente sabe que ela vai conseguir entrar para o time, com certeza."

Eu me senti bem melhor com relação ao Rick e ao Tom, mas a conversa com o Teddy ainda me incomodava. Mas o Rick estava certo, forçar não ia adiantar. Enquanto eu pegava minha bandeja para sair, o Rick disse, "Jord, fala pra Sam que a gente disse oi e boa sorte."

Eu sorri, "Não, Rick, eu não vou falar. Vocês vão falar. Os dois! E sabe o que vocês vão descobrir?" Como eles continuavam me olhando, falei, "Que a Sam ainda é ela mesma... Só que melhor, agora. Falem com ela, ok? Senão, eu vou cobrir vocês de porrada..."

Eles riram e o Rick disse, "Tá louco me meter com você... Bom, a gente se vê na Educação Física, baixinho."

Eu ri e saí rumo ao vestiário. Meu caminho para o inferno. Quem diria que três dias atrás tudo o que eu queria era poder voltar a fazer educação física. Claro que tomar uma bolada no seio realmente muda a sua vida. Rindo, eu me dei conta que era a primeira vez que eu usava essa palavra.

****

Por mais que eu não estivesse a fim de fazer a aula, fui para o vestiário mesmo assim. E dei graças a deus por ter chegado antes de todos. Assim eu poderia me trocar antes da multidão chegar e correr o risco de alguém perceber algo. Troquei de roupa rapidamente e fui para a quadra, sem querer ter mais nenhum atrito com o Teddy porque ia acabar colocando o Rick no meio da briga e eu não queria isso. Por isso cheguei antes e fiquei alongando um pouco.

Com toda a caminhada mais os treinos de Softball com a Sam, todos os meus músculos estavam doloridos. E, apesar de eu querer participar dessa aula para entrar em forma o mais rápido possível, com todo o exercício extra, comecei a pensar seriamente na ideia da dispensa.

Conforme os outros alunos iam saindo do vestiário, reparei que o Rick e o Teddy vinham juntos e conversando. O Rick me acenou com a cabeça, mas o Teddy me ignorou completamente. O que pra mim, tudo bem. E logo atrás deles veio meu "amigo" preferido: Brett. Aquele que dois dias atrás tinha me dado uma bolada no jogo de queimada.

Depois de algum aquecimento, o professor anunciou que a forma de tortura do dia seria basquete. Sério? Eu sempre fui baixinho e nunca gostei que basquete, mas agora chegava a ser ridículo achar que eu tinha alguma chance de jogar. Pior ainda, o professor nos fez jogar 1-contra-1 e adivinha quem foi sorteado para ser meu adversário? Brett.

No começo foi patético. Ele não fez esforço algum para marcar a primeira cesta. Na verdade nem teve que correr, porque era tão mais alto que eu que conseguia simplesmente arremessar por cima da minha cabeça. Depois de uns 2 dois lances eu consegui surpreendê-lo e roubei a bola.

Ele disse, "Jóia, nanico. Agora vamos ver o que você consegue."

Com o meu espírito competitivo, também chamado de teimosia, eu ainda consegui driblar um pouco e marcar umas 3 cestas. Foi aí que percebi que ele estava pegando leve comigo. Então comecei a provocar, pra fazê-lo jogar pra valer. E vi direitinho quando ele perdeu a paciência e resolveu parar de brincar.

Claro que a partir daí não consegui mais marcar ponto nenhum. Pelo contrário, não consegui nem parar em pé por causa dos empurrões que ele me dava. Depois da quinta vez que eu caí no chão, o professor me mandou pro banco e chamou o Brett na sala dele. Isso, claro, só deixou o Brett mais bravo ainda comigo.

O Rick veio ver se estava tudo bem comigo e eu disse que não precisava de ajuda. Depois de me pedir pra pegar mais leve e tomar cuidado, ele voltou a conversar com o Teddy. O professor voltou da sala dele e mandou o Brett correr em volta da quadra ao invés de jogar basquete. Isso me deixou na quadra sozinho arremessando na cesta, o que é pior do que ser derrubado a cada 30 segundos.

O professor acabou me deixando ir para o vestiário mais cedo, o que também me ajudou. Assim consegui tomar banho e me trocar antes que os outros chegassem. Voltei para quadra para esperar o sinal tocar. Apesar de não ter me machucado, aquela aula acabou sendo bem pior que a primeira.

Fiquei realmente aliviado quando cheguei na aula de Ciências e vi que a Sam já estava lá. Antes que ela me visse eu percebi, pela sua expressão, que o dia dela estava sendo tão divertido quanto o meu. Quando ela me olhou eu já estava sorrindo e ela sorriu de volta.

Eu disse, "Pelo jeito o seu dia está sendo tão bom quanto o meu."

Ela riu, "Ufff... Está tão ruim assim? Pelo menos agora melhorou..."

Eu sorri de volta, "É verdade."

A aula foi aquele saco de sempre e ainda bem que ninguém riu ou arrumou nenhuma encrenca com a Sam. Do jeito que eu já andava cheio, ia ser fácil estourar com alguém. E acho que nós dois precisávamos relaxar um pouco porque ficamos conversando sobre banalidades, sem tocar em nenhum assunto traumático. No geral, ficamos conversando sobre como melhorar os arremessos dela no Softball.

A pausa me ajudou a me acalmar e eu aproveitei o fato de não ter as minhas emoções numa montanha-russa, pelo menos por um tempo. Acho que também, depois de ter visto minha crise, a Sam estava querendo pegar leve comigo. Ela até me deixou carregar minha mochila na volta pra casa, apesar de eu perceber que ela manteve um olhar atento sobre mim.

Chegando em casa, retomamos o que tinha começado a se tornar parte da nossa rotina. Ela sentou, esperou eu tomar a minha gosma, me deu um tempo pra digerir a porcaria e depois fomos treinar. Não levou muito tempo pra ela pegar o jeito e, dessa vez com o braço mais descansado, estava acertando todos os arremessos. Mesmo eu usando a luva, minha mão começou até a doer de tanto pegar as bolas dela.

Nós passamos o resto da tarde treinando as bolas lentas, o que nos ajudou a esticar um pouco mais o nosso treino. Como ela não tinha que colocar tanta força como nas bolas rápidas, também se cansava menos. Com a experiência do beisebol, mais o treino que tínhamos feito de bolas rápidas, ela pegou o jeito bem rápido. Minha ideia era treinar as bolas curvas no dia seguinte para que ela conseguisse mostrar tudo o que sabia para a professora no sábado. Outro lado positivo é que com as bolas lentas eu podia ficar sentado e não tinha que me levantar toda hora, o que também me ajudou a aguentar mais. Minhas pernas ainda estavam doendo, mas já era um progresso.

Na hora do jantar, enquanto eu conversava com meus pais, contei a eles sobre o meu dia. Mas resolvi deixar de lado o confronto com o Teddy. Eu ainda esperava que ele mudasse de ideia, então não quis criar nenhum conflito. Depois que colocamos a louça na máquina de lavar eu me dei conta do quanto estava cansado. Mas pelo menos não estava absolutamente exausto como tinha me sentido nos outros dias. Nesse caso era um cansaço bom. Cansaço de fazer exercício, se mexer e entrar em forma. Dei um abraço de boa noite nos meus pais e subi para dormir. Mas não sem antes tomar banho e fazer uma inspeção no espelho.

Depois do banho, me sequei e fui para a frente do espelho olhar meu corpo. Eu conseguia ver a diferença na minha musculatura desde o dia que eu tinha voltado a andar, há cerca de um mês. Eu peguei a foto no meu telefone para comparar. É, eu ainda estava bem magro, mas eu conseguia ver alguns músculos se formando.

A parte de cima do meu corpo ainda estava bem fraca. E com os meus peitos "enchendo" um pouco eu resolvi que era hora de fazer umas flexões e um pouco de exercício para o ombro. Quem sabe com um pouco mais de músculos ia ficar mais difícil de ver a "gordura" formando nos meus mamilos. Estava colocando o pijama quando ouvi meu telefone dar sinal de mensagem.

{Sam, texto} *** Só queria te dar boa-noite e te agradecer pelo dia.

{Eu, texto} *** Boa noite e tenha bons sonhos, mocinha. :-)

{Sam, texto} *** Hahaha, mocinha faz soar como se eu fosse bem mais velha. Bons sonhos pra você também Jordan. Estou feliz que amanhã é um dia "B".

{Eu, texto} *** Eu também. Boa noite!

Eu fiquei ali deitado ainda relendo as mensagens dela e procurei no telefone uma foto que eu tinha tirado dela na aula. Eu tinha dito que precisava de uma foto para colocar no contato dela e acabei tirando umas seis fotos porque ela ficava fazendo careta. Parei em uma que ela estava sorrindo e mostrando a língua pra mim. Ela parecia tão livre e feliz naquela foto... E prometi a mim mesmo que ia fazer de tudo pra que ela ficasse assim o máximo possível. Olhei para a foto mais um pouco, dei um suspiro, apaguei a luz e fui dormir.

Capítulo 7

Eu até gostaria de dizer que os próximos dois dias tiveram alguma emoção, mas tudo foi absolutamente normal. Bom, tão normal quanto possível para um menino de quatorze anos que quase morreu, foi castrado, começou a tomar hormônios femininos e está mudando de sexo contra a sua vontade. E para melhorar tem como melhor amigo uma menina transgênera que ele gostaria que fosse mais do que amiga, mas que gosta de meninos e para quem ele morre de medo de contar que logo ele não será mais um menino. É... quinta e sexta-feira foram bem normais.

Quinta-feira sendo um dia "B" significava que, exceto pela Educação Física, passaríamos o dia juntos. Pelo menos a Sam já estava me deixando carregar minhas coisas, apesar de manter um olho atento em mim para ter certeza que eu não exagerava demais. Nós fomos convidados para sentar com o time titular de Sofball na hora do almoço e elas pareceram bem legais.

Elas estavam muito animadas com a Sam entrando para o time e ficaram impressionadas o quanto ela já tinha melhorado e o quanto estávamos treinando para ter certeza que ela estaria preparada para a temporada. Nós também pudemos planejar nos encontrarmos no

A Outra Opção

campo de Softball no sábado. Aparentemente tinha mais algumas meninas que queriam participar do treino. Eu achei estranho que elas quisessem que eu treinasse com elas, especialmente depois que meus amigos do beisebol tinham praticamente me dispensado. As meninas queriam nos encontrar de manhã, mas eu tinha minha consulta com o psiquiatra. Eu só falei que tinha um compromisso. Não queria que ninguém soubesse que eu ia fazer um exame "de louco". Nem mesmo a Sam.

Na quinta a tarde passamos metade do treino ainda trabalhando nas bolas lentas e depois mudamos para as bolas curvas. E, na verdade, como ela estava acostumada com a bola do beisebol que era menor, ela conseguia colocar um efeito muito bom na bola de Softball, pelo menos quando arremessava pela direita.

Sexta-feira foi de volta a um dia "A" o que significava que eu teria Educação Física de novo. O Teddy e eu nem conversamos e na hora do almoço eu não o vi. O Jason e o Jack, claro, não sentaram conosco e percebi que isso estava criando uma divisão no time. Eu comecei a me sentir culpado com isso, afinal parecia que era mesmo minha culpa, e até ofereci para sentar em algum outro lugar. O Rick tirou a ideia da minha cabeça e disse que, mesmo eu não sendo do time, ainda era um grande amigo deles. Claro que eu fiquei emocionado e fingi umas fungadas de nariz para na verdade poder usar o guardanapo e enxugar meus olhos.

Na aula de Educação Física, jogamos queimada novamente. E, claro que eu sendo um idiota competitivo, comecei a provocar o time adversário de novo. Mas, diferente da outra vez, como eu não estava me cansando tão fácil, acabei não sendo acertado por ninguém. Claro que toda vez que via a bola chegando, instintivamente colocava as mãos para proteger meus seios.

Como o Brett não conseguiu me acertar ele acabou explodindo e me xingou em alto e bom som. O professor, é claro, o chamou na sala dele e passou aquele sermão. Depois me chamou na sala também e me pediu para pegar leve com o Brett. Parece que os pais do Brett estavam se separando e ele estava passando por uma fase difícil, se culpando e tudo mais... Isso explicava a raiva e eu prometi não provocar mais. No fim das contas, o Brett estava passando por uma barra pesada e eu ali provocando o cara. Quando saí da sala do professor, o Brett já tinha ido então não tive tempo de me desculpar. Eu disse que tenho um talento para ser um idiota...

Nós não treinamos naquela tarde. Chegamos na minha casa, tomei meu "suplemento nutricional" e ficamos ali dando um tempo por uma meia hora. Aí a Sam voltou para a casa dela para se preparar para a reunião. Ela me disse para estar pronto as 6:15 em ponto para a mãe dela passar e nos levar para a reunião.

Confesso que eu estava nervoso em ir nessa reunião. Não que eu tivesse nenhum problema com o grupo. Eu tinha medo de que alguém conseguisse me "ler" e por engano me confundisse com um transgênero. Eu sabia que era um medo irracional, mas não importa o quanto absurdo, ainda era um medo. E eu odiava ter medo que alguma coisa, especialmente depois de tudo que eu tinha passado.

Eu estava pronto as seis da tarde, o que foi bom porque elas acabaram chegando dez minutos mais cedo. A sra. Wilkins ainda passou num Burger King para comermos alguma coisa e com tudo isso ainda chegamos na reunião uns vinte e cinco minutos adiantados. Não tinha ninguém lá ainda, exceto a Sam e eu e o líder do grupo, o dr. Rodrick. Infelizmente eu já sabia quem ele era...

Ele perguntou, "Oi Samantha, quem é seu amigo?"

Ela segurou minha mão e me apresentou sorrindo, "Esse é meu amigo Jordan. Meu melhor amigo desde antes... E continua sendo!"

Eu tive que resgatar minha mão da Sam, porque sem perceber ela continuava segurando e eu precisava cumprimentar o médico.

Ficamos ali conversando por alguns minutos sobre assuntos sem consequência. Ele queria esperar o grupo chegar para começar a discutir qualquer coisa importante, senão teríamos que repetir para todos o que tínhamos falado. Depois de alguns minutos a Sam precisou ir ao banheiro. Ela tinha mesmo me dito que os bloqueadores de testosterona que ela tomava davam muita vontade de fazer xixi. Com isso, ficamos eu e o médico sozinhos na sala.

Ele me mediu de cima a baixo e deu um sorriso. Eu conhecia bem esse olhar. Era o mesmo que o meu terapeuta sempre me dava quando estava me estudando. Ele disse, "Então, Jordan. É sempre bom ver alguém tão jovem com a cabeça tão aberta. Fico feliz pela Samantha ter alguém como você por perto. Para ser sincero, eu estava um pouco preocupado por tudo o que ela contou dos amigos do time. Não me lembro dela ter mencionado seu nome..."

Eu respondi, "Existe uma boa razão pra isso. Correu um boato na escola de que eu tinha morrido..."

Ele olhou assustado, "Que horror! Que boato esquisito para alguém espalhar. Por que alguém acreditaria em uma coisa dessa?"

Eu continuei, "É por que eu quase morri mesmo. Eu tive que sair do time umas duas temporadas atrás porque estava muito doente. E quase morri mesmo. O boato foi quase verdade."

Ele disse, "Que coisa trágica... Você se importa se eu perguntar o que aconteceu?"

Eu respondi, "Doutor, eu acho que você já sabe..." E vendo o olhar de interrogação na cara dele eu expliquei, "O doutor Byrnes já me disse que vai transferir meu caso para você e que vocês já conversaram." Vendo que ele finalmente entendeu do que se tratava eu completei, "É, sou eu mesmo..."

Ele perguntou, "Você vai falar sobre isso na reunião de hoje? Fique à vontade."

Eu sacudi minha cabeça, "Não... Hoje estou aqui só pela Sam. Ela ainda não sabe a história toda então por favor não fale nada. Eu ainda... Eu ainda não estou pronto." Ele concordou.

A Sam voltou depois de alguns minutos, "E aí, tudo bem por aqui?"

Eu sorri, "Tudo bem. Estamos nos dando muito bem."

O médico acenou com a cabeça e disse, "Samantha, seu amigo aqui é um rapaz extraordinário. Fico feliz que você tenha o trazido hoje."

Ela sorriu enquanto sentava e, sem perceber, segurou a minha mão. Eu deixei e não disse nada, especialmente porque não queria que ela soltasse. Ela disse, "Obrigada, doutor. É verdade, ele é extraordinário." Essa última parte ela disse olhando bem nos meus olhos, o que trouxe aquele calor no corpo novamente.

Eu vi que o médico ficou nos olhando de um jeito estranho, então para mudar de assunto eu disse, "Quantas pessoas vêm aqui normalmente?"

Ele respondeu, "Varia em cada reunião. Podemos ter quatro ou vinte e quatro, dependendo da semana. Normalmente nas reuniões de amigos e familiares muita gente ainda não aparece porque ainda estão 'no armário' e não querem ser vistos no grupo por desconhecidos."

Continuamos conversando e aos poucos as pessoas foram chegando. Lá pelas sete da noite já tinham dezoito pessoas na sala. Tinha crianças menores com os pais, pessoas mais velhas com seus companheiros ou amigos, mas achei estranho que a Sam era a única pessoa em idade escolar na sala. Eu tinha lido sobre as estatísticas e pelos meus cálculos deviam ter outras cinco ou seis pessoas da nossa idade ali. Mas depois pensei bem e, essa sendo uma noite em vinham desconhecidos, as pessoas da nossa idade provavelmente preferiram não aparecer para não correr o risco de serem reconhecidos.

Primeiro foram as apresentações. O médico resolveu ir em sentido horário, o que nos deixou por último. A maioria apenas falou o nome, a idade e há quanto tempo estavam fazendo a transição. Para os amigos e familiares apenas qual era a relação com o membro do grupo. Quando chegou a minha vez eu só disse meu nome e que eu estava ali para apoiar a minha melhor amiga, Sam. Ela estava ainda de mão dadas comigo e eu não queria deixá-la soltar.

Depois o doutor Rodrick explicou as regras. Nada do que seria dito ali podia ser repetido fora do grupo porque confiança era a parte mais importante desse encontro. E então várias pessoas, especialmente as mais novas, quiseram saber da Sam como tinha sido o primeiro dia de aula. Ela apertou minha mão, olhou pra mim e deu um sorriso. Eu achei que ia derreter por dentro. Eu apertei mais a mão dela e dei um sorriso de volta para encorajá-la.

Ela começou, "Bom, no começo foi uma droga. Quer dizer, eu já esperava isso quando assumi minha condição no Facebook. Como vocês sabem, eu fui de mais de 300 amigos a menos de 50 em menos de duas horas. E a maioria dos que ficaram eram familiares, pelo menos aqueles que não viraram as costas."

Isso me deixou irritado. Eu não sabia que tantas pessoas a tinham abandonado. Interrompi rapidamente, "Puxa vida... Eu não sabia..."

Ela sorriu, "Eu sei. E tudo bem. Você tinha os seus problemas na época..." Virando-se para o grupo ela continuou, "Então no meu primeiro dia na escola como Samantha, eu esperava que as pessoas me provocassem, me dessem apelidos, ou coisa parecida. E eu tinha me preparado para isso. Mas ao invés disso todos me ignoraram, ou falavam de mim baixinho, como se eu não pudesse ouvir. Cheguei a considerar a ideia dos meus pais de mudar de escola..."

O médico interrompeu, "Samantha, você sabe que fugir não resolve os problemas. Só adia."

Ela concordou, "Eu sei, por isso disse que apenas considerei. Eu não ia dar a ninguém o prazer de me ver fugindo. Aprendi isso com um grande amigo..." Ela me olhou rapidamente e apertou de leve minha mão. Eu senti um aperto na garganta e vi os olhos dela umedecerem. E a única coisa que eu conseguia fazer era torcer para ela não chorar porque eu não ia aguentar e ia acabar chorando também.

Uma das meninas menores, provavelmente com oito ou nove anos de idade perguntou, "Então o que aconteceu depois?"

Ela sorriu, "Aí o meu melhor amigo, a melhor pessoa nesse mundo, apareceu na minha última aula e a única cadeira vazia era na minha frente."

A menina olhou para mim e perguntou, "Era você?"

Eu fiz que sim, "Bom, eu não podia deixar essa garota linda sentada numa mesa sozinha." A menina sorriu e eu vi a Sam corar e tentar olhar para o outro lado para eu não ver.

A menina ainda cutucou, "Viu, Sam? Ele disse que você é linda... Você ganhou um namorado no primeiro dia!" Eu ri porque vi que a Sam ficou tão vermelha que até as orelhas estavam coradas.

Quando ela olhou de volta para mim eu disse, "Vai lá, conta também o porque esse dia foi tão especial. Quer dizer, porque esse era também o meu primeiro dia na escola."

Ela olhou para mim para ter certeza que eu realmente estava ok com a ideia. Eu só sorri e concordei. Ela disse, "O Jordan ficou muito doente ainda na sétima série e teve que largar a escola completamente na oitava série. No verão alguém ouviu que ele tinha morrido e todo mundo acreditou. Então, quando ele entrou naquela aula... Foi como se ele tivesse voltado à vida só pra ter certeza que eu não ia ficar sozinha..." Ela me olhou e eu consegui ver a primeira lágrima correndo pelo seu rosto. Ela continuou, "Eu sei que não foi isso que aconteceu exatamente, mas é assim que eu sinto, Jordan... É como se você tivesse voltado à vida para me salvar..." A segunda lágrima correu e aí ela começou a chorar de vez.

Eu tentei enxugar o rosto dela gentilmente com a minha mão livre e disse, "Sabe, essa é talvez a melhor razão que eu já escutei para eu ter sobrevivido." Eu sorri e ela finalmente soltou a minha mão, só para me dar um abraço com tudo que ela estava sentindo. Tão forte que a única coisa que eu sentia era o corpo dela soluçando. Eu não conseguiria sair daquele abraço nem se tentasse, então a abracei de volta, colocando meus braços em volta da sua cintura. E aí senti uma lágrima correndo no meu rosto.

Depois de vários minutos a Sam se recompôs, se afastou apenas o suficiente para conseguir me olhar e disse, "Desculpa, Jordan...". Ela tentou se desculpar, ainda limpando os olhos.

Eu tentei melhorar a situação e disse, "Ei, até que enfim chegou a sua vez de chorar. Ultimamente tenho sido só eu a ter chiliques."

Ela me olhou e foi quando nos lembramos que tínhamos uma plateia. A maioria das pessoas no grupo tinha no rosto aquela expressão de quem vê um filhote de cachorro pela primeira vez. Alguns, como nós, tentando limpar as lágrimas do rosto. A Sam imediatamente ficou roxa de vergonha e reclamou baixinho, "Ai meu deus...", enquanto tentava cobrir o rosto com as mãos.

Eu estava um pouco mais sob controle então fiz o que eu sempre faço nessas situações: uma piada. Me aproximei dela e disse, "Então, o que temos preparado para finalizar o show?"

Ela olhou para mim e demorou um segundo antes de começar a rir, "Bobo..." E me deu um empurrão no ombro que, mesmo sem querer, quase me derrubou da cadeira. Eu não liguei porque na verdade o que eu queria era fazê-la sorrir.

O resto da reunião foi mais sobre uns fazendo perguntas sobre os outros, compartilhando informação e experiências. Eu aprendi bastante, mais ainda até do que eu tinha aprendido com tudo o que eu tinha lido. Percebi que eu me identificava mais com as mulheres mais velhas, que tinham feito a transição mais tarde. Não exatamente pela idade delas, mas pelo fato de, quando jovens, não terem tido tempo de impedir as mudanças da adolescência. E assim, acabaram vendo seu corpo se transformar em algo que não queriam. Claro que, no caso delas era a transformação em homem, e no meu caso era a transformação em mulher. Mas em todo caso, eu aprendi bastante com elas.

Comecei a pensar que talvez eu fosse transgênero. Ou talvez não fosse, mas o fato é que estava me tornando e me identificando como transgênero cada vez mais. Fiz também algumas perguntas, mais relacionadas com como elas superaram as mudanças da puberdade. Quando vi que a Sam estava me olhando meio diferente, mudei e tentei fazer perguntas mais genéricas para não ficar muito óbvio.

Quando a reunião terminou, uma das meninas mais novas se aproximou de mim timidamente e disse que gostaria um dia de ter um amigo como eu. Eu abaixei e disse, "Mesmo que você não encontre alguém como eu para ser seu amigo, eu vou sempre ser seu amigo, combinado?" Imediatamente ganhei um abraço dela e da mãe dela. Até a Sam me deu um abraço e me disse como eu era doce mas eu apenas disse que sabia o quanto era importante ter um amigo. O doutor Rodrick veio me cumprimentar e enquanto apertava minha mão me disse que tinha sido um prazer me conhecer e que esperava me ver de novo. Eu entendi a mensagem e disse que pensaria no assunto.

Voltamos de carro, eu no banco de trás enquanto a Sam atualizava a mãe dela sobre tudo o que tinha acontecido na reunião. Principalmente a parte em que ela "me exibiu" para o grupo. Eu fiquei ali vendo a animação dela e fiquei feliz por fazer parte daquilo tudo. Continuei sentindo aqueles calores sempre que ela olhava para trás sorrindo. Enfim decidi que, seja lá o que fossem esses calores, me faziam sentir bem e deixei de me preocupar com eles como nas primeiras vezes.

Quando elas me deixaram em casa, claro, eu passei por um verdadeiro interrogatório dos meus pais. Eles queriam saber principalmente sobre o que eu tinha achado do doutor Rodrick, agora que eu já o conhecia, afinal eles sabiam que o doutor Byrnes queria me mandar para ele. Eu contei como tinha sido a reunião e como agora eu já não via nenhum grande problema em falar com ele. Escapei para o meu quarto assim que consegui porque sabia que no dia seguinte ia ter que acordar cedo para falar com o meu próprio terapeuta, graças ao chilique que eu tinha tido no começo da semana. Tomei um banho rápido e terminei minha rotina de tirar fotos na frente do espelho para manter o registro das minhas mundanças... Quer dizer, recuperação.

Eu passei uma meia hora comparando as fotos do dia com as anteriores. O engraçado (talvez "engraçado" não seja a melhor expressão) era que a última foto quando vista sozinha parecia um menino pequeno com um certo "enchimento" no peito. Mas quando comparava essa foto com as de dois meses antes, não tinha nada de menino... Apesar de eu saber que eu tinha ganho um pouco de peso, olhando as outras fotos, essa última chamava atenção para onde eu tinha ganho peso. Meus seios e mesmo meu quadril estavam bem mais perceptíveis comparado com antes. Meus seios... Mesmo ainda sendo pequenos eu já conseguia ver o formato que eles estavam tomando. Eu os apertei para testar e descobri que eles estavam realmente sensíveis. Aparentemente eles ainda estavam no estágio de crescimento... Que beleza... E todo o exercício que eu andava fazendo entre as caminhadas e os treinos com a Sam estavam ajudando a me dar uma forma mais definida. Só não era a forma que eu queria...

Deitei na cama e fiquei olhando outras fotos, dessa vez aquelas que eu tirei da Sam sorrindo e fazendo careta. Não resisti e abri um sorri e, conforme me lembrava do momento em que tirei a foto, mais um daqueles calores passou por mim. Estava ali ainda olhando a foto quando meu celular apitou com uma mensagem.

{Sam, texto} *** Obrigada por ter ido comigo. Adorei você estar lá.

{Eu, texto} *** Também adorei. Seus amigos são bem legais. Adorei conhecer todo mundo.

{Sam, texto} *** Nos vemos amanhã na hora do almoço para treinar?

{Eu, texto} *** Não perco nosso treino por nada. Boa noite Sam. Durma com os anjos.

{Sam, texto} *** Você também, Jordie.

****

Na manhã seguinte eu não pude dormir o tanto que gostaria. Apesar de ser sábado eu tive que levantar cedo, às sete da manhã. Depois que escovei os dentes e tudo mais, fui me pesar, outra atividade normal para mim. Eu tinha ganho uns dois quilos desde a semana anterior e, com todo o exercício que eu andava fazendo eu já estava pesando quase 49 quilos... Claro que as idas à fila de massas do refeitório também ajudaram. Depois de um café da manhã rápido, já estava com minha mãe a caminho do meu médico de loucos... Ah, como eu gostava de sábados...

Parecia que o médico estava me esperando porque assim que entramos no consultório ele estava pronto para a consulta. Pena que eu não estava...

Ele começou, "Olá, Jordan! Faz quase um mês que não nos falamos. Você está com uma aparência ótima!" Ele deu um sorriso que quase não consegui perceber por causa da sua barba.

Eu resmunguei, "E aí, doutor... Obrigado, eu acho... Estou me sentindo bem melhor."

Ele levantou as sobrancelhas com a minha falta de entusiasmo, "Que ótimo! Pronto para começarmos?"

Eu respondi, "Na verdade, não. Mas o quanto antes começarmos, mais rápido terminamos e eu posso ir embora."

Ele acenou para entrarmos na sala e riu, "Você tem algum compromisso inadiável hoje?"

De novo, eu resmunguei, "Mais ou menos. Estou ajudando com um treino no time. Só não quero me atrasar."

Ele sentou na poltrona e concordou, "Que bom! Então quer dizer que você está voltando para o time de beisebol?"

Eu suspirei, "Não. Na verdade uma amiga está treinando bolas rápidas para entrar para o time de Softball na próxima temporada. Eu só estou ajudando-a a se preparar. Outras jogadoras do time vão estar lá para poder treinar ao vivo conosco. E além disso, é sempre um bom exercício para mim."

Ele concordou, "Entendi. Mas e o time de beisebol, você ainda vai tentar? Eu sei o quanto você queria voltar a jogar."

Eu sacudi a cabeça, "Não. Não tem motivo pra começar a treinar. De qualquer jeito eu não vou conseguir jogar esse ano mesmo..."

Ele perguntou, "Não? Por que?"

Eu ficava realmente irritado quando ele se fazia de tonto e estourei, "Você sabe porque!" Imediatamente me arrependi de ter perdido a paciência, respirei fundo e disse, "É pelo mesmo motivo pelo qual estou aqui hoje. As mudanças já começaram e comparando as minhas fotos... Eu não vou conseguir jogar nem esse ano. Simples assim..."

Dessa vez foi ele quem suspirou, "Sua mãe parecia bem preocupada quando me ligou. Você e eu já conversamos antes sobre o que esperar. Na época você pareceu aceitar..."

Eu dei de ombros, "Não sei como explicar... Eu aceitei o que ia acontecer no futuro, mas quando as mudanças começaram... Tão cedo? Me pegou desprevenido, só isso... Eu tive um momento em que caí na realidade, mas já passou. Nada pra se preocupar... Posso ir agora?"

Ele continuou, "Jordan, eu não estou preocupado que você teve um 'momento'. O que me deixa preocupado é que isso não aconteceu antes. Pelo que sua mãe me contou, esse 'momento' foi bem intenso. Veja, segurar seus sentimentos até eles explodirem não faz bem e no seu caso pode ser até perigoso. Eu só quero ter certeza de que você está pronto para..."

Eu não acreditei no que ouvi, "Segurar meus sentimentos? Eu simplesmente não consigo segurar mais nada! É como se meu corpo quisesse derreter por qualquer coisinha!"

Ele tentou me acalmar, "Jordan, nós já conversamos sobre isso. Agora tudo parece muito intenso, mas quanto mais rápido você se acostumar e aprender a lidar com esse estado emocional acelerado, mais rápido você vai melhorar."

Eu continuei, "Pois é, esse é o problema. Eu não quero ter que lidar com isso! É, eu tive um 'momento' quando eu percebi meu corpo mudando e sim, eu tive um chilique... Mas depois, quando comecei a pensar... Não sei, as mudanças não parecem tão assustadoras. Eu acho que consigo lidar com elas. O problema são as emoções... Passo o dia inteiro me segurando na escola pra não me derreter em choro por qualquer coisa boba!"

Ele disse, ainda num tom calmo, "Jordan, eu entendo como isso tudo é frustrante. Mas é normal ficar bravo com as coisas. Você acha que ser emocional e chorar é errado?"

Eu resmunguei de novo, "Não, acho que não. É só que... Eu nunca tive necessidade de chorar antes."

Ele sacudiu a cabeça sem acreditar, "Jordan, eu acho bem difícil de acreditar. Você está me dizendo que nunca teve vontade de chorar? Nunca?"

Eu resmunguei de novo, "Bom, não é que nunca tive vontade. Mas é que nunca achei que chorar resolvesse as coisas. Não adianta pra nada. Uma vez eu quebrei o braço jogando futebol. Doeu muito, mas chorar não ia adiantar nada. Então, não chorei."

Ele sacudiu a cabeça, em reprovação, "Jordan, é exatamente isso que estou falando. Ficar segurando essas coisas não faz bem. E acaba no que aconteceu na outra noite."

Eu reclamei, "Mas eu não estava segurando nada, eu juro! De repente eu senti vontade de chorar e deu no que deu..."

Ele perguntou, "Você quer que eu acredite que você consegue controlar suas emoções assim, como se tivesse um botão de liga e desliga?"

Eu resmunguei, "Bom, pelo menos antes eu conseguia. Agora... É por isso que eu estou aqui, não é?"

Ele respirou fundo, "Não, Jordan, não é por isso que você está aqui... Estou tentando fazer você perceber que é normal chorar de vez em quando. É perfeitamente aceitável, mesmo para um homem. E você quer me dizer que mesmo quando você teve que largar o beisebol ou quando você teve que ficar na cadeira de rodas, em nenhum momento você chorou?"

Eu neguei, "Não, nenhuma vez mesmo... Não ia ter me tirado da cadeira de rodas ou me colocado no time..."

Ele me olhou e continuou, "Sabe, essas teriam sido oportunidades perfeitas para você ter um 'momento', como você mesmo disse. Sua vida estava virando de ponta-cabeça..."

Interrompi, "Exatamente por isso que eu não chorei. Tudo na minha vida estava fora de controle, tudo mesmo... Minhas emoções eram as únicas coisas que eu conseguia controlar. Me diga, como chorar ia ter me ajudado?"

Ele continuou, "Jordan, não estou dizendo que chorar ia ter te curado. Mas às vezes extravasar ajuda... Ninguém ia ter pensado nada de você se você tivesse deixado suas emoções fluírem."

Eu me lembrei daqueles dias realmente negros, antes dos médicos encontrarem o que tinha de errado comigo. Antes de eu começar a mandar as visitas embora e pedir para não voltarem. Todos choravam, ou pelo menos quase todos. Os que não choravam dava para perceber que estavam segurando o choro. Todos os meus amigos do time se seguraram, menos a Sam. Ela, na verdade ele, chorou muito. Lembrei disso e as lágrimas começaram a se formar nos meus olhos. Eu disse, então, com a minha voz meio quebrada, "Não é verdade... Não ajuda.

Todo mundo à minha volta estava chorando. Todo mundo mesmo. Então eu não podia chorar... E agora olha pra mim. Estou aqui. Entendeu?"

Eu vi a preocupação no rosto dele quando ele perguntou, "Por quê não podia? O que tinha nos outros chorando que te fez decidir não chorar?"

A essa altura eu já estava tentando limpar mais lágrimas do que conseguia, "Porque, doutor... Porque todo mundo estava chorando por mim. Era como se eles já tivessem desistido. Como se eles já soubessem que eu ia morrer. Eu não podia pensar assim. Eu não estava pronto para desistir..."

Ele se aproximou, colocou a mão no meu ombro e perguntou, "E você acha que chorar é o mesmo que desistir?"

Eu tremi, "Não sei... Talvez... E se for, o que isso quer dizer de mim agora?"

Ele continuou me olhando, preocupado. Eu ainda consegui segurar um pouco mais, mas depois de alguns segundos, desabei...

Capítulo 8

O caminho para casa foi em silêncio. Minha mãe, obviamente, estava preocupada comigo. O doutor Byrnes chamou-a na sala depois que eu desabei e ela acabou ficando comigo o resto da sessão. Pelo menos eu consegui me manter firme até o fim. Claro que depois que me viu chorando daquele jeito, ele resolveu aumentar a frequência das consultas para duas vezes por mês, ao invés de uma vez. Ele me disse que eu realmente precisava conhecer o doutor Rodrick e ficou surpreso quando eu disse que já o tinha conhecido. E eu disse que já não me opunha muito a transferir minhas sessões para ele, mas disse também que ainda não estava pronto. Eu ainda não conseguia me aceitar como transgênero, mesmo já tendo começado a transição.

Assim que cheguei em casa corri para o meu quarto para colocar minha roupa de treino. Mandei uma mensagem para a Sam avisando que já estava em casa e não pude deixar de sorrir quando ela respondeu alguns segundos depois dizendo que já estava a caminho. Eu estava colocando meu equipamento na mala quando ouvi a campainha tocar. Escutei minha mãe atender a porta e em menos de um minuto a Sam estrou no meu quarto.

Ela chegou para me abraçar e disse, "Jordie!" Eu senti na hora a tensão da manhã se dissipar e ela perguntou, "Ei, tudo bem com você?"

Eu respondi quando ela terminou o abraço, "Tudo bem. Pelo menos bem melhor agora."

Ela franziu as sobrancelhas e perguntou, "O que aconteceu? Se você não está a fim de ir hoje podemos cancelar."

Eu sacudi a cabeça, "Não! Eu quero jogar hoje. Você não imagina o quanto eu preciso jogar hoje..."

Ela me puxou até o pé da cama, me fez sentar e sentou do meu lado, "O que aconteceu agora de manhã? Você tinha uma consulta... Está tudo bem? Você não está doente de novo, está?"

Vendo o quanto ela estava preocupada, eu disse, "Não! Não estou doente de novo. Não era uma consulta médica. Era meu... terapeuta..." Abaixei meu olhar. Por algum motivo eu não conseguia olhá-la nos olhos.

Ela olhou para mim e bem de leve colocou a mão no meu queixo me fazendo levantar a cabeça e olhá-la. E disse, "Ah. Jordan, é normal fazer terapia. Eu também faço, lembra? Você conheceu meu terapeuta ontem à noite." Ela deu um sorrisinho, o que fez os cantos da minha boca levantarem de leve num sorriso. Ela realmente tinha uma risada contagiante.

Eu concordei, "É, eu sei... É que o meu caso é diferente. O doutor Rodrick está te ajudando a se tornar você mesma... Já o doutor Byrnes está me ajudando a..." Eu parei e imediatamente senti meu peito apertar.

Depois de uns segundos, a Sam perguntou, "Tem a ver o aquilo que você falou outro dia? Do quanto você perdeu para poder salvar a sua vida?" Eu concordei e ela continuou, "Pra mim parece que você ganhou muito mais do que perdeu. Você ainda está aqui, não está? E, mesmo que pareça um pouco egoísta, eu ainda tenho você..."

Pelo sorriso no rosto dela eu podia dizer que ela estava pelo menos tentando fazer uma piada. Eu pisquei e disse, "Só um pouco?"

Ela deu outro sorrisinho e ficou séria, "Ok, talvez seja muito egoísta... Mas quer dizer que eu também estou aqui pra você, combinado?"

Eu disse, "Eu sei." E imediatamente senti uma lágrima escorrer pelo meu rosto. Isso era uma das coisas que estavam me irritando. Eu não estava triste. Pelo contrário, não podia estar mais feliz pela Sam estar ali. E ainda assim, lá estava eu chorando novamente. Acho que isso era a coisa mais frustrante dessas emoções. Elas não faziam o menor sentido. Sinceramente comecei a achar que eu estava enlouquecendo... Pelo menos eu já tinha um médico de loucos...

A Sam perguntou, "Ei, o que aconteceu?"

Eu sacudi a cabeça, "Nada aconteceu, Sam... Só obrigado por ainda estar aqui..." Ela colocou os braços em volta de mim num abraço suave e eu aceitei. Ficamos sentados ali por vários minutos até eu me recompor. Quando estava melhor, enxuguei meus olhos e disse, "Desculpa pelo choro..."

Tentando me consolar, ela disse, "Ei, não precisa se desculpar por nada."

Eu agradeci e ficamos ali sentados por alguns minutos em silêncio, até que eu me senti melhor e falei, para quebrar o gelo, "Então, está pronta pra mostrar para as outras meninas do que você é capaz?"

Ela concordou, "Você quer dizer mostrar do que nós somos capazes, certo?" Eu achava que esse era um teste para ela e vendo meu olhar confuso ela explicou, "Jordan, nós somos um time, certo? Mesmo que não joguemos o mesmo esporte."

Eu olhei para ela, entendo o que ela quis dizer, "Pode apostar! Somos um time!"

Ela disse, "Então vamos lá. Elas não sabem o que as aguarda."

E brinquei, "Ok, mas antes de irmos ainda preciso beber a minha gosma."

Ela riu ao mesmo tempo que um arrepio correu pelo seu corpo. Fazendo uma careta ela disse, "Você é bem louco. Só você consegue parecer animado antes de beber aquilo..."

Eu não consegui me controlar e dei um sorrisinho... É isso mesmo... Um sorrisinho...

****

Nós fomos os primeiros a chegar no campo de treino. Para passar o tempo enquanto esperávamos as outras meninas, ficamos arremessando a bola um para o outro. Como eu ainda estava melhorando a minha resistência, não queríamos nos esforçar muito antes dos outros chegarem. Apesar de eu ainda não ter me acostumado com a bola de Softball, eu já estava bem melhor do que quando começamos a treinar uma semana antes.

Estávamos ali jogando a bola quando as primeiras duas meninas chegaram. Seus nomes eram Shelly e Rachel e vieram andando cada uma carregando sua sacola com equipamento. Na escola havia um boato de que elas eram um casal, mas aqui, longe dos professores, elas confirmavam os rumores e vinham andando de mãos dadas. Acho que pelo fato de ser sábado e não ter ninguém além de nós, elas se sentiam mais à vontade. Apesar da escola ter uma política de tolerância zero com bullying, elas ainda não se sentiam confortáveis em mostrar nada nos dias de aula, graças também a alguns alunos mais idiotas do que o normal. A escola tinha também uma política muito rígida com demonstrações pessoais de afeição, ou DPA como era dito na escola. Dar as mãos não entrava nessa política e era permitido. Mas o fato delas não poderem fazer isso, me deixava bem irritado.

Nós nos cumprimentamos e elas se juntaram a nós jogando a bola para aquecer. A Shelly nos avisou que teríamos mais jogadoras do que inicialmente planejado. Aparentemente todas tinham vistos nossos vídeos jogando e estavam animadas para ver a Sam em ação. Depois de uns quinze minutos, mais meninas se juntaram a nós e logo tínhamos jogadoras suficiente para montar dois times. Fiquei impressionado com a dedicação delas. Na minha época no time de beisebol ninguém aparecia para treinar fora de temporada.

Fomos apresentados a todas as meninas e eu não deixei de perceber que mesmo entre elas eu ainda era menor que todas. Depois de um momento de frustração, deixei esse pensamento de lado e foquei no que era importante, ou seja, mostrar a elas o quando a Sam era boa jogadora. Elas queriam treinar rebatidas já de início e pediram para que nós déssemos tudo que podíamos logo no começo. Eu e a Sam sorrimos juntos, afinal essa era nossa especialidade.

Enquanto eu vestia meu equipamento, acenei para a Sam se aproximar e disse, "Enquanto estivermos aquecendo, não jogue a sua bola mais rápida a não ser que eu dê o sinal. Mesmo que eu fale, não faça até que eu dê o sinal, ok?"

Ela me deu um sorriso malandro, "Como antigamente, certo?"

Eu acompanhei o sorriso, "Exatamente!"

Começamos nosso aquecimento com as outras meninas assistindo. Mesmo quando eu falava para ela jogar bolas fortes, eu nunca dei o sinal. Então, mesmo arremessando bolas bem rápidas, ela ainda não estava nem perto do que eu sabia que ela era capaz. Eu podia ver as outras meninas na lateral do campo praticando rebatidas tentando acertar o tempo das bolas da Sam. Eu mal conseguia esconder meu sorriso e via a Sam em pé na base com o mesmo sorriso. Eu também percebi que o fato dela estar arremessando de uma base fazia o arremesso ser bem melhor. Ela estava conseguindo colocar força mesmo nas bolas mais lentas. Eu estava quase assustado pelo que ela seria capaz de fazer quando realmente desse tudo que tinha.

A Shelly foi a primeira a vir rebater e chegou sorrindo e dizendo, "Então, vocês estão prontos para isso?" Ela era a melhor rebatedora do time, todos sabíamos disso. Então não era de se entranhar que ela estivesse tão confiante.

Eu retribuí o sorriso confiante e disse, "A pergunta é: será que vocês estão prontas para isso? Não vejo a hora de você tentar rebater a bola rápida da Sam." E fiz sinal para a Sam jogar, na verdade, uma bola lenta. Como a Shelly estava ansiosa e esperando uma bola rápida, assim que a Sam arremessou ela tentou rebater muito antes da bola chegar. Ela me olhou meio confusa e eu disse, "Só que essa não era uma bola rápida..."

Ela entendeu a tática e disse, "Engraçadinho..."

Eu ri, afinal isso era parte do meu trabalho. Não apenas tentar ler os rebatedores mas também tentar enganá-los sempre que fosse possível. Com isso, eu continuei, "Você ainda não viu nada." E fiz sinal para a Sam mandar uma bola curva para a minha direita enquanto eu fingia apenas estar ajustando a minha luva.

Assim que a Sam arremessou a bola, parecia que ia ser uma bola errada que ia acabar dando vantagem para a Shelly. Assim ela ficou com o taco parado esperando a bola ir fora. Só que a bola fez uma curva, passou perto dela e parou exatamente na minha luva, como tínhamos ensaiado. Eu disse, "Pra mim isso foi uma bola boa..."

A Shelly parecia um pouco atordoada mas olhou para a Sam e depois para mim, num misto de admiração e frustração. Quando ela voltou e se preparou para o próximo arremesso eu dei sinal para a Sam mandar a bola rápida. A verdadeira. Quando a Shelly conseguiu perceber que seria uma bola rápida e começou a mexer o taco para rebater, a bola já tinha passado e já estava mais uma vez na minha luva. Eu cheguei a fazer uma careta do quanto a bola doeu quando bateu na minha mão. E disse, "Agora, essa foi a bola rápida de verdade. Acho que você está fora..."

Mesmo estando fora ela continuava de boca aberta e disse, "Caraca!!!!"

A Outra Opção

As outras meninas também pareciam não acreditar enquanto olhavam para a Sam. Nos primeiros três arremessos ela colocou a melhor rebatedora do time para fora. Elas então continuaram trocando de rebatedoras por mais de uma hora, até que minhas pernas já não aguentavam mais. Todas sabiam do meu limitado condicionamento físico e ainda bem que não fizeram nenhum comentário sobre o assunto. Aliás, ao contrário do meu time de beisebol, todas me apoiaram bastante. Fiquei só imaginando como seria a situação com os meninos. Provavelmente todos iam ficar fazendo piadinhas e tirando sarro. Parecia que no time feminino, a ideia de apoiar um colega era bem diferente. Fiquei feliz em saber que a Sam ia fazer parte disso.

Nenhuma das outras meninas foi muito melhor do que a Shelly. Quer dizer, algumas conseguiram algumas rebatidas e até avançaram algumas bases na primeira meia-hora depois que elas pegaram um pouco o ritmo das bolas da Sam. Infelizmente para elas, na última meia-hora eu e a Sam encontramos nosso próprio ritmo e elas não conseguiram marcar nenhum ponto.

Passamos a segunda hora do treino praticando arremessos longos. A Sam jogava a bola para eu rebater e mandar para o fundo do campo. Assim as meninas conseguiam treinar pegar as bolas. Fazia muito tempo que eu não rebatia uma bola e, mesmo a de Softball sendo mais leve do que eu estava acostumado, não demorou muito para eu pegar o jeito. Na época em que eu jogava nunca tinha sido um grande rebatedor. Nunca tive tamanho suficiente para isso. Mas ainda assim, eu tinha uma boa mira.

Depois de mais ou menos umas duas horas, eu tive que pedir para parar. Eu estava absolutamente exausto. Entre os arremessos e as rebatidas, meu corpo estava completamente dolorido. Mas estava me sentindo bem. E, julgando pelo olhar das meninas, elas também estavam prontas para uma pausa. Estavam todos acabados e, enquanto a Sam conversava com as meninas sobre o jogo, decidi deitar um pouco no sol no meio do campo. Estava ali cerca de cinco minutos quando a Shelly chegou do meu lado com uma garrafa de água.

Ela disse, "Ei, pela sua cara acho que você precisa disso."

Peguei a garrafa, coloquei na minha testa para resfriar um pouco, e disse, "Obrigado. Ah, e obrigado também por terem vindo aqui jogar com a Sam. Significou muito pra ela."

Ela acenou para que eu sentasse assim ela podia sentar do meu lado. E disse, "Ela é muito importante pra você, não é?"

Eu concordei, "É. Ela tem sido minha melhor amiga desde sei lá quando."

Ela sorriu, "Pelo que vi ela tem muita sorte em ter você como amigo." E de repente um olhar mais triste passou pelo seu rosto. Ela disse, "Pelo que ouvi dizer, a maioria dos amigos virou as costas para ela. O que não é justo... Ela é muito legal. Como esses mesmos amigos estão te tratando já que você continua falando com ela?"

Eu respondi, "Do mesmo jeito, eu acho. Quer dizer, não do mesmo jeito de antes de eu ficar doente. As coisas agora estão diferentes. Todo mundo mudou. Eu me sinto como se eu tivesse ficado para trás. Exceto com a Sam. Ela é a única que não me faz sentir assim."

Ela tentou me encorajar, "Tenho certeza que assim que você voltar para o time as coisas vão melhorar, você vai ver."

Isso me fez lembrar que eu não ia voltar para o time. Olhei para baixo e disse, "É, talvez... Quem sabe?"

Ela pareceu surpresa, "Espera... Você não vai tentar entrar para o time novamente, é isso?" Ela conseguiu ver a resposta no meu olhar, e perguntou, "Por quê não? Pelo que vi hoje você é um craque! Eles deviam dar graças a deus por ter você no time!"

Eu resmunguei, "É... Mas com todos os problemas de saúde que eu tive, isso é o máximo que eu vou crescer. E também, como eu disse, todo mundo mudou tanto que não sei se eu me encaixaria no time de novo."

Ela sacudiu a cabeça, "Jordan, todo mundo muda. Aposto que você também mudou mais do que imagina."

E sacudi a cabeça, "Não sei... Não acho não. Quer dizer, eu às vezes sinto que estou tentando ser a mesma pessoa que eu era antes. Só que não parece mais fazer muito sentido. Então acho que estou tentando achar quem eu sou agora. Sei lá, é tudo tão confuso..."

Ela me deu um olhar triste por uns segundos e disse, "Bom, pelo que eu pude ver hoje você é um cara que estava aqui quando sua amiga precisou. Que veio jogar um esporte considerado 'de menina' que nenhum outro garoto nem se atreve a tentar. E que jogou até a exaustão para ajudar essa amiga. Deu pra ver que você estava cansado uma meia hora atrás, mas mesmo assim continuou jogando." Eu tentei argumentar mas ela me interrompeu, "Não, não, deixa eu terminar. O que você fez hoje pela sua amiga é muito mais do que muitos amigos fariam. E ainda ajudou todas nós... Não sei que pessoa você está tentando ser, Jordan, mas eu gosto da pessoa que você é hoje. Você é um amigo maravilhoso para a Sam e, se você não se importar, gostaria também de poder te chamar de amigo."

Eu senti aquele nó na garganta e perguntei, "Sério?"

Ela sorriu e concordou, "Pode apostar... Ter amigos de verdade nunca é demais. Bom, a gente vai acabar de guardar o equipamento e aí eu e a Rachel damos uma carona pra vocês dois, combinado?"

Eu sorri, "Obrigado, Shelly. De verdade."

Ela sorriu de volta, "Sem problema! E pensa nisso que eu te falei, Jordan. Você já sabe a pessoa que você é. Só precisa aceitá-la." E com isso ela levantou e saiu, me deixando ali com meus pensamentos e uma garrafa de água na mão.

Fiquei ali sentado por uns minutos e estava pensando em levantar e ajudar com o equipamento quando ouvi as meninas gritando. Dei um pulo e corri em direção a elas para saber o que estava acontecendo. Cheguei lá e encontrei a Sam chorando com algumas meninas a consolando, enquanto a Shelly e a Rachel gritavam com um garoto do outro lado da cerca, perto da primeira base.

Quando me aproximei, a Sam me olhou e pediu, "Jordie, por favor, não..."

Foi aí que escutei o garoto dizendo, "Aaahhh. O que foi? Ficou magoada?" Eu reconheci a voz e quando cheguei mais perto reconheci quem era: Clint. Ele era um dos garotos mais velhos na minha aula de Educação Física e estava sempre junto com o Brett. Acho que eles andavam juntos porque ambos eram novos no time de futebol.

Não precisou muito para eu entender o que estava acontecendo e porque as meninas estavam gritando mandando-o calar a boca e deixar a Sam em paz. Ele estava com o olhar fixo nas meninas e não viu quando eu vim por trás da Shelly e subi na grade.

Gritei com ele, "Olha a boca, idiota!" Meu cansaço sumiu na hora. A única coisa que eu sentia era raiva em pensar na expressão da Sam.

Quando eu pulei na grade o rosto dele estava bem perto e a corrente acabou arranhando o seu nariz. Ele passou a mão e percebeu um pouco de sangue saindo do nariz. Virou para mim a gritou, "Você não sabe com quem está se metendo, pirralho!"

Ele voltou para perto da grade e eu a sacudi de novo, o que fez ele andar para trás. Eu ri, "Eu sei bem com quem estou mexendo, Clint! Um babaca que só sabe se meter com meninas e com pessoas menores que ele... Eu estou mexendo com um covarde!"

A Shelly e a Rachel me seguraram de leve para me tirar de cima da grade e tentar me acalmar. O Clint estava enfurecido e começou a andar em direção ao portão do campo. Ele estava já no meio do caminho enquanto as meninas se colocaram em volta de mim e da Sam. Foi aí que ouvi uma voz familiar.

O dono da voz gritou, "Que merda! Clint, o que você pensa que está fazendo?" Eu imediatamente reconheci a voz do Brett. Ele devia estar treinando com o Clint.

O Clint gritou de volta, "Eu vou ensinar esse nanico e aquele traveco uma lição!"

O Brett finalmente conseguiu chegar perto do Clint, empurrou-o para longe do portão e disse, "Cala a boca, Clint! Você quer ser expulso? E quer me levar junto?" Pelo menos a raiva que vi nos olhos do Brett não era dirigida a mim dessa vez. E apesar do Clint ser grande, o Brett era bem maior. Ele tinha uns dois metros de altura e devia pesar uns 130 quilos pelo menos.

O Clint recuou, "Cara, você está vendo algum professor? É a nossa palavra conta a deles. Ninguém vai acreditar num bando de lésbicas..."

O Brett deu um empurrão no Clint. E forte. O Clint caiu sentado enquanto o Brett gritava, "Cala a sua boca ou eu vou calar pra você! Sai daqui e me deixa tentar consertar a merda que você fez!" O Clint parecia irado quando levantou, mais andou para trás para se afastar do Brett e saiu correndo. O Brett ficou ali parado até ter certeza que o Clint não ia mais voltar. Aí baixou os ombros desanimado e veio em direção ao campo.

Eu escutei a Sam soluçando, então me virei para ver e percebi que a Lyndsay estava consolando-a. Cheguei perto e perguntei, "Sam? Tá tudo bem?" Ela olhou para mim e pude ver que não estava nada bem. Ela não disse nada, apenas me abraçou e ficou chorando enquanto eu a segurava.

Escutei o Brett perguntando, "Vocês estão bem?" Eu tentei me virar e gritar com ele, mas a Sam me segurou.

Foi a Rachel que falou primeiro, "O que foi isso, cara? Quem esse seu amigo pensa que é?"

Ele respondeu, "Ele não é meu amigo. O professor só me pediu para treinar alguns passes com ele hoje. Ele não é muito esperto. Me desculpem... Sam, tudo bem com você?"

Ela tinha se recuperado o suficiente para me soltar e olhou para o Brett, "Tudo bem, Brett. Obrigada por vir até aqui e segurá-lo antes que ele entrasse no campo e as coisas ficassem piores."

Foi aí que o Brett me viu ali em pé. Surpreso, ele perguntou, "Jordan? O que você está fazendo aqui?"

A Shelly entrou na minha frente e disse, "Ele está aqui ajudando a Sam a melhorar os arremessos dela, e nos ajudando também enquanto não treinamos um apanhador."

Ainda surpreso, ele disse, "Jura?"

A adrenalina ainda estava alta no meu sangue e eu estava no limite do meu controle. Estourei, "É isso mesmo! Por quê? Algum problema?"

Ele pareceu surpreso com minha raiva e eu ouvi a Sam dizer, "O Brett é um cara legal, Jordan... Ele é meu amigo."

Colocando as mãos para cima, ele disse, "É, cara, calma. Está tudo bem. Só me surpreendeu, só isso. E é verdade. Eu e meus pais vamos na mesma igreja que a Sam. Tá tudo bem!"

A Rachel perguntou, "O que você vai fazer com o Clint?"

Ele suspirou, "Eu não sei... Olha, eu vou tentar conversar com ele, até ameaça-lo se eu precisar. Se ele falar ou fizer alguma outra merda, me avisa. Eu falo direto com o professor e ele vai ser expulso do time ou até da escola. Mas me deixa tentar falar com ele primeiro."

A maioria das meninas concordou, mesmo dando para perceber que elas queriam pegar o Clint. Elas se recusaram a me dizer o que ele tinha dito para Sam, mais por medo do que eu poderia fazer com ele. Enquanto elas terminavam de recolher o equipamento, o Brett me chamou.

Ele disse, "Ei Jordan. Só queria dizer que acho muito legal o que você está fazendo ajudando as meninas."

Esse era um lado do Brett completamente diferente do que eu tinha visto antes, quando ele estava tentando me 'matar' no jogo de queimada. Era um discurso completamente oposto do que eu esperava.

Ele disse, "Olha Jordan. Só queria pedir desculpas pela semana passada. Eu tenho estado... Tem sido uma época difícil pra mim, e as vezes meu temperamento foge do controle. Desculpa."

Eu concordei, "Sem problema. O professor me contou por alto o que está acontecendo. E me desculpa também pelo que eu disse... Às vezes eu fico meio competitivo e também falo merda. Fica tranquilo, eu sei bem o que é ter um temperamento forte."

Ele riu, "É verdade. Você tem um temperamento difícil mesmo. Se o Clint tivesse entrado no campo, eu colocaria minha aposta em você."

Eu ri junto, "Eu teria apostado na Shelly..."

O Brett deu uma risada tão alta que as meninas olharam, "Cara, você tem razão. Agora sério. Eu vou tentar dar um jeito no Clint, mas ele não vai esquecer isso tão fácil."

Eu concordei, "É, provavelmente não. Mas eu vou ficar bem."

Ele continuou, "Ainda assim, se cuida. E cuida bem da Sam também."

Eu apertei a mão do Brett e disse, "Você também, cara. Se cuida."

****

O resto da tarde ficamos na minha casa e a Sam ficou lá até quase escurecer. Ela passou o dia inteiro meio chateada. Eu ainda não tinha ideia do que aquele babaca tinha falado para deixá-la tão abalada, mas tentei fazer de tudo para animá-la. Quando estava quase na hora de ir embora ela já estava quase de volta ao seu humor de sempre. Ela me deu um abraço especialmente longo e um beijo no rosto antes de sair.

Eu estava tão cansado do dia que nem fiquei na sala depois do jantar. Subi direto para o quarto e para a minha rotina diária. E fiquei olhando para a foto da Sam mostrando a língua e pensando em tudo o que tinha acontecido. Tirando o incidente com o idiota do Clint, o dia tinha sido bem legal. Pela primeira vez desde a minha recuperação, eu tinha me sentido parte de alguma coisa. Treinar com a Sam e com o resto do time de Softball me fez lembrar de como era isso. E também me fez lembrar de como era antes, quando éramos apenas eu e a Sam contra um rebatedor e como isso era bom. Ela confiava em mim e eu nela. E aí, como todas as noites, meu telefone apitou.

{Sam, texto} *** Você também achou que o treino foi muito bom?

{Eu, texto} *** Foi ótimo! Você estava maravilhosa! As meninas ficaram bem impressionadas com você.

{Sam, texto} *** Não. Elas ficaram impressionadas com nós dois.

Eu não sabia muito o que pensar sobre isso. O treino de hoje tinha sido para apresentar a Sam, para que elas a vissem em ação. Eu pensei que o treino hoje me faria querer voltar para o time de beisebol. Mas não fez. Depois de hoje eu não tinha mais dúvida de que não queria mais jogar beisebol. Por causa do time. O jeito como as meninas se apoiavam sem ficar acabando umas com as outras era bem melhor. Outro apito no meu celular interrompeu meus pensamentos.

{Sam, texto} *** Jordan, obrigada por hoje. Você sabe... por estar lá comigo.

{Eu, texto} *** Sempre, Sam. Prometo!

{Sam, texto} *** Boa noite, Jordie.

{Eu, texto} *** Boa noite, Sam.

Coloquei meu telefone no criado-mudo e em segundos eu estava apagado.

Capítulo 9

Eu passei boa parte do dia sozinho com meus pensamentos. A Sam e os pais dela eram razoavelmente religiosos e aos domingos passavam boa parte do dia na igreja e depois com assuntos da paróquia. Eu costumava ir com meus pais à igreja antes da minha saúde despencar. É claro que quando eu não conseguia mais ir eu parei. Depois que os médicos encontraram a causa dos meus problemas e acharam também a "cura" meus pais consideraram tudo um milagre e voltaram a frequentar a igreja com espírito renovado. Mas eu não. Ainda não conseguia achar tudo um milagre. Pelo menos não parecia nenhum milagre para mim. Minha "cura" parecia mais um novo teste, um novo desafio. Eu eu tinha a sensação de que já tinha sido testado o suficiente. Pelo menos eles não me forçaram a voltar a frequentar a igreja. Perguntaram, é claro, mas nunca me forçaram. Me fazer voltar a ir lá todos os domingos ia ser outro milagre e acho que eles resolveram não abusar da sorte... Eles saíram logo depois do café da manhã e eu voltei para meu quarto querendo retomar algumas das minhas leituras da escola, mas isso só fez a minha cabeça voar um pouco mais.

Eu me lembrei de como o treino de Softball tinha me feito pensar na confiança que eu e a Sam tínhamos um no outro e de como essa confiança ia além do campo. E isso me dava mais segurança em contar a ela o que realmente estava acontecendo comigo e sabe que ela ia me apoiar. Tinha certeza que ela não ia me virar as costas e que ia estar lá para me ajudar. Eu queria contar tudo para ela. Realmente queria.

Mas toda vez que pensava em falar sobre o assunto, meu estômago ficava enjoado na hora com o medo. Eu não sabia exatamente medo do que. Dava para perceber que ela olhava para mim como algo mais do que um amigo. E também estava bem claro para mim que eu estava começando a gostar dela pra valer. E era por isso que contar tudo ficava ainda mais importante. Mesmo que isso mudasse completamente a nossa relação. Eu já tinha me convencido que se isso acontecesse, poderíamos continuar sendo apenas amigos. Mas mesmo assim eu ficava apavorado em contar.

O que mais me incomodava era o medo. Acho que a maioria das pessoas aprende a lidar com isso e até consegue vencê-lo. Mas eu não sabia como lidar com o que eu estava sentindo. Eu não me lembro de sentir tanto medo antes na minha vida. Sei que a maioria das pessoas vai achar isso impossível, mas mesmo quando eu estava no hospital, à beira da morte, sabendo que as minhas chances de sobreviver eram mínimas, eu não senti medo. Pelo menos não assim. Quando meus amigos falavam que eu era louco de enfrentar bullies que eram o dobro do meu tamanho, a verdade era que eu nunca tive medo. Por isso eu estava agora tão confuso por me sentir assim pensando em contar para Sam, ou na verdade para qualquer pessoa, a verdade sobre a minha condição.

E não era um medo do que estava acontecendo comigo. Isso eu tinha aceitado. Ainda não gostava, mas tinha aceitado. Era o medo de falar no assunto. Sempre que começava a pensar em discutir a situação, meu estômago embrulhava, meu coração acelerava e eu começava até a sentir falta de ar. Era devastador.

Finalmente resolvi que tinha que conversar com o doutor Byrnes, sobre isso. Talvez ele tivesse algum truque na manga que aprendeu com a profissão que pudesse me ajudar. Mas também decidi que isso não era nenhuma emergência e eu conseguiria manejar a situação por mais duas semanas, até a nossa próxima consulta. Era só eu conseguir não dar nenhuma brecha para a Sam, e continuar sendo um bom amigo para ela. Fácil, certo?

A semana seguinte foi absolutamente normal na escola. Já que na semana anterior eu tinha tido três dias "A", nessa semana eu tinha três dias "B". Ou seja, eu só ia ter que lidar com a aula de Educação Física na terça e na quinta-feira, o que para mim estava mais do que bom. Nos dias seguintes o Brett até que estava sendo bem legal. Enquanto isso o Clint, apesar de parecer que queria me matar, não tentou nada. Mesmo assim pude ver que o Brett não saía de perto dele, provavelmente para evitar que ele fizesse alguma besteira. Nesses dois dias, o almoço tinha sido apenas com o Rick e com o Tom. Nenhum outro dos meninos sentou na nossa mesa. Quando descobri que nenhum deles ainda tinha tentado falar com a Sam eu os ameacei de novo. Até disse para eles tentarem, "ou então...". Ainda bem que nenhum deles perguntou "ou então o que?" porque eu não fazia a menor ideia do que podia fazer.

Os outros três dias eram os meus dias "B" onde, é claro, eu passava a maior parte do tempo com a Sam. Na quarta-feira, na hora do almoço, ela me contou que o Rick e o Tom pararam para conversar com ela. Apesar de ter sido um pouco esquisito no começo, pelo menos eles foram legais. Claro que ela também me contou que um certo "gnomo" os ameaçou se eles continuassem ignorando-a. Eu ri e disse que eu não usava capuz vermelho, então claro que não tinha nada a ver com isso.

Na quinta-feira o Rick e o Tom convidaram eu e a Sam para ir no cinema no sábado. Eles queriam ter um tempo maior para conhecer a Sam novamente e queriam que eu estivesse junto para ajudar. Eu achei meio esquisito, mas se eles estavam querendo tentar, eu topei pela Sam. Quando contei isso, ela ficou super feliz e me deu um abraço e um beijo no rosto. Só que dessa vez o beijo foi um pouco mais longo que o normal e, na pressa talvez, ela quase errou o rosto. Quando ela me deu o beijo eu senti o canto da boca dela encostando no canto da minha boca. Minhas pernas quase fraquejaram. Eu não preciso dizer como é difícil ser apenas um amigo quando tudo o que você quer é ser algo mais... Impossível!

Nas três vezes que fui na biblioteca naquela semana eu procurei e peguei alguns livros de auto-ajuda. Sobre como vencer o próprio medo. Pelo que pude ler, a parte mais importante de vencer um medo é em primeiro lugar saber exatamente do que você está com medo. Ou seja, os livros foram absolutamente inúteis. Ao contrário, quase me deram um ataque de pânico umas quatro vezes, quando eu tentei pensar no assunto.

O resto do nosso tempo livre foi usado para... adivinhe... Softball! Nós treinávamos todas as tardes. No começo praticamente com ela arremessando e treinando os diferentes tipos de bola. Depois até mudamos, com ela rebatendo para treinar os reflexos enquanto eu arremessava. Sem nada programado, nos encontramos com o time no sábado para praticar. Quase metade das meninas apareceu para treinar conosco, o que dava um total de umas quinze jogadoras. Algumas delas estavam interessadas em aprender a jogar como apanhadoras.

Treinei um pouco com elas, ensinando como apanhar a bola e como se comunicar com a arremessadora. Mais importante, ensinei as meninas a treinar com a bola de beisebol que era mais dura e mais pesada. Assim, quando voltassem para a bola de Softball ia ficar mais fácil. No geral foi um treino legal e ver as meninas se acostumando com a Sam me deixava bem feliz. Ficava aliviado em vê-la fazer parte de um grupo tão legal e não pude deixar de sorrir toda vez que a via conversando e enturmada com a garotas. Ela percebeu meu sorriso algumas vezes e, como resposta, sorriu de volta, me fazendo corar mais do que eu esperava.

Depois do treino a Sam me encontrou de novo na minha casa e minha mãe nos deu uma carona para o cinema. Nós chamávamos o cinema de "pulgueiro" só porque mostrava filmes que já tinham saído de cartaz. Mas na verdade o lugar era bem legal, bem novinho. E, talvez porque as máquinas de pipoca eram mais antigas, achávamos a pipoca de lá bem melhor que do cinema novo no shopping.

Encontramos o Rick e o Tom no saguão e os dois já tinham comprado ingresso para ver 'Os Vingadores'. Nenhum de nós tinha visto o filme no começo do ano por motivos diversos. Eu, na verdade, tinha perdido todos os filmes nos últimos anos e não tinha visto nenhum dos filmes de super-heróis antes desse, o que a Sam imediatamente disse que tínhamos que corrigir. Também fiquei aliviado em ver que a Sam ainda adorava filmes de ação e que não ia me pedir para ver nenhuma comédia romântica. Não que eu não iria se ela me pedisse, mas estava mais feliz com os de ação.

Conversamos um pouco e até jogamos um pouco de vídeo game enquanto esperávamos o filme começar. No começo o Rick e o Tom estavam meio travados. Não chegavam a estar desconfortáveis, mas com certeza um pouco estranhos. Mas aos poucos tudo foi entrando nos eixos e ainda mesmo antes do filme começar já estávamos todos à vontade e tudo parecia como antes.

E até mesmo, como antes, eu e a Sam rachamos um balde de pipoca. E já quase na metade do filme, as coisas mudaram um pouco. Depois de esbarrarmos as mãos um no outro algumas vezes, a Sam me olhou e segurou a minha mão dando um apertão. Só que depois ela não largou pelo resto do filme. Eu, parecendo um bobo, só consegui sorrir e fiquei ali de mão dadas com ela. E mesmo com a mão toda suja de manteiga, só de segurar a mão dela me dava um daqueles calores. E melhor, enquanto eu segurava a mão dela, o calor não passava. Com isso, nem vi o resto do filme passar e quando me dei conta já estavam rolando os créditos na tela. Tudo o que eu conseguia pensar era em como era bom estar ali sentado com a Sam.

Quando eu finalmente voltei à realidade, já na cena pós-créditos, eu me dei conta que tinha que contar tudo para Sam naquela noite mesmo. E. só de pensar na ideia, e por causa do monte de pipoca que eu tinha comido, imediatamente comecei a ficar enjoado. Muito enjoado. Consegui ver o olhar preocupado da Sam antes de eu sair correndo para o banheiro. E devolvi tudo o que tinha comido, e mais um pouco. O Rick e o Tom ficaram se revezando para ver como eu estava e foram mantendo a Sam informada. Com todos os meus problemas anteriores, estavam todos assustados.

Minha mãe chegou mais assustada que todos. Pelo jeito a Sam tinha contado o quanto eu estava passando mal quando ela chegou para nos buscar e ela acabou deixando o carro ligado no estacionamento e correu para o banheiro para me ajudar. Precisei muita calma e conversa para convencê-la de que eu não precisava ir para a emergência.

A Sam acabou ficando o resto da tarde lá em casa. Ela não queria sair do meu lado. E tendo visto o quanto eu a assustei, tentei me desculpar várias vezes e sempre acabava chorando um pouco. Realmente me sentia mal por tê-la preocupado tanto. Acabamos passando o resto da tarde sentados no sofá assistindo Thor e Capitão América que ela trouxe, depois do susto no cinema. Ela disse que era um dia perfeito para me atualizar nos acontecimentos do Universo Marvel. Não chegamos a ficar abraçados, mas ela sentou perto o suficiente para sempre que eu lembrava do assunto e começava a chorar ela conseguia colocar os braços em volta dos meus ombros.

A semana seguinte foi basicamente normal, exceto pelo total de quatro ataques de pânico. Dois deles foram na escola e um foi tão sério que a enfermeira foi me buscar no banheiro. O que terminou com uma visita ao médico que, claro, não achou nada de anormal comigo. Quer dizer, pelo menos nada de mais anormal, considerando a minha situação.

A boa notícia na minha visita ao médico é que eu tinha ganho mais peso. A má notícia é que o peso era nos lugares "errados". Perguntei para o médico o porquê de estar mudando tanto justo agora. Quer dizer, já fazia mais de seis meses que eu tinha tido minhas "partes" removidas. Durante os primeiros cinco meses, eu quase não vi diferença nenhuma e de repente agora... bum! Tudo estava crescendo. Olhando no espelho eu nem conseguia mais ver um menino. Talvez uma menina pré-adolescente, mas uma menina com certeza. Eu tinha a esperança de conseguir uns seis meses de Educação Física, mas pelo andar das coisas não ia dar para chegar nem a um mês antes de tudo ficar óbvio.

A resposta dele fazia bastante sentido, apesar de eu não gostar. Segundo ele, eu vinha me desenvolvendo, apenas estava malnutrido. Meu corpo estava incorporando as mudanças, só não tinha energia para executá-las. E agora que eu estava comendo e me exercitando, meu corpo ia tentar ganhar o tempo perdido. Só que quem ia determinar a distribuição dos músculos e da gordura era o estrógeno ao invés da testosterona. A minha dúvida agora era quanto tempo ainda minhas roupas iam conseguir esconder tudo. Algumas já estavam começando a ficar justas, pelo menos em alguns lugares.

Acho que cheguei a assustar a minha mãe no sábado de manhã. Antes dela descer para tomar café eu já estava acordado e pronto esperando para ir à minha consulta no terapeuta. Confesso que até eu estava feliz de ter a minha cabeça examinada naquele dia. Existe uma primeira vez para tudo. Até o médico ficou surpreso de nos ver quase meia hora antes do consultório dele, quando ele ainda estava destrancando as portas e abrindo tudo.

Ele nos cumprimentou, "Bom dia! Eu não esperava vocês tão cedo. Como você está, Jordan?"

Eu respondi, "Bom dia, doutor. Eu... estou precisando conversar..."

Ele olhou para minha mãe e depois de volta para mim, "Ok, o que está acontecendo?"

Eu disse, baixinho, "Eu preciso de ajuda com uma coisa..."

Como essa era a primeira vez que ele me via com vontade de falar algo, ele disse, "Ok, vamos para a minha sala. Eu ainda não tive tempo de tomar café nem nada. Se algum de vocês quiser alguma coisa, fiquem à vontade."

Minha mãe disse, "Eu posso pegar café para nós e trazer para a sala." Aí ela parou, olhou para mim e completou, "Isso se você não se importar de eu acompanhar sessão."

Eu concordei, "Tudo bem, mãe. Eu não me importo."

Ela me abraçou e sussurrou, "Então vão começando que eu chego em alguns minutos."

Eu acenei com a cabeça e olhei para o terapeuta, que me dirigiu até a sala. Sentei imediatamente na poltrona que estava acostumado, mas dessa vez ao invés de me jogar, sentei direito olhando para as minhas mãos no meu colo.

O doutor Byrnes pareceu realmente preocupado e me perguntou, "Jordan, você precisa de ajuda com o que?"

Eu olhei para ele por um segundo, mas não pude sustentar meu olhar. Eu estava a ponto de admitir para alguém que eu estava com medo de alguma coisa. E senti vergonha. Ao invés de ficar me fazendo de durão eu sabia que eu precisava simplesmente botar tudo para fora. Então simplesmente fixei meus olhos nas minhas mãos e comecei a falar. Contei sobre a Sam, apesar de não falar o nome dela. Contei como ela me surpreendeu no primeiro dia de aula e como nossa amizade cresceu desde lá.

Minha mãe entrou na sala e, sem falar nada, deu o café para o doutor Byrnes e um Gatorade para mim. Eu agradeci e continuei contando como meus sentimentos pela Sam começaram a mudar. Foi aí que eu senti a primeira lágrima correr, mas eu estava tão focado em contar tudo que nem tentei limpar o rosto. Conforme ia contando a minha história, mais e mais lágrimas correram. Tanto que nem senti minha mãe colocar os braços em volta dos meus ombros.

Eu contei sobre a minha conversa com a Sam sobre o fato dela gostar de meninos, e sobre saber que ela estava interessada em mim, mas por eu ser um menino. Sobre meus medos de como minha condição verdadeira podia mudar tudo e como eu me sentia em ser apenas um

A Outra Opção

amigo para a Sam. Ele escutou tudo sem me interromper e eu só parei quando estava perto de terminar tudo o que eu precisava para pedir ajuda.

Terminei dizendo, "Então, doutor, o que eu preciso de ajuda... Eu estou absolutamente apavorado em contar para ela a verdade sobre o meu problema. Eu li vários livros sobre como vencer o medo e todos dizem que eu preciso saber exatamente do que eu tenho medo. O problema é que eu não faço ideia do que seja. E quando eu digo medo, eu quero dizer do tipo ataque de pânico total. Ultimamente eu tenho até ficado doente, passado mal só de pensar em falar com ela..."

Minha mãe engasgou, "No cinema?"

Eu só concordei, "Aquela foi a primeira vez que eu realmente passei mal. A última vez foi essa semana, quando eu tive até que ir no médico para saber se tinha algo errado."

Ela me apertou com um abraço, "Meu amor, por quê você não me contou?"

Eu respondi, "Mãe, eu estava com medo... Percebe? Com medo." Vendo o olhar dela sem entender, eu continuei, "Quando foi a última vez que você se lembra de me ver com medo? De qualquer coisa?"

Ela pensou por um momento, "Jordan, eu não me lembro de você ter medo de nada. Nunca. Mesmo quando era pequeno, você nunca teve medo de escuro, ou de monstro. Mesmo no hospital. Você nunca pareceu estar com medo."

Eu concordei, "É porque eu não estava. Mas agora... Eu não sei o que fazer. Eu quero contar para ela. Não, eu preciso contar pra ela! Mas eu estou com tanto medo e eu não faço ideia do porquê. Eu já passei cada cena na minha cabeça do que pode acontecer, e não tenho problema com nenhuma delas."

O doutor Byrnes pensou por alguns segundos e disse, "Jordan. Tem uma coisa que você tem me dito nos últimos seis meses que... Eu acho que sei qual é o problema."

Eu disse, "Então me conta! Eu faço qualquer coisa para resolver isso."

Ele começou a dizer, "Eu não posso te dizer o que fazer. Não sei mesmo se estou certo. Só posso te ajudar a descobrir por você mesmo."

Eu estourei de raiva, "Então o que eu estou fazendo aqui, se você não pode me ajudar?" Respirei fundo e me controlei, "Desculpa. Eu quero colaborar dessa vez. Por favor..."

Ele continuou, "Eu estou aqui para te ajudar a entender e descobrir. Eu não posso fazer isso por você. Eu só posso apontar a direção. Mas você tem que ir em frente."

Eu concordei, "Tudo bem. Entendo."

Ele continuou, "Ok. Nós já cobrimos todos os motivos porque você não tem medo. Mas agora vamos pensar no que aconteceria se você realmente contasse para ela."

Eu disse, "Doutor, eu já pensei em todas as possibilidades. Aliás, eu não tenho pensado em mais nada nas últimas duas semanas."

Calmamente, ele disse, "Você pensou em como ela responderia, nas coisas que ela poderia dizer. Mas isso não é tudo. Continue comigo, vamos lá. Feche os olhos e tente imaginar o rosto dela. Agora imagine o que acontece, não o que ela diria, mas como seria o olhar dela, quando você dissesse que está fazendo a transição para salvar a sua vida. Mantenha os olhos fechados e me conte."

Mantendo meus olhos fechados, eu disse, "Ela ficaria triste no começo. Mas entenderia. Ficaria até um pouco com inveja por eu já estar tomando hormônios femininos."

Eu ainda estava ouvindo-o falar, "Agora imagine a expressão dela quando você fosse além e contasse que você estava se tornando uma mulher, mesmo sabendo que ela gosta de homens."

Eu pensei por mais um momento, "Mais ou menos a mesma coisa. Ela ia ficar triste, mas entenderia. Depois talvez até aliviada porque eu poderia ser sua amiga."

Eu escutei-o respirar fundo antes de continuar, "Agora, finalmente, pense em como seria a expressão dela quando você contasse que, apesar de não ter opção, você na verdade nunca quis e continua não querendo se tornar uma mulher."

Foi aí que entendi. Eu sabia que ela queria fazer a transição. Sabia que eu já estava fazendo, mas quando pensei na expressão dela nessa situação, dei um pulo e arregalei os olhos.

Ele perguntou, "O que você viu, Jordan?"

Eu suspirei, "Eu vi... A expressão nos olhos dela. É o mesmo olhar que eu vi na última vez que ela foi me visitar no hospital. Foi quando disse para ela que não queria mais que ela fosse me ver. Eu disse que não queria que ela se lembrasse de mim daquele jeito..."

Minha mãe disse, "Mas Jordan, você disse isso para todos os seus amigos."

Eu respondi, "Porque todos eles tinham o mesmo olhar no rosto, mãe."

O doutor Byrnes e minha mãe tinham o mesmo olhar confuso no rosto. Tentando entender o que eu estava dizendo, foi ele que perguntou primeiro, "Que olhar, Jordan?"

Eu tentei não lembrar de todas aquelas pessoas que me olhavam no hospital naquelas últimas semanas, até que pedi para não me visitarem porque não aguentava mais. A lembrança daquela época tomou conta de mim e senti meu corpo tremer, "Eles me olhavam com pena. Todo mundo sentindo pena de mim. Eu não aguentava mais. Então inventei aquela mentira, para as pessoas pararem de me olhar daquele jeito."

O doutor Byrnes continuou, "Jordan, estavam todos preocupados e você provavelmente confundiu isso com pena."

Respondi, bravo, "Não, doutor, você está errado! Eu conseguia ver que todos já tinham desistido. Mãe... Você e o papai também... Não era mais preocupação que eu via nas pessoas. Era pena. Era como se eu não estivesse mais ali. Era como estar presente no meu próprio funeral..."

Minha mãe quase engasgou, "Jordan... Eu... Por que você não disse nada?"

Eu comecei a chorar, "Eu tentei, mãe. Mas vocês não me escutaram. Eu não precisava que minha família e meus amigos chorassem por mim enquanto eu ainda estava vivo. Eu precisava que vocês todos me ajudassem a manter meu ânimo, meu humor. Que me ajudassem a rir. Eu não estava morto ainda, mas todo mundo agia como se eu já estivesse..."

Minha mãe não conseguia falar nada, apenas ficou com a mão cobrindo a boca. O doutor Byrnes tentou racionalizar comigo, "Jordan, você precisa entender..."

Eu o interrompi, "Não, doutor, eu não preciso entender nada! Você imagina o que é passar por isso? Ter todas as pessoas à sua volta olhando para você com pena? Como se você já estivesse morto? Você tem a menor ideia de como é isso?"

Ele sacudiu a cabeça, "Jordan, me desculpe. Não, eu não tenho a menor ideia do que seja. Você consegue me explicar?"

Eu respirei fundo e tentei me acalmar, abraçando meu próprio corpo antes de continuar, "Foi assim dia após dia... E aos poucos eu comecei a acreditar que talvez eu estivesse mesmo pronto para morrer... Eu não sei se aguentaria ver alguém me olhando assim de novo. Principalmente a Sam."

Terminamos a sessão com a minha mãe chorando quase tanto quanto eu. Pela primeira vez eu podia ver que o doutor Byrnes estava sem saber o que dizer. O mais estranho é que, no caminho de casa, me dei conta que aquela tinha sido a sessão mais produtiva até agora. Eu finalmente sabia do que eu estava com medo. Eu tinha algo contra o que lutar. Agora era só criar coragem para encarar.

****

Quando chegamos em casa, a primeira coisa que eu fiz foi mandar uma mensagem para a Sam avisando que eu não ia no treino. Pelo menos estava sendo honesto quando falei que tive uma sessão de terapia difícil e que essa era a razão. Ela chegou a pensar em cancelar o treino e vir para minha casa, mas eu a convenci a ir treinar. As meninas precisavam começar a treinar uma apanhadora, e eu não estando lá era uma ótima desculpa para alguém se voluntariar. Eu falei para ela me ligar de noite. Eu sabia que ela queria vir na minha casa, mas eu disse que tinha muito para conversar com meus pais depois do dia de hoje.

E foi isso que eu e meus pais fizemos. Conversamos. Eu contei a eles tudo, começando do que eu tinha falado na minha sessão até agora. Tudo mesmo. Incluindo o que eu sentia pela Sam a até o quanto eu tinha mudado fisicamente. E é claro que isso me fez ganhar uma inspeção detalhada da minha mãe. Eu podia ver que tudo isso era difícil para o meu pai. Afinal eu era seu único filho. Que agora tinha seios...

Minha mãe pelo menos não fez nenhum drama. Apenas pediu que eu usasse a minha dispensa da Educação Física imediatamente. Eu disse que era a primeira coisa que eu pretendia fazer na segunda-feira. E ela, é claro, quis ver as tais mudanças físicas de que eu tinha falado.

No meu quarto, quando eu tirei a roupa e fiquei só de cuecas pude ver os olhos dela ficarem marejados, mas fingi não perceber. Não precisava que ela se sentisse pior ainda com toda a situação. Ela pegou uma fita métrica e começou a tirar medidas do meu corpo. A minha ideia de exercitar o tórax para esconder as "gordurinhas" extra saiu pela culatra. Só fez com que tudo crescesse mais rápido e ficasse mais evidente.

Conversamos um pouco depois das medidas e, mesmo eu sabendo que precisava, ainda me senti mal quando ela sugeriu que eu precisava de roupas novas. Minhas calças jeans ainda serviam, mas com o volume extra tanto atrás quando nos quadris, ficava claro que elas não iam servir por muito mais tempo. E o problema não terminava ali. Minhas cuecas também estavam ficando bem apertadas no quadril, chegando a marcar e até a machucar algumas vezes. E pra terminar, minhas camisetas já não estavam mais tão folgadas e, logo, ia ser fácil começar a reparar nas mudanças.

Minha mãe resolveu que eu precisava de roupas novas. Ou, pelo menos, de tamanho diferente das que eu tinha. E, enquanto ela me deixou no shopping para comprar camisetas maiores, ela disse que ia até um brechó para ver se tinha alguma coisa que me servia. Segundo ela, não adiantava comprar coisas novas porque com as mudanças todas era bem provável que eu perdesse as roupas logo. E sem eu falar ela já me prometeu não comprar nada cor-de-rosa.

Mais tarde quando falei com a Sam expliquei para ela o máximo que consegui, pelo menos tudo até antes de eu começar a ficar enjoado por causa do pânico novamente. Apesar de não conseguir contar para ela qual era o meu problema médico, consegui explicar para ela que eu sabia o que estava causando meus ataques de pânico. Eu prometi que agora que eu sabia o que era, sabia como enfrentar e pedi que ela fosse paciente comigo só mais um pouco. Acho que ela percebeu o pânico na minha voz ou a mudança na minha respiração, porque resolveu mudar o assunto para falar de como tinha sido o treino.

Ela disse que todas as garotas estavam preocupadas comigo. Pelo jeito a rádio-fofoca da escola estava a todo vapor porque todo mundo já tinha ouvido que eu tinha passado mal na sexta-feira. Ela também contou que elas ainda não tinham ninguém para a posição de apanhadora e todas estavam torcendo para eu estar lá na próxima semana. Eu prometi que estaria lá não importa o que acontecesse. Antes de desligarmos o telefone, ela disse que tinha sentido muita falta de mim por não me ver naquele dia e que não via a hora de me encontrar na segunda-feira para nossa caminhada até a escola. Eu disse que também tinha sentido muita falta dela. E não pude segurar um sorriso.

Eu passei o resto da noite e grande parte da manhã seguinte tentando ensaiar e fazendo alguns exercícios mentais que eu tinha lido para vencer o medo. Toda vez que eu achava que estava pronto, eu tentava treinar olhando para a foto dela que eu tinha salvado no meu tablet. E toda vez eu travava do mesmo jeito.

Eu estava ficando cada vez mais frustrado e prometi a mim mesmo que se não conseguisse falar para ela durante a semana eu ia me forçar a falar no sábado, depois do treino. Eu ia achar um jeito de fazer isso. Pensei que pelo jeito que eu estava travando com a foto, eu provavelmente ia precisar de um tempo extra para conseguir contar tudo. E no sábado parecia uma boa ideia. Mal sabia o que me esperava...

Com tudo planejado eu estava realmente de bom humor quando a Sam chegou na minha casa na segunda-feira de manhã. Ela ficou até surpresa em me ver tão animado, mas é claro que isso não a impediu de me dar um abraço bem apertado e mais um beijo no rosto quando me viu. E como eu tinha contado para os meus pais como eu me sentia com relação a Sam, percebi minha mãe sorrindo quando viu nós dois nos abraçando. Meu bom humor continuou todo o caminho até a escola e só começou a mudar quando chegamos perto da escola. Ela percebeu mas eu garanti que estava tudo bem. Era só algo que eu precisava fazer antes da aula. Ela não pressionou muito porque viu que eu não estava muito feliz.

O que eu tinha que fazer era o que eu tinha prometido para minha mãe: pedir a minha dispensa da Educação Física. Falei com o sr. Miller e ele, apesar de parecer triste com a notícia, me assegurou que entendia perfeitamente a situação dadas as coisas todas com que eu estava lidando. Ele me disse que eu precisava ir para a aula de Educação Física naquele dia mas que não precisava nem trocar de uniforme, nem participar. Eu disse que tudo bem, porque eu precisava ir tirar as minhas coisas do vestiário de qualquer forma. Naquela manhã também acabei pulando a aula na biblioteca porque fiquei conversando com o sr. Miller. Pelo menos eu não tive que encontrar e lidar com o Teddy. Desde o estouro dele no outro dia no almoço nós não tínhamos conversado muito e as coisas estavam meio esquisitas.

Além das duas horas sentado no banco durante a aula de Educação Física, o dia não tinha sido nada de mais. Quando entrei no vestiário para pegar as minhas coisas, o professor já estava lá me esperando. Me chamou de lado e me deu o discurso "eu gostaria de ter mais dez alunos iguais a você no time". Eu agradeci e comecei a arrumar minhas coisas enquanto os outros chegavam para se trocar.

Ninguém me deu muita atenção. O Clint tentou tirar sarro de mim, é claro, e o Rick, o Brett e até o Teddy pareciam preocupados. O Rick me perguntou se tinha a ver com eu ter passado mal na semana anterior e eu disse que mais ou menos. Eu peguei as minhas coisas e fui sentar no banco durante a aula. Eu não imaginava que ia ser tão difícil ficar ali, olhando os outros meninos correndo e fazendo seja lá qual tipo de tortura o professor inventava. Saber que eu não ia mais fazer parte daquele grupo foi difícil... Quando a aula terminou e foram todos para o chuveiro, eu nem esperei e fui embora.

Pelo menos a última aula do dia era com a Sam. E apesar dela ter percebido meu desânimo, não disse nada. Não demorou muito para as coisas voltarem mais ou menos ao normal e continuamos com a nossa rotina de treinos depois da aula. Apesar de já ser muito boa ela estava melhorando ainda mais. Ela continuava trabalhando em diferentes arremessos e eu podia ver que quando a temporada começasse ela ia estar realmente fera.

Naquela noite pensei um pouco mais nos meus planos e, apesar de ainda estar assustado com a ideia, ter uma data-limite parecia que tinha me dado mais foco. Eu estava assustado, quer dizer, apavorado, mas eu sabia que ia acontecer. Eu sabia, naquele momento, que não tinha nada que ia me impedir de contar a verdade para ela em cinco dias. Mal sabia eu...

Meu plano todo veio por água abaixo na quarta-feira, depois do almoço. Eu tinha sentado com o Rick e o Tom, mas a maioria do tempo em silêncio. Acho que eles estavam com medo que minha saúde estivesse piorando novamente e, mesmo eu garantindo que eu estava bem, eles não pareciam ter acreditado. Acabei terminando o almoço rápido para não ter que ficar aguentando os olhares preocupados dos dois. Até pensei que, talvez, depois de falar com a Sam eu acabasse contando para todo mundo. Afinal, eu não ia conseguir esconder as coisas por muito mais tempo.

Como eu não tinha mais que ir para a Educação Física depois do almoço nos dias "A", eu resolvi ir até o meu armário e pegar alguns livros para estudar. E pensei em passar na frente do armário da Sam, pra ver se de repente eu esbarrava com ela. Quando entrei no corredor eu vi que ela estava lá mas não estava sozinha. Foi aí que tudo aconteceu.

O corredor estava cheio de gente e meio tumultuado mas eu consegui ver a Sam tentando se proteger atrás da porta do armário enquanto o Clint ficava provocando-a. Vários alunos estavam em volta olhando mas sem fazer nada enquanto esse idiota provocava a minha amiga. Nem preciso dizer que eu fiquei furioso. Eu tive que empurrar um monte de gente para conseguir passar e fiquei ainda mais irritado quando vi que um dos que estava olhando passivamente era o Teddy. Ele estava lá só olhando. Que covarde...

Eu gritei quando passei por ele, "Sai da frente, covarde!"

Ele ficou surpreso e gritou, "Jordan? Não!!"

Assim que passei pelo Teddy, vi o Clint empurrar a Sam e gritar, "O, esquisito! Olha pra mim quando estou falando com você!"

Eu imediatamente larguei minha mochila, saí correndo à toda velocidade, pulei e empurrei o Clint o mais longe que eu podia, gritando, "Sai de perto dela!"

O tempo pareceu parar, enquanto as pessoas olhavam para mim. Claro que eu não podia culpar ninguém de estar surpreso. Ali estava eu, no alto do meu metro e meio de altura, encarando de frente um dos jogadores do time de futebol americano, que fazia eu parecer uma criança perto dele. Acho que deviam pensar que eu tinha enlouquecido. E talvez eu tivesse mesmo...

O Clint, claro, foi o primeiro a reagir rindo, "Essa é a última vez que você estraga minha 'brincadeira', pirralho."

Eu apenas sacudi minha cabeça, "Vai se ferrar, Clint. Você não vai mais encostar a mão nela."

Ele riu novamente, "E quem vai me impedir? Você, anão?"

A Sam sussurrou, "Jordan, não precisa..."

Eu virei para olhar se ela estava bem e assim que eu olhei de novo para o Clint, quase não consegui reagir ao soco que ele deu, direto na minha cara. Eu até consegui desviar um pouco, chegando a rolar no chão, mas ainda pegou de raspão no meu queixo. Na verdade, um pouco mais do que de raspão.

A pancada foi grande e me arremessou contra os armários. Eu fiquei tonto e demorei um pouco para me orientar e antes que eu conseguisse levantar, pronto para o próximo soco, ouvi uma agitação enorme. O Brett estava lá segurando o Clint com uma chave de braço e arrastando-o para longe da Sam e de mim. Eu escutei o Brett gritar, "O que você acha que está fazendo? Eu não vou te encobrir de novo! Nunca mais, seu idiota!" Enquanto ele arrastava o Clint, o Brett olhou para mim sem falar nada só para saber como eu estava. Eu acenei que tudo bem, e fiquei aliviado por eles terem se afastado. Fiquei surpreso em ver o Brett vindo me ajudar daquele jeito.

Eu respirei aliviado e antes que eu pudesse me virar para ajudar a Sam, o Teddy se aproximou gritando, "O que você estava pensando, cara? Você é louco? Ele ia te matar!"

Eu virei e encarei-o "Alguém tinha que fazer alguma coisa, já que ninguém mais estava se mexendo. Você acha que está certo um idiota daquele mexer com quem ele quiser?"

Ele falou mais calmo, "Jord, você podia ter se machucado feio! Por quê você se arrisca tanto?"

Eu devolvi, sem pensar, "A Sam é minha amiga, Teddy. O que é mais do que eu posso dizer de você! Você se lembra na quarta série quando os meninos mais velhos ficavam rindo da sua cara e te chamando de gordo? Quando você não aguentava mais e queria fugir da escola? Quem te defendeu?"

Ele resmungou, "Cara, naquele dia eles quebraram a sua cara..."

Eu gritei, "Não importa! Quem te defendeu?"

Ele respondeu, envergonhado, "Você..."

Eu continuava gritando, "Porque você era meu amigo! E a Sam é minha amiga! E eu não deixo nenhum idiota mexer com os meus amigos! Você devia ter entrado no meio! Ela é sua amiga também..."

Ele disse baixinho, "Mas... A Sam mudou tanto... Ela não é mais a pessoa que eu conhecia..."

Eu gritei mais alto ainda, "Errado, Tubby!" Usei o apelido de infância dele, "A Sam que você conhecia? A Sam que era sua amiga? Ela está bem aqui! E se você conversasse com ela quinze minutos você ia perceber isso! Quinze minutos e você ia perceber o quanto a Sam é a mesma e está bem mais feliz. E quando você ver isso, você vai ver o quanto é legal!"

Eu parei. Ainda estava muito bravo e falei, "Você devia ter defendido a Sam. Mesmo que você não queira mais ser amigo dela. Você tinha que ter parado. Você sabe bem o que é sofrer bullying de meninos mais velhos." Eu vi o olhar dele. Essa parte doeu.

Ele ainda tentou minimizar a coisa, "Você é louco, cara... Você viu o tamanho dele? Ele ia me quebrar."

Eu respondi, "É mesmo? Caso você não tenha percebido, você é tão grande quanto ele. E já viu o meu tamanho? Isso não me impediu de pelo menos tentar."

Ele sacudiu a cabeça, "Como eu disse, você é louco, Jordan..."

Ainda gritando eu disse, "Quer saber? Sou louco sim! Mas pelo menos não sou um covarde."

Quando acabei de dizer isso, a minha raiva desapareceu. Ei olhei para o Teddy e vi como ele estava arrependido e machucado com o que eu disse. E olhei para Sam que ainda estava sentada e assustada com a minha reação. Aí que me dei conta... Eu era sim um covarde. E tinha sido um covarde desde o dia no hospital quando eu pedi para ela e para meus amigos não irem mais me visitar. Fiquei meio atordoado com a surpresa da minha descoberta. Eu podia encarar a morte certa nas mãos de um grandalhão pela Sam, mas não podia encarar meu próprio medo para contar a verdade toda para ela. Foi o Teddy que me trouxe de volta para a realidade.

Ele perguntou e percebi um tom de preocupação na sua voz, "Cara... Você está chorando?"

Eu coloquei as mãos no meu rosto e senti as lágrimas correndo. Com toda a confusão eu nem tinha percebido. Olhei em volta e vi que a multidão ainda estava ali olhando para nós e toda a raiva que eu tinha voltou de repente, mas dessa vez voltada para mim. Gritei, "Merda!". Peguei minha mochila e saí.

De longe escutei o Teddy falando, "Desculpa, Sam. Mesmo!"

Ela disse, "Tudo bem, Teddy."

Ela me chamou mas eu já tinha passado da multidão e estava só tentando me afastar. Dei uma corrida para chegar na escada e assim que comecei a subir me senti fraco. Eu só queria me esconder um pouco mas sabia que não ia conseguir despistá-la. Fui então para o meio do lance de escadas tentando não ser visto.

Um minuto depois eu ouvi a porta abrir e a Sam me chamando. Ainda tentei ficar quieto para ela não me ver, mas não consegui segurar os soluços. Escutei os passos dela subindo e ouvi sua voz.

Ela perguntou, "Meu deus, Jordan, o que aconteceu?" Tentei manter minhas mãos sobre o meu rosto mas ela puxou-as de lado, dizendo, "Deixa eu ver como ficou? Nossa, vai doer mas não deve ter sido nada sério. O que aconteceu?"

Eu só resmunguei, "Desculpa..."

Ela sorriu, "Desculpas pelo quê? Você veio me salvar! Você é meu herói. Qualquer garota sonha em ter um. Mas por quê você entrou no meio? Ele podia mesmo ter te machucado."

Eu finalmente me acalmei e olhei-a nos olhos, "Porque ninguém mais ia se meter..."

Ela sorriu e fez um carinho no meu rosto, secando as lágrimas que finalmente tinham parado. E perguntou, "O que você estava pensando?"

Eu sorri, mesmo sentindo dor no meu rosto, "Provavelmente em nada... Só que eu tinha que pará-lo de qualquer jeito. Ei, e no fim ele parou de mexer com você, não? Então eu acho que ganhei a briga."

Ela riu e eu não pude deixar de rir de volta. Foi naquele momento que eu percebi que não estava mais com medo de contar tudo para ela. Ela era minha melhor amiga e também a pessoa por quem eu tinha certeza que estava apaixonado. E achava que ela também sentia o mesmo por mim. Eu sabia que ia conseguir, e disse, "Sam, eu preciso te contar uma coisa..."

Eu não tinha percebido o quanto ela tinha chegado perto de mim, e quando olhei de novo nos seus olhos, seu rosto estava a centímetros do meu. E antes que eu conseguisse dizer qualquer coisa, nossos lábios se encontraram. Fiquei tão surpreso que apenas fiquei lá parado por vários segundos enquanto ela me beijava e enquanto aquele calor que vinha tendo preenchia meu corpo com uma intensidade que eu nunca tinha sentido.

Ela ficou confusa com a minha reação e começou a recuar, dizendo, "Jordan, me desculpa, eu não queria..."

Eu não a deixei terminar. De leve, coloquei uma mão pelo seu pescoço e puxei-a de volta para mim. Enquanto nos beijávamos de novo, dessa vez comigo beijando-a de volta, eu achei que ia explodir. Meu corpo inteiro formigava e tudo o que eu pensava era que não queria que aquilo terminasse nunca mais. Eu segurei sei rosto de leve e senti as mãos delas repousarem sobre o meu peito. E conforme elas passaram pelos meus mamilos, meu corpo inteiro se dobrou e eu gemi. Ficamos ainda nos beijando um pouco e de repente ela se deu conta do que tinha por baixo da minha blusa. Ela ainda apalpou um pouco para ter certeza e recuou depressa.

Ela quase engasgou com o susto, "Jordan? O que é isso?"

Minha cabeça ainda estava nas nuvens, meu corpo ainda formigando e a única coisa que eu consegui dizer foi, "Espera... Deixa eu explicar."

Ela disse, "Explicar o que? Que você tem seios? Maiores até que os meus?" Eu podia ver a mágoa no rosto dela.

Eu tentei sentar um pouco mais, "Não é bem o que você está pensando."

Ela continuou, "Não é o que eu estou pensando? Como assim? É como se você estivesse tomando hormônios." E pelo meu olhar ela teve a resposta mesmo sem eu falar nada, "Espera... Você está! O que está acontecendo, Jordan? Você está fazendo alguma transição?"

Eu concordei, mas disse, "Não é como você está pensando. Deixa eu explicar..."

Ela levantou e resmungou, "Não, não, não... Como eu pude ser tão idiota? Os acessos de choro... Por que você não me contou? Você achou que eu não ia entender? Mesmo??"

Eu tentei me levantar, mas meu corpo inteiro estava fraco por causa do beijo e do formigamento de quando ela encostou nos meus seios. Eu pedi, "Sam, eu juro... Não era isso que eu queria. Não mesmo..."

Ela começou a chorar e se afastou de mim, "O quê você não queria? Que eu não percebesse? Que eu finalmente descobrisse que você não confia em mim? Você é meu melhor amigo... Eu pensei..."

Eu finalmente consegui ficar em pé, mas ainda tive que me segurar na parede para não cair, "Sam, escuta... Por favor..."

Ela sacudiu a cabeça, "Jordan... Eu... Eu não quero conversar agora. Não consigo..." Ela, então saiu correndo da escadaria me deixando sozinho numa tentativa frustrada em segui-la.

Depois de tropeçar algumas vezes eu finalmente consegui chegar até a porta e quando abri dei de cara com o sr. Miller que disse, "Jordan! Finalmente te achei, ainda bem. Você precisa vir comigo."

Eu pedi, "Professor, eu não posso. Eu tenho que falar com a Sam."

Ele disse, "Jordan, isso não é um pedido. É uma ordem! O Brett me contou o que aconteceu. Nós já ligamos para os seus pais. Agora, venha!"

Eu senti o peso nos meus ombros, "Merda..."

Capítulo 10

Eu segui o sr. Miller até a sua sala. No caminho tentei olhar para todos os lados na esperança de ver a Sam de algum jeito. Não sei o que eu faria se a visse. Na verdade, sabia. Eu provavelmente deixaria o sr. Miller falando sozinho e correria atrás dela para tentar acertar as coisas. Eu tentei perguntar para ele qual o tamanho da encrenca que eu tinha me metido mas ele só disse que teríamos que esperar meus pais para conversar, o que não era boa notícia. Já na sala dele, enquanto esperávamos meus pais, tive tempo para pensar um pouco, o que nessa situação não era uma coisa boa.

Eu estava um pouco preocupado com o incidente com o Clint. Tecnicamente eu tinha me metido em uma briga, apesar de não ter chegado a dar nenhum soco. Eu sabia que a escola tinha uma política de tolerância-zero com brigas. Ou seja, eu sabia que seria pelo menos suspenso por alguns dias. Mas com tudo mais que estava acontecendo, essa era a menor das minhas preocupações. Meu pensamento estava voltado para a Sam. Por dentro eu não conseguia parar de me culpar pelo que tinha acontecido. Cada vez que eu fechava os olhos eu conseguia ver a expressão dela quando descobriu a minha transição.

Era uma mistura de susto e tristeza. Quando meus pais chegaram eu estava bem chateado. A ponto de perder o pouco de controle que eu ainda tinha sobre as minhas emoções.

Minha mãe entrou na sala de espera e falou, assustada, "Jordan! O que aconteceu?" Eu olhei para os meus pais e pude ver o quanto eles estavam bravos. Meu dia parecia que ficava cada vez pior. Antes que eu pudesse responder, ela viu meu rosto roxo e inchado e perguntou, "Ai meu deus! Você está bem? Quem fez isso?"

Eu respondi, "Um garoto que estava fazendo bullying com a Sam. Eu não cheguei a dar nenhum soco, mãe, eu juro. Eu só entrei no meio para protegê-la."

Os dois olharam para mim ao mesmo tempo, "Ah, Jordan..." Vi que eles não pareciam mais bravos. Minha mãe ainda estava preocupada mas meu pai parecia mais orgulhoso do que qualquer outra coisa, enquanto abaixava para olhar o machucado.

Ele me perguntou, "Filho, qual era o tamanho desse garoto?"

Eu respondi, "Bem grande... Ele é um dos mais velhos do time de futebol americano."

O sr. Miller me interrompeu, "Não Jordan. Ele 'era' um dos mais velhos do time."

Eu olhei e vi o Brett saindo com ele da sala. O Brett parecia visivelmente chateado. Quando me viu, parou e perguntou, "Você está bem, Jordan? O que passou na sua cabeça para enfrentar o Clint?"

Antes que eu respondesse, meu pai disse, "Ele provavelmente não estava pensando em nada a não ser proteger a sua amiga." O Brett concordou e meu pai continuou, "Ele é assim desde pequeno. Algumas coisas parecem que não vão mudar nunca."

O Brett concordou, "Sabe, essa é uma qualidade boa de se ter. A Sam tem sorte de ter você, Jord. Você vai ficar bem?"

Eu suspirei, "Não sei... E na verdade duvido que a Sam se sinta sortuda por me ter como amigo..."

Os quatro olharam para mim sem entender do que eu estava falando e antes que eles perguntassem algo que eu não queria responder, eu perguntei ao sr. Miller, "Podemos terminar logo com isso, por favor?"

Ele concordou e disse ao Brett, "Fico feliz que você estava lá. Mas infelizmente minhas mãos estão amarradas nesse assunto."

O Brett riu, "Sem problema, professor. Então eu acabei de ganhar um fim-de-semana prolongado, só isso."

Voltamos todos para a sala do sr. Miller e antes de sentar eu perguntei, "O Brett foi suspenso, não é? A política de tolerância-zero com brigas."

Ele concordou, "Sim. Eu não posso fazer nada nesse caso. O Brett me contou que você foi defender a Samantha quando o Clint a empurrou no chão. Ele também me contou que o Clint foi o único a dar um soco, o que fez com que ele, Brett, viesse para te ajudar."

Eu disse, "É. Parece um resumo bem preciso do que aconteceu. Qual o tamanho da encrenca em que eu me meti?"

O sr. Miller respondeu, "Eu tenho que te dar o mesmo tratamento que dei para o Brett. Três dias de suspensão."

Eu resmunguei, "Ótimo... Belo jeito de começar o ano. Desculpa pela briga, sr. Miller. Eu realmente não queria que chegasse a isso. Tentarei ser mais calmo."

Ele sorriu, "Rapaz, nós dois sabemos que isso não é verdade. Pelo que ouvi dos seus pais e dos seus amigos, se isso acontecer de novo, eu tenho certeza que você vai fazer a mesma coisa."

Eu tentei segurar o sorriso, "Provavelmente..."

Meu pai comentou, "Filho, nós sabemos que não tem nada de provavelmente. Só me preocupo em como tudo isso vai refletir no seu histórico escolar."

O sr. Miller interrompeu, "Não vai refletir em nada, sr. Taylor. As regras dizem que eu tenho que manda-lo para casa por três dias. Qualquer outra ação disciplinar fica a meu critério. Jordan, você e o Brett vão levar três dias de suspensão, não tem nada que eu possa fazer. Mas vou pedir aos professores que mandem as lições para vocês e que remarquem qualquer exame que vocês venham a perder nesses dias. Aproveitem para usar esses dias para pensar no ocorrido e acalmar os ânimos."

Minha mãe perguntou, "E o que vai acontecer com o rapaz que fez isso?"

Ele respondeu, "Sra. Taylor, o Clint já tem dezoito anos. Tecnicamente já é um adulto que bateu em um menor de idade. Ele já foi expulso da escola e a polícia já foi acionada. Ele vai enfrentar um processo criminal e garanto que ele não vai mais estar nessa escola para se meter com nenhum aluno."

A reunião foi bem curta e, assim que terminei de arrumar meu material do armário, meus pais me levaram para casa. O sr. Miller ainda disse que ia considerar aquele o primeiro dia da minha suspensão para que eu pudesse voltar às aulas na segunda-feira. Finalmente entendi o que o Brett tinha falado sobre fim-de-semana prolongado.

Assim que chegamos em casa, meu pai nos deixou lá e voltou para o trabalho. Como eu tinha contado a eles não apenas sobre a briga, mas também sobre como a Sam descobriu a verdade e como ela tinha reagido, minha mãe resolveu tirar o resto do dia para ficar comigo. Na verdade não contei exatamente como a Sam tinha descoberto, apenas que tinha. Eu ainda não estava pronto para aquela conversa.

Aparentemente minha mãe tinha outros planos para tirar a minha cabeça do ocorrido. Lembra quando ela foi comprar roupas para mim no fim de semana anterior? Alguns dos itens que ela me trouxe, eu simplesmente me recusei a sequer olhar, menos ainda experimentar. Não, ela não comprou nenhum vestido ou nada parecido. As roupas nem eram nada femininas. Mas ainda assim eram roupas de menina. Bom, como "castigo" pela briga, ela decidiu que eu devia pelo menos experimentá-las.

E assim, ali estava eu, sentado na minha cama, só de cuecas. Eu estava segurando na minha mão a minha nova roupa de baixo. Apesar de parecerem exatamente com as que eu estava acostumado a vestir, exceto por não ter a abertura na frente, eu ainda assim sabia que eram calcinhas. Minha mãe havia dito que, do jeito que eu estava mudando e com a minha bunda e quadril ganhando volume eu ia me sentir mais confortável usando essas. Ela também comprou alguns tops e até um sutiã. Mas o resto parecia muito normal. Alguns jeans, umas camisetas, umas pólos. A única diferença que eu podia ver é que o tecido parecia sempre mais macio do que eu estava acostumado.

Eu escutei minha mãe gritar que eu tinha mais quinze minutos para me vestir e descer, senão ela ia vir e me vestir ela mesma. Para me salvar do constrangimento eu respirei fundo, tirei a minha cueca e coloquei a nova calcinha que minha mãe tinha comprado. A primeira coisa que notei era que ela era realmente confortável. Não parecia em nada com uma roupa de mulher. E realmente cabia no meu corpo perfeitamente. Olhei no espelho e pensei que eu até podia me convencer que não estava vestindo calcinha. Aliás resolvi que não ia chamar de calcinha, apenas de roupa de baixo.

Agora vinha o grande teste. Peguei um dos tops, cinza. Coloquei sobre a minha cabeça e levou apenas um instante para coloca-lo no lugar certo e posicionar tudo como tinha que ser. Não era desconfortável. Minha mãe disse que eu ia ter que começar a usar pelo menos os tops ou então meus seios iam realmente ficar doloridos e machucados sem nenhum suporte. Respirando fundo eu decidi que também conseguiria viver com isso, desde que eles não aparecessem debaixo da minha camiseta. Peguei o primeiro par de jeans e uma camiseta vermelha e acabei de me vestir.

Olhando no espelho eu me dei conta que com essas roupas que agora eram do meu tamanho certo, eu parecia mais com uma menina de quatorze anos do que um menino de doze, que era normalmente como eu me via. Logo percebi que a camiseta tinha um corte um pouco diferente das que eu estava acostumado. E enquanto o top dava conta de esconder meus seios, dava pra ver que eu estava vestindo por baixo da camiseta. O jeans, apesar de não ser justo ou apertado, também tinha um corte que não deixava esconder as minhas curvas. Eu não sabia direito o que pensar.

Sentei na cama por alguns minutos, tentando segurar as lágrimas que eu sentia estarem se formando. Eu sabia que esse dia ia chegar e, na maior parte eu já tinha aceitado isso ser melhor do que a opção de ter morrido. Mas ainda assim levou alguns minutos para eu segurar as lágrimas antes de colocar o tênis e descer para a inspeção da minha mãe. Desci repetindo meu mantra na cabeça, "Melhor que a outra opção..."

Quando entrei na cozinha ela estava terminando de lavar a louça. Fiz um pouco de barulho para ela perceber que eu estava ali. Quando ela se virou, arregalou os olhos surpresa por um segundo e logo percebeu minha expressão.

Ela perguntou, "Você está bem?"

Eu resmunguei, "Acho que sim. Não sei... Quer dizer, eu tenho me preparado pra isso..."

Ela se aproximou de mim e me deu um abraço, dizendo, "Jordan, você sabe que eu faria qualquer coisa para consertar isso se eu pudesse... Você sabe, não é?"

Eu concordei, "Eu sei, mãe... Obrigado... É só mais uma coisa com que eu vou ter que me acostumar, eu acho."

Ela perguntou, "Se acostumar? Então você está planejando já começar a usar essas roupas daqui para frente?"

Eu respondi, "O jeans e a roupa de baixo na verdade são confortáveis. E eu sei que você disse que eu tenho que usar pelo menos um top. Mas acho que ainda não estou pronto para dizer adeus às minhas camisetas mais folgadas."

Ela concordou, "Ok, meu amor. Lembre-se que estou aqui sempre que você precisar."

Eu a abracei de novo, dizendo, "Obrigado, mãe..."

Eu voltei para o meu quarto e troquei só a camiseta por uma das mais folgadas que eu tinha. Vestindo uma dessas para fora da calça não mostrava muito que eu tinha um top por baixo. E decidi que eu podia viver com isso por mais um tempo e lidar com o resto quando as mudanças ficassem mais óbvias.

Meus professores já tinham me mandado os trabalhos todos por email então me coloquei a estudar o máximo possível. Em parte porque eu queria ser produtivo na minha suspensão mas em parte para evitar ficar pensando muito. Eu torcia para que a Sam passasse em casa depois da escola, mesmo que fosse para pegar a sua bicicleta que tinha ficado no meu quintal. Minha esperança era poder conversar com ela, mas nada. Meu pai chegou do trabalho e a bicicleta ainda estava lá.

Estava quase escurecendo quando eu tentei ligar para ela. Como ela não respondeu eu deixei uma mensagem de voz me desculpando e pedindo para ela me ligar. Até a hora de dormir acabei deixando mais umas três mensagens.

Na quinta-feira as coisas não foram melhores. Terminei todo o meu trabalho da escola. Meu pai e minha mãe foram trabalhar o que me deixou sozinho com meus pensamentos. Eu estava tão bravo que, depois de tomar minha gosma de proteínas, saí para correr e devo ter corrido uns quatro quilômetros. Nada mal para quem estava tentando entrar em forma. Apesar de parte dessa energia vir da necessidade de descarregar a raiva em alguma coisa.

À noite tentei ligar para a Sam outra vez e depois da segunda tentativa ela me escreveu.

{Sam, texto} *** Jordan, pára... Ainda estou muito chateada por você não ter confiado em mim. Eu preciso de alguns dias. Nos falamos na segunda-feira.

Eu até pensei em escrever de volta mas não queria piorar as coisas por ficar forçando a barra. Eu sabia o que eu precisava falar para ela e não era algo que podia ser dito em uma mensagem e seguramente não por texto. Eu também sabia que tinha que falar o mais rápido possível. Quanto mais tempo eu levasse, mais ela ia ficar brava e trise e pior seria. Demorei uma eternidade para dormir, pensando no que fazer.

Foi só na sexta-feira antes do almoço que eu tive uma ideia. Cheguei o calendário para ter certeza das datas e, quando vi que estava certo, comecei a formular meu plano. Era um plano meio maluco e que me faria dar alguns passos que eu não tinha pensado até agora. Mas para acertar as coisas com a Sam eu estava disposto a qualquer coisa.

Tentando me manter calmo, eu tirei um cartão de visitas da minha carteira e mandei uma mensagem para o número escrito lá. Demorou uns quarenta minutos até que eu recebi a resposta, "Feito. Boa sorte Jordan. Espero que funcione." Só de ler essa mensagem eu comecei a sentir o pânico começando, mas na hora que o telefone tocou eu já estava bem melhor. Conversei por cerca de meia hora no telefone e quando terminei mandei uma mensagem para minha mãe. Ela respondeu quase imediatamente dizendo que tudo bem e que na verdade ela esperava que eu tivesse tomado esse passo no mês passado. Com tudo arranjado e umas seis horas ainda até eu ter que sair de casa, sentei na minha cama e fiz algo que eu estava lutando nos últimos dois dias. Eu chorei...

****

Minha mãe me deixou no Metro Center às seis e meia, o que era uma meia hora antes da reunião do grupo começar. Parte do meu plano me fez colocar uma das camisetas novas mais femininas e um sutiã de verdade por baixo. Não sei exatamente o que eu estava pensando, mas se a ideia era ser completamente honesto hoje, então era melhor não esconder nada.

Chegando assim tão cedo me deu tempo para conversar com o doutor Rodrick. Quando ele me ligou depois que o doutor Byrnes me transferiu para os seus cuidados, eu contei tudo o que tinha acontecido com a Sam e como eu queria consertar as coisas o mais rápido possível. Ele não ficou muito feliz por eu ter esperado tanto tempo a ponto das coisas acontecerem do jeito que aconteceram. Mas lendo também meu histórico de medo vindo do doutor Byrnes ele pelo menos entendeu o porque das coisas.

Conversamos por quinze minutos antes que as primeiras pessoas começassem a chegar. Eu estava sentado perto do doutor enquanto mais e mais pessoas iam chegando. Algumas eu reconhecia da outra vez em que estive lá mas muitas eram novas. Lisa, a menina da outra vez, chegou com a mãe e deu um gritinho ao me ver e veio me dar um abraço enorme, o que fez minhas inseguranças quase desaparecerem.

Já era quase sete da noite e eu comecei a perder as esperanças de que ela viria, quando a porta abriu e a Sam entrou. Meu coração quase parou ao vê-la e ela disse, "Desculpe, doutor, eu me atrasei um pouco". Foi quando os olhos dela cruzaram os meus que percebi que ela ficou realmente surpresa, chamando o médico até pelo primeiro nome, "Tim, o que ele está fazendo aqui? Eu não o convidei..." Depois descobri que todos os pacientes o tratam pelo primeiro nome.

Eu senti meu pânico começar a aumentar, especialmente vendo que ela ainda estava brava comigo. E então a pessoa que entrou junto com ela fez meu coração afundar. O Brett entrou pela porta bem atrás da Sam e quando ele fechou a porta ele se surpreendeu em me ver ali tanto quanto eu, "Jordan? O que você está fazendo aqui?"

O doutor Rodrick disse, "As apresentações vão ser em alguns instantes. Mas o Jordan tem tanto direito como qualquer outro de estar aqui. E já que temos novos membros aqui, deixem-me lembrar a todos da regra de ouro nessas sessões. Qualquer um que desrespeitar qualquer um dos membros vai ser convidado a sair e pode não ser convidado a voltar. Se a infração for grave o suficiente, eu posso recomendar o infrator ao terapeuta de gêneros mais próximo daqui. Agora, por favor, tomem suas cadeiras e vamos começar."

Vendo o Brett lá com a Sam quase me fez perder o controle. Claro que ela o tinha convidado. Eu lembrei como ela falou no primeiro sábado de treino que ele era um "amigo". Eu me senti um idiota. Eu tentei não olhar para eles mas podia perceber os dois me olhando em choque. Eu não sei se o choque deles era só de me ver ali, ou se era o fato do doutor ter falado para todos que eu era transgênero ou se era apenas as roupas que eu estava vestindo. Ou talvez fosse as três coisas juntas. Eu respirei fundo algumas vezes tentando me acalmar e não estava nem prestando atenção no que o médico estava falando até que ouvi meu nome.

Ele disse, "Bom, para começar eu queria dar as boas vindas ao Jordan. Ele é o novo membro do nosso grupo e, apesar dele não ser o caso tradicional de transgênero, vocês vão ver que ele pertence e muito ao nosso grupo." Ele olhou para mim e continuou, "Jordan, pronto para contar a todos por que você está aqui?"

Eu olhei em volta da sala e pude ver os quatorze pares de olhos me encarando e, para tentar acalmar meu pânico, olhei para baixo com as minhas mãos cruzadas no meu colo. E disse, "Na verdade eu não sei se estou pronto. Mas tenho que tentar." Levantei os olhos de leve para a Sam e vi que ela estava me olhando. Infelizmente também vi que ela estava segurando as mãos do Brett.

Respirei fundo mais algumas vezes e comecei, "Bom, meu nome é Jordan e queria começar dizendo que eu não sou transgênero. Pelo menos não como vocês todos, eu acho. Na verdade eu não sei bem o que eu sou... Mas me deixem começar pelo começo. Desde pequeno eu tinha uma saúde muito fraca. Na verdade desde que eu me lembro eu sempre estive meio doente. Nada sério no começo, mas com os anos as coisas foram piorando. Eu costumava ser muito ativo, jogava muitos esportes mas cerca de três anos atrás as coisas ficaram tão ruins que eu tive que me afastar de qualquer atividade. Porque quando o meu problema piorava eu, na verdade, não conseguia comer nada. Tudo o que eu comia, voltava. As coisas foram ficando piores e piores até que eu fiquei tão fraco que tive que começar a andar de cadeira. Então no ano passado eu tive que sair da escola. Na verdade apesar dos médicos dizerem que eu tinha que parar de ir à escola para que eles tivessem mais tempo para descobrir o que tinha de errado, eu sei que eles me tiraram das aulas para que eu pudesse ir para casa e morrer em paz." Apesar de estar me sentindo emocionalmente dopado, eu conseguia ver várias pessoas chorando com a minha história.

Eu tive que dar uma pausa para recobrar as forças, segurar as lágrimas e não ter uma crise de pânico. Depois de alguns instantes eu consegui continuar, "Mais ou menos uns seis meses atrás os médicos encontraram algo nos meus exames. Eles me disseram que foi uma sorte eles terem feito aquele teste específico. Na verdade, desde pequeno nós já sabíamos que eu não podia comer muita proteína, porque passava mal. Então quando voltei para a escola eu inventei uma história de que meu corpo era alérgico à proteína. Mas apesar de ser parcialmente verdade, isso era a consequência do meu problema, não a causa."

Olhei em volta outra vez e vi que todos estavam absolutamente grudados na minha história. Mas vi a Sam ainda segurando a mão do Brett. Com isso, voltei a olhar para baixo e continuei, "Não sei muito como explicar isso. Alguém aqui sabe o que é a Síndrome da Insensibilidade a Andrógenos, também conhecida como Síndrome de Morris ou mesmo AIS por causa da sigla em inglês?" Alguns confirmaram então eu continuei, "Bom, como toda pessoa com AIS eu tenho uma mutação no gene que interage com a testosterona. Mas ao contrário da maioria dos casos onde essa mutação não tem nenhum efeito porque o gene simplesmente não age com a testosterona, o meu caso é bem pior. O gene na verdade se combina com a testosterona e quando a quebra para formar o resultado, acaba formando uma substância que, ao invés de criar proteínas que podem ser usadas pelo meu corpo criam um tipo de proteína que ataca meus músculos, ossos e juntas. Ou seja, meu corpo estava literalmente se envenenando."

Eu finalmente comecei a chorar e não conseguia olhar para ninguém até que senti uma mão pequena segurando a minha. Quando olhei vi a Lisa segurando alguns lenços de papel na minha direção. Agradeci e ela me deu um abraço.

Quando ela me soltou, a moça sentada perto de mim perguntou, "O que os médicos tiveram que fazer?"

Secando meus olhos, eu sabia que agora vinha a parte difícil, "Conforme fui ficando mais velho, o nível de testosterona no meu corpo começou a aumentar e por isso eu comecei a piorar. Os médicos tentaram usar bloqueadores mas não foram suficientes. Então, para salvar a minha vida, eles tiveram que executar uma orquiectomia bilateral." Eu ouvi algumas pessoas suspirando, inclusive a Sam. Eu sabia que ali todos deviam conhecer o termo, mas fiz questão de explicar, "Para quem não sabe, isso quer dizer que eles tiveram que remover meus dois testículos. E ainda mais, para piorar, a testosterona era tão venenosa para o meu corpo que eles até tentaram me dar uma testosterona sintética, mas o efeito foi o mesmo. E como o corpo precisa de hormônios para funcionar, a única solução foi trocar a testosterona por estrógenos e progesterona. O que, junto com uma bebida de proteínas já digeridas é o que eu tenho tomado nos últimos cinco meses..."

O médico, mais como uma afirmação do que uma pergunta, disse, "O que nos trás ao porque de você estar aqui. Você está fazendo uma transição."

Eu concordei com ele e olhei para a Sam que agora estava com os olhos arregalados olhando para mim, "Mesmo contra a minha vontade..."

A moça do meu lado, chamada Bree, perguntou, "Então você nunca quis ser mulher?"

Eu concordei, "Nunca quis e continuo não querendo. Eu sempre gostei de ser homem e continuo querendo ser homem. Mas as minhas opções eram continuar sendo um homem com 'curvas', incluindo cintura, quadris, seios e tudo mais, com feições, voz e tudo mais que uma mulher tem e, em alguns anos, talvez remover os seios quando eles parassem de crescer, ou então aceitar que eu estava mudando, virando uma menina e me aceitar como sou."

A sala ficou em completo silêncio e uma senhora sentada bem na minha frente falou, "Para mim parece não ser uma escolha. Quanto antes você se aceitar como mulher, mais rápido vai poder viver feliz."

Eu tive que segurar a minha língua para não gritar com ela e dizer tudo o que eu queria. Ao contrário, eu me acalmei e disse, "Ué, isso não seria o mesmo que dizer a todos vocês que não deviam fazer nenhuma transição, apenas aceitar como eram e serem felizes?"

Ela pareceu ficar meio brava com a minha resposta, mas antes que alguém falasse algo, o médico interviu, "Talvez não seja a melhor forma de dizer, mas a verdade é que o Jordan está absolutamente correto. Todos vocês sabem como o Jordan está começando a se sentir. Todos escolheram fazer a transição para fugir desse sentimento. Pensem nisso antes de responder a ele novamente."

Ouve um certo cochicho pela sala conforme as pessoas começavam a se dar conta do que eu estava enfrentando. Foi a Bree que perguntou, "E como você está lidando com isso?"

Eu encolhi meus ombros e disse, "Eu não sei... Provavelmente não tão bem quanto eu imagino. Quer dizer, eu sei que era entre isso ou morrer. E a morte é um grande motivador. Eu fico repetindo a mim mesmo que isso é melhor do que a outra opção. Esperando que repetindo o suficiente eu comece a acreditar..."

Ela sorriu e perguntou, "E tem ajudado?"

Eu sussurrei, "Alguns dias sim, outros nem tanto..." Então olhei para a Sam e completei, "Sam, me desculpa..." E foi nessa hora que o primeiro soluço veio e um choro incontrolável veio. E aí olhando em volta eu vi o pior dos meus medos acontecer. Todos estavam olhando para mim com aquele olhar de pena e, apesar de eu saber que não devia ligar, isso me trouxe de volta todo o meu histórico dos meses no hospital. E, como se não bastasse, ainda olhei para baixo e vi a mão da Sam apertando a mão do Brett bem forte. Eu sabia que ia perder o controle, então me levantei subitamente.

O médico, preocupado, perguntou, "Jordan, você está bem?"

Eu concordei, "Eu... Eu só preciso de uns minutos. Desculpa..." Virei para a porta, saí da sala e me tranquei no banheiro. Encostei na parede, sentei no chão e chorei toda a minha frustração, angústia e tristeza.

Depois de alguns minutos sentado ali escutei alguém bater na porta e ouvi a voz abafada da Sam, "Jordan, você está aí?"

Eu debati comigo mesmo alguns segundos se eu deveria ou não abrir. Então ouvi sua voz novamente, "Jordan eu consigo te ouvir. Deixa eu entrar para podermos conversar."

Eu sacudi minha cabeça, mesmo sabendo que ela não estava me vendo. Limpei minha garganta e disse alto o suficiente para ela me ouvir, "Estou bem, Sam. Não se preocupe comigo."

Ela pediu, "Jordan... Não, você não está bem, eu sei que não está. Por favor Jordan, me deixa entrar."

Eu levantei um pouco a voz, "Eu disse que estou bem! Eu não preciso conversar!"

Alguns momentos mais passaram e então ouvi-a de novo, dessa vez bem mais quieta, "Ok. Eu vou voltar para a sala. Por favor, volta quando você estiver pronto." Eu quase não consegui ouvir por causa da fraqueza da voz dela quando ela disse, "Desculpa..."

Isso mexeu comigo de novo e tudo o que eu conseguia pensar era a cena dela segurando a mão do Brett. De como ela vacilou quando me explicou que ele era um "amigo". Mas se ela estava com o Brett eu não conseguia entender por que ela tinha me beijado. A única explicação que eu conseguia pensar era que ela tinha ficado abalada com toda a situação. E como eu entrei na frente para defendê-la... Talvez tivesse sido tudo um grande engano. Fiquei em pé, olhei no espelho e lembrei também de quando ela disse que gostava de meninos. E seguramente a imagem que eu via refletida não parecia nada com um menino. E eu sabia o quanto eu já "não era" mais um menino. Cheguei a pensar em voltar para a sala do grupo, mas a ideia de encarar todo mundo, especialmente a Sam, imediatamente disparou meu instinto de "lutar ou fugir". E, pela primeira vez na minha vida, eu resolvi fugir.

Antes de sair do banheiro, liguei para a minha mãe. Quando ela atendeu eu só pedi, "Mãe, você pode vir me buscar?"

Do outro lado da linha ela parecia preocupada, "Meu amor, foi tão ruim assim?"

Eu disse, "Não quero falar agora... Você pode vir me buscar? Por favor, mãe..."

Ela respondeu, "Claro! Na verdade eu estava preocupada com tudo isso, então nem saí do estacionamento. Estou encostando o carro na porta agora."

Assim que eu sai do centro, minha mãe já estava na porta. Eu entrei logo, coloquei meu cinto de segurança e ela perguntou, "O que aconteceu?"

Eu olhei para a porta do centro, sem saber se alguém ia vir atrás de mim me procurando. Eu pedi, "Podemos ir andando para casa? Eu conto no caminho." Ela concordou e começou a dirigir. Eu fiquei pensando como ia pegar mal com o grupo eu apenas sair assim sem avisar. Então peguei meu telefone e mandei uma mensagem para o médico.

{Eu, texto} *** Tim, me desculpe. Eu não ia conseguir encarar todo mundo agora. Minha mãe me pegou e estou indo para casa.

Eu comecei a contar para a minha mãe tudo o que tinha acontecido e não deixei nada de fora. Contei o que eu falei, como a Sam reagiu, o fato dela ter ido com o Brett e estar segurando a mão dele. Nessa hora meu telefone apitou.

{Tim, texto} *** Eu entendo. Você está bem?

{Eu, texto} *** Estou... Só foi muito mais difícil do que eu imaginei.

{Tim, texto} *** O pessoal do grupo disse que gostaria que você voltasse outro dia, especialmente a Lisa. Cuide-se Jordan. E me ligue se precisar de algo. A qualquer hora.

Eu sorri quando vi que ele mencionou a Lisa. Contei para minha mãe sobre ela e respondi por texto.

{Eu, texto} *** Pode deixar. Obrigado.

Estranhamente eu não chorei mais pelo resto do caminho até em casa enquanto terminei de contar toda a história para minha mãe, inclusive o final quando tive meu pânico e corri para o banheiro. Quando chegamos em casa, meu pai estava lá e me deu um abraço. Depois que contei também para o meu pai, os dois me abraçaram. Eu disse para eles ficarem tranquilos que eu estava bem, só estava exausto e queria ir para a cama.

Logo depois que terminei meu banho, estava indo para o armário de remédios pegar a minha pílula noturna de estrógeno quando meu telefone tocou. Eu vi que era a Sam ligando. Apesar de eu achar que já tinha tido emoção demais para uma noite, aparentemente ainda tinha mais. Eu não atendi e deixei ir para a caixa de mensagens. Ela tentou uma segunda vez e eu não atendi. Mandei uma mensagem.

{Eu, texto} *** Hoje não, Sam. Eu não consigo mais pensar em nada.

{Sam, texto} *** Me desculpa, Jordan! Eu preciso falar com você, por favor.

Eu cheguei a ficar bravo porque ela não quis falar comigo a semana toda para me deixar explicar. Mas rapidamente tirei isso da cabeça, afinal eu também queria falar com ela, mesmo depois de tudo que aconteceu. Só não naquela hora.

{Eu, texto} *** Ok, mas não hoje. Não consigo mesmo.

{Sam, texto} *** Ok. Amanhã? Por favor...

{Eu, texto} *** Ok. Amanhã

Eu desliguei meu celular para não ter mais que pensar no assunto. Mas também me dei conta de que no dia seguinte eu ia ter que manter a minha palavra e falar com ela. Minha preocupação era em como eu ia conseguir segurar o choro e as emoções quando a visse frente a frente. Todo o pouco controle que eu tinha ganho lidando com tudo isso tinha ido pelo ralo quando a vi com o Brett.

Chegando no armário de remédios, meus olhos passaram por um frasco de testosterona sintética. Eu devia ter jogado isso fora há alguns meses, afinal os testes não tinham adiantado em nada e elas me faziam mal do mesmo jeito. Mas pensando bem, eu me lembrei que o estrógeno era o que me dava a montanha-russa emocional. Então pensei que, talvez se hoje ao invés de estrógeno eu tomasse uma dessas testosteronas talvez eu conseguisse um pouco mais de controle no dia seguinte. Claro que eu ia ficar enjoado, talvez até passar mal. Mas seria só um dia e achei que isso era melhor do que perder o controle totalmente quando fosse conversar com a Sam.

Olhei a bula para lembrar a dose. E eu costumava tomar uma de manhã e uma à noite. Achando que uma dose diária então não ia me fazer mal, tomei duas pílulas de testosterona e coloquei o frasco de volta no armário, ao lado do frasco de estrógenos.

Demorei um pouco para dormir, afinal eu estava um caco emocionalmente. Quando finalmente estava conseguindo pegar no sono, uma cólica fortíssima me acordou. Eu respirei um pouco e achei que devia ser resultado da tensão toda da noite e tentei relaxar. Mas na próxima hora as cólicas pioraram e eu tive que ir ao banheiro colocar para fora tudo o que eu tinha comido. Fiquei ali por mais uns quinze minutos quando a maior cólica que eu já tive na vida me abateu. Foi tão forte que eu gritei de dor. Em menos de um minuto meus pais entraram no banheiro e me viram deitado no chão encolhido com as mãos na barriga.

Minha mãe tentou me levantar e perguntou, "Jordan, querido! O que aconteceu?"

Eu estava no meio de mais uma cólica e não conseguia falar. Apenas apontei para o armário de remédios. Meu pai abriu e viu o frasco de testosterona ao lado do de estrógeno. Ele pegou e com os olhos arregalados tentou me perguntar, "Quantas, Jordan?"

Eu sussurrei, "D... Duas..."

E foi aí que a maior de todas as cólicas me pegou. E eu desmaiei.

Capítulo 11

Quando eu acordei, quase fiquei cego pela luz forte que estava na minha cara. Eu fechei meus olhos e gemi de dor. Parecia que eu tinha sido atropelado por um caminhão. Tentei abrir meus olhos de novo, dessa vez bem devagar. Conforme tudo entrava em foco, reconheci que estava em um quarto de hospital. Eu já tinha passado por muitos para reconhecer rapidamente o lugar. Percebi o soro ligado ao meu braço e fiquei pensando o quanto eu tinha realmente ferrado com as coisas. Olhando em volta eu vi minha mãe sentada numa cadeira ao lado da cama. Ela estava apoiando a cabeça com a mão e com os olhos fechados, aparentemente tirando uma soneca. Com a janela fechada eu não fazia ideia se era dia ou noite. Tentei me sentar, o que fez meu corpo doer mais ainda e acabei gemendo mais alto.

Minha mãe acordou imediatamente, "Jordan... Como você está se sentindo?"

Eu disse, me desculpando, "Todo doído. Cada músculo do meu corpo dói de um jeito diferente. Mãe, me desculpa. Eu não achei que isso ia acontecer. Eu só achei que a testosterona ia me ajudar..."

Ela ficou brava, "Ajudar? Ajudar com o que? Você sabe que aquilo é um veneno para o seu corpo!"

Eu falei, "Não sei, mãe. Depois de tudo o que aconteceu e sabendo ainda que eu ia ter que encarar a Sam no dia seguinte, eu achei que talvez a testosterona me ajudasse a clarear minhas ideias e não ser tão afetado pelas emoções..."

Ela suspirou, "Jordan, pelo que os médicos me contaram, antes da operação seu corpo ainda tinha um certo nível de defesa contra a substância. Agora, não tem mais. Qualquer dose, por menor que seja, pode ser fatal."

Eu entendi, "Sei, então não é só que eu fui atropelado por um caminhão, mas ele também foi para frente e para trás várias vezes..."

Minha mãe sacudiu a cabeça e disse, "Como você pode fazer piada numa hora dessas?"

Eu encolhi meus ombros, "O que mais eu posso fazer, mãe? Foi idiota da minha parte, mas está feito..."

Nessa hora uma enfermeira entrou para checar meu estado e eu contei como estava todo dolorido. Ela colocou algo no meu soro para me ajudar a relaxar e em minutos eu já estava de volta dormindo.

****

Quando acordei novamente, as luzes não me incomodaram como da outra vez. O quarto parecia um pouco mais escuro e eu imaginei que devia ser noite já que quase não tinha luz vindo da janela. Olhando em volta não vi meus pais, mas vi um rosto conhecido sentado na poltrona lendo em um computador. Era o doutor Rodrick que agora era oficialmente meu terapeuta de gênero. Tentei me sentar e, mesmo não estando tão dolorido quanto antes, ainda assim gemi um pouco.

Ele me olhou e perguntou, "Ei, Jordan. Como você está se sentindo?"

Eu suspirei. Sabia que ia ter que responder essa pergunta muitas vezes nos próximos dias. E apesar de saber que a culpa era minha, ainda assim já estava cansado de ouvi-la. Eu disse, "Tudo bem. Só doído..."

Ele se aproximou e me ajudou a colocar um travesseiro nas minhas costas ao invés de simplesmente mexer nos controles da cama. Ele me disse, "Você sabe que deixou muita gente preocupada, não é?"

Eu respondi, "Eu sei... Mas eu juro que não estava tentando... Você sabe... Só achei que algumas daquelas pílulas iam me ajudar a ganhar um pouco mais de controle."

Ele concordou, "Eu já falei com seus pais. Sua mãe me contou o que você disse para ela essa manhã. E eu entendo o porque você fez isso. Mas não deixa de ter sido burrice, você sabe disso, não é?"

Eu resmunguei, "É... Acordar num quarto de hospital mais ou menos me deu uma ideia do tamanho da besteira." Ele riu e eu percebi que não era hora de fazer piadas, "Desculpa. Às vezes eu sou mesmo sem graça."

Ele riu, "O doutor Byrnes colocou mesmo na sua ficha que às vezes você gosta de ser engraçadinho. Agora entendi o porque. Por mim tudo bem. Algumas pessoas podem não concordar mas eu sempre achei que um certo nível de sarcasmo é sinal de boa saúde mental. Ter senso de humor é saudável, Jordan."

Eu ri, "Eu deveria ser então o super-homem..."

Ele sorriu, "Não vamos exagerar. É uma das coisas que eu procuro numa cabeça saudável. Você está passando por muita coisa, é verdade. Mas eu acho que você vai conseguir."

Eu concordei, "Eu sei. É só que é tudo tão difícil..."

Ele continuou, "Eu sei que é. Mas você tem um monte de gente aqui para te ajudar. Não só seus amigos e família, mas muita gente no grupo. Espero que você volte, porque eles podem te ajudar bastante."

Eu respondi, "Eu sei que tenho muita ajuda. É só que... Às vezes acho que ninguém entende exatamente o que eu estou passando. Quando as pessoas dizem 'você vai vencer' no fundo eu penso 'o que c... você sabe sobre isso' e tudo parece muito falso."

Ele começou a dizer, "Jordan, é por isso que o grupo pode te ajudar. Eles podem entender o que você está passando, especialmente se você explicar para todos..."

Eu estourei, "Mas todos eles querem ser mulher! Como a Ella, acho que é esse o nome dela. Todos eles adorariam isso estar acontecendo com eles. Como eles podem entender?"

Ele concordou, "Eu sei, Jordan. Mas eles ainda assim podem entender a batalha entre os gêneros que vai dentro de você. Agora, te ajudaria se eu dissesse que eu te entendo perfeitamente?"

Eu olhei para ele, intrigado, "É, claro que entende. Quer dizer, é esse tipo de coisa que você aprende na faculdade, não?"

Ele sacudiu a cabeça, "Não, eles não ensinam isso na faculdade. Claro, você aprende a entender e a ajudar, mas... Quer saber? Normalmente eu faço isso na primeira sessão. Mas como nós não tivemos uma primeira sessão formal, vamos fazer isso agora. Vamos nos apresentar um ao outro."

Eu resmunguei, "Mas nós já nos conhecemos..."

Ele sorriu, "Eu sei, mas finja que não me conhece e se apresente. Por favor."

Ainda olhando para ele sem entender exatamente o que ele queria, eu estendi minha mão e disse, "Ok. Meu nome é Christopher Jordan Taylor Júnior. É, eu odeio o meu primeiro nome... Talvez odiar seja muito, mas como meu pai sempre foi Chris, eu passei a ser Jordan assim que pude escolher. Não sou muito bom com tradições..."

Ele franziu as sobrancelhas ao ouvir 'Júnior', mas apertou a minha mão e começou, "Ok, minha vez. Meu nome é Anna Elizabeth Rodrick. Ou pelo menos esse é o nome que meus pais me deram."

Fiquei chocado. Olhei para ele e identifiquei algumas coisas que eu não tinha prestado atenção. Percebi que ele não era tão alto. Claro que ainda era grande comparado a mim. Também tinha olhos grandes com cílios compridos, mas a maioria da sua feição estava escondida atrás de uma barba quase cheia.

Ainda em choque eu disse, "Espera... você é..."

Ele concordou, "Sim, também sou transgênero. Eu normalmente não fico anunciando para todo mundo. Já é difícil ter a profissão que eu tenho em uma comunidade pequena, mesmo as pessoas daqui tendo a mente bem aberta. Mas eu sempre abro essa informação para os meus pacientes na primeira sessão, para saberem que o que eu falo não aprendi apenas em livros." Ele deu uma pausa para me deixar absorver a ideia e continuou, "Jordan, eu fiz a transição quando estava fazendo meu doutorado. Mas eu sempre soube, desde pequeno, que ser a Anna não era o certo pra mim. Então, eu sei o que é ver o seu corpo ganhando características femininas quando isso é a última coisa que você quer. Apesar de você ser diferente porque você não tem muita escolha queria que você soubesse que te entendo mais do que você imagina."

Eu ainda estava em choque e perguntei, "Foi por isso que você se tornou um terapeuta de gêneros?"

Ele concordou, "Exatamente. Quando fiz a transição dez anos atrás foi muito difícil achar um terapeuta que realmente entendesse o que eu estava passando. Então quando fiz meu doutorado resolvi que podia contribuir com essa causa. Ajudar pessoas que estão tendo dificuldades com o próprio gênero."

Eu disse, "Tudo bem..."

Ele perguntou, "Tudo bem com o que? Você vai me deixar te ajudar?"

Eu disse, "Vou. Vou tentar, pelo menos."

Ele sorriu, "Ótimo. É tudo que peço. Agora vou embora porque seus pais estão aí e já é tarde. Vou deixar sua próxima visita entrar. E vou reagendar nossa próxima sessão para o quanto antes. Tudo bem?"

Eu respondi, "Tudo bem por mim. Obrigado doutor... Quer dizer, Tim..."

Eu sentei na cama por uns instantes depois que ele saiu, deixando a informação toda ser absorvida. E pensei quanta burrice eu tinha feito. Era óbvio o que ia acontecer, pelo menos era óbvio agora. E me dei conta também o que as pessoas iam pensar, como isso ia parecer, mesmo eu tentando explicar que eu não queria me machucar de propósito. Isso era provavelmente o que todos estavam pensando. Por isso o Tim estava aqui e por isso também o olhar da minha mãe. Eu sabia que agora eu teria que realmente me esforçar para me aceitar. E percebi também que tinha gostado do Tim. Quer dizer, meu terapeuta antigo era bom, mas sempre muito clínico... O Tim era diferente."

Tentei sair da cama e andar. As enfermeiras tinhas tirado meu soro e eu precisa desesperadamente ir ao banheiro. Demorei uns minutos e, apesar de ainda estar fraco, já estava bem melhor. Talvez eu devesse ter apertado o botão para chamar alguém para me ajudar, mas a essa altura você já deve ter imaginado como eu sou teimoso.

Levou vários minutos para conseguir fazer tudo que tinha que fazer no banheiro, porque tive que andar devagar e me apoiar para não cair. Quando terminei, depois de lavar as mãos e tudo mais, saí do banheiro. E quem eu vi no quarto quase me fez cair. Ela foi rápida e veio me ajudar.

Era a Sam, e ela foi logo perguntando, enquanto me ajudava a chegar na cama, "O que você acha que está fazendo?" Eu queria ficar bravo com ela. Bravo por ela ter me deixado sozinho na escadaria, por não ter falado comigo e por ter segurado a mão do Brett. Mas essa era a Sam e eu não conseguia ficar bravo com ela. Ao contrário, a única coisa que sentia era alívio em vê-la e como me sentia bem com o braço dela em volta de mim. Até o cheiro dela, eu tinha sentido falta. Nada de perfumes ou coisa parecida. Apenas o cheiro dela. Da Sam. Fez meu coração bater mais rápido.

Enquanto ela me ajudava a sentar na cama eu disse, "Só queria ir ao banheiro... Me desculpe."

Ela ainda me deu uma dura, "Jordan, você não tem que fazer tudo sozinho. Pedir ajuda não é errado... Seu teimoso!"

Eu suspirei, "Eu sei..."

E então a expressão dela suavizou e eu consegui ver a sua preocupação quando ela perguntou, "Então você vai ficar bom? Pelo menos disso, eu quero dizer..."

Eu disse, "É, acho que sim... Eu não acho que eu tenha feito nenhum dano permanente. Só alguns passos para trás na minha recuperação... Eu vou ficar cansado e dolorido por alguns dias, só isso."

Ela pareceu aliviada, "Que bom! Mas eu ainda estou brava com você!"

Eu suspirei, "Eu sei. E não te culpo, Sam. Desculpa por não ter conseguido te contar antes... Eu tentei, mas estava muito assustado..."

Ela sacudiu a cabeça, "Eu entendi tudo, Jordan. Não é por isso que eu estou brava. Estou brava porque você prometeu..." Ela tentou continuar mas vi que perdeu a voz com o nó na garganta. Ela disse, "Você prometeu... Lembra? As corridas de cadeira de rodas no asilo de velhinhos... Você prometeu que vai estar lá comigo. Por um momento eu pensei que você estava quebrando essa promessa quando sua mãe disse que você estava no hospital hoje de manhã..." Eu vi as lágrimas começarem a rolar pelo seu rosto.

Eu tentei confortá-la, "Sam, eu não estava tentando quebrar essa promessa, eu juro... Minhas emoções têm estado... Fora de controle. Eu pensei que aquelas pílulas iam me ajudar a ganhar um pouco de controle para quando a gente fosse conversar... Me desculpa..." Eu, claro, senti essas mesmas emoções tomando conta de mim naquela hora. A Sam percebeu e me deu um abraço bem apertado. Apesar de doer um pouco por eu estar tão dolorido, foi tão bom sentir o seu abraço, que nem liguei para a dor.

Ela sussurrou no meu ouvido, "Jordan. Nos últimos dias, e especialmente hoje, eu percebi uma coisa. Eu não apenas 'quero' você na minha vida... Eu 'preciso' de você. Eu preciso do meu melhor amigo..."

Eu sussurrei baixinho, "Eu também preciso da minha melhor amiga, Sam..."

Ficamos ali sentado e nos abraçando por mais uns minutos enquanto chorávamos um nos braços do outro. Quando nos separamos, ela me disse, "Eu não estou mais brava com você. Mas se você fizer outra dessas burrices, eu vou quebrar a sua cara, entendeu?" Ela terminou a frase com um sorrisinho.

Eu sorri e disse, "Combinado... Melhores amigos ainda?"

Ela disse, "Claro! E mesmo que eu precisasse de um tempo para pensar em tudo, você nunca deixou de ser o meu melhor amigo."

Eu concordei e perguntei, "Bom, agora que você sabe toda a verdade, está arrependida de ter me beijado aquele dia na escada?"

Ela olhou para mim, meio confusa, "Não... Por que você acha que eu estaria arrependida?"

Eu olhei para baixo e disse, "Eu lembro de quando você me contou que gostava de meninos... Agora você já sabe. Eu não serei um menino por muito tempo, se é que ainda sou..."

Vi na expressão dela que ela entendeu, finalmente, "Jordan, eu disse que 'achava' que gostava de meninos... Se fosse a pessoa certa... Eu estava falando de você! Mas sinceramente não achei que você fosse se interessar por mim."

Agora quem estava confuso era eu, "Por que? Eu te falei que eu me interessava por meninas..."

Foi a vez dela de olhar para baixo, "Mas eu não sou uma menina... Sou transgênera."

E eu fiquei bravo, "Sam, para com isso! Você é uma menina!"

Ela ainda tentou discutir, "Mas... Mas eu sou..."

Eu interrompi, "Responda sinceramente... Você é uma menina ou um menino?"

Ela sussurrou, "Mas eu... Ainda tenho..."

Eu disse, "Responda, Sam! Menina ou menino?"

Ela me olhou nos olhos e disse, "Menina..."

Eu sorri, "Foi o que eu pensei. Não me importa se você é transgênera ou não. Você é minha melhor amiga, e pronto!"

O sorriso dela ficou ainda mais suave, e perguntou, "Sério? Eu pensei que... Que você queria ficar com uma menina de verdade..."

Eu fingi ficar bravo de novo, "Pára, Sam... Se você não percebeu, naquele dia eu te beijei de volta, não foi?"

Ela corou e disse, "Eu pensei que tinha imaginado isso... Quando nós estávamos nos beijando e eu sem querer toquei seus... Você sabe... Eu tive a impressão que você começou a tremer..."

Foi então a minha vez de corar e disse, "Eu não sei o que aconteceu... Meu corpo inteiro estava formigando e aí... Sinceramente não sei o que aconteceu..."

Ficamos ali sentados por alguns minutos, apenas de mão dadas em silêncio. Ela quebrou o gelo, "Então todo esse tempo você ficou achando que eu não me interessaria por você porque você está mudando e eu achei que você não se interessaria por mim porque eu sou trans..."

Eu fiquei pensando um pouco no assunto, em tudo o que nós tínhamos pensado. Simplesmente porque nós estávamos com vergonha de falar a verdade um para o outro. Em como eu tinha tido medo de abrir as coisas para a Sam, e ela de um jeito ou de outro, tinha passado pela mesma coisa. Finalmente, falei, "Que dupla nós somos..."

Ela deu um sorrisinho e depois de uns segundos disse, "Eu ainda gostaria que nós dois fôssemos..." E ficou olhando para mim nos meus olhos, mordendo de leve os lábios esperando pela minha resposta.

Eu perguntei, "Mesmo?" E ela só concordou com a cabeça, ainda mordendo os lábios de leve, o que me deu um frio gostoso na barriga. Perguntei, "Você não se importa com o fato de eu estar mudando? Quer dizer, eu ainda não faço ideia do que vou fazer..."

Ela apertou minha mão mais forte, "Jordan... Não, não me importo. Não me importo com o que você vai decidir fazer, você ainda vai ser meu melhor amigo, certo?" Eu só concordei, com medo de dizer algo e estragar o momento. Ela continuou, "Não me interessa se você vai decidir tirar os seios ou se vai ser um cara que tem seios. Não me importa nem se você decidir que ser mulher é a melhor opção... Jordan, eu gosto de você. Ponto. Não me importa o que o seu corpo é ou deixa de ser..."

Eu concordei e disse baixinho, "Ok..." E senti as lágrimas se formando, mas dessa vez não tentei segurá-las. Eu só fiquei lá sentado olhando para os olhos castanhos da Sam, aproveitando cada minuto com ela. Não me importava em saber que eu estava chorando, porque simplesmente não estava triste. Na verdade, eu estava feliz e aliviado por ela estar ali sentada comigo.

Ela limpou as lágrimas do meu rosto e perguntou, "Ei, o que aconteceu?"

Eu sacudi minha cabeça e disse, "Nada... Essas são lágrimas de felicidade." Coloquei minha mão devagar sobre a mão dela que ainda estava acariciando meu rosto.

Ela sorriu e lentamente se aproximou do meu rosto, mas parou por um instante, olhando nos meus olhos. Eu fiz que sim com a cabeça e me aproximei um pouco mais até que nossos lábios tocaram. Eu coloquei a minha mão por trás dela num abraço e ficamos ali por vários minutos, até que ouvimos alguns passos no quarto.

Nós nos sentamos rapidamente e, ao virarmos para a porta, vimos minha mãe, que sorriu e disse, "Pelo jeito vocês já fizeram as pazes."

Eu fiquei roxo de vergonha porque minha mãe nos 'pegou' beijando. Olhei para a Sam e ela estava talvez até mais vermelha do que eu. Eu disse, "É... Fizemos..."

Minha mãe sorriu com o nosso jeito envergonhado e disse, "Bom, eu só passei para ver como vocês estavam e pra dizer para a Sam que a mãe dela disse que ela pode voltar comigo depois que o horário de visitas terminar."

A Sam olhou para minha mãe e disse, "Obrigado, sra. Taylor. E, humm... Desculpa por ter nos visto..."

Minha mãe sorriu e piscou para a Sam, "Sam, querida... Não se preocupe... Não é isso que namorados normalmente fazem?"

Ficamos mais vermelhos ainda e minha mãe parecia estar se divertindo mais ainda com a situação. Ela nos disse, "Bom, vou voltar para a sala de espera para deixar vocês dois terem um pouco mais de tempo. Sam, temos um pouco menos de uma hora até o horário de visitas terminar."

A Outra Opção

A Sam perguntou, "Sra. Taylor, a senhora não quer ficar aqui para aproveitar o resto do tempo de visitas com o Jordan? Eu posso esperar na sala de esperas..."

Minha mãe sorriu e disse, "Não, querida. Eu acho que vocês precisam de mais tempo juntos. Eu volto para te pegar quando for a hora de sair." E com isso ela virou as costas e foi embora.

A Sam olhou para mim e disse, "Ai... Meu... Deus... Que vergonha!!!!"

Eu ri, "Senti a mesma coisa..." E nós dois começamos a rir juntos. Foi aí que percebi como a Sam parecia estar cansada. Perguntei, "Você parece exausta. Desde que horas você está aqui no hospital?"

Ela respondeu, "Estou bem, Jordan. Estou aqui desde manhã. Quando eu mandei um texto de manhã cedo para perguntar se podíamos conversar logo depois do treino, sua mãe respondeu dizendo que você tinha sido internado na noite anterior. Eu pedi na hora pra minha mãe me trazer aqui."

Eu disse, "Além de tudo ainda fiz você perder o treino."

Ela continuou, "Não tem problema. As meninas entenderam e estão preocupadas também. Eu, na verdade, estou respondendo mensagens o dia inteiro. Você sabe que tem agora todo o time de Softball como amigas, não sabe?"

Eu concordei, "A Shelly me disse naquele dia que gostaria muito de ser minha amiga."

A Sam chegou um pouco mais perto de mim e disse, "Jordan, todas elas ficaram muito impressionadas com você." E aí ela me olhou mais de perto e disse, "Aliás você disse que eu estou cansada... Deveria ver a sua cara. Você está exausto."

Eu encolhi meus ombros e disse, "Eu meio que estou acostumado a estar cansado."

Ela me deu um olhar preocupada e disse, "Por que você não deita um pouco e descansa? Você precisa se recuperar logo para sair daqui."

Eu olhei para baixo e disse, "Eu não quero que você vá embora, Sam. Eu posso ficar acordado até a hora de visitas terminar."

Ela sacudiu a cabeça, "Não discuta. Por que não combinamos assim: você deita e eu fico aqui até você dormir." Eu concordei e ela disse, "Então vamos. Deita e chega um pouco pro lado." Ela, então tirou os sapatos.

Confuso, eu perguntei, "O que você está fazendo?"

Ela deu um sorrisinho e disse, "Tonto... Eu não vou tirar a roupa ou coisa parecida. Só vou deitar do seu lado. E em cima do lençol."

Eu fui um pouco para o lado e ela deitou do meu lado, olhando para mim, em cima do lençol. Eu perguntei, "Assim?"

Ela sorriu e colocou a mão em cima da minha, "Tudo bem assim?" Eu só concordei, sorrindo.

Ficamos assim, conversando, por quase uma meia hora, nos beijando de leve de vez em quando, e estávamos os dois quase dormindo. Olhando para ela e vendo-a pegar no sono, lembrei de uma coisa importante. Mesmo com tudo o que tinha acontecido, eu não acreditava que tinha esquecido. Perguntei, "Sam... Você disse que não se interessa muito por meninos, não é?"

Ela estava completamente grogue de sono e respondeu, "Ummm? É... Sem meninos... Só você..."

Eu continuei, "Na noite passada. O que você estava fazendo lá no grupo com o Brett? Eu vi vocês de mão dadas..."

Ela disse, ainda de olhos fechados, "É... Era a primeira vez dele lá e ele estava nervoso..."

Confuso, eu perguntei, "Então você o convidou?"

Ela deu um sorrisinho, "Não, bobo... A noite passada não era noite dos amigos e família. O Brett não foi comigo. Quem o convidou foi o Tim." E com isso ela caiu no sono, pelo ritmo da sua respiração.

Ao mesmo tempo que fiquei chocado com a notícia, uma paz tomou conta de mim e também caí no sono.

Capítulo 12

Eu acordei na manhã seguinte e me vi sozinho na cama. Não que eu estivesse surpreso com isso, mas pensei como seria bom acordar e ver o rosto da Sam ainda do meu lado. Olhando em volta também me dei conta que era a primeira vez que eu ficava sem ninguém desde o ocorrido. Parte de mim não queria ficar só mas por outro lado achei bom ter um pouco de tempo para mim mesmo.

Eu sentei devagar e, apesar do meu corpo ainda doer um pouco, o pior da dor já tinha passado. Além de alguns gemidos aqui e ali para me acertar eu praticamente não tive nenhum problema. De novo fiquei na dúvida se chamava ou não alguém para me ajudar, mas no final das contas resolvi testar minhas forças primeiro. Tentei levantar e apesar de ainda estar meio tonto, consegui me firmar e ir até o banheiro.

Depois de fazer o que precisava, resolvi tomar um banho rápido. Vendo o chuveiro me dei conta de que fazia alguns dias que eu não via uma boa água. Consegui me apoiar na parede e usei uma cadeira feita para o banho. Quando terminei de me lavar fiquei alguns minutos sentado deixando a água cair na cara, tentando relaxar. Não sei quanto tempo fiquei ali até que a porta abriu.

A Outra Opção

Minha mãe entrou e perguntou, "Jordan, tudo bem aí?"

Eu respondi, "Tudo bem, mãe." Fiquei torcendo para que ela não soubesse há quanto tempo eu estava ali e rapidamente desliguei o chuveiro.

Ela continuou, "Eu trouxe roupas limpas pra você. Os médicos disseram que você vai ser liberado hoje. Eu imaginei que você ia ficar feliz de se ver livre desse avental de hospital."

Fechei o chuveiro e disse, "Obrigado, mãe. Você não imagina o quanto..."

Ela me passou a toalha e disse, "Você precisa de ajuda para se vestir?"

Sabendo que eu não queria passar por mais nenhuma 'inspeção' da minha mãe, eu disse, "Obrigado, mas estou bem. Estou forte o suficiente e a tontura praticamente passou."

Ela concordou, fechando a porta, "Ok. Eu vou estar aqui no quarto. Se precisar de algo é só me chamar."

Eu terminei de me secar e peguei a sacola com as roupas que ela tinha trazido. A primeira peça que vi já me fez desanimar. Era um sutiã branco. Sem nada de mais, apenas branco e de algodão, mas ainda assim eu reclamei, "Mãe, por que você me trouxe isso?"

Eu ouvi a voz dela vindo do quarto, "Se você está falando do sutiã, você precisa usar algo. Eles estão crescendo o suficiente para começarem a te incomodar com o movimento, acredite em mim."

Ouvindo isso eu resolvi testar para ver. Fiquei na ponta dos pés e pulei bem de leve. Senti meus seios se movimentando. Nada que incomodasse, mas definitivamente conseguia senti-los. Ainda assim reclamei, "Por que você não trouxe então um daqueles tops?"

Eu a ouvi suspirar, "Eu achei que você estava ok com esses, já que são os mesmos que você usou no dia da reunião. Eu posso voltar para casa e pegar outros se você quiser."

Eu não queria dar mais trabalho e disse, "Não, tudo bem. Eu visto esse."

Eu respirei fundo, coloquei o sutiã abotoando pela frente, virei-o para trás, passei os braços pelas alças e me certifiquei que tudo estava em ordem. A próxima peça que peguei da sacola era uma calcinha também branca e sem nenhuma marca. Pra falar a verdade, nem a calcinha nem o sutiã eram desconfortáveis, afinal eram de algodão e do tamanho certo do meu corpo.

Virei e olhei para o meu reflexo no espelho da porta que mostrava meu corpo inteiro e cheguei a engasgar com o que vi. Primeiro de tudo, não tinha nada ali que lembrasse um menino. O que eu via era uma menina adolescente só de roupa de baixo olhando para mim. Vi que mesmo o meu rosto estava mudando e parecia que os hormônios estavam me dando feições um pouco mais delicadas. Eu ainda estava magro, mas podia ver as curvas tomando formas nos lugares certos, ou errados depende como pensasse.

Dando um longo suspiro, eu acabei de pegar o resto das minhas roupas na sacola. Tinha uma das minhas novas calças jeans e uma das minhas antigas camisetas mais folgadas. Eu coloquei o resto da roupa e olhei de volta no espelho esperando que eu voltasse a parecer um menino, de alguma forma. Nada. Ainda conseguia ver a mesma menina olhando para mim. Na verdade a única coisa que chamava a atenção era o meu cabelo completamente descuidado.

Eu senti um tremor correr pelo meu corpo ao pensar que eu já parecia mais uma menina do que um menino. Mesmo sabendo que tudo isso ia acontecer um dia, ainda era um choque ver acontecendo. Senti uma vontade de chorar mas consegui controlar. E me surpreendi com isso. A vontade não foi tão grande então eu devia estar já começando a aceitar a situação. Claro que aceitar e gostar eram coisas completamente diferentes. Mas pensei que ainda assim era melhor do que antes. Pelo menos agora eu podia contar com a ajuda da Sam.

Saindo do banheiro encontrei minha mãe sentada lendo uma revista. Eu disse, "Mãe, obrigado por me trazer as roupas. Mesmo... Obrigado."

Ela olhou e pareceu surpresa por um momento ao ver como as roupas me faziam parecer, e disse, "De nada, meu lindo." Ela então tomou mais um minuto para me olhar de novo e perguntou, "Como você está?"

Eu encolhi meus ombros e disse, "Acho que ok..."

Eu vi o seu olhar de preocupação quando ela disse, "Você não está parecendo ok. Eu queria poder te ajudar mais..." Ela fez sinal para eu chegar mais perto e eu me aproximei.

Eu disse, "Eu sei... E me desculpa, mãe... Eu não estou tentando ser difícil... É só que... É tudo tão difícil... Quer dizer, eu sempre soube que isso ia acontecer. Mas..." Eu parei de falar porque comecei a sentir meu peito apertar. Repirei fundo e mordi o lábio para não chorar.

Ela me puxou para mais perto, me abraçou e disse, "Eu sei que você está tentando o máximo que pode... Sente aqui no meu colo."

Eu meio que protestei, "Mãe, eu estou um pouco grandinho pra sentar no seu colo." Mas mesmo assim eu não resisti muito, até porque não ia adiantar mesmo. Minha mãe era mais forte que eu. E não vou mentir, mesmo achando que eu já estava crescido para sentar no colo dela, me deu uma sensação ótima estar ali com a minha mãe, encostado no seu ombro.

Ela brincou, "Você nunca vai estar crescido o suficiente para sentar no meu colo." Ela me abraçou mais forte e eu imediatamente senti a tensão toda se dissipar enquanto eu me aninhava nela. Depois de algum tempo, ela me perguntou no que foi mais uma afirmação, "Então... Você e a Sam..."

Engolindo em seco eu senti um pouco de medo na minha voz, "Hummm? O que tem eu e a Sam?"

Ela sorriu, "Não se preocupe, Jordan. Sou só eu te perguntando como mãe. Eu imagino que, pelo fato de eu ter encontrado vocês dois dormindo de mãos dadas, vocês fizeram as pazes."

Eu disse, ainda meio envergonhado, "Sim, fizemos... Mãe, você não fica... Quer dizer, tudo bem você ter visto nós dois nos beijando?"

Ela respondeu, "Tudo bem, claro. Que mãe teria algum problema em ver o filho beijando uma menina linda? Contanto que vocês não estejam pensando em nada além de beijos por enquanto..."

Eu senti meu rosto mais vermelho ainda, mas respondi, "Não... Só beijos... Acho que nem conseguiríamos fazer nada além disso por causa da nossa... situação."

Ela perguntou, "Situação você quer dizer, o fato de você ainda ser homem, pelo fato dela estar tomando bloqueadores de hormônio ou por causa da sua operação?"

Eu respondi, "Acho que todas as opções... Quer dizer... Quando ela me beija, sinto meu corpo inteiro formigar... Ela me faz sentir algo que eu nem pensei que fosse possível depois que me castraram..."

Ela ficou brava, "Jordan Taylor, você sabe que eu não gosto quando você fala assim!"

Eu tentei brincar com o assunto e ri, "Ué, mas foi o que aconteceu, não foi?"

Ela resmungou, "Ok, eu desisto. Você realmente herdou o péssimo senso de humor do seu pai." Ela então sorriu baixinho, me deu um beijo na testa e disse, "Fico feliz que ela te faça sentir essas coisas. Isso tudo é muito importante." E gentilmente começou a fazer cafuné na minha cabeça.

Abraçando-a um pouco mais eu disse, "Obrigado, mãe." E ela continuou fazendo cafuné na minha cabeça. Eu lembrava bem a última vez que ela tinha feito isso. Foi quando eu estava realmente doente, naquela época em que os médicos já não viam mais saída. Por mais que tudo parecesse perdido, cafuné e colo da minha mãe sempre me davam esperanças. Eu não estava cansado nem nada, mas sentir aquela paz me fez, aos poucos, pegar no sono.

*****

Eu não sei exatamente quando tempo dormi mas acordei com a porta do quarto abrindo e com uma voz familiar, "Jordan? Sra. Taylor? Ah..."

Eu senti minha mãe também dar um leve pulo e imaginei que ela também estivesse dormindo. Ela ainda conseguiu dizer, "Oi, Sam!"

Ela respondeu baixinho, "Se vocês quiserem a gente pode voltar depois..."

Minha mãe disse, "Não, imagina! Jordan, meu amor, você tem visitas." Minha mãe me cutucou de leve para eu acabar de acordar.

Sentei rapidamente tentando mostrar que estava alerta, o que não convenceu ninguém, "Estou acordado..." e foi aí que percebi que tinha dormido tão fundo que tinha até babado na camiseta da minha mãe. Falei, "Putz, mãe. Desculpa..."

Ela riu, "Tudo bem, meu amor. É só uma camiseta. Lavando, tudo resolve."

Eu me levantei, ainda acabando de limpar o resto do meu rosto, e me estiquei para espreguiçar, colocando os braços bem para o alto enquanto dizia, "Oi, Sam..." Pude ver que ela estava segurando a risada com a situação toda mas de repente arregalou os olhos quando me viu alongando. Eu não tinha pensado, mas pela expressão dela pude ver que ela tomou um susto ao me ver. Com o corpo naquela posição e usando as roupas que eu estava dava para ver bem como minhas formas estavam aparentes. Imediatamente me encolhi e virei de costas para ela não ver.

A Sam imediatamente se aproximou de mim e me fez virar para olhá-la de novo, dizendo, "Tudo bem... Você não precisa esconder de mim. Eu juro que nada disso importa."

Eu olhei nos olhos dela e respondi, "Eu sei. Foi só um reflexo, eu acho."

Ela sorriu de um jeito que me deu até arrepio e disse, "Então, o que uma garota precisa fazer aqui pra ganhar um beijo do namorado?"

Eu imediatamente senti meu coração acelerar e meu rosto corar. Não consegui pensar em nada para dizer a não ser pelo fato de que ações valem por mil palavras. Assim, me aproximei dela e, sem da a mínima para o quanto pouco masculina a minha situação ia parecer, fiquei na ponta dos pés enquanto ela abaixou a cabeça ligeiramente para nos beijarmos. Pensando bem a cena devia ser até engraçada. Ali estava eu, na ponta dos pés, com os braços na cintura da minha namorada enquanto ela, com os braços no meu ombro tinha que abaixar para me alcançar. Sinceramente, não importava. Foi quando ouvi uma voz familiar vindo da porta.

Olhando a figura entrando no quarto eu disse, "Ei Brett, como você está?"

Ele respondeu, franzindo um pouco as sobrancelhas, "Eu estou bem. Mas como você é quem está no hospital, quem devia estar fazendo essa pergunta era eu..."

Eu ri, "É, você está certo. Eu estou bem. Melhorando..." Apertei um pouco o abraço na Sam, já que meu braço ainda estava em volta da sua cintura e disse, "Melhorando mesmo. Imagino que você tenha dado uma carona pra Sam até aqui."

Ele concordou, "É, ela me pediu para vir aqui depois da missa hoje de manhã. E, depois de te ver na sexta-feira lá no grupo, eu queria vir." Ele olhou para minha mãe que ainda estava sorrindo para a Sam e disse, "Na verdade, eu queria ver se conseguíamos conversar uma hora qualquer..."

Eu fiz que sim e, antes que eu pudesse falar qualquer coisa, minha mãe entendeu a deixa e disse, "Eu vou dar uma esticada nas pernas. Vocês querem alguma coisa do café?" Ela tomou nota dos nossos pedidos e antes de sair olhou para o Brett e perguntou, "Foi você que entrou na briga para ajudar o Jordan naquele dia?"

Ele respondeu, "Fui eu sim, sra. Taylor. Apesar de que eu acho que ajudei o outro cara, o Clint. Porque pelo olhar do Jordan naquele dia, quem estava em apuros era o Clint."

Ela disse, "Talvez fosse verdade, mas ainda assim fico feliz que a coisa não tenha ficado pior, seja lá de que lado. Obrigada por ajudar meu filho."

Ele ficou meio com vergonha e disse, "De nada, sra. Taylor. E eu queria que a senhora soubesse que eu realmente admiro o Jordan. Ele é o tipo de pessoa que eu queria ser. É um homem enorme... Quer dizer, não enorme... Mas... Acho que a senhora me entendeu..."

Minha mãe riu, "Eu sei o que você quer dizer. E, de verdade, obrigada por cuidar do meu filho. Por cuidar desses dois."

Quando ela saiu eu olhei para o Brett e disse, "Brett, só pra você saber, se quisesse falar na frente da minha mãe não tem problema. Ela é bem legal." Eu acenei para ele sentar na cadeira enquanto eu sentava na cama com a Sam do meu lado, de mãos dadas. O Brett sentou na cadeira e se aproximou mais da cama."

Ele disse, "É... Eu sei... Ela é muito legal com você e com a Sam. É que pra mim é tão... difícil... falar sobre isso..."

Eu ri, não dele, mas da dúvida dele, "Você se lembra com quem você está falando? Com o cara que tem a situação mais complicada no mundo. Eu entendo... Mas antes queria que você soubesse que a Sam não me contou nada. Só que aquela sessão você não foi como 'amigo ou família' e sim como participante. E que você não precisa me dizer nada que não queira. E o que disser eu jamais vou repetir para ninguém, ok?" A Sam soltou a minha mão, passou meu braço por trás dela segurou a minha mão do outro lado, me abraçando.

O Brett concordou, "Eu sei, Jordan. Você é um cara legal. Você é um dos caras mais corretos que eu conheço."

Eu sacudi minha cabeça tentando conter o nó na garganta, "Não, Brett. Não sou nada disso..."

A Sam apertou a minha mão, "Jordan, pode parar! Você é sim! Você sempre tenta fazer o que é certo. Sempre pula na frente para defender as pessoas que não podem ou não conseguem se defender. Você é um cara maravilhoso!"

Levei um instante para recuperar o controle sobre as minhas emoções com todos os elogios que eles estavam fazendo. Tentei mudar de assunto depressa, "Aliás, o que você quis dizer com gostaria de ser como eu? Eu vi que você estava no grupo na sexta-feira. Isso não quer dizer que você é transgênero também?"

Ele concordou e engoliu em seco, "Sou... Mas não significa que eu quero ser..."

Nas minhas leituras eu tinha lido muito sobre pessoas transgêneras que gostariam de não ser. A maioria lutava durante muito tempo para manter a identidade da pessoa que elas achavam que tinham nascido para ser. Também sabia que a maioria delas acabava perdendo essa briga e fazia a transição mais tarde ou até tomava algum caminho mais perigoso... Eu perguntei, "Mas você sabia desde pequeno que você era... diferente?"

O Brett encolheu os ombros, "Eu não sei... Eu acho que eu pensava ou sentia que eu era uma menina. Eu sei que coisas de menina não me incomodavam. Na verdade, eu até gostava das coisas da minha mãe, tipo sapatos e maquiagem. A ficha só caiu de verdade alguns meses atrás."

A Sam disse, "Brett, me desculpa..."

Ele deu um sorriso triste, "Não é sua culpa, Sam. Tudo bem. A culpa é minha..." Vendo o meu olhar confuso, ele continuou, "Ela acha que a culpa é dela porque ela assumiu para o pessoal da igreja, na frente de todo mundo. Mas a verdade é que tudo isso já estava dentro de mim, enterrado fundo. Quando ouvi ela falando, todos esses sentimentos vieram à tona. E bem fortes. Mas a culpa não é da Sam..."

Eu pensei um pouco no que ele tinha dito e uma coisa me chamou a atenção. Perguntei, "Quando você disse que antes as coisas da sua mãe te atraíam e que agora tudo estava enterrado bem fundo... O que aconteceu?"

O Brett olhou para o teto. Eu conseguia ver as lágrimas se formando nos seus olhos quando ele disse, "Meu pai foi o que aconteceu. Eu tinha uns oito anos quando um dia ele me pegou brincando com a maquiagem da minha mãe e com um dos seus vestidos..." Ele soluçou enquanto limpava os olhos.

Eu perguntei, sério, "O que ele fez, Brett?"

Ele meio chorou e meio riu, "O que mais um idiota como ele faria? Tentou arrancar o gay de dentro mim na porrada. E eu era apenas uma criança. E não era gay..."

Quando vi ele começar a chorar, esse jogador de futebol enorme, me senti um idiota. Um completo idiota... Me dei conta de como eu era sortudo em ter os pais que eu tinha. Eu e a Sam, tínhamos pais maravilhosos. Não importa o quanto eu tinha chegado perto de morrer, e o que tinham feito comigo para me salvar. Ainda assim eu era um sortudo.

Olhando-o chorar, com as mãos no rosto, me cortou o coração. Ele era um cara legal, mas mesmo que não fosse, ninguém merecia isso. Sem dizer nada, eu levantei me aproximei dele e gentilmente dei-lhe um abraço. Levou um tempo, mas ele acabou me dando um abraço e continuou chorando. Eu disse, "Brett, tudo bem colocar isso pra fora. E saiba que nada disso é culpa sua."

Ele soluçou, "É sim... Se eu não fosse assim... Ele não teria nos deixado..."

Foi aí que a ficha caiu para mim com o que o professor de Educação Física tinha me falado. Ele estava se culpando pelo pai dele ter deixado a família. Fiquei louco da vida com a ideia, "Brett, não é sua culpa! Seu pai é um idiota. Ele nunca devia ter te batido por causa disso. Ele não devia ter fugido... A única coisa que ele devia ter feito era te dado amor, e foi onde ele falhou. Não você, ok?"

Ele sacudiu a cabeça, "Mas... mas... Eu sou filho único. Era o único filho homem..."

Eu dei um leve chacoalhão nele para ele me escutar, "Olha pra mim, Brett. Eu também sou filho único, também sou o único filho homem do meus pais. Você acha que eu não sei que nunca vou poder, por exemplo, dar um neto para eles? Eles são pais excelentes e imagina como seriam avós maravilhosos, mas a verdade é que eu não posso fazer isso. E, não importa o quanto eu queira, ainda assim não é minha culpa."

Ele tentou discutir, "Jordan, isso não é o mesmo, e você sabe disso. Você teve um problema médico, com a testosterona e tudo mais. Você não teve escolha. Não é a mesma coisa!"

Eu sacudi minha cabeça e disse, "Brett, eu tenho lido muito sobre o assunto desde que me deram meu diagnóstico. E pelo que li, você também não teve escolha. Não é?"

Ele olhou diretamente nos meus olhos, como se estivesse olhando minha alma, e disse, "Mas eu achei que conseguia esquecer. Se eu tentasse mais e mais, enterrando tudo..."

Eu disse com mais decisão, "Brett, você não podia ter feito nada. Não é sua culpa." Ele parou de soluçar e ficou olhando para mim.

Eu pude ver o momento exato no olhar dele quando a ficha caiu e ele me abraçou de novo e começou a chorar. Ele me abraçou forte, tão forte que até doeu. A Sam viu a minha cara se contorcer de dor e fez um gesto para me ajudar mas eu acenei para que ela deixasse. Ele precisava disso e eu já tinha me machucado em situações piores. Então apenas retornei o abraço e deixei ele me esmagar.

Isso continuou por mais alguns minutos até que ouvimos alguém bater na porta. O Brett imediatamente me largou e deu um pulo para o banheiro na hora em que a minha mãe abriu a porta. Ela perguntou, "Tudo bem aqui?". Eu e a Sam respondemos que sim, claro quase chorando. Eu me surpreendi o quanto eu consegui segurar. E do jeito que minha mãe estava olhando para nós, imaginei que ela tivesse um milhão de perguntas, mas ainda bem que não fez nenhuma.

Uns instantes depois, já com o rosto lavado e a cara não tão inchada, o Brett saiu do banheiro. Seus olhos estavam ainda um pouco vermelhos mas ele tinha um sorriso no rosto. Eu tentei não olhar nos seus olhos para não piorar a situação. Ele disse, "Sam, imagino que você vá pegar carona com o Jordan para casa, não é?" Ela confirmou e ele continuou, "Bom, então eu vou embora. Minha mãe deve estar precisando de ajuda lá em casa. Sra. Taylor, como eu disse, a senhora tem um filho sensacional..."

Minha mãe sorriu mas eu podia ver ainda a preocupação no rosto dela quando ela disse, "Eu sei... Obrigada."

Eu me aproximei dele e perguntei, "Você está bem?"

Ele sacudiu a cabeça, "Não... Mas estou melhor do que antes."

Eu concordei e disse, "Eu te entendo... Eu não sei se eu vou estar bem nunca com isso tudo, mas estou tentando melhorar. Eu consigo viver com o que tenho." Eu levantei a mão para pedir um cumprimento, mas no último minuto ele parou, e me abraçou.

Ele sussurrou, "Cara, mesmo você não sendo alto... Você é a maior pessoa que eu conheço, Jordan." Ele então acenou a cabeça para todo mundo e disse, "Sra. Taylor, prazer em conhece-la e, Sam, a gente se vê depois." E saiu do quarto.

Eu ainda estava olhando para a porta pensando no que tinha acontecido quando a Sam veio por trás de mim e me abraçou. Ela sussurrou no meu ouvido, "Eu ouvi o que ele disse. E ele está certo, Jordan."

Olhei para minha mãe e vi que ela tinha ainda aquelas mesmas milhões de perguntas sobre tudo o que aconteceu. Mas ainda bem que ela continuou não perguntando nada. Antes que ela falasse, eu disse, "Então, vamos embora desse lugar?"

****

Depois de várias horas eu estava tirando uma soneca no sofá quando a Sam me acordou. Ela tinha ido conosco do hospital para casa e quando chegamos eu estava exausto. Ela então foi para a casa dela se trocar e pegar uns filmes enquanto eu descansava um pouco. Ela acabou trazendo mais três filmes de super-heróis para tentar me atualizar o mais rápido possível no universo Marvel. Fizemos pipoca, pegamos bebidas e já estávamos com o filme ligado, ainda na abertura.

Estávamos tentando nos acomodar no sofá e como eu era bem menor que ela estava meio difícil. Finalmente ela colocou umas almofadas no braço do sofá e me disse, "Faz assim, encosta nas almofadas de lado." E aí ela sentou entre as minhas pernas e tentou se acomodar, encostando a cabeça no meu peito, cuidadosamente entre meus seios.

Levou algumas tentativas até que ela achasse o lugar certo e eu tentei fazer uma piada, "Sabe, com você sendo tão mais alta que eu, talvez eu devesse encostar em você."

Ela sentou e olhou nos meus olhos, "Não, não senhor. Até onde eu sei é a namorada que encosta a cabeça no namorado. Nem vem..."

Ela então sorriu para mim e eu entendi exatamente o que ela estava tentando fazer. Enquanto eu estivesse tentando me manter como menino, ela ia tentar me ajudar com isso e ter certeza que eu sabia que eu era o homem do relacionamento. Meu coração foi parar na minha garganta e isso me fez ficar mais apaixonado ainda. Foi nessa hora que eu me dei conta que já estava apaixonado por ela. A Sam era minha melhor amiga, seja lá o que acontecesse. Ela ia estar do meu lado não importa o quanto eu mudasse. E eu ia estar do lado dela enquanto ela deixasse.

Eu engoli em seco e tentei dizer o que eu sentia, "Sam, eu só queria te dizer que eu... eu acho que eu te... quer dizer, acho não... Tenho certeza..."

Ela sorriu e me interrompeu, "Eu sei..." Ela então debruçou em mim, me deu um beijo, voltou para onde estava e disse, "Eu também..."

Eu perguntei, "Mesmo?"

Ela concordou e então debruçou de novo para outro beijo. Dessa vez um bem mais longo que o anterior. Mas eu senti algo maior ainda nesse beijo. Senti a língua dela brincar um pouco com meus lábios antes do beijo terminar. Senti um arrepio pelo meu corpo. Ela então perguntou, "Jordan, posso te pedir uma coisa?"

Eu disse, "Claro, qualquer coisa."

Ela então deu um sorrisinho e disse, "Fica quieto e vamos assistir o filme?"

O sorriso dela e a luz nos olhos dela enquanto ela tirava sarro da minha cara fez meu coração flutuar. Eu só pude responder, "Ok..."

Ela virou de volta para a televisão e encostou a cabeça de novo no meu peito. Pegou o controle remoto, me deu o saco e perguntou, "Pipoca?"

Eu abracei-a, tirei o cabelo dela do rosto e dei um beijo na testa dela. Peguei uma mão cheia de pipoca e ela apertou 'play'.

Capítulo 13

Naquela manhã acordei mais cedo do que o normal. Já fazia três dias que eu tinha saído do hospital depois da minha idiotice com a testosterona. A maioria do tempo nos últimos dias eu tinha ficado deitado, descansando e estudando. Meu último dia de suspensão tinha sido na segunda-feira mas os médicos me seguraram em casa até a terça-feira dizendo que eu precisava de um dia a mais para me recuperar. Com todo esse tempo para descansar eu não aguentava mais dormir. Com algumas horas até eu precisar sair para a escola, minha cabeça começou a pensar nos últimos dias.

Eu me peguei sorrindo ao pensar como minha vida tinha virado de ponta cabeça, mas ao mesmo tempo já não tinha mais a sensação de tudo ser estranho de um jeito ruim. Apenas diferente. Minha melhor amiga agora era minha namorada. E ela tinha sempre sido minha melhor amiga, mesmo quando ela ainda era um menino e nós jogávamos beisebol juntos. Meu novo amigo mais próximo era um dos jogadores do time de futebol americano que, a propósito, recentemente descobriu que gostaria de ser uma menina. E, claro, toda a minha situação que era talvez a mais estranha de todas. Como eu disse, tudo muito diferente.

Eu me dei conta de que eu mais ou menos estava no meio do caminho entre os dois. Enquanto, como a Sam, eu estava fazendo a transição para o lado feminino, eu também era muito como o Brett, que queria continuar sendo quem ele era. Ou pelo menos quem ele pensava que era. E essa era a minha grande dúvida: quem eu era, exatamente?

Comecei a pensar, primeiro, em como eu era rápido em defender as pessoas que precisavam de ajuda, especialmente fisicamente, e quanto isso era visto como uma característica bem masculina. Mas ao mesmo tempo, pensando bem, esse lado protetor pode ser visto como algo bem feminino, se eu pensasse em uma mãe protegendo o filho. Então a pergunta era, isso era um lado meu materno ou um lado masculino querendo se auto afirmar?

Pensei também em como eu consolei o Brett quando ele chorou daquele jeito no hospital e o quanto isso me lembrou como minha mãe faria. Será que isso acontecia por causa dos hormônios que eu estava tomando? Ou era algo mais? Será que eu teria feito a mesma coisa antes de começar o tratamento? Eu acho que sim

O Brett estava sofrendo de culpa. Claro, ele tinha o problema de disforia de gênero, mas o grande problema era a culpa. E eu entendia esse sentimento muito bem. Eu tinha tido minha dose de culpa nos últimos anos. Vendo meus pais preocupados com a minha doença o tempo todo e chorando por minha causa, era inevitável pensar que tudo isso era por minha causa, mesmo sabendo que não tinha nada que eu podia ter feito. E, mesmo agora, com o que estava acontecendo e o quanto eu ainda resistia em aceitar toda a situação. E me dei conta que sim, sem sombra de dúvida, eu o teria ajudado mesmo antes do meu tratamento.

Eu andava me perguntando esse tipo de coisa nos últimos dois dias. Algo que o Brett tinha dito na segunda-feira que me fez fazer muita autoanálise. Naquele dia ele passou na minha casa. Era o nosso último dia de suspensão e, como eu, ele estava em casa entediado e sem nada para fazer. Como ele era dois anos mais velhos que eu e a Sam, eu realmente não o conhecia muito. E ele só me conhecia mesmo sobre outras pessoas que comentavam sobre mim. Acho que ele queria, de um jeito, se aproximar e ficar mais amigo. Para mim ele já era um grande amigo por ter salvo a minha pele e a da Sam na frente do Clint.

Eu andava meio preocupado com ele e com tudo que ele tinha dito ainda no hospital então fiquei um tanto aliviado em vê-lo. Quando ele saiu do hospital naquele dia eu vi o sorriso forçado dele, exatamente o mesmo que eu tinha quando estava doente e queria fazer as pessoas se sentirem melhor. Ele ficou em casa por algumas horas e não conversamos sobre nada 'trans' a não ser no final. Na verdade ele me tirou do sofá e fomos lá fora jogar um pouco a bola de futebol americano. Esse nunca foi meu forte nos esportes, especialmente por causa do meu tamanho. Eu até era ágil e tudo mais, mas acabava sempre sendo o último a ser escolhido nos times. E, como nunca gostei de ficar na reserva, acabei focando em outros esportes como beisebol e futebol.

Quando eu comecei a ficar ofegante de jogar a bola com ele, o que deve ter levado uns quarenta minutos no máximo, nos sentamos na grama e começamos a conversar sobre as nossas situações. Ele me disse que realmente não queria fazer a transição e virar uma garota. Ele não deu nenhuma razão específica, além de dizer que achava que seria uma mulher realmente feia. Eu ri com ideia mas na verdade dei uma boa olhada nele. Sim, ele tinha uns dois metros de altura e devia pesar uns cem quilos, mas de músculos, não de gordura. Agora, tirando isso, ele tinha um visual surfista, até meio andrógeno, com olhos grandes e azuis. Eu percebi que tinha algo mais ali do que apenas uma preocupação com a aparência.

Eu disse que não achava que ia ser um problema, especialmente se ele tomasse hormônios. Ele sacudiu a cabeça como que afastar esse pensamento e disse a frase que me fez ficar pensando. Ele disse que seria ótimo se nós pudéssemos trocar de lugar. Assim eu poderia ser o cara grande que jogava futebol americano e ele poderia ser o pequeno com feições delicadas, forçado a tomar hormônio feminino. Eu meio que dei risada, mas depois fiquei pensando no assunto.

No começo pensei mesmo como seria bom, ser grande e fisicamente forte para jogar o esporte que eu quisesse. Mas também pensei que, para isso, eu teria que trocar o meu gene mutante com alguém. Ou seja, passar para alguém tudo o que eu passei. Toda a doença, as dores, os dias que vomitei até quase morrer. E decidi que isso era algo que eu não podia desejar para ninguém, jamais poderia passar para ninguém. E, com isso, aceitei minha doença como ela era: minha, e de ninguém mais. E finalmente aceitando minha doença como minha, e não apenas mais lutando contra ela, me levou à maratona de pensamentos que, algumas semanas antes, me teria feito surtar.

Olhando na frente do espelho, só na minha roupa de baixo naquela manhã, eu não pude deixar de pensar que o que eu via na minha frente era uma menina. E, modéstia parte, uma menina bonita. Se eu cortasse meu cabelo, ajustasse um pouco minhas sobrancelhas e com um pouco de maquiagem eu ficaria realmente bonita. E esse pensamento, que teria me causado pânico total na semana anterior, agora pelo menos não me assustava. Ainda não era algo que eu queria fazer. Eu ainda não queria ser uma menina e na verdade não tinha a menor ideia do que era ser uma menina, mas ainda assim não parecia o certo a fazer. Ia ser tão estranho começar a falar para as pessoas que eu era uma menina e agir como uma que eu realmente não tinha nenhuma vontade de começar.

Mas eu também sabia que eu ia ter que lidar com isso antes do que eu imaginava. Por causa da minha idiotice que me levou pro hospital, mais o fato de que eu era mestre em esquecer de tomar meus remédios, os médicos resolveram substituir as pílulas por um implante de estrógeno, e colocaram enquanto eu ainda estava no hospital. O que significava que agora eu tinha um fluxo constante de hormônio feminino correndo pelo meu corpo.

Outra coisa que eles mudaram um pouco foi a composição do meu shake de proteínas. Eles não estavam felizes com o quanto eu estava ganhando de músculos. Apesar de eu estar melhor, ainda estava muito magro, então eles iam tentar uma mudança na composição das proteínas. Apesar de eu não saber exatamente qual era essa mudança, eles me disseram que por um lado isso poderia me ajudar a ganhar alguns centímetros em altura nos próximos anos. Mas por outro lado ia também provavelmente acelerar minha transição. No começo fiquei meio em dúvida, mas depois pensei que se eu ia ter o corpo de uma mulher cedo ou tarde, pelo menos eu tinha a chance de ganhar alguns centímetros de altura.

Eu tinha começado a beber o novo shake no dia anterior. E agora, além do gosto horrível que já tinha, ainda tinha um fundo de gosto de carvão. E a consistência continuava sendo de lama com areia. Ótimo, não é?

Por causa do efeito colateral de me deixar agitado, os médicos também decidiram dividir o shake e me fazer tomar duas vezes por dia. O anterior me deixava meio agitado depois que tomava, mas esse novo... Meu deus! Depois de uma hora andando em volta dos meus pais fazendo mil perguntas ao mesmo tempo, eles foram para o quarto deles, e foi quando eles contaram para o médico que talvez fosse melhor dividir a dose.

A Sam, por outro lado, não conseguia parar de rir e eu tive que tirar o celular na mão dela para que ela parasse de filmar meu comportamento "para a posteridade". Eu até tentei ficar bravo com ela, mas a verdade é que na situação dela eu teria feito a mesma coisa. Eu estava com tanta energia que não consegui dormir antes da meia-noite e nessa manhã já estava acordado as quatro da manhã.

Por isso, quando era cinco e meia da manhã eu já tinha tomado banho, secado meu cabelo e estava olhando no espelho por cerca de uma meia hora. Como eu disse, já não estava apavorado com a ideia mas para falar a verdade, eu ainda não conseguia ligar o reflexo que eu via sendo o meu reflexo. Com um suspiro, coloquei minha calça jeans e camiseta. O jeans era, claro, feminino. Minha mãe tinha dado fim nas minhas velhas calças já que elas não cabiam mais mesmo. Mas pelo menos ela tinha comprado novas camisetas genéricas, grandes como as minhas velhas, que ajudavam a esconder o fato de eu estar usando um top por baixo. Como por hábito, coloquei a camiseta para dentro da calça, mas depois de ver o quanto minhas curvas ficavam evidentes, deixei-as para fora mesmo. Vendo meu corpo melhor camuflado desci as escadas. Apesar de estar melhor com a ideia de ter um corpo feminino, ainda não estava pronto para que os outros o vissem.

Eu estava revisando meus estudos e o trabalho para a escola depois de todos os dias que não fui para aula, quando meus pais chegaram para tomar café.

Meu pai perguntou, "Jordan, desde que horas você está acordado?"

Eu disse, "Faz umas duas horas. Não estava mais com sono."

Minha mãe perguntou, "Você não dormiu o suficiente. É por causa do novo suplemento?"

Eu respondi, "Não sei se é isso ou se é o fato de eu ter ficado sentado sem fazer nada nos últimos dias. Ficar sentado ainda é uma droga..."

Meu pai riu, "É, desde pequeno você não conseguia para quieto e sentado. Muita energia mesmo naquela época."

Minha mãe olhou para o meu pai e perguntou, "Será que ele deveria beber metade do shake agora de manhã como os médicos falaram? Se ele está assim agitado talvez fosse melhor pular esse."

Meu pai não pareceu convencido, "Não sei... Ele pode ficar sem energia no meio do dia antes de chegar em casa. Jordan, o que você acha?"

Eu respondi, "Acho que tudo bem se eu tomar. Não estou me sentindo agitado ou coisa parecida, só sem sono. Prefiro prevenir do que remediar, então acho que vou tomar."

Minha mãe concordou mas disse, "Bom, pelo menos deixa eu escrever um bilhete para a escola, caso você fique do jeito que ficou ontem. E espero que ninguém te faça nenhuma pergunta na escola."

Meu pai quase cuspiu o café com o comentário. Eu reclamei, "Não foi tão ruim, foi?"

Minha mãe então puxou o telefone e me mostrou um vídeo em que eu estava andando pela casa, falando sem parar e tão rápido que nem eu conseguia entender o que eu dizia. Ela perguntou, "Como você disse? Não foi tão ruim?"

Eu fiquei sem jeito, "Foi a Sam que mandou isso?"

Ela riu, "Não. Esse fui eu mesmo que gravei, caso você não acreditasse em mim. Querido, não precisa ficar envergonhado. Até que foi bonitinho. Nos primeiros quinze minutos... E talvez eu possa usar isso como chantagem para você se comportar..."

Eu reclamei, "Mãe! Não é legal. Pai, fala pra ela apagar..."

Nessa hora meu pai se escondeu atrás do tablet para não ter que tomar nenhum partido e fingiu estar concentrado nas notícias do dia, "O que? Não estava prestando atenção..."

Minha mãe começou a cantar vitória, mas eu ainda tinha uma carta na manga, "Tudo bem. Então acho que não vou tomar a dose da manhã, mas hoje a noite então eu tomo uma dose inteira. Afinal, os médicos disseram que eu tenho que tomar uma dose por dia."

Claro que minha mãe percebeu a derrota, "Bom, nesse caso acho que eu vou fazer a meia-dose de agora." E dizendo isso ela foi até a geladeira, pegou o pacote do dia, cortou na metade, e misturou com o resto dos ingredientes no liquidificador. Ela estava no meio do preparo quando a campainha tocou.

Eu pulei da cadeira e fui abrir a porta. Assim que abri a Sam pulou em mim e me deu um beijo antes que eu pudesse perceber. Quando ela parou eu olhei para o sorriso malandro dela e disse, "Uau, você chegou cedo!"

Ela continuou sorrindo e disse, "Espero que você não se importe."

Eu disse, "Não mesmo. Só fico aliviado que fui eu que abri a porta e não meu pai ou minha mãe."

Ela riu alto pensando na situação o que me fez rir com ela. Quando paramos ela disse, "É, acho que seria um pouco estranho eu pular e beijar um deles desse jeito."

Estávamos os dois ainda rindo quando entramos na cozinha de mãos dadas. Minha mãe perguntou, "O que vocês dois estão aprontando? Na verdade, será que eu quero saber?"

Eu ri enquanto sentava, "Provavelmente não, mãe." Ela piscou o olho como se soubesse exatamente o que tínhamos falado, enquanto colocava meu shake na minha frente.

A Sam olhou meu copo com um olhar preocupado, "Tem certeza que é uma boa ideia beber isso? Lembram de ontem à noite?"

Meu pai riu e respondeu, "Nós chegamos a cogitar pular a dose dessa manhã, mas aí o Jordan nos ameaçou a tomar a dose inteira hoje à noite."

A Sam disse sorrindo, "Entendi, aí todo mundo amarelou e resolveu deixar o sr. Falante aqui para os professores..."

Minha mãe riu, "É, mais ou menos isso..."

A Sam riu de novo tão alto que eu não consegui me segurar e comecei a rir também. Antes de levar o copo até minha boca eu ainda disse, "Vocês lembram que eu estou aqui, não é?" Aí virei a gosma toda de uma vez e vi a Sam ter arrepio de ver a cena.

Meu pai ainda comentou de trás do tablet, "Melhor a escola do que nós..." O que fez com que todos nós ríssemos novamente.

Graças a deus o café da manhã já estava pronto quando eu terminei de tomar a minha gororoba. Eu precisava desesperadamente de alguma coisa para tirar o gosto de lama, areia e carvão da boca. Minha mãe até preparou um prato para a Sam e terminamos de comer juntos.

A Sam atualizou meus pais em como todos na escola estavam querendo que eu voltasse. Aparentemente a notícia da minha visita ao hospital se espalhou rapidamente e todos estavam preocupados. O que me surpreendeu é que todos queriam que eu voltasse e estavam felizes pelo fato de eu ter enfrentado o Clint. Eu não esperava por isso, principalmente porque eu enfrentei-o para ajudar a Sam e, apesar da maioria dos alunos não ter tido problemas com ela, eles também mantiveram uma certa distância.

Ela também me contou como o time de Softball estava se gabando por tê-la como jogadora e como a Sam ia ajudá-las a ganhar o campeonato estadual. Apesar de ainda ter bastante gente que era rude com a Sam, a maioria estava começando a se acostumar com a ideia. Eu não me contive e sorri com isso. Eu pensei que, apesar da Sam sempre falar que eu era forte, ela era quem estava aturando e enfrentando essas pessoas abertamente todos os dias. Eu só gostaria que ela visse o quanto ela era forte.

Ficamos conversando enquanto comíamos e eu pegava minhas coisas para a escola. Quando estávamos saindo, a Sam ainda perguntou se eu precisava que ela carregasse minha mochila. Eu pensei um pouco e disse que não. Na verdade eu estava me sentindo bem. O shake já tinha tido tempo de fazer efeito mas eu não me sentia agitado. Apenas recarregado. Ela não discutiu dessa vez, apenas concordou e me deu um beijo antes de sairmos.

Estávamos mais ou menos na metade do caminho andando de mãos dadas quando ela me disse, "Sabe, você realmente está mais bonito. Quer dizer, eu sempre achei você lindo, mas tem algo mais que eu tenho notado nos últimos dias."

Eu perguntei, "Sério?" E pensei em quanto progresso eu tinha feito nos últimos cinco dias comparado com os últimos cinco meses, e disse, "Acho que estou mais próximo de aceitar tudo o que está acontecendo comigo. Quer dizer, aceitar mesmo, e não apenas entender... Não sei se faz algum sentido."

Ela concordou, "É, você parece mais relaxado e confiante. E fica mais bonito assim." Então ela se debruçou um pouco para o meu lado e me deu um beijo no rosto. E perguntou, "E você já decidiu o que vai fazer?"

Eu sacudi minha cabeça, "Não, ainda não. Não estou longe de decidir, mas ainda não."

Ela concordou, "Tudo bem... Você sabe que seja lá o que você decidir, eu estarei sempre aqui."

Eu disse, "Eu sei, Sam. De verdade, eu sei..." E resolvi retribuir o gesto de dar um beijo no rosto dela, mesmo precisando ficar na ponta dos pés para isso. Ela sorriu e corou um pouco.

Andamos por mais alguns minutos e ela virou para mim e disse, "Estamos perto da escola. Melhor nos despedirmos direito aqui para que ninguém nos veja." Ela então abaixou um pouco e nos beijamos por alguns minutos, o suficiente para deixar meu corpo formigando. Quando terminamos, ela soltou minha mão e andamos o último quarteirão até a escola.

Isso me deixou pensando com alguns minutos nas regras de DPA, ou demonstração pessoal de afeto, ou seja, beijos, abraços e outras coisas. Supostamente, casais na escola não podiam nem mesmo andar de mãos dadas, mas todos faziam e ninguém falava nada. Pelo menos os casais heterossexuais. Eu ainda não tinha visto nenhum casal de gays ou lésbicas andando de mãos dadas na escola ou nos arredores. E, é claro que isso me deixou um pouco irritado. Eu, então, parei na frente da escola, do outro lado da rua. Mesmo estando à vista de todos, ainda não estávamos na escola, tecnicamente.

A Sam perguntou, "Está tudo bem?"

Eu disse, "Acho que sim. Sam, você não tem vergonha de mim, tem?"

Ela respondeu, "Nem um pouco, Jordan. Por que? Parece que tenho?"

Eu sorri e continuei, "Não, não parece. Mas eu tinha que ter certeza..."

Olhando para mim, confusa, ela disse, "Ok... Mas, por que?"

Eu então olhei nos olhos dela, abracei-a e beijei-a na boca ali, na frente de todo mundo, tanto dos alunos como de alguns professores. Eu senti uns duzentos olhos nos encarando, mas sinceramente me senti bem em não ter que esconder nosso relacionamento. Quando paramos ne nos beijar eu vi que ela estava levemente vermelha. Dei minha mão para ela segurar e ela pensou um pouco.

Então me perguntou, "Jordan... Você não tem medo das pessoas terem visto isso?"

Eu sacudi a cabeça, "Não mesmo, Sam. Espero que todos tenham visto."

Ela sorriu e me deu a mão, "Então você não se importa com o que as pessoas vão dizer?"

Eu dei de ombros, "As pessoas que iriam dizer alguma coisa já disseram antes, Sam. E se eles quiserem dizer algo mais, dane-se. Não ligo." Assim começamos a caminhar de mão dadas em direção à escola no que prometia ser um dia interessante.

A Outra Opção

Capítulo 14

Assim que atravessamos a rua eu pude ver que praticamente todo mundo estava olhando para nós. Apenas sorri quando passamos por todos. Ainda bem que não ouvi ninguém rindo, mas talvez eu estivesse apenas não prestando atenção. Eu cheguei a achar engraçado, até que vi uma das professoras mais velhas parada na frente da escola olhando para nós. Eu não a conhecia mas pela e expressão no rosto ela não parecia muito feliz. Eu suspirei e pensei 'lá vamos nós.' Eu já estava esperando por esse tipo de coisa, então enquanto andávamos, peguei meu celular e, sem dar muita bandeira, comecei a gravar um vídeo com tudo o que estava para acontecer.

Sim, eu tinha me preparado para isso desde que nós passamos a ser 'oficialmente' namorados no domingo. Não tendo ido à escola nem na segunda-feira nem na terça-feira me deu tempo suficiente para pensar em todos os cenários. Eu já sabia desde o começo que eu não queria esconder nosso relacionamento, principalmente depois que descobri o quanto eu amava a Sam. Eu sei que eu só tinha quatorze anos de idade e a maioria das pessoas provavelmente me diria que eu não sabia nada sobre o amor. Mas, posso dizer que, depois de tudo o que passei, depois de estar tão perto da morte, eu pelo menos sabia o que era importante. E a Sam era uma das partes mais importantes da minha vida. Então, acredite quando eu digo que eu sabia o quanto a amava. E essas regras de demonstração de afeto da escola não me desciam pela garganta. Não pelas regras em si, mas porque eu sabia que não eram justas com todo mundo.

Então, sim, eu sabia que isso podia acontecer. O tempo que eu fiquei em casa foi um tédio e, é claro, eu tive muito tempo para pensar. E o fato de que eu penso demais e tenho uma imaginação muito fértil não ajudou. Não que eu reclame da minha imaginação. Tenho certeza de que foi isso, em parte, que me ajudou a sobreviver. No auge da minha doença, eu sempre podia escapar da dor e da tristeza na minha imaginação.

Apesar de eu ter imaginado alguns cenários completamente impossíveis, como a escola contratando um exército de ninjas para seguir eu e a Sam, esse especificamente de encontrar uma professora mala era algo em que eu já havia pensado. Vi, então, alguns casais passando pela professora de mãos dados e ela não deu a mínima. Claro que quando chegou a nossa vez, a expressão dela mudou. Mas eu estava preparado.

Conforme nos aproximamos, ela olhou direto para a Sam com um olhar de reprovação, "Samantha, vocês deveriam saber que andar de mãos dadas não é permitido na escola."

A Sam imediatamente largou a minha mão e assumiu um tom defensivo, "Desculpe sra. Benson."

Com um leve tom de triunfo na voz, a professora respondeu, "Está desculpado. Mas não deixe acontecer de novo. Você, mais do que ninguém, deveria saber o que é e o que não é apropriado na escola."

A Sam me disse baixinho, "Vamos, Jordie."

Eu não me conformei vendo outro casal passando de mãos dadas na frente da professora, e perguntei, "Sra. Benson? Por que a senhora não fez o mesmo comentário para aquele casal? Ou mesmo para os dois outros que passaram na sua frente antes de nós?"

A Outra Opção

Ela virou e me encarou, "Não me diga como fazer o meu trabalho, senhorita. E como é mesmo seu nome?"

Eu fiquei irritado com o fato dela pensar que eu era uma 'senhorita', e disse, "Não sou nenhuma senhorita. Meu nome é Jordan Taylor. E, com todo o respeito, eu não estava dizendo como a senhora deve fazer seu trabalho. Estava apenas curioso por que a senhora ignorou todos os casais e chamou a nossa atenção. Não me parece justo."

Ela pareceu confusa por um momento, mas depois uma faísca de reconhecimento apareceu na expressão dela, "Ah, eu sei quem você é. Nós fomos informados antes do início das aulas. Mas enfim, isso não tem importância. O fato é que eu não vi mais ninguém de mãos dadas."

A Sam pareceu preocupada, mas eu insisti no assunto, já que eu ainda estava filmando tudo, "Sra. Benson, isso não é verdade. Eu vi a senhora inclusive sorrindo para alguns deles. Por que chamou a atenção justo de nós dois?"

A sra. Benson começou a ficar um pouco irritada por eu estar questionando-a e disse, "Ok, meu jovem. Chega disso. Por responder para a professora e ser rude, você pode esperar ser chamado na sala do diretor assim que eu puder falar com ele."

Eu sorri gentilmente, "Sem problema, senhora Benson. Desculpe-me se eu pareci rude. Estava apenas fazendo uma pergunta. Tenha um ótimo dia."

Nós começamos a andar, mas assim que a professora virou as costas eu virei e continuei filmando enquanto alguns outros casais passavam por ela de mãos dadas sem que ela repreendesse nenhum deles. A Sam perguntou, "Jordan, o que você está fazendo? Você vai nos meter em encrenca."

Eu tentei acalmá-la, "Talvez me coloque em encrenca, apesar de que eu duvido. Mas você não fez nada errado, Sam. E ela não pode chamar apenas a nossa atenção assim. É discriminação. E eu não vou deixar passar em branco."

Ela colocou a mão no meu ombro e disse, "Só cuidado, ok?"

Eu concordei, "É por isso que gravei esse vídeo. Você sabe o email da sua mãe?" Ela fez que sim e eu dei meu telefone para ela, dizendo, "Coloca aqui." Ela colocou e me devolveu o telefone. Eu, então, mandei o vídeo para ambas as nossas mães, só como precaução se algo acontecesse com meu aparelho. Como eu disse, eu tinha tido bastante tempo para pensar no assunto.

Alguns minutos depois chegamos no armário da Sam apenas para encontrar algumas meninas do time de Softball nos esperando. A Shelly disse, sorrindo, "Uau! Vocês dois foram corajosos!"

Vendo nossa expressão confusa, a Shelly mostrou o telefone dela com uma foto da Sam e eu nos beijando na porta da escola. A Sam disse, "Isso foi menos de dez minutos atrás! Como você tem essa foto?"

A Shelly apenas sorriu, "É o poder da mídia social, amigas! Essa foto estava provavelmente rodando pela escola menos de dois minutos depois de vocês se beijarem." Ela se aproximou e me abraçou, "Estou feliz de ver você de volta. O time todo estava preocupado." Ela, então, falou baixo no meu ouvido, "Como eu disse, precisou muita coragem para fazer isso. Você é maravilhoso, Jordan."

Nós, então, contamos sobre o incidente com a sra. Benson e o que eu estava fazendo para me proteger. A Shelly me pediu para mandar o vídeo para ela e eu mandei na hora. As outras meninas também me abraçaram e disseram como estavam felizes de me ver de volta.

Enquanto o telefone mandava o vídeo eu disse, "Eu não quero ver nenhuma de vocês envolvida, pelo menos até eu realmente precisar, ok?"

A Shelly pareceu um pouco indignada e disse, "Por quê não? Isso afeta todas nós."

Eu disse calmamente, "Eu sei, Shelly. Mas a maioria de vocês está no último ano e se essa história toda ficar feia eu não quero isso atrapalhando a chance de vocês entrarem em alguma faculdade por minha causa."

Ela ainda argumentou, "Mas você acha tudo bem você se arriscar? Não comece com machismo pra cima de mim, Jordan. Você não precisa lutar todas as batalhas por nós."

Vendo que a conversa estava indo por outro caminho eu levantei as mãos e disse, "Ei, calma lá, Shelly. Deixe-me explicar. Eu não estou fazendo isso por nenhum outro motivo além do fato de que precisa ser feito. E eu não tenho planos de me sacrificar. Veja bem, eu tenho um bom relacionamento com o sr. Miller, então deixa ele me chamar na sala dele e eu vou tentar conversar. E se a coisa ficar feia, você acha que eles vão vir atrás de mim? Lembra, eu sou o menino que quase morreu e lutou para sobreviver. Seja lá o que acontecer, eu vou ficar bem." Assim que terminei de falar o telefone dela tocou avisando que ela tinha uma nova mensagem, provavelmente o vídeo que eu tinha acabado de enviar.

Ela abriu o telefone e assistiu o vídeo. Quando terminou, ela ficou me olhando tentando adivinhar o que eu estava tentando fazer, e disse, "Você tem certeza que quer comprar essa briga? Sem ajuda?"

Eu respondi, "Tenho certeza, Shelly. E não disse que não quero ajuda. Quero vocês todas prontas caso eu precise. Deixe-me falar com o sr. Miller e aí vemos o que fazer. Se tudo der certo ele vai me ouvir e todos nós vamos poder andar de mãos dadas sem problemas. Não só eu e a Sam, mas todos os outros casais, não apenas os heterossexuais. Mas se a coisa for por água abaixo, faz esse vídeo viralizar."

A Shelly pareceu surpresa e perguntou, "Você está fazendo isso por nós também? Por quê se arriscar por nós, Jordan?"

Eu respondi, "Primeiro porque vocês são minhas amigas. E eu sempre vou lutar pelas minhas amigas, Shelly. Imaginei que a essa altura você já soubesse disso. Em segundo lugar, porque isso está errado. Simplesmente errado. Parece não ser muita coisa, mas poder andar de mãos dadas significa muito!"

Por um momento achei que ela ia chorar, mas ao invés ela chegou perto e me deu um outro abraço, "Sabe que se nós dois não tivéssemos namoradas, eu até tentaria ser hétero para te conquistar, não é? Você é incrível, Jordan!" Ela terminou a frase me dando um beijo no rosto.

A Sam riu e disse, "Desculpa, mas eu não vou deixá-lo sozinho, Shelly."

A Shelly riu junto e disse, "É bom não deixar mesmo, Sam!"

Estava quase na hora do sinal então nos preparamos para ir para nossas classes. Como era um dia "A" seria a última vez que eu viria a Sam até a hora de ir embora. Eu olhei em volta e como não vi nenhum professor e também como as meninas do Softball estavam nos cercando, eu rapidamente dei um selinho na boca da Sam, "Te vejo te tarde?" Ela sorriu e concordou enquanto as meninas ficavam com aquela cara de "aaaahhhhhh... que lindo..."

Cheguei na minha classe com alguns minutos de folga. Ainda bem que, com exceção de alguns olhares mais estranhos, ninguém me amolou pelo caminho. Pela forma como as pessoas me olhavam e pelos sussurros, era óbvio que a foto já tinha rodado pela escola toda. Eu ri por dentro. Se aquele era o ponto alto do dia dessas pessoas, elas realmente estavam precisando de mais ação na vida delas.

O Rick e o Teddy entraram na classe logo depois que eu me sentei e parecia que eles estavam no meio de uma conversa séria. Assim que eles se sentaram o Rick olhou para mim e acenou com a cabeça, enquanto o Teddy não falou nada. Eu fiquei ali sentando num silêncio meio esquisito, sentindo todos os olhares sobre mim. Eu sinceramente não me importava com todo mundo olhando e, na verdade, esperava que olhassem bastante. Eu não tinha nada a esconder, pelo menos sobre o meu relacionamento com a Sam. Tinha só uma coisa me incomodando e eu achei que valia a pena consertar, ou pelo menos tentar.

Olhei para o Teddy e disse, "Teddy... Cara, eu queria pedir desculpas pelo o que eu disse no outro dia. Eu estava bravo e não foi certo..."

Ele só murmurou, "É, tanto faz..."

Eu podia ver que ele ainda estava bravo comigo, o que eu não o culpava. Eu disse, "Bom, seja lá como for, desculpa mesmo..."

Depois de uns instantes ele perguntou, "Então, você e a Sam? Vocês estão o que? Namorando?"

Hesitando um pouco, eu perguntei, "É, estamos. Por quê?"

Ele ficou pensando um pouco e perguntou, com calma, "Então... Você é gay?"

Eu comecei a ficar irritado, mas logo percebi que ele realmente não estava entendendo. Eu disse, "Eu acho que não... Cara, para mim a Sam é uma menina."

Ele ainda não conseguia olhar para mim. Deu de ombros e resmungou, "Sei lá... Se você acha..."

Eu estava prestes a dizer algo quando o auto-falante da classe anunciou, 'Professor, por favor mande o sr. Jordan Taylor para a sala do diretor imediatamente.' A maioria dos alunos na sala começou a rir baixinho enquanto eu pegava a minha mochila. Eu já estava esperando por isso. Acho que eu tinha irritado a sra. Benson o suficiente para ela me reportar ao diretor assim que possível. Quando eu me levantei para sair olhei para o Rick e ele parecia preocupado comigo. Acenei com a cabeça para ele antes de sair da sala.

Enquanto andava pelos corredores para seja lá qual destino me aguardava eu comecei a pensar do que eu estava fazendo, ou pelo menos nos motivos que tinham me levado até ali. Eu não estava preocupado com o que ia acontecer comigo, afinal eu tinha minhas costas cobertas. Eu não queria que nem a Sam nem qualquer outra pessoa saísse prejudicada por minha causa. Eu sei que andar de mão dadas não parecia ser a maior coisa do mundo, mas desde que tinha percebido que a Rachel e a Shelly tinham medo de dar as mãos diferentemente de outros casais, isso tinha me deixado profundamente irritado. Se isso não fosse discutido agora, as coisas iam ficar cada vez piores. Eu realmente não tinha entendido como elas se sentiam, até que a sra. Benson veio para cima da Sam, e aí eu fiquei furioso.

Eu tinha apenas um pouco de preocupação na cabeça quando entrei na diretoria. Apesar de já ter pensado muito sobre o assunto, ser chamado lá nunca era divertido. Eu só esperava que minha mãe não precisasse se envolver. Eu sei que se fosse o caso ela tomaria partido, mas eu não queria que chegasse a esse ponto. Assim que entrei na diretoria, a recepcionista me disse que o diretor estava me esperando e que eu podia ir para a sala dele imediatamente. Eu agradeci e, apesar da porta da sala dele estar aberta, eu ainda bati para me anunciar, "Bom dia professor. O senhor queria me ver?"

Ele me olhou e suspirou, "Sim, Jordan. Por favor, entre, feche a porta e sente-se."

Eu sorri, "Pois não, professor." Depois de sentado, perguntei, "Então, sobre o que o senhor quer falar?"

Ele me olhou por alguns instantes e disse, "Você teve algum confronto com algum professor hoje de manhã?"

Eu sacudi minha cabeça negativamente, "Não foi bem um confronto, professor. Quando passamos na frente da sra. Benson, ela chamou a minha atenção e da Sam por violação da política sobre demonstração de afeto."

Ele concordou, "Sim, você sabe que beijos na escola são contra as regras. Você pode realmente se meter em sérios apuros por isso."

Eu sorri, "Bom, professor, ainda bem que nós não estávamos na escola quando nos beijamos. O que ela nos chamou a atenção foi por estarmos andando de mãos dadas. Mas mesmo assim vários outros alunos passaram fazendo a mesma coisa e ela não disse nada."

Ele franziu a testa, "Não foi o que ela reportou." Ele puxou uma folha de papel e começou a ler, "Eu estava censurando aluna Samantha Wilkins por comportamento inapropriado, beijar um outro aluno, quando o aluno Jordan Taylor interviu e foi desrespeitoso e intempestivo. Eu me mantive calma e tentei conversar com o rapaz que se recusou a ouvir e continuou com o uso de linguagem inapropriada."

Eu provavelmente não devia ter dado risada mas não pude me conter o que deixou o diretor ainda mais sério, "Jordan, eu não vejo onde está a graça nesta situação. A decisão é minha, mas eu posso ter que suspendê-lo de novo se a sra. Benson resolver levar o assunto adiante. Eu preciso que você se desculpe com ela e tente fazer com que a situação melhore."

Eu me recompus e disse, "Sr. Miller, com todo o respeito, não foi nada disso que aconteceu. Nem de perto. Eu não vou me desculpar por algo que eu não fiz." Fiquei ali parado tentando me controlar com a raiva que estava sentindo pela professora ter mentido tão descaradamente.

O sr. Miller ficou ali olhando para mim, provavelmente curioso para saber por quê eu parecia tão tranquilo. Ele perguntou, "Jordan, então me conte. O que aconteceu?"

Eu disse, "Professor, eu dei sim um beijo na Sam. Mas isso foi antes de entrar na escola, ainda na rua. Eu estava na verdade de mãos dadas com ela quando entramos na escola e a sra. Benson nos chamou a atenção, sendo bastante rude com a Sam."

Ele então disse, "Bom, tecnicamente dar as mãos também é contra as regras."

Eu concordei, "Eu sei disso. Mas é uma regra que não é aplicada desde que eu estou nessa escola, pelo menos. Casais andam de mãos dadas o tempo todo, pelo menos casais heterossexuais, e nada nunca é dito a eles. Nessa manhã vários alunos passaram dando as mãos na frente da sra. Benson e ela não disse nada, vindo especificamente em cima da Sam dizendo, inclusive, que ela, Sam, mais do que ninguém, deveria saber as regras. Eu apenas perguntei para a professora por quê ela chamou a atenção da Sam e de nenhum outro aluno. Ela então ficou brava e me ameaçou. E aqui estamos nós..."

Ele recostou na cadeira, pensou por um momento, e disse, "Rapaz, essa é uma acusação séria contra uma professora que está aqui há mais de trinta anos. Alguém mais presenciou a cena?"

Eu disse, "Sim. A Sam estava comigo."

Ele considerou, "Ela é parte interessada. Ainda assim seria a palavra de vocês dois contra a de uma professora muito respeitada."

Agora eu estava ficando irritado. Ele basicamente estava nos acusando de estarmos mentindo só por causa da nossa idade. Eu disse, "Só porque somos alunos não significa que somos mentirosos."

Ele suspirou e disse, "Então você está dizendo que a sra. Benson, uma professora respeitada sem nenhuma marca no seu histórico, está mentindo apenas para colocar você e a Samantha em uma situação difícil?"

Eu concordei e perguntei, "Posso enviar um email com a minha prova?" Ele consentiu e me deu seu cartão de visitas. Eu rapidamente digitei o endereço dele e mandei o vídeo. Enquanto esperávamos eu acrescentei, "Ah, e esse vídeo eu mandei também para meus pais e para os pais da Sam."

Ele perguntou, "Jordan, você acha mesmo correto envolver seus pais nessa discussão?"

Eu respondi, "Eu não estou tentando envolvê-los, apenas informá-los. Se eles precisarem se envolver, eu prefiro que saibam o que está acontecendo antes do senhor ligar para eles."

Ele suspirou e me perguntou, "Jordan, por quê você está insistindo tanto nesse assunto?"

Eu respondi, "Sinceramente, porque alguém tem que fazer isso. O que aconteceu não foi justo com a Sam ou comigo. E não é justo também com nenhum dos alunos LGBT e, francamente, não é certo. Especialmente em uma escola que se diz ser tão 'inclusiva'." Eu fiz o gesto de aspas com as mãos.

Ele perguntou, "E por quê você acha que tem que ser você a levantar essa bandeira? Você não devia ter um monte de outros alunos te ajudando?"

Eu disse, "Vários alunos queriam me ajudar, mas eu pedi a eles que esperassem para ver como seria a nossa conversa. Se as coisas ficassem feias eu não queria ninguém se arriscando por algo que fui eu quem comecei. Olha, professor, o senhor já me conhece o suficiente para saber que eu vou ajudar meus amigos, seja lá qual seja a consequência."

Ele continuou, "É, pelo que eu vi do jeito que você enfrentou o Clint, e por outros relatórios que recebi de outros professores... Mas Jordan, ainda assim, por que você? Veja, só estou perguntando porque me preocupo com você."

Eu respondi, "Por quê eu? Com o meu tamanho, os valentões, os 'bullies' da escola sempre tentaram me intimidar. Eu sempre fui um alvo fácil para eles. Eu sei exatamente o que significa sofrer bullying. Eu sempre fui capaz de me defender, mas nem todo mundo consegue como eu. E quando vejo alguém tratando outra pessoa mal só porque ela é diferente, fico absolutamente furioso. Eu simplesmente não consigo ignorar, senhor Miller."

Ele suspirou, "Mesmo quando você pensa que o bullier pode ser uma professora?"

Eu olhei desafiante e disse, "Principalmente quando é uma professora. O senhor deveria saber melhor do que qualquer um."

Nessa hora o computador apitou e ele olhou para a tela. Um minuto depois o vídeo começou a tocar e ele começou a prestar atenção no que acontecia. Eu me encolhi levemente quando escutei a professora me chamar de senhorita. Eu tinha quase esquecido dessa parte. Quando o vídeo terminou o diretor ficou olhando para a tela por vários minutos em silêncio. Depois do que pareceu uma eternidade eu resolvi perguntar.

Eu disse, "O senhor acha que eu fui rude?"

Ele acenou negativamente, "Não, não foi."

Eu pressionei um pouco mais, "Não pareceu para o senhor que ela escolheu eu e a Sam? Ou mesmo, aquele comentário 'você mais do que qualquer pessoa' para a Sam? Para mim tudo isso parece bullying..."

Ele concordou, "Eu não sei o que dizer, Jordan."

Eu continuei, "Por quê ela foi direto na Sam? Será que é porque ela é transgênera ou porque ela achou que eu era uma menina e nós dois éramos lésbicas?"

Ele continuou olhando para a tela, pensando, "Jordan, eu não sei..."

Ficamos ali sentados, ele olhando para o vídeo que estava tocando novamente e eu olhando para ele. Quando o vídeo terminou pela segunda vez eu dei mais um tempo para ele e perguntei, "Então, professor, qual o tamanho da encrenca que eu me meti?" Ele apenas olhou para mim mais uns minutos e eu disse, "Sr. Miller, se o senhor achar que eu tenho que ser punido, eu vou aceitar qualquer punição que o senhor achar necessário, mas..."

Ele me interrompeu, "Mas, o que, Jordan? Você está me desafiando?"

Eu mexi minha cabeça negativamente, "Não, professor. Eu não estou desafiando sua autoridade. Como eu estava dizendo, eu aceito qualquer punição que o senhor achar necessária por eu estar andando de mãos dadas com a minha namorada. Mas só naquele vídeo tinham outros doze alunos. Se eu for punido e ninguém mais, aí é quando eu vou pedir aos meus pais que se envolvam. Eu só quero que o processo seja justo."

Ele concordou, mas disse, "Isso ia impactar muitos alunos, você sabe disso."

Eu acenei que sim e engoli em seco. Essa era a hora da verdade e eu tinha pensado nisso. Eu podia me tornar o herói dos alunos LGBT ou o aluno que toda a escola ia odiar. Eu esperava pela primeira opção, mas como disse, era uma aposta. Eu disse, "Eu sei... O senhor vai ter que deixar uma velha regra cair de vez em desuso ou começar a punir provavelmente mais da metade da escola. Eu peço que deixe a regra cair, para todos. Eu digo, todos!"

Eu sentei ali com ele olhando para mim por mais uma eternidade, então ele disse, "Ok, Jordan. Eu tenho muito o que pensar agora. Você pode voltar para a aula. Eu vou mandar uma mensagem para o seu professor para que você ganhe presença nessa aula que você perdeu."

Eu levantei e perguntei, "Posso perguntar o que o senhor vai fazer? Eu vou ser punido?"

Ele acenou negativamente, "Pelo que vi no vídeo, não vejo motivo para puni-lo. Eu vou falar com a sra. Benson mais tarde. Até lá eu não posso dizer mais nada..."

Eu concordei, "Ok, sr. Miller."

Antes que eu abrisse a porta para sair, ele disse, "Jordan... Você sabe que isso pode atrair muita atenção para você, não sabe? Eu não quero ver nenhum dos meus alunos machucados. Eu não quero você se colocando em perigo desnecessariamente. Eu posso fazer o impossível para protegê-lo aqui dentro da escola, mas fora da escola as coisas são diferentes... Você sabe como as pessoas podem ser, não sabe?"

Eu encolhi os ombros e disse, "Eu sei sim, sr. Miller. Eu sei como as pessoas podem ser más. Eu li muito sobre o assunto desde que o meu diagnóstico e tratamento ficou claro, para saber o que me esperava. Agora que eu me reconectei com a Sam e conheci mais alunos LGBT, não tem como eu não me envolver. Sabe, eu posso nunca gostar do que eu vejo cada vez que me olho no espelho, mas pelo menos eu respeito a pessoa que vejo. E isso não quero mude nunca."

Ele concordou e disse, "Jordan, apenas tome cuidado, ok?"

Eu respondi, "Eu vou tentar."

Quando saí da diretoria eu parei um pouco e encostei na parede. Respirei fundo algumas vezes e percebi que estava tremendo. Levantei minhas mãos para ver o quanto. Isso nunca tinha acontecido comigo, era como e seus nervos estivessem disparados. No passado, em situações assim, eu sempre era uma pedra de estabilidade.

Respirei fundo mais algumas vezes para me acalmar e comecei a pensar o que era tão diferente dessa vez. E foi aí que me dei conta que sempre que tive esse tipo de confronto, era por coisas que afetavam apenas a mim. Mas hoje o que eu estava fazendo afetaria a Sam, a Shelly, a Rachel e um monte de outros alunos e alunas que eu não conhecia. E hoje eu tinha aprendido uma grande lição. Eu tinha experimentado um pouco do que esses alunos passavam todos os dias. E isso era muito mais do que eu poderia ter lido em qualquer livro. E mesmo que alguns considerassem dar as mãos um gesto insignificante, eu sabia que a maioria das guerras eram ganhas com pequenas batalhas.

E também me dei conta da grande razão para isso tudo. Apesar de eu querer lutar por isso, por todos esses alunos, para que todos fossem tratados igualmente, a verdade é que no fim de tudo isso estava a Sam. O fato dela não poder sequer segurar a mão do namorado em paz, e o jeito como a professora a tinha discriminado... Isso era o que realmente fazia tudo isso valer à pena.

Capítulo 15

Eu estava pensando no que eu tinha me metido enquanto andava para a minha classe. A situação toda tinha virado uma bola de neve muito maior do que eu tinha imaginado. Durante todo o tempo em que eu tinha me preparado para o dia de hoje eu sempre tinha pensado no fato de que eu não queria ter que esconder minha relação com a Sam. Eu queria que todo mundo soubesse como eu me sentia e não queria que ela pensasse que eu estava com medo ou tinha vergonha de estar com ela. E aí toda a situação com a sra. Benson aconteceu e o fato dela ter chamado a nossa atenção pensando que éramos um casal de lésbicas, e como ela discriminou a Sam. E aí depois, falando com a Shelly, como eu percebi que tudo isso era mais do que apenas sobre eu e a Sam. E, como sempre, eu caí de cabeça no assunto sem pensar nas consequências. Voltei à realidade quando ouvi meu telefone apitar. Era minha mãe e ela tinha acabado de ver o vídeo.

{Mãe, texto} *** Jordan, acabei de ver o email. Está tudo bem?

{Eu, texto} *** Tudo. Uma professora estava discriminando a Sam. Ela viu outros alunos fazendo a mesma coisa e resolveu chamar a atenção da Sam. Eu não podia deixar isso passar em branco. Desculpa, mãe.

{Mãe, texto} *** Ok. Eu preciso ir até aí? Ou ligar para o diretor?

{Eu, texto} *** Ainda não. Eu já fui falar com o diretor. Por enquanto eu não estou em nenhuma encrenca. Você está brava?

{Mãe, texto} *** Não estou brava... Talvez um pouco frustrada... Você acabou de voltar de uma suspensão, Jordan.

{Eu, texto} *** Desculpa mãe... Ela estava insultando a Sam...

{Mãe, texto} *** Eu sei, meu querido. Bom, me mantenha informada, ok? Os gêmeos estão aqui no escritório e viram o vídeo comigo. Se precisarmos eles disseram que estão aqui. Falamos mais à noite.

{Eu, texto} Eu te aviso assim que eu souber de algo. Diga aos gêmeos que eu agradeço pela força e ajuda. Mas não se preocupe. Tudo sob controle.

{Mãe, texto} Ufff. Agora estou mais preocupada. Fique com a Sam e diga a ela que se ela precisar também estaremos aqui para ela.

{Eu, texto} Ok mãe. Te amo!

{Mãe, texto} Também te amo, querido. Agora me faz um favor e fica longe de problemas pelo menos até o fim do dia, mocinho.

Eu quase ri alto com o comentário dela. Eu nunca procurei nenhum problema. Mas de alguma forma os problemas pareciam sempre me encontrar. Pelo menos os gêmeos, que na verdade eram Mark e Jeff Tomlinson, tinham dito que queriam me ajudar. Eles eram a terceira geração de advogados da empresa de advocacia da qual eram donos. Minha mãe trabalhava para eles há muitos anos, antes mesmo de eu nascer. E ela conseguiu o emprego porque o pai dela tinha trabalhado para o pai dos gêmeos, também advogado. Enfim, eram todos uma grande família. Saber que os gêmeos tinham dito que estariam lá para me ajudar se fosse preciso me fez ficar mais tranquilo. Eu realmente esperava que as coisas não chegassem a esse ponto, mas se acontecesse eu sabia que não estaria sozinho.

Cheguei na minha aula mais de vinte minutos atrasado. Escutei a professora explicando sobre o próximo trabalho que teríamos que entregar, então bati na porta e entrei. Ela parou o que estava fazendo e ficou me olhando durante todo o tempo até que eu me sentasse. Eu entreguei a nota do diretor para justificar o meu atraso e fui para minha cadeira. A maioria dos alunos ficou apenas olhando, apesar de eu ter escutado alguns fingindo tosse e falando ao mesmo tempo: 'bicha'. A professora olhou para a classe e disse, "Chega de comentários! O próximo engraçadinho vai direto para a diretoria, entendido?" Eu consegui ouvir alguns 'Sim, senhora' junto com alguns resmungos perto de mim. Com um último olhar para a classe, ela continuou com a explicação do trabalho.

Ainda bem que não ouvi mas nenhum comentário até o final da aula, pelo menos até o sinal tocar. Quando eu estava saindo da classe para a próxima aula ainda escutei no fundo coisas como 'bicha', 'viado', entre outras. Claro que fiquei irritado, mas foram ditos meio baixo então eu não conseguia saber de onde vinha. Eu não pude me conter e acabei rindo. Ali estava eu, provavelmente o menor aluno de toda a escola e ninguém tinha coragem de me enfrentar cara-a-cara. Quer dizer, seja lá quem estava dizendo isso não passava de um covarde. Era a mesma coisa que o que eu tinha lido sobre comentários online anônimos. As pessoas que normalmente falavam as piores coisas eram as que não colocavam nome, ou seja, os maiores covardes.

Minha próxima aula foi mais ou menos a mesma coisa, apenas um pouco mais quieta. Era álgebra avançada e os alunos ali eram um pouco mais inteligentes do que a média da escola. O que me fez pensar que, quanto mais inteligente alguém é, mais aberta essa pessoa também acaba sendo. Ou talvez não mais aberta, mas certamente menos propensa a julgar os outros. Enfim, o resto da manhã foi calmo, até a hora do almoço.

Na cafeteria, claro, os insultos ficaram mais altos, mas ainda assim baixos o suficiente para eu não conseguir identificar de onde vinham. Sabendo que eles estavam tentando me ver bravo, eu apenas ignorei.

Deixe os porcos serem porcos. Eu vi alguns professores olhando em volta e quando um aluno falou algo um pouco mais alto, um professor foi até a mesa onde ele estava e o levou embora da cafeteria. Depois disso os insultos praticamente pararam.

Eu fiquei aliviado quando vi o Rick acenando para mim sentar na mesa dele depois que eu peguei minha bandeja com comida. Eram só ele e o Tom sentados. Sentei na mesa e perguntei, "E aí, pessoal?"

O Tom riu, "Cara, você está bem tranquilo depois do show que vocês deram hoje de manhã."

Antes que eu pudesse responder, o Rick perguntou, "Então, você e a Sam, hein?"

Eu olhei direto para ele, "Eu e a Sam o que?"

O Rick respondeu, "Calma, cara! Só estava perguntando. Eu não tenho problema com isso."

O Tom completou, "Eu também não, Jordan. Eu não acho que eu conseguiria, mas não vejo problema nela ser sua... Ummm"

Eu terminei a frase, "Namorada... Ela é minha namorada e eu não tenho vergonha disso."

O Rick sorriu, "Nós reparamos, Jord. Caraca, a escola inteira reparou com a cena. Cara, não me leve a mal. A gente gosta da Sam, acha ela super legal e tudo mais. Pra falar a verdade ela até é meio gata quando está com o uniforme do time e tudo mais... É só que saber... Sei lá, saber quem ela era antes... Quer dizer... Você é uma pessoa muito maior que qualquer um de nós, cara."

O Tom ainda falou, gesticulando para o alto, "Very bigger!"

O Rick riu, "Cara, seu inglês é uma merda... Você consegue pelo menos média cinco em inglês?"

O Tom deu de ombros, dizendo, "Vocês me entenderam. E isso é o que é importante."

Eles riram por um momento e então se deram conta de que eu não estava rindo, nem sequer sorrindo. A frase do Tom me pegou desprevenido, quer dizer, eu realmente tinha gostado de ouvir. O Rick perguntou, "Ei, Jord. Tudo bem?"

Eu olhei de volta e me dei conta que eu tinha viajado nos meus pensamentos, e respondi, "Tudo... Só preocupado com a Sam e como as pessoas vão tratá-la."

O Tom ainda tentou fazer uma piada, "O que? Está preocupado que as pessoas vão zoar pelo fato dela estar namorando um anão?"

Eu suspirei, "É... Mais ou menos isso..."

O Rick deu um empurrão nele, dizendo, "Puta brincadeira sem graça..." E enquanto o Tom passava a mão no ombro depois do encontrão, o Rick me olhou e disse, "Cara, seja lá o que acontecer, a gente está aqui pra ajudar. Você e a Sam, ok?" Ele então levantou a mão para me dar um cumprimento no alto. O Tom vez que sim com a cabeça, concordando.

Levou uns segundos mas eu também levantei a mão e retribui o cumprimento, "Valeu, cara! Vocês dois, valeu mesmo!"

No resto do almoço e do dia eu fiquei pensando no que eles tinham me falado. Eles tinham sido honestos e abertos comigo e comecei a me questionar o quanto eu estava sendo sincero com eles. Eu sabia que eu precisava contar a verdade para eles, e para as meninas do time também. Apesar de saber que eles todos não veriam problema em tudo, eu ainda não tinha pensado no assunto. E mesmo depois de ter conseguido falar para todos no grupo de terapia, eu ainda tinha medo do processo. Não era pânico como antes, mas o medo ainda estava ali. E, não importa o tamanho, medo ainda é medo. Eu sabia que todos iam entender, mas ainda assim não queria que ninguém sentisse pena de mim. Essa ainda era a parte que mais me incomodava. Mas, pensando bem, em já tinha olhado a morte de frente e voltado, já tinha enfrentado e vencido a sra. Benson e até um soco do Clint não tinha me derrubado. Isso deveria ser fácil, comparado com essas e outras coisas.

Com tudo isso na minha cabeça eu não consegui estudar muito no meu tempo na biblioteca. Eu fiquei mergulhado nos meus pensamentos sobre tudo o que tinha acontecido recentemente. O quanto eu tinha assustado meus pais, meus amigos e até minha namorada com aquela idiotice que me levou para o hospital, depois o confronto com a sra. Benson, a conversa com o diretor e tudo mais. E me dei conta de que nada disso era importante quando a Sam estava do meu lado. Quando ela sorria, mas sorria de verdade, de guarda baixa, eu não me sentia nem pequeno, nem frágil. Pode parecer cafona, mas com ela eu me sentia uns 20 centímetros mais alto e feito de aço.

Eu estava sorrindo comigo mesmo enquanto colocava meus livros no armário, quando a Sam chegou por trás de mim e cobriu meus olhos, dizendo, "Adivinha quem é?"

Eu tentei não rir e pensei rápido no que dizer, "Ummmm... Scarlet Johanson? Não, espera, Kate Beckinsale?" Virei para vê-la apenas para encontrar a expressão de 'sem-graça' dela e disse, "Uau!!! Melhor ainda! É a gata da minha namorada!"

Ela me deu um soco de leve no braço e disse, "Sem graça. Nem sei por quê eu tentei... Espera... Você me chamou de namorada gata?" Eu sorri em acenei que sim, o que fez ela ficar vermelha. Ela então olhou em volta no corredor e disse, "Boa resposta. Acho que consigo te perdoar..." E, então se abaixou e me deu um beijo de leve, mas que durou alguns segundos. Eu tremi um pouco, meu corpo formigou e meus peitos responderam também. E ainda que me incomodasse como eles respondiam aos beijos da Sam, vou confessar que era uma sensação boa. Chegavam a doer um pouco, mas ainda assim era uma sensação boa.

Levou alguns minutos para eu me recobrar o que deixou a Sam um pouco surpresa. Conforme começamos a andar para a nossa última aula, eu perguntei, "Então, alguém falou alguma coisa sobre o que fizemos hoje de manhã?"

Ela corou levemente e acenou negativamente, "Na verdade, não... Quer dizer, nada de mal, pelo menos." Vendo a minha expressão confusa ela continuou, "Algumas meninas falaram um pouco do beijo... Eu acho que elas estavam é com inveja. Algumas delas mencionaram que gostariam que os seus namorados fizessem alguma coisa do tipo..."

Eu sorri, "Ok. Fiquei preocupado que alguém falasse alguma besteira pra você."

Ela não entendeu, e perguntou, "Não... Por quê, alguém falou algo pra você?"

Eu sacudi a cabeça, "Nada importante... Só um ou outro babaca... A maioria das pessoas foi legal com tudo. O sr. Miller até foi mais legal do que eu imaginava quando me chamou na sala dele..."

Ela parou de andar e me olhou, "Caraca, Jordan, o que aconteceu? Foi sobre hoje de manhã?"

Eu concordei, "Foi. Mas não se preocupe, está tudo em ordem. A velha coruja mentiu descaradamente para o sr. Miller só pra me meter em encrenca."

Uma expressão de surpresa passou pelo rosto dela, "Putz, Jordan... O que aconteceu? Sabe que hoje quando cheguei na aula dela, eu a vi limpando a mesa. Ela não disse nada, mas ficou o tempo todo olhando pra mim com uma expressão furiosa."

Essa notícia me surpreendeu. Eu achava que ela ia ser apenas advertida, mas nunca imaginei que ela podia ser demitida. Essa era a última coisa que eu queria que acontecesse com alguém. Eu disse, "Ele me contou o que ela tinha dito e eu apenas mandei um email com o vídeo como prova de que ela estava mentindo... Será que ela foi demitida?"

A Sam respondeu, "Não sei... Tudo o que seu é que ela limpou a mesa e foi embora, o tempo todo me fritando com os olhos."

Eu disse, "Ok. Acho que vou ter que falar com o sr. Miller depois da aula... Eu nunca pensei que isso fosse acontecer. Quer dizer, fiquei furioso com o que ela fez, mas não queria que ela fosse demitida..."

Nós tínhamos chegado na nossa aula e, antes de entrarmos, a Sam me deu um abraço. O resto da aula foi normal e, apesar de sentarmos juntos, não tivemos chance de conversar. Terminando a aula eu fui direto para a sala do sr. Miller para saber o que tinha acontecido com a sra. Benson, mas assim que cheguei lá a recepcionista disse que eles estavam todos em uma reunião importante e me pediu para voltar no dia seguinte.

Frustrado, eu saí da diretoria e fui encontrar a Sam para andarmos juntos para casa. Quando a encontrei ela estava com a Shelly e com a Rachel. Quando me viram eu percebi que estavam todas preocupadas e a Sam logo perguntou, "E então, o que aconteceu?"

Eu respondi, "Não sei. Parece que tem uma reunião importante acontecendo e a recepcionista me falou para voltar amanhã."

A Shelly perguntou, "Será que essa reunião tem a ver com o que aconteceu hoje de manhã? A Sam contou sobre o que aconteceu na sala do diretor e sobre a sra. Benson saindo..."

Eu respondi, "Não sei... Mas sobre o que mais poderia ser? Eu só queria que ela largasse do nosso pé. Não queria que nada ruim acontecesse..."

A Rachel chegou perto e me deu um abraço, "Ei, olha só, seja lá o que foi que aconteceu, foi culpa dela e não sua, ok?"

Eu me afastei e resmunguei, "Será? Como pode não ser minha culpa, quando fui eu que comecei isso, Rachel... Ela pode ser uma velha coruja, mas eu só queria que ela parasse, não que fosse demitida."

A Shelly olhou para a Sam e depois de volta para mim, preocupada. Me deu um abraço e sussurrou, "Você continua surpreendendo a gente, Jordan. Mesmo agora você consegue se preocupar com os outros. Mesmo depois do que a professora fez. Jordan, você não a obrigou a falar nada do que ela disse. A culpa foi dela."

Eu funguei um pouco, "Eu sei disso. E não teria mudado nada do que eu fiz. É só que minhas ações machucaram outra pessoa, e o sentimento é uma droga..." Eu parei ali com medo de dizer mais. Por mais bravo que eu estivesse eu não queria que a sra. Benson perdesse o emprego. Talvez eu tivesse sido ingênuo, mas pensei que só uma advertência fosse suficiente. Mesmo com o Clint, sendo o babaca que era, eu ainda assim me senti mal de ver ele encrencado até com a polícia. O que estava errado comigo? Eu nunca tinha sentido culpa por defender alguém. Nessa confusão toda eu senti uma lágrima escorrer no meu rosto, ao mesmo tempo em que a Sam me abraçava.

Ela encostou o rosto no meu e disse, "Tudo bem, Jordan... Eu sei como você se sente. Só não mude nunca, ok?"

Esquecendo que a Rachel e a Shelly estavam ali eu tentei fazer uma piada, "Como se não fosse tarde demais para isso..."

A Sam deu um pulo para trás e disse, "Putz, Jordan. Eu nem pensei... Quer dizer, eu não quis dizer..."

Eu puxei-a de volta para um abraço e disse, "Tudo bem, Sam. Eu não posso esconder isso para sempre..."

A Shelly e a Rachel ficaram nos olhando, confusas. A Shelly perguntou, "O que está acontecendo com vocês dois?"

A Sam olhou para elas, nervosa, e depois de volta para mim. Foi aí que eu percebi que tinha que contar para elas. E contar tudo... Eu não queria, claro, ter que repetir a história várias vezes, então tive uma ideia. Eu segurei a mão da Sam, olhei para elas e disse, "Eu tenho que contar para vocês uma coisa. Na verdade tenho que contar para todas vocês. O treino de sábado ainda está de pé?"

A Rachel olho para mim por um momento, preocupada, e disse. "Está sim. Você está bem, Jordan? Quer dizer, você andou perdendo muita aula recentemente... Você está doente de novo?"

As duas pareciam bem preocupadas. Sorri e disse, "Sim, estou bem. Quer dizer, não exatamente bem, mas não vou morrer nem nada, eu prometo. Olha, vocês conseguem fazer com que o máximo de meninas do time esteja lá no sábado? E vocês se importam se eu convidar dois amigos do beisebol? Eu preciso falar com eles também."

A Sam ainda perguntou, "Você tem certeza?"

Eu concordei e olhei para minhas amigas, "Tenho. Certeza absoluta. Olha, tem uma coisa acontecendo comigo já faz algum tempo. Não é nada ruim, eu prometo. E é difícil para mim falar no assunto, então eu não quero ficar repetindo várias vezes..."

A Shelly disse, "Ok. Quer dizer, claro, eu vou juntar todas as meninas. E convide quem você quiser."

A Rachel continuou, "Seja lá o que for, Jordan, eu garanto que não vai fazer diferença. E não falo só por mim. Você é muito especial."

As três concordaram, o que quase me fez começar a chorar novamente. E aí as três me abraçaram ao mesmo tempo, o que foi a gota d'água e eu não consegui mais segurar as lágrimas. Entre o choro eu disse, "Obrigado... Eu não sei o que eu fiz para merecer vocês..."

Eu consegui me recuperar mais rápido do que o normal. Talvez eu estivesse me acostumando com os meus rompantes emocionais. Elas nos ofereceram uma carona para casa, o que aceitamos. Foi uma carona quieta, com a Sam segurando minha mão do bando de trás, a Shelly dirigindo e a Rachel olhando para trás de vez em quando para ver como eu estava. A escola era bem perto então o caminho todo durou uns 5 minutos.

Saindo do carro, as duas ainda me deram um abraço e a Shelly disse, "Eu entendo o que você disse aquela hora, Jordan. Nós achamos a mesma coisa de você. E o motivo porque nós queremos ser suas amigas, é simplesmente por você ser como é. Não se esqueça disso..."

Depois de mais alguns soluços, as meninas foram embora. A Sam foi comigo até a cozinha, já acostumada com a minha rotina depois da aula. Enquanto eu tomava a minha gosma, ela perguntou, "Tudo bem se a gente não treinar hoje? Eu queria falar com você sobre o sábado..."

Eu sorri, "Tudo bem... Talvez eu fique um pouco agitado, com energia sobrando."

Ela deu um sorrisinho, "Tudo bem. Acho que consigo sobreviver. Então... O que fez você decidir contar tudo?"

Eu pensei por um momento, "Eu acho que foi um pouco de cada coisa. E aí as coisas foram se somando. Os meninos falando como achavam que eu era corajoso por ter te beijado daquele jeito na frente de todo mundo, as meninas sempre falando como eu sou bom e correto... Sei lá... Eu comecei ter a impressão que estou enganando todo mundo."

Ela colocou os braços em volta de mim e disse, "Você não está enganando ninguém, Jordan."

Eu resmunguei, "Como não. Hoje em dia eu nem sei se estou enganando a mim mesmo... Eu não sou homem, mas ao mesmo tempo não quero ser uma mulher. Sou é confuso, isso sim..."

Ela me apertou num abraço e disse, "Jordan, você é o que você quiser ser. Não importa se você acha que é homem, mulher ou seja lá mais o que você inventar. Você é uma pessoa maravilhosa, isso sim. Você é um amigo maravilhoso e todos sabem disso. E pronto!"

Ela me fez um cafuné na cabeça enquanto eu resmungava, "Não sei, Sam... Estou tão ferrado..."

Ainda me abraçando ela disse, "Você não está ferrado. Você passou pelo inferno, mais do que você imagina. E tudo isso podia ter ferrado a sua cabeça bem feio, e ninguém ia te culpar se tivesse ferrado. Mas ao invés disso, você é assim... Você é esse cara divertido, extrovertido, maravilhoso..." Nessa hora ele deve ter percebido eu ficando meio tenso e corrigiu, "Ok, essa 'pessoa'... Mas você é todas essas coisas e mais ainda. Você estava ali por mim, pelas meninas... Você até estava ali pelo Brett, mesmo depois de um começo meio tumultuado... Você é maravilhoso, Jordan. Acredite em mim... Eu não ia ter me apaixonado por um idiota..."

Eu tentei rir um pouco, mas o que saiu foi mais um gemido choroso, "Mesmo? Mas às vezes eu sou um idiota..."

Ela deu um sorrisinho de volta, "Só com quem merece."

Ela me abraçou por mais um momento e quando me soltou eu disse, "Eu também te amo, Sam. Você também encarou um monte de coisas. Fico só preocupado que quando todos saibam da verdade sobre mim, e com nós dois namorando... Você vai ter que lidar com mais isso..."

Ela me interrompeu, "Pode parar, Jordan... Eu não me importo com nada disso. Eu não amo você pelo que as pessoas vão pensar, ok? Eu te amo por causa disso." Ela tentou colocar a mão no meu coração e acidentalmente pressionou um dos meus seios, o que me fez encolher um pouco. Ela logo disse, "Desculpa, eu não estava tentando encostar no seu seio. Eu só queria..."

Eu ri, "Eu sei que você não queria. É só que ultimamente eles andam um pouco mais doloridos do que o normal... E irritados... Talvez minha mãe tenha mudado o sabão das roupas, sei lá..."

A Sam ficou olhando uns segundo para o meu peito e disse, "Jordan, eu sei que isso pode parecer estranho... Mas posso vê-los? Quer dizer, não para... sei lá, pode parecer estranho, mas para tentar ver por quê eles estão doloridos..."

Eu pensei por alguns instantes e disse, "Acho que não me importo. Quer dizer, desde que você não ache esquisito, ou coisa parecida."

Ela concordou, "Eu prometo que não vou achar estranho. Posso talvez ficar com inveja dos seus seios, só isso, mas tudo bem." Ela deu um sorrisinho.

Eu suspirei com a tentativa de piada dela e levei-a até o meu quarto. Eu não via nenhum problema em fazer isso. Eu nunca tinha tido nenhum problema em ficar sem camisa na frente dos outros. E, apesar de agora eu ter seios, o fato da Sam ser trans me fazia achar que não seria nenhum problema. Seria como eu imaginava que garotas faziam quando estavam só entre amigas e podiam se trocar e conversar sobre o próprio corpo. Então tirei minha camiseta e fiquei na frente dela só de jeans e top. Coloquei meus braços do lado do corpo e falei, "Ok, aqui estão eles..."

A Sam chegou perto, olhou, examinou de diferentes ângulos e finalmente disse, "Jordan, esse top parece bem apertado. Que tamanho é?"

Eu disse, "Acho que minha mãe disse que é 34A, ou 34AA. Pelo menos acho que foi esse o tamanho que ela mediu umas semanas atrás. Talvez tenha encolhido na máquina."

A Sam sacudiu a cabeça e disse, "Eu não acho que encolheu, pelo menos não muito. Esse top está é muito aperado pra você, Jordan. Tira para eu medir você direito. Sua mãe tem uma fita métrica?"

Eu disse que sim e expliquei onde estava. Enquanto a Sam correu para buscar a fita eu tirei a porcaria do top. E, é claro, imediatamente senti um alívio. Por mais que eu não quisesse admitir, meus seios tinham crescido. E só de segurá-los nas mãos eu podia sentir que estavam maiores mesmo. Eu estava de braços cruzados, meio para escondê-los e meio para massageá-los e aliviar um pouco da dor quando a Sam chegou.

Ela disse, "Jordan, seu sei que isso pode parecer estranho mas eu preciso vê-los para medi-los, ok?"

Então fiquei um pouco triste. Não com a Sam, porque ela só estava tentando ajudar, mas com a minha situação. Parecia que cada vez que eu conseguia fazer as pazes em aceitar o que estava acontecendo, as coisas mudavam de novo. Eu sabia que isso era mais o efeito do shake com o implante de estrógeno no meu quadril. Mas saber o que estava causando isso ajudava. Eu suspirei, "Não é justo..."

A Sam pegou meus braços de leve e disse, "Eu sei que não é, acredita em mim. Eu sei que a vida não é justa... Jordan, agora olha pra mim, ok?"

Eu levantei meus olhos devagar, com medo de ver pena na expressão dela. Mas ao invés disso, ela me surpreendeu. O que vi foi um olhar intenso, uma determinação e coragem que me deixaram em paz. Eu disse, "Ok. E agora?"

Ela deu um sorrisinho, "Ok. Agora que tenho sua atenção... Jordan, eu sei que você não quer esses seios. Mas o fato é que eles estão aí e, até você decidir o que vai fazer com eles, você precisa tomar conta deles. Eu não quero ver você machucado..."

Eu concordei, "Eu sei... E não estou tentando me machucar... É só que isso... Isso está acontecendo muito rápido... Assim que eu me adapto a uma das mudanças, bum, outra mudança acontece. Eu estou tentando correr atrás, mas é tudo muito rápido, Sam..."

Ela sorriu e disse, "Eu sei... Mas lembre-se que você não está sozinho nisso, Jord."

Eu disse a ela, "Eu sei. Tem um monte de gente do meu lado e eu sei disso..."

A Outra Opção

Ela me interrompeu, "Agora... posso ver? Eu preciso medir para saber o tamanho e quanto eles cresceram."

Eu suspirei e tentei fazer uma piada, "Que beleza... Essa é uma informação que eu não preciso..." Com o olhar da Sam eu vi que não tinha jeito. Então deixei meus braços caírem do lado. E com o olhar de espanto dela, eu comecei a tentar me cobrir quando ela falou, "Meu deus! Jordan... Eles são... Perfeitos!"

Não preciso dizer que eu quase morri de vergonha. Tanto que não senti apenas meu rosto queimar. Senti calor até o pescoço. A Sam rapidamente se recuperou do choque e começou a tirar as minhas medidas. Acho que para evitar me deixar ainda mais constrangido, ela tentou fazer tudo sem encostar em mim, ou encostando o mínimo possível. Ela então fez algumas contas na cabeça e disse, "Jordan, pelo que estou vendo, parece que você é um B grande ou até um C pequeno, eu acho... Você precisa comprar sutiãs novos, ou pelo menos falar para sua mãe pra que ela possa comprar."

Eu resmunguei enquanto me larguei e sentei na beirada da cama, "Saco... Por quê? Por quê isso tem que acontecer tão rápido?"

Ela sentou do meu lado na beirada da cama e gentilmente colocou o braço em volta do meu ombro. Quando eu encostei nela, ela disse, "Jordan, eu sei que você não quer isso... Você disse que mais tarde pode removê-los, não é? E se for isso que você quiser, tudo bem... Apenas considere as opções..."

Eu concordei, "É, eu posso removê-los mais tarde. Os médicos só disseram que eu tenho que esperar eles terminarem de crescer. Mas, Sam, você conhece a minha mãe. Se eu a puxei então eu ainda tenho um longo caminho até isso acontecer. Se bem que do jeito que eles estão crescendo, talvez tudo isso seja muito mais rápido do que eu imagino..."

Ela perguntou, "Você já chegou a pensar no que você realmente vai fazer?"

Eu fiz sinal negativo, "Na verdade não... No começo eu não tinha a menor dúvida de que ia removê-los para continuar sendo homem. Ou pelo menos o mais homem que eu conseguiria sem testosterona e tomando estrógeno. Agora... Eu não sei, Sam. Não sei mesmo... A ideia de viver com isso... com esses... Eu ainda não quero... Mas já não me assusta tanto quanto antes..."

Ela apertou a minha mão um pouco e disse, "Você já pensou em tentar um pouco o 'outro lado'? Eu sei que sou suspeita mas eu acho que ser menina tem algumas vantagens sobre ser menino, pelo menos é o que eu acho."

Olhando de volta para ela eu vi que ela estava meio preocupada, então eu disse, "Eu sei... Eu tenho pensado nisso mais e mais. Mas eu ainda não me vejo como uma menina." Então pensei em algo e ri um pouco.

A Sam me olhou, confusa, e perguntou, "O que é tão engraçado?"

Olhando para baixo em direção aos meus peitos eu disse, "Eu só pensei em como eu sempre gostei de peitos... E agora que tenho os meus... Não vejo nada de especial neles."

Ela deu um sorrisinho, "Eu até entendo seu ponto de vista. Mas acho que você está esquecendo algo... Eu já vi algumas das suas reações a eles... Você se lembra daquele nosso primeiro beijo na escada?"

Confuso, eu pensei e tudo o que eu conseguia lembrar era a reação dela quando ela encostou neles. Eu disse, "É, eu lembro como você ficou chateada..."

Ela respondeu, de repente, "Não, não isso! Não era isso que eu estava falando... Jordan, eu nunca vou me perdoar por isso... Eu estava falando de antes. Do jeito que você reagiu quando eu toquei neles."

Tentei me lembrar da sensação mas foi inútil. Eu disse, "Eu não me lembro..."

Ela pensou por um momento e perguntou, "Jordan, você confia em mim o suficiente para eu te mostrar?"

Eu ainda lembrava do quanto ela tinha ficado perturbada quando os tocou pela primeira vez, mas mesmo assim disse, "Claro! Confio em você mais do que qualquer outra pessoa..."

Ela sorriu e corou levemente. Eu ainda estava tentando adivinhar o que ela estava pensando em fazer quando ela abaixou e me beijou. Fiquei surpreso com o beijo, afinal não estava esperando. Mas, claro que não reclamei e comecei a beijá-la de volta. Foi aí que senti as mãos dela de leve na minha cintura, subindo pela lateral do meu corpo. Minha pele começou a formigar e eu até engasguei.

Ela parou o beijo e olhou para baixo apenas para ver meus mamilos completamente eriçados. Quando eu me dei conta da situação, senti meu corpo inteiro queimar de tão vermelho que fiquei. Ela me perguntou, ainda um pouco sem fôlego, "Como está se sentindo?" E vendo meu rosto corado perguntou, "Quer que eu pare?"

Eu sacudi a cabeça e me aproximei para beijá-la novamente. Eu a senti sorrindo quando nossos lábios se tocaram. As mãos dela, agora firmes segurando minha cintura, me puxaram para ela, o que me fez gemer um pouco. E senti uma vontade, um desejo, que nunca tinha sentido antes. E abracei-a, num desespero quase pedindo para que ela nunca mais parasse. Ela parou um pouco de me beijar o suficiente para olhar para mim, mordendo de leve os lábios. Eu, sem saber o que fazer, puxei-a de volta para voltar a beijá-la. Ela veio e continuou se inclinando sobre mim, até que foi me empurrando de leve me fazendo deitar na cama. Apesar de tudo o que eu estava sentindo, eu tentei argumentar. Não porque eu não quisesse, mas porque a última coisa que eu queria é que fôssemos muito rápido.

Eu disse, sem fôlego, "Sam... Não podemos... E se meus pais chegarem e nós..."

Ela disse baixinho, enquanto passava os lábios na minha orelha, "Calma... Eu também não quero que façamos nada com pressa. Não estou pensando em tirar a roupa nem nada... Confia em mim..."

Ela continuou me beijando meu rosto até que eu virei de volta e ela beijou minha boca. Ela então deitou em cima de mim, colocando uma perna de cada lado do meu corpo. Meu corpo inteiro formigava e então eu senti o tecido de algodão da camiseta dela raspar nos meus seios, o que me fez gemer alto. Fiquei tão espantado com a sensação do tecido raspando na minha pele que nem senti a boca dela descendo pelo meu pescoço. À essa altura eu já não conseguia mais pensar e eu só tinha espaço no meu cérebro para cada um dos seus toques. Eu estava sentindo algo que nunca tinha sentido e meu corpo chegou a dar alguns espasmos quando senti os lábios dela próximos ao meu seio.

Foi o suficiente para que eu, ainda sem conseguir pensar, segurasse a cabeça dela e guiasse a sua boca e a pressionado contra meu peito. Como que esperando uma permissão, ela colocou meio peito esquerdo na boca e começou a brincar com a língua na ponta do meu mamilo.

A última coisa que me lembro é de fechar os olhos e perder a noção de tempo e espaço. Lembro que, em algum momento, escutei minha voz gritando, "AAAAAhhhhhhhhhh!!!!" ainda que não parecesse que eu mesmo é que estava falando. E senti meu corpo convulsionando no que, apesar de provavelmente ter sido um minuto, pareceu uma meia hora.

Quando voltei à realidade, com meu corpo parando de tremer, vi a Sam deitada do meu lado. Eu ainda estava recobrando o fôlego, mas vê-la sorrindo para mim me deu um arrepio pelo corpo. Um arrepio bom. Ou ótimo... Eu me aconcheguei perto dela tentando aproveitar ao máximo aquele momento. E, depois pensando, acho que aquele foi meu primeiro orgasmo. Eu nunca tinha sentido algo nem parecido...

Ficamos ali em silêncio alguns minutos até que a Sam perguntou, "Então... Será que você começou a ver alguma coisa positiva neles?" E fez um gesto apontando para os meus seios. Eu ainda não conseguia pensar claro o suficiente para falar nada então só acenei com a cabeça. Ela sorriu e me beijou de novo. Dessa vez só um beijo suave e macio, nada como o anterior.

Ela levantou um pouco o rosto e ficou olhando para mim. Seus olhos passearam um pouco pelo meu rosto, olhando minha expressão. Ela, então, perguntou, "Isso ajuda você a tomar alguma decisão?"

Eu olhei um pouco confuso, "Decisão? Do que? De ser mulher?"

Ela deu um sorrisinho e disse, "Não, bobo... Como eu disse, você pode escolher se quer viver como menino ou menina. Mas uma hora você vai ter que decidir sobre se quer ou não remover os seios. Mas, acho que se você os remover, essa sensação não vai mais acontecer. Pelo menos não assim..."

Eu não tinha pensando nisso. Na verdade, eu não tinha associado essa sensação toda com meus seios. Só respondi, "Ah..."

Ela disse, "Veja, não quero forçá-lo a nenhuma decisão. Só queria te dar uma perspectiva, algo mais no que pensar e com que comparar. Aquela vez que te toquei sem querer na escada, acho que aquilo pode ter sido uma prévia do que você sentiu hoje. Eu queria ter certeza..."

Eu falei de repente, "Não!"

Ela pareceu confusa, "Não? Não o que? Você não sentiu nada naquele dia?"

Eu respondi, "Não... Quer dizer... Sim, senti!"

Ela perguntou, "Então, não o quê?"

Eu corei um pouco quando me dei conta do que tinha acabado de perceber, e disse, "Não... Eu não quero me livrar deles..."

Ela abriu um sorriso e gentilmente se debruçou para me beijar novamente.

Capítulo 16

Mais tarde, depois que a Sam foi embora, eu fiquei por um tempo na frente do espelho admirando meus seios. É, eu sei que eu nunca tinha nem pensado em algo parecido, quanto mais admitir para mim mesmo. Mas os momentos com a Sam tinham mudado alguma coisa dentro de mim. Algo que eu não conseguia entender exatamente o que era, mas algo tinha mudado. Não, eu ainda não conseguia me ver como menina, mas talvez, apenas talvez, eu conseguisse viver com esse corpo que eu estava ganhando. Eu nunca, nem em um milhão de anos, imaginei que alguém pudesse se interessar por mim dessa maneira. Quer dizer, eu era um cara legal, ou pelo menos tentava ser, e sabia que com tudo o que eu tinha dentro de mim eu tinha lá meu charme. Mas, sexualmente, eu era nada mais do que um peso morto. Veja, eu sempre estive doente desde que lembro por gente. Mas desde os doze anos de idade a coisa ficou séria e minha vida era entre remédios e hospital. Aí fiquei doente pra valer, quase morri e ainda tive as minhas partes removidas, o que me deixava absolutamente 'morto' da cintura para baixo. Ou, na verdade, no corpo inteiro pela falta de testosterona.

No entanto, agora, eu nunca tinha me sentido tão... Vivo! Eu não sei como explicar. E não foi apenas a parte sexual, o orgasmo, mas estar deitado ali com a Sam, compartilhando aquele momento... Eu acho que nunca tinha sido tão feliz na minha vida. E quer saber? Se o preço a pagar para ter isso era ter seios e um corpo de mulher, então eu podia viver com isso... Fácil!

Depois que a Sam me fez me dar conta de tudo isso, a tarde tinha passado sem eu mesmo perceber. Ficamos ali deitados nos beijando por mais um tempo, mas ela precisou ir para casa e acabou saindo mais ou menos meia hora antes da minha mãe chegar. E quando minha mãe chegou, só adicionou mais curvas à montanha-russa que tinha sido meu dia.

Ela chegou preparada para me dar uma dura sobre a situação toda que eu tinha arrumado na escola. Mas antes que ela começasse eu pedi que ela esperasse. Tirei minha camiseta e, apesar de estar vestindo o meu maior top, ficou claro para ela que eles estavam bem pequenos. O que, claro, fez com que ela esquecesse o incidente na escola.

Mas, por outro lado, também fez com que ela me submetesse a uma outra sessão de medidas. Terminada a medição ela ligou para o meu pai, avisou-o que trouxesse comida porque ela precisava sair comigo para comprar algumas coisas. Veja, aceitar que eu tinha seios e que, agora sabendo do que eles eram capazes, eu provavelmente jamais os removeria e saber também que eu precisava de sutiãs novos, não me fazia imediatamente gostar de compras. Pelo contrário, a ideia de ter outra pessoa, uma desconhecida, tirando minhas medidas não me animava nem um pouco.

Meu pai chegou com comida chinesa e nós sentamos para comer rápido. Claro que foi aí que eu tomei o meu sermão pelo que eu tinha feito na escola. Mas mesmo tomando uma dura deles, eu não me senti mal. Era quase como se eles estivessem apenas cumprindo a agenda de pais. Quando mostrei o vídeo para o meu pai, quase consegui ver no olhar dele um certo orgulho pelo que eu tinha feito. Acho que às vezes pais tem que ser pais e manter o protocolo. A dura foi mais por não ter esperado mais tempo, e ter feito isso no meu primeiro dia de volta da suspensão.

Depois do jantar fomos às compras, o que me fez querer me esconder debaixo de uma pedra... Minha mãe tentou fazer a coisa do jeito mais suave possível, mas no final das contas não era apenas ir às compras. Era comprar sutiã... Onde as pessoas colocam as pedras quando você precisa de uma? E veja, eu sou pequeno, nem precisava de uma pedra muito grande para me esconder...

Fomos a um shopping um pouco mais afastado da minha casa, para ter certeza que não encontraríamos ninguém conhecido. E minha mãe também escolheu uma loja da Victoria's Secret porque estava sempre cheia. Assim, podíamos escolher sem nenhuma vendedora nos fazendo mil perguntas. Por fim, ela escolheu várias peças e me ajudou a experimentar nos provadores. Acabamos levando oito peças. Quatro tops esportivos, três sutiãs normais e o último... Bom, esse fui eu mesmo que acabei me envergonhando...

Era um sutiã de renda preta. Quando o vi não consegui parar de pensar em como era bonito. E na minha cabeça veio uma confusão em pensar como ficariam bonitos na Sam, mas ao mesmo tempo como ficariam bonitos em mim. E, quando me dei conta de que havia pensado nisso, fiquei vermelho de vergonha. Minha mãe percebeu, numa mistura de surpresa e confusão, e resolveu levá-lo. Eu ainda tentei convencê-la do contrário, mas não deu. Ela disse que tinha visto o quanto eu tinha gostado e o colocou na sacola, junto com a calcinha que fazia parte do conjunto, muito diferente das de algodão que eu estava acostumado a vestir.

A volta para casa foi desesperadora para mim. Minha mãe tentou me fazer falar sobre o porque de eu ter gostado do conjunto preto. Acho que ela esperava que eu estivesse pronto para 'cair de cabeça' e assumir como menina de vez. E eu sabia que, do jeito que eu parecia mais menina do que menino, talvez fosse mesmo mais fácil. Mas eu simplesmente não estava pronto. Eu tentei inventar várias desculpas porque na verdade eu não conseguia contar a verdade. Tudo o que eu conseguia pensar era em como a Sam ia achar bonito o conjunto e, na verdade, como ela ia achar bonito o conjunto em mim. Eu já sabia o quanto a Sam me amava, mesmo com a minha transição. Mas o que eu tinha acabado de descobrir é que a Sam, assim como eu, ainda se sentia atraída por meninas.

E isso tudo me trouxe onde eu estava essa noite, na frente do espelho olhando meu reflexo vestindo um conjunto feminino de calcinha e sutiã pretos com rendas. Meus pensamentos estavam viajando por todos os lados. Eu não acho que seja possível criar uma montanha-russa com mais altos e baixos e mais curvas do que eu estava sentindo naquela hora. Inicialmente eu estava impressionado em como a pessoa no espelho era bonita. Meu cabelo estava completamente emaranhado, já que a essa altura deveria fazer quase um ano que eu não cortava e não fazia nada. Eu sabia que eu parecia uma menina bonita. Bonita e com o cabelo horrível. E vi que meu corpo também estava começando a ficar bem bonito. Não que eu tivesse algo de modelo, nem nada disso. Mas os meus seios tamanho C, junto com o peso que eu tinha ganho, caíam no lugar certo no meu corpo. E o peso tinha sido mais músculos do que qualquer outra coisa, por causa de todo o treino que andávamos fazendo. Por isso, no geral eu sabia o quanto eu estava 'gostosa'. E aí quase morri de vergonha em pensar nisso e no quanto esse pensamento, umas semanas atrás me faria ter um ataque de pânico.

Eu me virei algumas vezes e mudei de posição para conseguir me ver em diferentes ângulos. E foi aí que comecei a pensar o que a Sam ia achar de tudo isso. Imaginei que ela ia gostar de me ver assim, o que me levou para o que tinha acontecido antes. Não preciso dizer que isso começou a me deixar excitado. Fechei meus olhos e passei as mãos por onde a Sam tinha passado os lábios. Depois de alguns minutos mexendo com meus seios, eu tive que me ajoelhar porque minhas pernas estavam começando a fraquejar. Abri meus olhos por um minuto e me assustei com o olhar da menina descabelada me olhando no espelho. E me dei conta do que eu estava fazendo.

Com vergonha de mim mesmo, parei tudo voltei para o quarto, tirei o conjunto de rendas que estava vestindo e coloquei um comum, de algodão. Deitei na cama e logo meus pensamentos voltaram para a Sam. E antes que eu percebesse, minhas mãos encontraram o caminho até meus seios outra vez e não demorou muito para eu estar mordendo meu lábio para não gritar...

Caí no sono logo depois e gostaria de poder dizer que foi uma noite tranquila. Mas longe disso, fiquei tendo vários sonhos, e todos eles estranhos. Era como se sonhasse com diferentes futuros. Pelo menos todos eles eram com a Sam. Mas o entranho é que, apesar de em alguns deles eu aparecer normal, ou vestido como homem, na grande maioria eu aparecia vestido como mulher. Cheguei até a sonhar com um casamento onde tanto eu como a Sam aparecíamos vestidos de noiva. Em outro, em uma festa, a Sam tinha o visual mais masculino, vestido num terno com corte feminino e eu aparecia em um vestido. Acordei várias vezes durante a noite e cheguei a chorar algumas vezes, com medo de que isso fosse, no fundo, um desejo escondido no meu inconsciente.

Na manhã seguinte, ao me vestir para a escola, foi mais difícil do que nunca esconder meus seios. Usando o sutiã de um tamanho maior, tudo parecia mais 'cheio'. Tive que colocar a minha camiseta mais folgada e colocar ainda uma jaqueta por cima. Ainda bem que estávamos no começo do outono e, apesar de ainda não estar frio, ninguém ia reparar muito em mim, mesmo usando casaco. E a ideia era segurar o segredo até o fim de semana. Depois que eu contasse para meus amigos no sábado, não ia demorar muito até a notícia se espalhar. Quer saber, podia bem acontecer que alguém reparasse neles hoje mesmo. E, mesmo eu não querendo contar para ninguém, me dei conta também que estava cansado de ficar me escondendo. Mas ainda assim queria ser o primeiro a contar pelo menos para os meus amigos.

Meus pais perceberam que eu estava meio estranho naquela manhã. Minha cabeça estava cheia de coisas para pensar. Não apenas em como ia ser aquele dia, mas como iam ser os outros até sábado. Mesmo a

Sam percebeu que eu não estava normal e contei para ela. Ou, pelo menos, contei quase tudo. Não tive coragem de contar sobre o conjunto preto. Ainda estava com vergonha por ter comprado.

Honestamente, as coisas nos dois dias seguintes foram mais ou menos normais. Mesmo a situação com a sra. Benson que eu esperava ser algo grande, terminou não sendo nada demais. Acabou que ela nem foi demitida, e sim pediu demissão. Se a escola ia ficar do lado meu e da Sam, e também de todos os outros alunos LGBT que agora poderiam andar de mãos dadas, então ela disse que não podia ser parte disso. Não apenas ela, mas três outros professores que compartilhavam a mesma opinião que ela pediram para sair depois da reunião daquele dia. Eram todos professores mais velhos que tinham a opção de se aposentar e resolveram fazer isso mesmo.

O engraçado é que a tal regra DPA, a demonstração pessoal de afeto, no fim das contas, nem mencionava nada sobre dar as mãos. Parece que ninguém nunca sentiu necessidade de ler a regra por inteiro e todo mundo sempre achou que ela era bem específica. Mas só dizia que DPAs não aprovadas não eram permitidas. Então o diretor fez a melhor coisa que ele podia fazer: especificou a regra, usando recomendações de outras escolas e modificando-as para a nossa realidade. Basicamente o que não era permitido era beijar por mais de dez segundos e absolutamente sem beijos de língua. E só. E aí ele reuniu todos os alunos no ginásio para explicar as regras. E fez questão se salientar que não haveria distinção entre alunos, qualquer que fosse a orientação, gênero, idade e sexo. E quer saber? Ninguém se importou. Na verdade, os alunos que nos dariam mais trabalho ficaram felizes porque finalmente poderiam beijar suas namoradas e namorados sem medo. E os alunos LGBT ficaram felizes porque finalmente poderiam sair das sombras.

Algumas pessoas, claro, ficaram entusiasmadas. A Shelly foi a primeira a me dar um abraço quando me viu. Eu estava andando com a Sam quando ouvi a Shelly dar um gritinho e a vi correndo na minha direção. Ser abraçado daquele jeito já não era muito confortável mas do jeito que ela ainda conseguiu me levantar do chão fez a coisa ficar ainda mais cômica. E o pior foi que, quando ela me abraçou, senti os seios dela rasparem nos meus. E, pela expressão dela e pelo modo que ela me soltou tão rápido, ficou óbvio que ela sentiu também.

Ela rapidamente me colocou no chão e olhou para baixo. Enquanto eu tentava cobrir meu peito novamente com a jaqueta, ela perguntou, "Jordan? Isso são..."

A Sam chegou perto rapidamente e tentou bloquear a visão de outras pessoas enquanto eu tentava falar baixo, "Sim, Shelly. São isso mesmo. Mas não é o que você está pensando."

A Shelly olhou para a Sam, que estava em pé parecendo me proteger, e disse, "Jordan, seja lá o que for, você não precisa esconder nada, ok? Você sabe o quanto nós gostamos da Sam e nada mudaria com você..." E aí ela se deu conta de algo, "Ai meu deus! Quer dizer que você vai poder jogar no nosso time? Que máximo, Jordan!" Ela estava começando a falar alto demais.

Nessa hora a Sam conseguiu a atenção dela e disse, "Shelly!" Quando ela prestou atenção, a Sam continuou, "Não é assim simples. O Jordan não quer que isso aconteça. Ele quer continuar sendo um menino..."

Confusa por um momento, a Shelly fez uma cara de que entendeu, "Ah, entendi. Então Jordan, você também é transgênero só que desistiu da transição... Bom, agora está explicado, apesar de demorar para reverter 'isso'."

Eu resmunguei, "Droga, não é nada disso, Shelly. Eu não sou trangênero. Quer dizer... Sou... Mas Shelly eu nunca quis isso, eu juro."

A Sam confirmou, "Shelly, escuta. Ele está falando a verdade. Ele nunca quis isso."

Agora dava para ver que a Shelly estava completamente perdida. Então tentei explicar, "Veja, lembra que eu estava doente? Então, o que os médicos tiveram que fazer para salvar a minha vida, causou 'isso'." E eu apontei para os meus seios. "Agora vou ter que aprender a viver com eles e como fazer com tudo."

Foi a vez da Sam me olhar surpreendida, "Viver com eles? Eu pensei que você não os quisesse..."

Eu fiz uma cara de impaciente, mas dei um sorrisinho, "Depois de tudo o que aconteceu, eu estou trabalhando a ideia."

Ela sorriu e corou um pouco, o que não passou despercebido pela Shelly, "Espera, deixa eu ver se entendi. Os médicos fizeram algo para salvar sua vida que te deu um corpo de mulher, o que você não queria. E agora, por alguma razão você já não vê tanto problema... Sam, o que você fez com ele?"

Eu e a Sam coramos imediatamente. Acho que ninguém nunca tinha resumido a situação tão bem.

A Sam foi a primeira a falar, tentando mudar de assunto, "Olha, isso é o que o Jordan quer falar com todos no sábado. Mas precisamos que você não conte para ninguém até lá. Nem mesmo para a Rachel."

E continuei, "Por favor, Shell. Eu não quero ter que explicar trinta vezes a mesma coisa. E estou cansado de ter que esconder tudo isso. Mas eu preciso ser o primeiro a contar para todos. Você espera? Por favor..."

Ela olhou para a Sam e de volta para a mim, a ansiedade visível no rosto dela. Eu sabia que ela devia ter várias perguntas para fazer, mas finalmente ela concordou, "Ok. Sábado de manhã. Eu vou me assegurar que todo mundo vai estar lá. Mas você está bem, não é Jordan? Quer dizer, você não vai ficar doente de novo ou coisa parecida..."

E tentei tranquilizá-la, "Não, não estou nem vou ficar doente por causa disso. Na verdade estou me sentindo bem como nunca me senti na minha vida."

Ela sorriu, me deu um abraço um pouco mais contido, e disse, "E não importa o que estiver acontecendo, estou feliz que você está aqui. Não importa o que, nós estamos aqui para te ajudar. O time inteiro, na verdade. E se alguém pensar diferente, vai estar fora do time, eu te garanto."

Eu respondi enquanto a abraçava de volta, "Tomara que não chegue nesse ponto."

Ela me soltou e piscou um olho, "Eu conheço minhas meninas. Não vai chegar."

Assim que a Shelly foi embora a Sam segurou minha mão e disse, "Então, quer dizer que 'ontem' está te ajudando a lidar com a situação?"

Eu olhei para ela e vi um sorrisinho malicioso no seu rosto, "É, está... Ajudando e me deixando bem confuso, mais do que você imagina."

Ela continuou com o olhar malicioso e abaixou para me beijar. Mas antes dos seus lábios encostarem nos meus ela disse, "Só me avisa quando precisar que eu te ajude de novo. A gente acaba com a sua confusão em um instante..."

Lembrando disso e com os lábios dela tocando os meus, eu senti meu corpo formigar. E quando paramos o beijo não pude conter um arrepio, e disse, "Pára com isso... Eu ainda preciso prestar atenção na próxima aula..."

Ela deu outro sorrisinho enquanto começamos a ir para a sala, e disse, "eu não seria uma boa namorada se não oferecesse ajuda."

Eu brinquei, "Que ótimo. Acabei de descobrir que minha namorada é uma sem-vergonha..."

Ela riu, me beijando no rosto, e disse, "Isso mesmo. Só que sou a 'sua' sem-vergonha."

Eu tremi um pouco de novo, o que só a fez rir de novo alto enquanto andávamos.

Eu não vi meus amigos até a hora do almoço na sexta-feira quando eles me enquadraram perguntando se eu tinha sido a causa da mudança drástica nas regras de DPA. Eles estavam tirando sarro da minha cara, de um jeito legal, tanto que eu me juntei nas risadas e nas gozações. Até tirei sarro deles dizendo que, assim que eles conseguissem arrumar uma namorada, eles conseguiriam aproveitar as mudanças também.

O Rick disse, "Esse foi um golpe baixo, Jordan..."

O Tom concordou, "Ufff. Pegou pesado..."

Eu ainda ri da cara deles e perguntei, "Aliás, vocês têm algum compromisso no sábado de manhã?"

Os dois fizeram que não e o Rick perguntou, "Por quê? O que tá pegando?"

Eu disse, "Vocês sabem que eu estou ajudando as meninas a treinarem Softball, não sabem?" Os dois concordaram, "Então, eu estava combinando com elas porque eu queria falar uma coisa para todo mundo. E eu queria vocês dois lá. É bem importante e eu não quero ter que contar várias vezes..."

Os dois pareceram um pouco preocupados e o Rick perguntou, "Cara, está tudo bem? Você não está morrendo, né? A gente acabou de ganhar você de volta..."

Eu fiz que não, "Não, nada disso, tá louco? Eu estou mais saudável do que jamais estive na minha vida."

O Tom olhou sério para mim e perguntou, "Não vai me dizer que a Sam está grávida..."

Isso fez nós dois pararmos e olharmos para o Tom por alguns minutos. O meu choque era muito grande para dizer alguma coisa, então o Rick disse, "Idiota, ela não pode engravidar!" Mas ainda antes que ele terminasse a frase, o Tom começou a rir.

Ele disse, ainda rindo, "É claro que eu sei disso. Mas o olhar na cara de vocês valeu a pena..."

O Rick respondeu, "Bundão... Eu pensei que você estava falando sério..."

Eu não consegui me segurar e disse, "Eu também achei. Então, vocês topam no sábado?"

Eles hesitaram um pouco e o Tom disse, "Acho que sim, sem problema... Mas treinar Softball? Quer dizer, é Softball... Jogo de meninas..."

Eu ri, "É, mas se você pensar bem, várias das meninas do time são bem bonitas... Quem sabe até te ajudar a arrumar uma namorada. Pode te ajudar a não ter tendinite antes dos dezesseis anos..."

O Rick riu e o Tom pareceu não entender a piada. Foi o Rick quem disse, "Então se a gente for ajudar, você nos apresenta para as meninas e de repente marca alguma coisa entre a gente e elas?"

Eu fiz que não na hora, "De jeito nenhum! Elas são minhas amigas! Eu nunca faria isso com elas... Mas se vocês vierem quem sabe não ajuda vocês a melhorarem as suas imagens..."

O Rick pensou por um momento e disse, "Ok, estamos dentro."

Foi o Tom que se deu conta do que eu tinha dito e falou, "Ei, espera aí... Nós também somos seus amigos!"

Eu ri, "É por isso que eu estou ajudando vocês a melhorar a imagem. O resto é com vocês..."

****

No sábado, quando a Sam chegou na minha casa eu já estava pronto. Já estava vestido e pronto para o que eu tinha imaginado. Eu sabia que a história toda não ia ser fácil. Para eu contar e explicar e para todo mundo acreditar. Então preparei uma prova mais concreta. Fiquei feliz por ter a Sam ali para me ajudar. Não apenas com o material que eu precisava, mas para me incentivar. Apesar de estar coberto com minha camiseta, jaqueta e calça de moletom, eu sabia bem o que tinha por baixo. Eu estava nervoso, mas não apavorado. Claro, tinha uma dose de medo, mas nada como das outras vezes que me deixava incapacitado.

A Sam chegou uns quarenta minutos antes da hora que tínhamos combinado com todos e logo depois o Brett chegou. A Sam tinha ligado para ele e contado o que eu pretendia e o Brett disse que queria estar lá para me dar suporte. Isso ajudou bastante mas não acabou com todo o meu nervosismo. Eu e a Sam fomos até o meu quarto rapidinho só para ela ter certeza que a minha 'surpresa' estava em ordem. Voltamos para baixo e fomos de carona com o Brett até o campo de Softball. A viagem foi rápida, com a Sam e o Brett me lembrando de que eles estavam lá para me ajudar no que eu precisasse.

Chegamos no campo e vimos que a Shelly e a Rachel já estavam lá, começando a preparar todo o equipamento. Então nós três ficamos ajudando-as. Quando terminamos, a Shelly e a Rachel vieram me dar um abraço e, apesar da Shelly tomar cuidado, a Rachel não sabia de nada e me deu um abraço apertado, apertando meus peitos contra os dela.

Antes que ela dissesse qualquer coisa, eu falei, "É sobre isso que quero falar com todas vocês, Rachel. Espera até todo mundo chegar, por favor..."

Ela ficou olhando para mim e para a Sam, até que o Brett falou, "Isso mesmo. Não é nada do que você está pensando, Rachel."

Ela pareceu surpresa e falou, "Brett, você sabe disso?"

O Brett ficou parado sem saber o que falar e eu disse, "Ele levou a Sam até o hospital quando eu estava lá e acabou me vendo vestindo o avental..."

O Brett concordou, "É, foi assim que eu descobri..."

A Sam veio do meu lado, colocou o braço em volta da minha cintura e disse para a Rachel, "Espera só mais um pouco, ok? A gente já vai explicar tudo."

A Rachel concordou, mas continuou olhando para nós três. Ficamos então jogando a bola um para o outro enquanto esperávamos e até o Brett pegou uma luva de se juntou a nós. Não tivemos que esperar muito até as pessoas começarem a chegar. E, surpreendentemente, o Rick e o Tom foram os primeiros, de bicicleta, carregando as mochilas de beisebol nas costas. Com o olhar da Rachel eu expliquei que eu tinha os convidado para também escutarem o que eu tinha a dizer.

Depois de quinze minutos, todas as meninas já tinham chegado. Todas, mesmo. De acordo com a Sam, era a primeira vez que ela via todas elas reunidas no ano. A Shelly tinha dito que era importante e que era sobre mim. E, vendo todas elas aqui, mostrava o quanto elas estavam preocupadas e, como todo mundo, achavam que eu podia estar doente outra vez.

Quando todo mundo estava pronto, eu comecei, "Vocês todos sabem o que eu passei, o quanto eu fiquei doente nos últimos anos." Todas concordaram. Então eu contei tudo. Contei o que passei, contei o que os médicos tiveram que fazer e, principalmente, contei o que estava acontecendo com meu corpo. Os olhares eram de choque, espanto e, infelizmente, de pena. A Sam percebeu a minha voz fraquejando em alguns momentos e se manteve do meu lado, segurando a minha mão o tempo todo. Vi também o Brett no meio da 'plateia' sorrindo e me dando força. Quando terminei a história toda, esperei pelas perguntas.

Surpreendentemente, a dúvida da maioria das meninas era se eu podia jogar Softball com elas. A Shelly foi quem respondeu que não era assim tão simples. E eu concordei explicando que enquanto eu não me considerasse menina não seria certo dizer que era, apenas para poder jogar com elas. Eu queria jogar Softball com elas sim, mas eu precisava tomar algumas decisões por mim mesmo, e não apenas pelo jogo de Softball.

A segunda rodada de perguntas foi mais em tom de não acreditar. Ou, mais do que não acreditar, não ter ideia de quanto séria era a coisa. Mesmo o Rick e o Tom fizeram perguntas sobre as coisas como se elas fossem acontecer bem no futuro. Eu não podia culpá-los porque havia dias em que eu mesmo não acreditava no que estava acontecendo. Era só mesmo quando eu me via no espelho que a ficha caía pra valer. Olhando em volta vi que todas as meninas estavam com o uniforme do time, o que me deixou mais tranquilo.

Eu disse, "Eu sabia que não seria fácil de acreditar nem de explicar para vocês como essas mudanças estão acontecendo. Mas me deem um segundo que eu mostro a vocês..." Eu vi as expressões confusas e então a Sam e o Brett chegaram na minha frente me cobrindo. Eu tirei minha calça de moletom, a jaqueta e a camiseta.

A Sam disse, "Vai dar tudo certo, Jordan... Eu prometo. E eu te amo."

Eu disse de volta, "Obrigado. E eu também te amo, você sabe disso, não é?"

Ela sorriu, "Eu sei... Então, pronto?"

Eu disse, "Não, na verdade, não... Mas dane-se... Isso nunca me impediu antes..."

Com isso, eu virei de volta ao mesmo tempo em que a Sam e o Brett saíram da minha frente. Os olhares de choque de todo mundo fizeram o meu medo ir para o céu. Tive que lutar com a vontade de sair correndo. Olhei para a Sam e o Brett do meu lado, e dei um passo para frente.

Ali estava eu, vestido com o uniforme de treino de Softball, como todas as meninas. Ou seja, um top colado no corpo preto e laranja que vinha até acima da minha barriga. Uma bermuda de lycra preta, igualmente colada no corpo, uma meia laranja de cano baixo e um tênis branco. Tudo bem feminino. Todas as curvas do meu corpo bem marcadas, para não deixar dúvida nenhuma.

Pareceu uma eternidade e, como ninguém dizia nada, eu quebrei o silêncio, "Pessoal... Sou eu... Por favor, alguém fala algo..."

Capítulo 17

Eu fiquei ali, em pé, esperando por uma resposta... Qualquer resposta. Olhando ali para todos, em silêncio, a única coisa que eu ouvia eram as batidas do meu coração no meu peito. Eu disse, "Pessoal... Por favor!" Eu continuava lutando com a vontade de apenas virar e sair correndo. E comecei a tremer um pouco. A Sam e o Brett perceberam. A Sam chegou perto e segurou a minha mão e eu senti o Brett colocar a mão dele no meu ombro. Até a Shelly chegou perto e colocou também a mão no meu outro ombro.

Foi o Brett quem tirou todo mundo do transe quando perguntou em alto em bom som, "Sério? Depois de tudo que ele fez por vocês? Vocês vão ficar aí só olhando sem dizer nada? Sério?"

A Lyndsey foi a primeira a se mexer. Eu e ela nunca tínhamos conversado muito, mas eu a conhecia um pouco e ela sempre me pareceu uma ótima pessoa. Ela chegou perto e abaixou para me abraçar. É... Ela teve que abaixar... Quando eu a conheci eu lembro de ter ficado até preocupado em como ela era magra. Cheguei a pensar se ela não estava doente, ou coisa parecida. Ela era bem alta, mais de 1,80 metros de altura, uma gigante perto de mim. Mas ela conseguia ser mais magra do que eu. Eu tinha ficado preocupado até conhecer a mãe e as irmãs dela. Aparentemente era um traço de família. Ela chegou perto, me abraçou e disse, "Desculpa, Jordan. É que você me surpreendeu..."

Enquanto ela me abraçava, eu percebi todas as outras meninas também chegarem perto. Quando olhei vi várias mãos nos meus braços e ombros. Vi que todas elas chegaram perto para me dar apoio e suporte. Eu não pude segurar um soluço que escapou da minha garganta quando senti o alívio, e voltei a respirar normalmente, sem nem mesmo perceber o quanto eu estava segurando a respiração. Chorei um pouco, "Obrigado, Lynds..." Olhei para todas as outras meninas e disse, "Obrigado todo mundo..."

A Lyndsey saiu de lado quando as outras meninas vieram me abraçar. Não pude deixar de notar que ela estava olhando para o Brett, admirada. Eu estava tentando entender o porquê quando a Rachel chegou na minha frente e disse, "Caramba, Jordan... A gente não sabia... Mas não tem problema. Somos suas amigas e isso nunca vai mudar, você sabe, não é?"

Eu deixei o que estava acontecendo entre a Lindsey e o Brett de lado e me concentrei na Rachel, "Eu deveria saber, afinal eu sei como vocês gostam e tratam a Sam. Mas é que..."

A Rachel segurou meus ombros e me sacudiu de leve, "Isso! Você sabe como nós gostamos da Sam. Por quê você acha que seria diferente com você?"

Eu não sabia muito o que responder, "Eu sei... Quer dizer, eu sei como vocês não têm nenhum problema com ela mas... Não sei... Eu só estava com medo. Não faz nenhum sentido, mas eu estava com medo!"

Ela me abraçou de novo e disse, "Desculpa se fizemos algo para você pensar que não íamos te aceitar..."

Eu disse, "Não é isso, Rach... É que a minha vida inteira eu sempre me acostumei... Sempre que alguma coisa boa estava acontecendo, algum problema aparecia e..." Ela continuava me olhando sem entender, então eu tentei explicar, "Veja, uns anos atrás, tudo estava bem. Minhas notas estavam boas, eu ia bem no beisebol, tinha amigos... Aí fiquei doente. Já tinha quase desistido e aí os médicos acharam a cura, que parecia ótimo, mas aí teve o 'efeito colateral'. Aí voltei para a escola e encontrei a Sam, mas meu corpo começou a mudar. Aí a Sam me aceitou e eu encontrei vocês... Então eu só estava esperando..."

Ela olhou para mim e pude ver que ela tinha entendido, "Sei, então você estava esperando algo acontecer que fizesse você nos perder. Não precisa se preocupar, Jordan. Olha, eu não sei o que vai acontecer no futuro, mas pode estar certo de uma coisa. Nós somos suas amigas. Não importa o que aconteça. Você esteve aqui para nos ajudar e agora e a nossa vez de estar aqui para te ajudar. Eu tenho a impressão que estaremos todos juntos por muitos anos."

Eu não conseguia pensar em nada para dizer, então apenas concordei e enxuguei as lágrimas dos olhos. E vi que todas as meninas em volta estavam sorrindo e concordando com a Rachel. As duas únicas pessoas que continuavam olhando ainda de longe sem se mexer eram o Rick e o Tom. Chamei-os, "Rick, Tom, falem comigo. O que vocês estão pensando?"

Os dois se aproximaram devagar e foi o Rick que perguntou, "É por isso que você parou de fazer Educação Física e de tentar entrar no time de beisebol?"

Eu fiz que sim e apontei para o meu peito, "Eu não tinha mais como esconder isso. Com as roupas folgadas ainda estava dando, mas com o uniforme de Educação Física ia ficar muito óbvio. E agora nem mais com as roupas largas vou conseguir esconder. E, no momento, eu não posso fazer nada para mudar. Em alguns anos, se eu quiser, posso removê-los. Cheguei a pensar nisso, mas agora não penso mais. Quero ficar com eles." Não pude resistir e olhei para a Sam, o que fez nos dois corarmos.

O Tom percebeu a nossa troca de olhares e a nossa reação e disse, "Ah... AHH!!!"

O Rick não entendeu e perguntou, "Ah o que? Não entendi!"

O Tom deu um sorriso no canto da boca e olhou para a Sam enquanto falava, "Pelo jeito a Sam já conseguiu avançar o sinal vermelho..."

O Rick ainda demorou um pouco pra entender e ficou olhando para a Sam e para mim. Aí ele desceu os olhos até o meu decote e deu para ver exatamente a hora em que caiu a ficha porque ele arregalou os olhos, olhou de volta para cima e disse, "Ah, para com isso... Você tinha que mencionar isso? Agora vou ficar com essa imagem na minha cabeça..."

O Tom ficou ali apenas achando engraçado e disse, "Eu nunca achei que eu fosse dizer isso. Na verdade não sei nem se faz algum sentido. E sei que vai soar pior ainda quando ouvir da minha boca mas... Sam, eu tenho que admitir... Seu namorado é uma gostosa..."

Todo mundo do grupo parou o que estava fazendo e ficou olhando de boca aberta para o Tom. Menos ele, claro. Vendo a surpresa de todo mundo, começou a rir como se tivesse pego todo mundo em uma piada. A audácia do comentário me fez soltar um sorrisinho. Ainda tentei tampar a boca para não rir, mas não consegui e comecei a rir alto. O Rick deu um soco de leve no ombro do Tom e disse, "Ah, vai se ferrar!" O que foi suficiente para todas as meninas começarem a rir também.

Depois que nos recuperamos da sessão de gargalhadas, o Rick perguntou, "Mas você disse que não quer ser uma menina, certo? Então por que você está vestido desse jeito. Porque, sinceramente, Jordan. Daqui a única coisa que eu consigo ver aí em pé é uma menina..."

Eu suspirei, "É... Na verdade eu sabia o quanto ia ser difícil para vocês acreditarem ou mesmo entenderem como as coisas estavam andando rápido. Então fiz isso. Quer dizer, o top é do time mas eu tenho que usar um top de qualquer jeito, senão 'eles' começam a doer." Eu vi os dois fazerem uma cara de 'nem me fala disso' e continuei, "Então pedi para a Sam que conseguisse um uniforme do time emprestado, além das meias de menina, é claro, para mostrar para vocês. Mas agora que o show terminou, eu posso colocar minha camiseta de volta." Peguei a roupa e comecei a me vestir novamente por cima do uniforme.

Estava terminando de me vestir quando o Tom viu as costas do meu uniforme e disse, "Ei, agora reparei... Vinte e três. Era o seu antigo número no time, não é?"

Eu concordei, "É. Pedi para a Sam que pegasse o meu antigo número. Um jeito de fechar um ciclo. Sabe, quando eu estava doente e, já na cadeira de rodas, ia ver vocês jogarem... Na primeira vez que vi alguém vestindo meu antigo número percebi o quando eu sentia falta de tudo aquilo e o quanto não adiantava mais ficar sonhando com o passado." Eu parei de falar com a intensidade das lembranças e respirei fundo para tentar conter as lágrimas.

O Rick, então, disse, "Foi por isso que você parou de ir nos jogos?"

Eu concordei, "Foi. Eu ainda não estava totalmente incapacitado, mas ver vocês jogarem estava ser tornando uma tortura. Aí, agora, quando apareceu a oportunidade de vestir o uniforme de um time eu pedi à Sam que procurasse o meu antigo número."

A Sam me abraçou de lado e disse, "Aquilo foi difícil para nós também. Para o time todo. Não ter você... E também o fato de que o Jason, que te substituiu, era horrível no beisebol..."

Todos rimos juntos e eu disse, "Ok, chega disso... Alguém a fim de jogar?"

Todos concordaram entusiasmados. E a Sam disse, "Por quê vocês não começam no campo enquanto eu e o Jordan nos aquecemos?"

As meninas concordaram colocando as luvas quando o Rick perguntou, "Então, como vocês querem fazer?"

Eu sei que tinha pedido para eles ajudarem, mas estava surpreso por eles ainda estarem ali. E o fato de eles estarem dispostos a treinar com as meninas me fez sorrir. Eu disse, "Por quê vocês dois não rebatem e deixam as garotas arremessarem?"

Eles concordaram e foi a vez do Brett perguntar, "E o que eu faço? Não sei nada de beisebol mas pelo menos posso tentar."

Enquanto o Brett foi para o campo para arremessar algumas bolas, eu comecei a me preparar. E foi aí que me dei conta que a única roupa que eu tinha para treinar era exatamente o uniforme do time que eu estava usando por baixo da roupa. Hesitei um momento, mas pensei que, se eu ia começar a treinar com as meninas, que melhor maneira do que vestido como elas. E, afinal, o dia já estava estranho o suficiente para eu me preocupar com mais isso. Voltei a tirar a roupa que tinha por cima e, de top e bermuda colados no corpo, lá fui eu para o treino.

Enquanto via todos treinando juntos, não pude segurar um sorriso. A Sam se aproximou e disse, "Isto está saindo bem melhor que o planejado, não é?"

Eu concordei, "Nem me fale... Sabe que eu achei que nunca mais ia ser parte de um time."

Ela sorriu, "Eu sei. E fico feliz de ver como você se sente em casa sempre que treinamos. Dá pra ver que todas as suas preocupações desaparecem quando você está jogando."

Eu concordei, "Principalmente quando estou treinando com você. É como se fôssemos nós dois, a bola e nada mais. Nada mais tem importância."

Ela sorriu e disse, "Então por quê a gente não mostra para eles do que somos capazes?"

Eu sorri de volta, "Vamos nessa!"

Ela então abaixou e me deu um beijo, que eu rapidamente retribui. O que, claro, gerou uma série de vaias e assobios do time, reclamando para deixarmos de enrolar e irmos para o jogo. Levamos só uns quinze minutos para alongar e aquecer e fomos para o campo.

Dividimos o grupo em dois times para fazer um treino mais do tipo jogo do que apenas ficar melhorando a técnica. O Rick e o Tom ficaram em um time, junto com o Brett e metade das meninas, e eu e a Sam no outro time com a outra metade. A Sam foi para a base arremessar, eu era o apanhador. O primeiro rebatedor do outro time era o Tom, por sorte.

As meninas já conheciam a rebatida forte do Tom e começaram a se posicionar no fundo do campo esperando bolar mais longas. Eu ainda tentei sinalizar para elas voltarem um pouco mais porque não pensava em deixá-lo rebater tanto.

O Tom sorriu vendo as meninas se distanciarem e disse, "Podem ir longe o quanto quiserem. Muitas dessas bolas vão parar fora do campo."

Eu fiz um sinal para a Sam mandar uma bola normal e disse para o Tom, "Cara, eu tinha esquecido como você é convencido." A Sam fez que não, obviamente não querendo dar nenhuma chance para ele. Eu sorri o suficiente para ela ver que eu tinha um plano e fiz de novo o mesmo sinal.

O Tom, já pronto para rebater, disse, "Quando você joga bem como eu jogo, é uma questão de ser realista."

Quando vi que a Sam começou a preparar o arremesso, disse para o Tom, "Tudo bem, mas então por quê você não para de olhar para os meus peitos e começa a jogar?"

Ele engasgou de susto, olhou para mim e disse, "Cara! Eu não estava olhando!" E nesse momento a bola passou voando por ele e chegou na minha luva.

O Brett, que tinha ficado de juiz disse, "Strike um!"

O Tom sacudiu a cabeça, rindo e envergonhado, "Eu tinha esquecido que sacana de merda você é…"

Eu ainda sorri de volta, "Bom, se você quer conseguir bater nessa bola, é bom não esquecer isso de novo."

Ele riu e disse, "Ok, então é assim que vai ser!"

Eu ri e fiz sinal para a Sam jogar uma bola rápida de verdade. Eu vi o sorriso no rosto dela quando ela percebeu o que eu tinha feito com o Tom. Ela arremessou e quando a bola bateu na minha mão o Tom não tinha nem começado a tentar rebater. Ele disse, "Caraca! Nunca vi uma bola assim!"

Eu sorri, "Você não viu nada… Essa não foi nem de perto a bola mais rápida da Sam." Eu sabia que não era verdade. Essa tinha sido uma das bolas mais rápidas que eu já tinha visto ela arremessar, mas foi bom para deixar o Tom esperto.

Conforme fomos rodando de rebatedores, ninguém conseguiu chegar nem na primeira base. A única pessoa que realmente rebateu bem a bola, acredite ou não, foi o Brett. Ele mandou uma bola voando por cima da cabeça da Sam mas ela conseguiu pegar, mais por reflexo que qualquer outra coisa.

Eu brinquei com ele, "Eu pensei que você jogava futebol americano…"

Ele parecia mais confuso que qualquer um de nós, "Cara, estou tão surpreso quanto vocês."

Rodamos todos os jogadores pelo menos três vezes. Isso quer dizer que cada um teve pelo menos três chances de rebater as bolas da Sam. Depois da terceira vez, trocamos os times para dar um pouco de descanso para ela. E aí as coisas começaram a ficar mais fáceis e as pessoas começaram a conseguir acertar uma ou outra bola. Chegaram a correr algumas bases e até marcaram alguns pontos. De novo, para surpresa de todos, o Brett foi o único a marcar um 'home-run' que é quando o rebatedor consegue jogar a bola para fora do estádio. Vai entender...

Estávamos ali jogando há cerca de duas horas quando resolvemos encerrar o treino. Estávamos todos suados e empoeirados e a Sam, por mais cansada que estivesse, estava radiante. Ela tinha nascido para isso, para jogar junto com o time. Eu entendia bem o sentimento, e também estava me sentindo bem. Não sei se eu chegava a estar radiante, mas estava feliz, mesmo suado e sujo.

Estávamos ocupados guardando o equipamento quando eu vi o Brett conversando com a Lyndsey no banco de reservas. A conversa parecia bem intensa, apesar de não parecer uma briga. Pela expressão deles, o papo era bem sério. Eu chamei a Sam e perguntei, "O que está acontecendo com a Lindsey e o Brett? Eu notei os olhares que eles deram um para o outro e agora parecem estar conversando sério lá no banco."

A Sam suspirou, "Sei que não é da minha conta, mas como todo mundo da escola sabe... Eles namoraram por muito tempo. Todo mundo pensava que eles eram o casal modelo, sabe, aqueles que ficam juntos para o resto da vida..."

Eu perguntei, "O que aconteceu?"

Ela respirou fundo e respondeu, "Acho que 'eu' aconteci... Quer dizer, quando saí do armário o Brett, como ele explicou, teve todas aquelas coisas voltando à tona... E aí todo o problema com o pai dele... Então ele resolveu terminar com a Lindsey. Ele disse que as coisas que ele estava passando iam acabar com ela e ele não queria que ela se machucasse..."

Eu olhei para os dois ainda conversando no banco e disse, "Mas no fim ela acabou saindo machucada de qualquer jeito e pior, nem sabe o porquê."

A Sam disse, "É. Resumindo é isso. Odeio ver isso acontecendo... Eles são muito legais, e sei que isso está acabando com ela tanto quanto com ele."

Eu suspirei, "E não tem nada que a gente possa fazer..."

Ela recostou no meu ombro e disse, "É, eu sei... Ainda assim é uma droga. Queria poder ajudar."

Eu encostei nela e concordei, "Eu também. Mas a essa altura, é com o Brett. Ele tem que resolver isso."

Voltamos nossa atenção para acabar de guardar o equipamento e arrumar as coisas para ir para casa. Todas as meninas vieram e abraçaram tanto eu quanto a Sam. Todas elas, sem exceção, fizeram questão de falar que me apoiavam e esperavam que eu pudesse a treinar com elas depois da aula. Não importava se eu não poderia jogar. Eu tentei ao máximo conter as emoções, mas engoli em seco algumas vezes. Depois dos abraços de todas as meninas foi a vez do Rick e do Tom, o que deixou a situação meio esquisita.

O Rick parou por um momento, meio sem saber o que dizer. Inicialmente ele estendeu a mão para me dar um aperto de mão, mas depois me puxou e me deu um abraço de amigo. E disse, "Obrigado por nos convidar aqui hoje, Jord. Foi divertido. E foi bom ver você e a Sam jogando juntos de novo."

O Tom estava olhando com um olhar de superioridade para a confusão do Rick. Ele olhou para mim e para a Sam, como se tivesse a situação sob controle, e disse, "Vocês dois... Obrigado por nos deixar jogar com vocês."

Ele colocou a mão para frente, também para me dar um aperto de mão, ainda olhando para o Rick com ar de superioridade. Não sei exatamente o que me deu, mas eu não podia perder essa chance. Eu ignorei a mão dele completamente e dei um abraço. Mais do que isso, depois do abraço dei um beijo no rosto dele. Aí me afastei e fiquei me segurando para não rir da vergonha dele.

A Outra Opção

Ele ficou ali de pé, ainda com a mão estendida, e disse, "Mas... Espera... Você disse... Caraca, o que é isso, Jordan?!"

As pessoas em volta começaram a rir e eu não me aguentei mais. Gargalhando, disse, "Te peguei!"

Ele fez uma cara de desgosto, limpou o rosto e disse, "Ok... Me pegou mesmo." Ele riu e completou, "Mas eu vou dizer uma coisa. Depois de ver os seus peitos, tô até achando esse beijo bom." Ele fez então um gesto exagerado me jogando um beijo, o que me fez desviar enquanto todo mundo ria.

Eu disse, "Não, você só vai ganhar um. O resto todo é da Sam." Cheguei perto dela e dei um beijo rápido na boca.

Ela disse, sorrindo depois do beijo, "É melhor você guardar mesmo, porque você é só meu."

Nós ficamos ali por mais alguns minutos, todo mundo entrosado. As meninas ficaram trocando ideias e dicas, inclusive com o Rick e o Tom, sobre coisas que elas repararam durante o treino, melhorias e tudo mais. Quer dizer, menos o Brett e a Lyndsey que se mantiveram um pouco afastados, olhando para todos e, de vez em quando, olhando um para o outro.

Tentamos não falar muito no assunto enquanto colocávamos nosso equipamento no carro do Brett. Eu e a Sam reparamos que ele ficou quieto durante todo o caminho para casa. Quando estávamos saindo do carro na minha casa eu perguntei, "Por quê vocês dois não entram um pouco?"

A Sam concordou na hora, "Boa! Eu topo. Vamos lá Brett, a gente pode ficar conversando um pouco e descansando."

Ele tentou desviar, "Não... Tenho umas coisas pra fazer... Preciso..."

Eu segurei de leve no braço dele, "Brett, você não precisa dar uma de forte e durão com a gente, ok? Nós somos seus amigos. Entra e conversa conosco."

Ele parecia completamente acabado naquele momento. Eu podia ver que os seus olhos estavam cheios de lágrimas e que ele estava fazendo de tudo para não chorar. Ele começou a dizer algo, mas engoliu em seco, enxugou os olhos e só concordou, "Ok…"

Ele saiu do carro e entramos todos em casa. Meus pais estavam lá na cozinha, então eu passei e apenas disse que ia pegar uns Gatorades e que íamos para o meu quarto conversar. Eles perceberam que eu estava sério então não me perguntaram nada, ainda bem. Eu realmente não queria discutir a situação do Brett com eles nesse momento.

Assim que chegamos no meu quarto eu passei as bebidas e olhei para ele, que tinha acabado de desabar na minha cama, segurando a garrafa de Gatorade sem nem mesmo tentar abrir. Eu disse, "Cara, fala conosco, ok? Estamos aqui. O que aconteceu hoje?"

Ele olhou para na nossa direção. Então a Sam sentou do seu lado e colocou a mão sobre a mão dele. Ela disse, "Ei, tudo bem. Não fica segurando isso. Você já está lidando com merda o suficiente para ainda adicionar isso."

Ele concordou, "É a Lyndsey…"

A Sam concordou e disse, "Imaginei que fosse… Eu contei pro Jordan o que aconteceu com vocês."

Ele olhou para mim e eu concordei, "Veja, eu entendo o que você fez e porque fez… Não faz a gente se sentir melhor, mas acho que você não tinha alternativa."

Ele olhou para baixo para a garrafa de Gatorade e disse, "Ela chegou e começamos a conversar um pouco. Nada demais. Tipo 'como estão as coisas' e tudo mais. Foi aí que ela me disse que estava feliz por ver como eu estava apoiando vocês dois. E aí foi que caiu a ficha para mim."

A Sam engoliu em seco, mas eu não entendi, "Que ficha? O que aconteceu?"

Ele olhou para mim e pude ver seus olhos marejados e as lágrimas começando a rolar, "Ela sabe, Jordan. Ou pelo menos ela acha que sabe..."

Ainda sem entender, perguntei, "Sabe o que? O que ela acha que sabe?"

Ele engoliu em seco e disse, "Sobre mim, Jordan... Ela sabe sobre mim..."

Capítulo 18

A Sam foi a primeira a falar, "Ai, meu deus!" E num impulso ela colocou as mãos na frente da boca.

Eu perguntei, "Espera... Como é? Como ela pode saber? Eu e a Sam não dissemos nada, Brett. Eu juro!"

Ele concordou e disse, "Eu sei que vocês não disseram. É que... A gente tem conversado... Ela percebeu que eu tenho tentado afastar as pessoas. Primeiro ela. Depois meus amigos do futebol americano. Ela me disse várias vezes que quer me ajudar. E aí ela disse que estava feliz porque eu estava apoiando vocês dois. E aí ela se deu conta que vocês dois são as únicas pessoas com quem eu tenho conversado ultimamente. Aí foi que ela... Sei lá, mas eu vi nos olhos dela... Ela sabe!"

Eu olhei para a Sam, preocupado, e depois de volta para o Brett, que a essa altura já estava chorando. Eu disse, "Ok... Então talvez ela saiba. Ou desconfie de algo... Mas será que seria assim tão terrível se ela realmente soubesse a verdade? Ela sempre foi legal comigo e com a Sam. Tenho certeza que ela seria legal com você também."

Sacudindo a cabeça negativamente, ele disse, "Não... Como ela poderia ser legal? A nossa situação é diferente. Nós éramos para ser... Você sabe... 'O casal'."

Eu não entendi a princípio mas logo percebi o que ele queria dizer, e perguntei, "Vocês estavam planejando até o futuro, não é?"

Ele concordou, segurando as lágrimas, "É, nós até conversávamos sobre isso. Tipo, depois da faculdade, até falamos em casamento. Aí quando tudo veio à tona, eu apenas disse que queria poupá-la de um monte de coisa. Pelo menos até que eu conseguisse esquecer do assunto de novo."

A Sam então disse, com calma, "Brett, você sabe que nunca vai conseguir esquecer, não sabe?"

Ele começou a balançar de leve na cama, dizendo, "Eu consegui uma vez... Quem sabe consigo de novo?"

Eu coloquei meu braço no seu ombro e disse, "Não Brett, você não esqueceu. Você só sufocou o sentimento depois do que o seu pai fez. E pense, mesmo que você conseguisse sufocar isso de novo, você voltaria para a Lyndsey com tudo o que você sabe?"

Ele encolheu os ombros e disse, "Talvez... Eu pelo menos tentaria... Eu a amo, Jordan. De verdade! Ela é minha melhor amiga..."

Eu tentei sorrir e disse, "Então você precisa falar com ela. Contar a verdade. Confia em mim. Você lembra o que aconteceu comigo e com a Sam quando eu tentei esconder tudo isso dela... Fala com a Lyndsey, ok?"

Ele fechou os olhos e uma única lágrima escorreu no seu rosto, "Mas como? Como eu conto isso para ela? Vai machucá-la mais ainda... Não vai?"

A Sam disse, "Ela já está machucada, Brett. Só não sabe exatamente o porquê. Mesmo que ela tenha uma ideia e desconfie, ela precisa saber a verdade. Vai ajudá-la a aceitar e se recuperar, eu prometo."

Ele perguntou, "E daí o que acontece? Acha que ela vai me aceitar de volta? Como?"

A Sam respondeu, "Eu não sei se ela vai aceitar namorar você sabendo que você é transgênero. Mas ela não vê problema em mim e o Jordan. Quem sabe... A gente nunca sabe..."

Eu disse, "Você falou que ela é sua melhor amiga." E como ele confirmou com a cabeça eu continuei, "Se você tiver que escolher entre ter ela de volta apenas como amiga ou não ter ela de vez na sua vida, o que você prefere?"

Ele pensou por alguns momentos e depois de enxugar as lágrimas com as mãos ele disse, "Eu quero ela na minha vida, com certeza. Vocês estão certos. Eu preciso contar para ela. Mas como? Quando vou fazer isso?"

A Sam foi quem respondeu, "Se ela já está desconfiada, você precisa falar já. Ou o quanto antes."

Ele concordou, "É verdade. Eu não quero abusar de vocês, mas..."

A Sam interrompeu e respondeu antes mesmo dele perguntar, "Claro! Nós estaremos lá com você, não é Jordan?"

Eu disse, "Não precisa nem perguntar. Brett, você é meu amigo e sabe bem as coisas que eu faço pelos meus amigos."

O Brett sorriu levemente, "É, eu sei... Obrigado mesmo! Os dois!"

A Sam, então, perguntou, "E quando você quer fazer isso?"

Ele pensou por um momento e disse, "Vocês dois disseram que o quanto antes melhor... Pode ser hoje, antes que eu perca a coragem?"

A Outra Opção

Eu concordei, "Pra mim tudo bem. Eu não tenho nada programado à tarde. Você quer encontrar com ela aqui na minha casa?"

Ele respondeu, "Se você não se importar, cara. Eu me sinto bem aqui... Preciso só ir pra casa me trocar."

A Sam também concordou, "Eu também preciso ir para casa tirar esse uniforme. Que tal em duas horas? Eu ligo para ela e peço para ela vir aqui me encontrar."

O Brett disse, "Por mim tudo bem."

Eu parei para pensar um pouco. Sabia que meus pais não iam ter problema com isso, mas achei que seria justo pelo menos contar para eles o que estava acontecendo. Eu perguntei ao Brett, "Cara, posso contar para os meus pais? Eu entendo que você talvez não queira mas acho que algum adulto, além dos seus pais, deveria saber. E isso vai ajudar com que eles não nos interrompam. Eu garanto que eles não vão dizer nada e vão te apoiar também."

A Sam concordou, "É, Brett, é uma boa ideia. Os pais do Jordan são muito legais com isso tudo."

Ele também concordou, um pouco hesitante, "Ok... É só que eu estou com medo..."

Eu o abracei e disse, "Eu te entendo, cara. Acredita em mim. Você tem todo o direito de estar com medo... Na verdade, apavorado... Mas prometo que nós estaremos aqui para te ajudar."

Ele concordou e, com muito mais determinação do que eu vi nas últimas horas, levantou e ofereceu uma carona para a Sam. Alguns minutos depois eu vi os dois entrando no carro e indo embora. Então desci até a sala para falar com meus pais.

A conversa não levou muito tempo, mesmo com as interrupções da minha mãe e os olhares preocupados do meu pai. Eles disseram que entendiam e que estavam orgulhosos de mim e da Sam por estarmos tentando ajudar um amigo. Eles concordaram em nos dar o espaço necessário, mas fizeram questão de frisar que estariam ali caso nós precisássemos. Fiquei feliz em saber que eles estariam ali caso precisássemos de um adulto por perto, mas ainda achava que não seria necessário. Naquele momento a única coisa que realmente importava era que o Brett era nosso amigo e que precisava de ajuda.

****

Mais ou menos uns quarenta minutos mais tarde eu já tinha tomado banho e estava de volta no meu quarto para me vestir. Procurei alguma roupa confortável, mas a verdade é que tudo o que antes eu achava bom já não era mais assim tão confortável. Nenhuma das minhas roupas antigas, com exceção das minhas camisas, me servia mais. Até meus jeans mais folgados, já não eram assim tão folgados a ponto de passar pelo meu quadril e minha bunda, por causa do quanto tinham mudado. Eu suspirei, fechei meus olhos e puxei a primeira calça que peguei na minha gaveta onde ficavam os jeans novos. Tirei da gaveta uma calça jeans de cintura alta que minha mãe tinha comprado. Era de um material um pouco elástico e macio. Fiz o mesmo com a gaveta de camisetas.

Eu rapidamente vesti a calça e, apesar de justa, era bem confortável. O material elástico fazia com que ela servisse perfeitamente. É claro que também fazia com que a calça realçasse cada curva do meu corpo. Eu suspirei quando vi o como a calça vestia bem em mim. Parte de mim ainda lutava com a ideia, apesar de parte de mim estar aceitando a situação. No geral, eu estava aprendendo a não ligar muito para como eu parecia no espelho. Mas ao olhar com mais cuidado reparei que a calça justa também marcava minha roupa de baixo o que me deixou bem envergonhado. Uma coisa era aceitar tudo isso, outra coisa era ter gente vendo a marca na minha bunda. Pensei na situação e cheguei a corar um pouco pensando na Sam me olhando...

Mas rapidamente mudei de pensamento. Tirei a calça e fiquei pensando o que fazer, o que vestir. Percebi que não teria muita solução com as calças, já que eram todas no mesmo estilo. Então o jeito era trocar o que estava vestindo por baixo. E aí me dei conta do que teria que fazer.

Na última vez que minha mãe saiu para fazer compras, ela trouxe algumas calcinhas que eram mais cavadas do que as que eu estava acostumado. Apesar dos meus protestos dizendo que jamais ia vestir algo assim, ela me falou que não queria me forçar. Apenas tinha comprado para quando eu estivesse pronto e precisasse de algo assim. Na época, claro, não consegui imaginar nenhuma situação que me forçasse vesti-las. Mas agora, apesar de ainda absolutamente inconformado, tive que aceitar os fatos. Já havia algum tempo desde a última vez que tinha repetido o meu mantra. Mas ao me ver ali, na frente do espelho, vestindo uma calcinha cavada que desconfortavelmente alcançavam áreas que acabavam com a minha masculinidade, com um sutiã combinando e cobrindo meus seios, não tive outro pensamento a não ser, "Ainda é melhor do que a outra opção..."

Quando finalmente fiz as pazes com a situação, olhei de novo no espelho e vi a menina me encarando de volta. Uma coisa, porém, parecia fora de lugar. Apesar do que restava da minha masculinidade nunca ter se desenvolvido muito, ainda assim fazia um volume diferente. Tentei então por alguns minutos ajustar tudo da maneira que eu tinha lido e, no fim, o reflexo que vi me surpreendeu mais uma vez. Senti um certo arrepio no corpo quando percebi que quem me olhava de volta era uma adolescente, perfeitamente confortável nos seus quatorze anos de idade, com feições lindas e um corpo em pleno desenvolvimento. A única coisa que ainda não encaixava era o cabelo loiro completamente descuidado.

Cheguei a pensar que talvez fosse a hora de arrumar meu cabelo para refletir minha nova imagem, mas imediatamente tirei esse pensamento da cabeça. Caraca, eu tinha acabado de vestir uma calcinha cavada bem feminina sem ninguém ter que me forçar. Isso era tudo o que eu podia aguentar no momento. Acabei de vestir a calça jeans e uma camiseta quando ouvi a campainha tocar. Corri para baixo enquanto gritava para meus pais que eu ia atender. E quando abri a porta, ao invés de ver a Sam ou o Brett, como eu esperava, dei de cara com a Lyndsey.

Surpreso, eu disse, "Ei Lynds! Você chegou cedo."

Ela olhou em volta e perguntou, "Quer que eu volte mais tarde? Por mim..."

Eu sacudi a cabeça, "Não! Pode entrar. É que você chegou antes que todo mundo."

Eu rapidamente levei-a para a cozinha e perguntei, "Quer beber alguma coisa?"

Ela respondeu, "Uma Coca-Cola se você tiver." Ela ficou em silêncio um pouco e disse, "O Brett... Eu não sei como perguntar isso... Ele é..."

Eu estava pegando copos e duas latas de Coca-Cola e a interrompi antes que ela pudesse terminar a pergunta, "Lynds, eu não posso dizer nada. Não antes do Brett chegar. O que a Sam te contou?"

Ela se encolheu um pouco, "Não muito... Só me disse que o Brett realmente precisava falar comigo e me pediu para vir aqui. Quando eu perguntei por quê, ela apenas me disse que aqui era um lugar seguro e que nós dois teríamos apoio aqui. Jordan, estou preocupada... Você pode me dizer se o Brett está bem?"

Eu comecei a colocar a Coca nos copos e disse, "Ele está tentando ficar bem... Nesse momento ele está lidando com tanta coisa... Nem mesmo eu e a Sam sabemos exatamente com que ele está tendo que lidar. Mas queremos ajudá-lo. Por isso oferecemos para conversar aqui. Ele é um cara muito legal, Lynds. E agora precisa de toda a nossa ajuda..."

Ela enxugou uma lágrima, "Ele é um cara legal... Pelo menos era antes do pai dele deixá-los e toda a confusão começar... Foi aí que ele se isolou de todos, inclusive de mim. Ele ficou tão focado no futebol que parou de sair e conversar com todos... Foi aí que você e a Sam apareceram e de repente ele passou a ficar mais tempo com vocês. Eu comecei a imaginar que ele pudesse... Gostar mais de vocês do que de mim... Sei lá... Eu li que acontece, que alguns homens, tipo... Preferem mulheres transgêneras.."

Eu fiquei tão chocado que tive que pensar um minuto antes de responder, "Não é nada disso, eu juro... Acredite em mim. Tudo o que ele quer é ficar com você... Isso eu tenho certeza."

Ela me olhou como se não acreditasse muito em mim, mas antes que eu pudesse dizer qualquer outra coisa, a campainha tocou. Eu olhei para ela para ter certeza de que ela ficaria bem por alguns segundos e corri para a porta. Ainda bem que era a Sam, com o cabelo ainda molhado do banho. Eu dei um suspiro de alívio, beijei-a rapidamente e levei-a até a cozinha com a Lyndsey. Enquanto elas conversavam eu mandei uma mensagem para o Brett que me respondeu em seguida dizendo que estava chegando.

Eu perguntei, "Sam, por quê você não leva a Lynds até o meu quarto enquanto eu espero aqui pelo Brett?"

A Sam entendeu a deixa e rapidamente levou-a para cima. Eu sentei da cadeira da cozinha e respirei fundo. Tinha ficado tão preocupado com o Brett e se ele ia conseguir encarar tudo que nem me preocupei se eu ia conseguir. Sentado ali e vendo a Lyndsey tão acabada fez meu peito até doer. Tudo o que eu queria era abraçá-la e dizer que tudo ia dar certo.

Fiquei ali mais alguns minutos tentando entender quando é que eu tinha me tornado tão sentimental. Seguramente era uma das novas características que eu tinha ganho como parte das mudanças. Estava ali perdido nos meus pensamentos quando escutei o carro do Brett. Corri para a porta e abri antes que ele tocasse a campainha.

Eu disse, "Cara, ainda bem que você chegou. A Lynds chegou faz uns vinte minutos e ficou perguntando um monte de coisas. Tive que me virar para não contar nada..."

Ele pareceu assustado e perguntou com a voz meio trêmula, "Então ela sabe?"

Eu sacudi a cabeça, "Não... Ela acha que você queria... Caraca, nem sei como explicar isso... Ela acha que você queria uma 'aventura' com a gente..."

Ele olhou meio confuso, "Aventura?" Quando ele falou a palavra finalmente a ficha caiu e ele disse, "Ela acha que eu estava a fim de você e da Sam... Desse jeito? Putz, é pior do que eu imaginava... Tudo o que eu quero é ficar com ela..."

Eu concordei, "Eu sei! Foi o que eu disse para ela... Na verdade, foi a única coisa que eu disse... Bom, vamos lá. Vamos subir a começar isso tudo."

Ainda estávamos na porta de casa e antes que ele entrasse e eu pudesse fechar a porta, vi ele engolir seco. Quando me virei vi que minha mãe estava ali. Dei um suspiro silencioso... Eu achei que ela ia nos dar todo o espaço necessário.

O Brett olhou para mim e depois para minha mãe e perguntou, "Sra. Taylor... O Jordan te contou?" Ela concordou ele continuou, "Me desculpe..."

Ela se aproximou rapidamente e disse, "Querido, você não tem nada do que se desculpar." Ela esperou um pouco para ele dizer algo mas ele apenas ficou ali, envergonhado. Ela então colocou as mãos no rosto dele fazendo com que ele olhasse para ela e disse, "Você tem sido um grande amigo para o Jordan. Você ajudou ele e a Sam quando precisaram. Você é uma ótima pessoa. Não precisa se sentir culpado por nada, ok?"

Ele tentou concordar enquanto algumas lágrimas escorreram pelo seu rosto, "Eu só... Estou com tanto medo do que possa acontecer quando... Se tudo isso se espalhar..."

Eu achei que minha mãe ia começar a chorar e, sinceramente, achei que eu também fosse. Mas fiz um esforço heroico para limpar as lágrimas do meu rosto. Minha mãe soltou o rosto dele e lhe deu um abraço dizendo, "O Jordan me contou que você se sente seguro aqui em casa."

Ele disse, "Sinto, sra. Taylor. Me sinto seguro aqui."

Ela sorriu e disse, "Fico feliz com isso. Quero que você saiba que aqui sempre vai ser um porto seguro para você. Pode vir aqui e ficar sempre que precisar e por quanto tempo quiser, ok?"

E com isso ela voltou para a outra sala. Eu então olhei para o Brett e perguntei, "Então, preparado?"

Ele sorriu, ainda enxugando os olhos, "Claro que não! Não mesmo! Mas vamos lá de qualquer jeito!"

Eu sorri, "É assim que se fala! Vamos lá..."

Ele meio que sorriu e disse, "Jordan, você é muito louco, cara..."

Já subindo as escadas, eu ri, "Faz parte do meu charme."

Quando abri a porta do meu quarto eu vi a Sam e a Lyndsey se abraçando. Esperei um pouco e perguntei, "Chegamos numa boa hora ou querem que a gente espere?"

A Sam sacudiu a cabeça enquanto terminava o abraço e disse, "Sim, a hora foi perfeita! Podem entrar."

Eu entrei no quarto e percebi que o Brett ficou parado no corredor tremendo. Eu voltei e peguei-o pela mão e o trouxe para dentro do quarto. E disse, para ajudá-lo, "Cara, está tudo bem..." Ele hesitou um pouco mas acabou vindo comigo.

Depois de alguns momentos de um silêncio absolutamente desconfortável, com o Brett apenas olhando para o chão, a Lyndsey quebrou o gelo, "Oi Brett... A Sam disse que você precisava falar comigo... Então, estou aqui para quando você quiser começar a falar."

Ele olhou para ela devagar e disse, "Lynds... Me desculpa... Eu nunca quis te machucar... Você é a última pessoa no mundo que eu machucaria..."

Ela perguntou com calma, "Então por quê você se distanciou?"

Ele suspirou, "Exatamente porque eu não queria que você se machucasse. Pelo menos não se machucasse tanto quanto você iria se machucar se soubesse tudo o que estava acontecendo."

Ela respondeu, "Mas isso me machucou também, Brett..." Ela parou por um momento e suspirou, "Você já sabe disso, mas eu comecei a achar que você estava se aproximando do Jordan e da Sam porque você gostava mais deles porque... Bom, você sabe..."

Ele sacudiu a cabeça e disse, "Eu gosto deles, mas não desse jeito... Gosto como amigos, eu juro... Lynds, eu só tentei esconder isso tudo de você porque... Eu te amo... E estava com medo de que você passasse a me odiar se soubesse de toda a verdade. E isso seria demais para mim..."

Ela pareceu confusa e disse, "Por quê você acha que eu ia te odiar? Que verdade tão terrível é essa? Você queria terminar comigo, ou coisa parecida? Caramba, o que está acontecendo, Brett?"

Ele olhou para baixo sem conseguir manter os olhos nela e disse, "Eu tenho apoiado a Sam e o Jordan, não porque eu gosto deles desse jeito... Mas porque eu sou como eles..."

A Lyndsey pareceu não entender a princípio. Olhou para a Sam e para mim e de repente a ficha caiu e ele percebeu o que ele estava dizendo. Surpresa, ela disse, "Espera... Você é trans?" Ele concordou com a cabeça. Ela pareceu em choque por alguns momentos e repetiu a pergunta, "Você é transgênero como eles?"

Ele disse, "Sim... Quer dizer, mais ou menos... Como a Sam, desde pequeno eu sentia que deveria ter sido uma menina. Talvez um sentimento não tão forte como o da Sam, mas forte de qualquer jeito... Mas, como o Jordan, eu nunca quis ser uma menina. Eu não quero nada disso, Lynds. Eu não quero mudar, mas não consigo fazer isso desaparecer..." Ele começou a chorar e soluçar enquanto tentava falar, "Não... Consigo... Fazer... Parar... Me desculpa..."

Eu comecei a andar em direção a ele mas a Sam rapidamente me segurou. Eu estava começando a falar para ela me deixar quando a Lyndsey se aproximou dele e o abraçou. Ele continuava apenas chorando e repetindo o pedido de desculpas. Ela então o puxou para sentar na cama do lado dela. Fez com que ele encostasse a cabeça no seu peito e ficou ali fazendo cafuné nele. E enquanto ele chorava, ela ficou falando algo baixinho no ouvido dele.

Eu não sabia exatamente o que fazer. Os minutos seguintes foram os mais desconfortáveis que eu já passei. Mas eu queria esta ali para apoiá-los. E foi a Sam que me ajudou. Logo depois que eles sentaram na cama, ela me abraçou por trás e simplesmente ficou comigo.

Depois que o Brett se recuperou um pouco, a Lyndsey falou, "Brett, me conta tudo, tá? Tudo mesmo... Você não precisa ter medo."

Ele concordou e finalmente abriu a alma para nós. Ele começou com o que ele tinha contado no hospital, sobre como ele gostava de brincar com as coisas da mãe dele e a surra que tomou do pai dele quando ele descobriu. E como ele conseguiu suprimir esses sentimentos e até esquecer por um tempo e por fim como tudo veio à tona de novo quando a Sam contou sobre ela para todo mundo. E foi aí que ele começou a contar coisas que eu e a Sam também não sabíamos.

Ele contou que quando esses sentimentos voltaram ele procurou os pais por ajuda. Não ajuda para fazer nenhuma transição, mas para esquecer de tudo novamente. Segundo ele, o pai dele explodiu de raiva e não queria nem falar no assunto. E, pior, quando a mãe dele perguntou se ele realmente queria esquecer esse sentimento, o pai dele teve um acesso de raiva e partiu para cima dela. Antes, porém, que ele conseguisse encostar a mão nela, foi a vez do Brett partir para cima do pai. Derrubou-o no chão com um único golpe e ameaçou-o se ele fizesse qualquer coisa a mãe dele. Alguns dias depois o pai dele simplesmente os abandonou. Foi embora levando todas as suas roupas. E logo depois levou mais. Limpou todas as aplicações e contas de banco, deixando-os sem nada. Sem dinheiro nem para pagar as contas. E isso já fazia alguns meses.

Ele continuou dizendo que a mãe dele estava tentando arrumar um trabalho mas só tinha conseguido uns trabalhos de digitação para fazer em casa e, com isso, eles mal conseguiam sobreviver. A única chance dele agora era conseguir uma bolsa em uma faculdade do contrário teria que largar os estudos completamente. E, apesar de ele ter boas notas, a chance mesmo de bolsa era com o futebol. E, pensando assim, mesmo que ele conseguisse fazer uma transição, ele estaria arriscando a chance de uma bolsa em uma faculdade. E disse, também, que sua mãe o estava apoiando, seja lá qual fosse a decisão que ele tomasse. Mas as notícias ruins não paravam aí.

Algumas semanas atrás os advogados do pai dele tinha entregado a papelada do divórcio, junto com algumas ameaças. Eles pediam que a mãe dele assinasse a papelada tal qual eles tinham redigido, o que praticamente fazia com que ela abrisse mão de tudo, inclusive da casa em que eles viviam, ficando só com a roupa do corpo. Era isso ou então ir para o tribunal onde, não só a mãe dele não tinha nenhum dinheiro para contratar um bom advogado, mas também o pai dele disse que ia brigar pela guarda do Brett, alegando inclusive que, por causa na negligência dela, o Brett agora tinha problemas com homossexualidade. Não que nenhum juiz fosse comprar essa ideia, mas o pai dele sabia que só o fato de isso vir à tona, significaria que todo mundo ia acabar sabendo. Era um jeito dele pressionar o Brett e a mãe.

Eu fiquei tão bravo ouvindo tudo aquilo que se o pai dele aparecesse na minha frente naquela hora nem sei do que seria capaz. E então, como sempre quando fico muito irritado com as coisas, comecei a formar uma ideia na minha cabeça. E disse, "Você tem que enfrentá-lo, Brett. Você não pode deixá-lo ganhar assim."

Ele perguntou, "Mas como? Não temos nem como contratar um advogado... E meu pai tem mais de um, o que significa que, seja lá quem for enfrentá-lo vai pedir uma grana..."

A ideia começou a tomar forma na minha cabeça, mas eu não queria ainda colocar esperanças nele, então apenas disse, "Eu tenho uma ideia aqui, mas preciso falar com a minha mãe primeiro... Mas de qualquer forma, Brett, você não pode deixá-lo vencer. Pelo jeito ele só quer se vingar de você, seja lá como."

A Lyndsey disse, "O Jordan está certo... Seu pai é um arrogante prepotente. Ele seria capaz de expor você e seus segredos na frente de todos só para se vingar. Não importa o que aconteça com você, ele provavelmente vai achar que você mereceu."

A Sam concordou, "Brett, eles estão certos. Acho que nada faria ele se calar e ele provavelmente ainda ia achar que quanto mais isso te prejudicar, melhor."

O Brett parecia realmente frustrado e perguntou, "Mas como eu luto com isso?"

Eu disse, "Bom, a primeira parte, quer dizer a parte legal, eu tenho aqui uma ideia. Eu acho que conheço alguém que pode ajudar."

O Brett não entendeu mas a Sam abriu um sorriso quando percebeu o que eu tinha em mente, e disse, "Brett, confia no Jordan..."

O Brett olhou para mim e deu um sorriso, "Deixa eu adivinhar. Você conhece alguém importante."

Eu ri, "Vamos dizer que eu conheço alguém que conhece alguém... Só isso. Não posso prometer nada mas tenho um bom pressentimento com isso tudo. Confia em mim."

Ele suspirou, "Eu confio... Mas e a outra parte, quer dizer, quando meu pai contar para todos sobre o meu 'segredo'? Mesmo que eu não esteja fazendo nenhuma mudança nem nada, só o fato das pessoas saberem pode acabar com as minhas chances de uma bolsa."

Eu me encolhi um pouco, "Não sei... Só posso dizer que se ele realmente tentar, estaremos aqui para te ajudar."

A Sam concordou e a Lyndsey foi quem falou, "Pode apostar, estaremos aqui. E se precisar a gente traz todo o time de Softball para te ajudar."

O Brett olhou para ela intensamente por alguns segundos, "Você não sabe como estou feliz que você ainda esteja aqui. Isso quer dizer que nós somos... Amigos pelo menos? Você acha que consegue? E agora que sabe sobre mim, será que conseguimos ser... Algo mais?"

A Lyndsey deu um sorriso triste, "Brett, eu ainda não sei. Quer dizer, claro que eu gosto de você e sempre vou querer você na minha vida como amigo... Agora, me envolver com você... Não sei... Eu nunca pensei em namorar uma menina..."

Ele olhou para o chão e disse, "Acho que você não precisa se preocupar com isso... Eu não penso nisso. Imagina como eu seria feio se tentasse mudar para o outro lado..."

Ela sorriu, "Quanto a isso eu não sei... Você talvez esteja usando isso como defesa para não tentar... E quer saber mais? Acho que você precisa descobrir como seria para tirar a dúvida e também para tirar o 'poder' do seu pai."

Ele não entendeu e perguntou, "Como assim?"

Ela disse, "Veja, o seu pai está usando o medo que você tem das pessoas saberem. Mas esse medo só existe porque você mesmo não sabe o que pensar ou esperar. Então, eu acho que você deveria experimentar, mesmo que fosse uma vez só. Porque aí ou você ia gostar muito e danem-se as consequências ou ia desistir da ideia e aí o que o seu pai falasse não ia importar."

Eu pulei na conversa, "Brett, o que a Lynds falou faz todo sentido. O melhor jeito de acabar com um medo é enfrentá-lo de frente."

E ela continuou, "E acho que temos a oportunidade perfeita. Lembram que a festa de Halloween é daqui a algumas semanas?"

O Brett olhou para ela meio sem acreditar, "Lembro..."

Ela sorriu, "Pois é. Eu ainda preciso de um par... E acho que tenho a fantasia perfeita na cabeça..."

Capítulo 19

Em choque, o Brett perguntou, "Você está pensando o que eu acho que você está pensando?"

A Lyndsey riu, "Não precisa ser nada dramático, nada exagerado. Se a gente fizer direito vai ficar parecendo uma fantasia, só isso. E você não seria o único a se fantasiar assim."

O Brett olhou para mim e eu imediatamente disse, "Não, não... Nem olha pra mim... A última coisa que eu quero é me vestir como uma menina."

A Lyndsey me corrigiu, "Nada disso. Eu estava falando de mim mesma. A minha ideia é que eu e o Brett vamos como um par, ele vestido de menina e eu de menino. Assim ele tem a chance de experimentar isso e, ao mesmo tempo, se alguém perguntar falamos que é só uma fantasia."

Eu disse, "Ufa, ainda bem... Pensei que parte do seu plano era me fazer me vestir de menina."

A Lyndsey olhou para mim e riu, "Você disse hoje de manhã no treino que vai chegar uma hora que você vai ter que assumir isso e se vestir como menina, não é? Quem sabe o baile seja uma boa experiência para você também."

Eu suspirei, "Eu sei... É que eu estou tentando adiar isso o máximo possível." Batendo na minha cabeça eu continuei, "Aqui em cima eu ainda sou menino, na maior parte das vezes."

A Sam perguntou, "Na maior parte das vezes?"

Eu suspirei, "É, na maioria das vezes... Os hormônios têm afetado mais do que o meu corpo... Eu comecei a reparar em outras coisas. Eu estou muito mais sentimental e mais sensível a como as outras pessoas estão se sentindo... Ainda estou me acostumando com tudo isso."

O Brett disse, "Jordan, ser uma pessoa sensível não é ruim."

Eu respondi, "É, eu sei... É só mais uma coisa com que eu tenho que me acostumar. Enfim, ainda não estou preparado para sair me mostrando como menina..."

A Lyndsey comentou, "Jordan, não me leve a mal, mas olhando para você agora, você já parece uma menina. Mesmo que não tivesse te visto hoje de manhã, ou mesmo se não te conhecesse, eu pensaria que você é uma menina se te visse agora."

Eu resmunguei, "Eu sei... É a forma como meu corpo está 'enchendo' em alguns lugares. Estou tentando ao máximo não mostrar."

A Sam colocou a mão no meu ombro e eu suspirei. E a Lyndsey perguntou, "Mas nesse momento você está vestindo roupas femininas, não está? Quer dizer, o jeans eu sei que é, mesmo você deixando a camiseta para fora."

Eu concordei, "É sim... Jeans masculino não me serve mais... Se fica bem no quadril fica largo na cintura."

A Sam deu uma volta em mim e disse, "É verdade. Com tudo acontecendo eu não tinha prestado atenção, mas Jordan esse jeans é mesmo feminino. Aqui, coloca a camiseta para dentro da calça e veste esse cinto." Ela tirou o cinto que estava usando e me deu para vestir.

Resmungando eu fiz o que ela pediu. Minha cintura era tão fina que o cinto da Sam quase não coube. Estava andando pelo quarto para elas verem quando a Lyndsey falou, "Caraca, Jordan. Eu estou com inveja... Eu não sei o que fazer para ganhar volume nos lugares certos e olha para você... Não é justo." Ela riu com a ideia.

Eu disse, "Desculpa... Mas não pedi pra isso acontecer."

A Sam ainda estava olhando fixamente para mim, "Ela está certa... Você está linda..." Mesmo com ela usando o adjetivo no feminino, não pude deixar de corar um pouco pela forma como ela estava me olhando.

Foi aí que Lyndsey acabou de vez comigo quando disse, "Sabe que eu sempre fico preocupada quando uso jeans assim. Sempre acho que vai ficar marcando minha calcinha." Nessa hora eu fiquei roxo de vergonha. E a Sam percebeu e se deu conta do que estava acontecendo, dizendo, "Jordan, você está vestindo o que eu estou pensando?"

Eu não consegui dizer nada, mas o roxo no meu rosto disse tudo. Não tive como negar. A Sam fez uma cara estranha e disse, "Nossa..." Ela sentou rapidamente e cruzou as pernas, dizendo, "Isso é desconfortável..."

Na hora não entendi o que ela quis dizer e respondi, "É sim... Na verdade foi estranho quando vesti mas depois até esqueci."

Agora foi a vez da Sam ficar vermelha. Ela olhou para o teto para disfarçar e disse, "Não era exatamente isso que eu estava falando, Jordan... Eu também uso essas e sei como é..." Vendo que ninguém tinha entendido, ela continuou, "Ai, que vergonha... Alguém me mata antes que eu piore a situação, por favor... Como eu vou explicar... Bom, acho que vou ter que pedir ao meu médico que aumente meus bloqueadores de testosterona..."

A Lyndsey arregalou os olhos e cobriu a boca para não rir. Eu e o Brett ainda estávamos sem entender. Eu perguntei, "Por quê?"

Ela resmungou ainda envergonhada e disse, "Por um momento imaginei você usando calcinhas cavadas... E aí..."

O Brett ainda entendeu antes que eu. Acho que por eu não ter muita experiência no assunto. E aí ele disse, "Cara, sua namorada está excitada!"

A Sam ficou mais vermelha ainda e disse, "Caramba Brett! Precisa dizer assim direto?"

A Lyndsey não conseguiu mais se conter e começou a gargalhar. A Sam foi a primeira a se juntar a ela e depois o Brett. Eu, na verdade, não ri. Tinha outra coisa passando pela minha cabeça e não era muito engraçado. Pensei que podia ser por lembrar que a Sam, por baixo da roupa, ainda era um menino, ou por lembrar que eu não era. Mas aí percebi que não era nada disso. O que estranhei foi o fato de perceber que ela podia se sentir assim por pensar em mim. E isso me fez me sentir realmente bem por dentro. Bem mesmo. Tanto que parei de me preocupar o que ela tinha por baixo, afinal ela era a Sam, minha namorada. E até agora na nossa relação era eu que mostrava reação a ela, com arrepios, calafrios e tudo mais. Mas saber que ela também podia sentir algo assim foi... Libertador. Me senti forte e feliz. Muito!

Quando a Sam me olhou nos olhos, algo tomou conta de mim. Eu queria provocá-la um pouco mais então fui andando na direção dela devagar e sentei de lado no colo dela. Olhei nos seus olhos e disse, "Eu não sabia que podia fazer você se sentir assim."

Ela concordou e perguntou, "Não te assusta? Você não acha estranho? Quer dizer, eu fiquei desconfortável e tive que sentar porque... Você sabe... Eu ainda tenho..."

Eu sorri e disse, "Aqui está a minha resposta para isso." E me inclinei para frente para beijá-la. Eu senti as mãos dela me abraçando, uma delas nas minhas costas e a outra indo um pouco abaixo da minha cintura. Ela me beijou mais intensamente por alguns momentos, quando a Lyndsey fez um 'aham...' Parei de beijá-la e disse, "Isso responde a sua pergunta?" Ela apenas concordou.

O Brett resmungou, "Cara, depois dessa até eu vou precisar de um banho frio quando chegar em casa..." A Lyndsey começou a rir de novo com o comentário.

A Sam calmamente me tirou do seu colo, levantou e disse, "Eu realmente preciso ir ao banheiro agora." Ela olhou para o Brett e para a Lyndsey que ainda estavam tentando controlar a risada, e disse, apenas para deixar a situação mais constrangedora, "Se vocês quiserem saber, é porque tem alguma coisa ali embaixo me 'beliscando' forte..." O Brett fez uma cara de nojo e a Lyndsey começou a rir tudo de novo.

Alguns minutos depois a Sam voltou, e tudo tinha voltado ao normal, exceto pelo fato da Lyndsey ainda estar enxugando as lágrimas de tanto rir. O que fez a Sam dar um olhar fingindo braveza.

A Lyndsey respirou fundo e me perguntou, "Bom, já que você não vai se vestir como menina, Jordan, qual fantasia você está pensando?"

Eu respondi, "Não sei... Quem sabe algum atleta, ou coisa assim."

A Sam riu, "Ou seja, nada muito original, não é? Um atleta para alguém que adora esportes..."

Eu concordei, rindo, "É. Eu gosto muito de beisebol e futebol. Mas pensei em ir como um jogador dos Lakers."

A Sam arregalou os olhos antes de começar a rir, e o Brett já estava rolando no chão às gargalhadas. A Lyndsey não entendeu e perguntou, "Por quê? Cadê a graça?"

Foi o Brett que respondeu, "Lakers é um time de basquete! Os jogadores do time têm, pelo menos, dois metros de altura..."

Eu ri e completei, "Ou seja, exatamente o oposto do que eu sou."

A Sam parecia meio pensativa e falou, "Espera, acho que essa pode ser uma boa ideia para inclusive ajudar o Brett."

Ficamos todos meio confusos e eu perguntei, "Como assim? Como a fantasia de um jogador de basquete ajudaria?"

Ela explicou, "Não. A ideia seria irmos vestidos de algo que é o oposto de nós mesmos. Podíamos até soltar essa ideia para o resto do time de Softball. Assim todos estariam vestidos de coisas que realmente não são. E com isso confundimos todo mundo e ninguém presta atenção no Brett."

A Lyndsey completou, "Adorei a ideia. Aposto que todas as meninas vão topar."

A Sam olhou para mim e disse, "Só que você vai ter que se esforçar mais na ideia. Porque apesar de não ser alto, sabemos que tudo o que você queria ser era um grande esportista."

Eu falei, "Bom, se a ideia é ajudar o Brett então eu topo. Ainda não sei o que vou escolher exatamente, mas topo."

Ela pareceu animada, "Eu já tenho uma ideia do que vou escolher. Apenas uma ideia... Aliás, para fazer ficar mais legal, que tal todos fazermos surpresa? Ninguém conta a própria fantasia até o dia da festa."

Eu disse, "Pra mim tudo bem. Contanto que ninguém queira me colocar em um vestido."

A Lyndsey pareceu um pouco desapontada, mas a Sam disse, "Não vou mentir que eu adoraria ver você vestido como menina, todo produzido. E imagino que todo mundo esteja curioso com isso. Acho que você ia se surpreender com o resultado. Mas eu prometi que ia respeitar o seu timing e não forçar. Então não se preocupe. Sem expectativas, ok?"

Eu concordei, "Obrigado Sam... Provavelmente no ano que vem eu não vou ter alternativa. Só não quero forçar a barra agora."

Ficamos ali conversando por mais um tempo, até que o Brett e a Lyndsey tiveram que ir embora. Eles tinham muito para conversar e agora que o gelo estava quebrado, eles precisavam ficar a sós. A Sam ficou mais um pouco e tenho que confessar que ficamos ali nos provocando um pouco, mesmo não deixando nada mais acontecer. Quanto mais eu conhecia esse lado dela, mais fácil ficava para eu aceitar as minhas mudanças.

Naquela noite fiquei conversando com meus pais, contando a eles tudo o que tinha acontecido. E contei para minha mãe a minha ideia sobre o Brett. Ela não ficou muito feliz porque realmente não sabia se era algo que poderia funcionar. Mas ainda assim entendia o que eu queria fazer e ficou feliz por eu estar tentando ajudar o Brett. Ela prometeu ver o que poderia fazer mas sem garantir nada. Eu disse que entendia e qualquer coisa seria uma grande ajuda.

Antes de dormir me peguei olhando no espelho e imaginando o jeito como a Sam me olhou quando descobriu o que eu estava vestindo. Minha cabeça, a essa altura, era um turbilhão. Nunca na minha vida eu imaginei que ia me sentir assim. Por um lado, a ideia das mudanças no meu corpo eram absolutamente assustadoras e eu queria segurá-las o máximo possível. Mas, por outro lado, despertar esse tipo de sentimento em alguém trazia uma sensação boa e me fazia querer melhorar e explorar isso ainda mais. No fim das contas resolvi parar de pensar e fui dormir.

****

Na segunda-feira eu estava muito ansioso para ir para a escola. Mesmo usando uma camiseta larga, o meu top era bem visível e óbvio. Além disso, estava vestindo um jeans feminino bem parecido com o que eu tinha usado no fim de semana. Por fim, apesar de não ter cortado nem nada, o meu cabelo estava mais arrumado. Nada especial, mas naquela manhã eu tinha gasto um pouco mais de tempo para pelo menos desembaraça-lo e escová-lo.

Quando chegamos na escola, só pelos olhares que recebi ainda atravessando a rua antes de entrar, já percebi que não ia ser fácil. Não tinha mais como esconder as minhas mudanças. Hesitei um pouco, mas a Sam apertou mais a minha mão e fomos em frente.

Para minha surpresa, as meninas do Softball estavam quase todas ali me esperando na porta da escola. Elas sabiam que eu ia fazer isso então resolveram me ajudar. Quando cheguei elas me cercaram, praticamente me escondendo da vista de todos. Para mim foi uma sensação estranha. Eu estava acostumado a proteger os outros, e tê-las ali me cercando era novidade para mim. Até pensei em pedir que elas parassem, mas vendo o quando elas estavam se esforçando e o quanto se importavam comigo me fez até engolir em seco.

No meio do caminho eu parei um pouco e as meninas todas olharam para mim, preocupadas. Acho que estava óbvio que eu estava me segurando. Limpei a minha voz e disse, "Meninas... Obrigado. Por tudo. Queria dizer que, não importa como esse dia se desenrole, vocês estarem aqui significa muito pra mim. Muito mesmo!" Enxuguei meus olhos enquanto elas me deram um abraço em grupo e chegamos até a minha classe. Pela primeira vez desde que acordei, estava sozinho. E entrei na classe.

Os olhares e as risadinhas começaram imediatamente enquanto eu ia para meu lugar. O Teddy estava olhando para mim como se eu fosse um monstro de duas cabeças. Ah, claro, não com duas cabeças, mas com dois seios... Eu resmunguei e olhei para ele, "O que foi, Teddy? Tem alguma coisa para falar, fala agora!"

Antes que ele pudesse dizer alguma coisa, o professor entrou na sala, pediu silêncio, sentou e começou a fazer a chamada. Fiquei ali sentado e minha raiva começou a aumentar conforme eu ouvia as risadinhas e até alguns comentários. Assim que terminou a chamada eu não consegui mais segurar e fiquei em pé.

Perguntei alto, "Professor, posso fazer um anúncio? Prometo não demorar."

Eu sabia que os professores todos sabiam a minha situação pelos vários comunicados que a escola tinha feito e pela atenção que a escola estava dedicando ao meu caso. E ainda bem que o professor disfarçou a surpresa quando eu levantei. Ele viu como eu estava vestido e disse, "Se isso é sobre o que eu estou pensando, acho uma boa ideia. Por favor, vá em frente."

Olhando para todos que estavam me encarando ou rindo eu disse, "Para acabar com qualquer boato idiota vou falar o que está acontecendo e porque estou vestido assim. Como todo mundo sabe eu estive muito doente e, quando saí da escola no ano passado, estava à beira da morte. Quando os médicos descobriram o que estava errado em comigo, eles tiveram que fazer alguns procedimentos para me salvar." Apontei para o meu corpo e continuei. "Isso que vocês estão vendo é o efeito colateral do meu tratamento. Por causa de uma falha nos meus genes, se os médicos não tivessem feito o que fizeram eu teria morrido. Então se qualquer um de vocês acha que qualquer imbecilidade ou infantilidade que vocês possam fazer vão me incomodar, é melhor pensar de novo." Eu vi a expressão do professor e me desculpei, "Desculpe professor. Eu não achei outro jeito de dizer."

Ele concordou, sério, e disse, "Só cuidado com a linguagem, Jordan."

Stacy, uma menina que eu mal conhecia, perguntou, "O que eles tiveram que fazer?"

Eu disse em alto em bom som, "O procedimento chama-se orquiectomia bilateral. E antes que vocês procurem no Google e comecem com mais boatos, deixe eu esclarecer. Eles extraíram meus dois testículos."

Eu vi a maioria dos meninos fazer uma cara de dor. E ouvi o Teddy engolir em seco e dizer baixinho, "Ai... Caraca..."

A Outra Opção

E continuei, "Fizeram isso porque esse gene defeituoso faz o meu corpo extremamente alérgico a testosterona. Então eles tiveram que eliminar toda a testosterona do meu corpo. Mas como viver sem hormônio nenhum te coloca em risco de câncer, osteoporose, entre outras doenças, eles decidiram que eu teria que tomar estrógeno que, para quem não sabe, é um hormônio feminino."

Uma outra menina perguntou, "Então você está fazendo uma transição, como a Samantha?"

Eu sacudi a cabeça, "Mais ou menos. A diferença é que eu não queria isso. E independente de como meu corpo parece hoje, eu ainda me vejo como menino. Vejam, eu me olho no espelho, eu sei o que parece. Acreditem, eu tenho lutado com esse conflito nos últimos meses. Qual conflito? Eu tinha duas opções. Era 'isso' ou morrer. Eu ainda acho que 'isso' é infinitamente melhor do que a outra opção."

Eu olhei em volta e vi o Rick me olhando, orgulhoso. Então terminei, "Vejam bem. Alguns meses atrás eu encarei a morte de frente. Olhei-a nos olhos, e voltei. Não existe nada, e eu digo absolutamente nada, que vocês possam dizer que vá me abalar. Então, se alguém quiser me provocar, é melhor economizar saliva." E, com isso, eu voltei a me sentar.

A classe ficou em silêncio por alguns momentos e de repente alguém começou a aplaudir. Eu olhei e vi o Rick levantando. E então mais ou menos metade da classe fez o mesmo. Eu fui de bravo a envergonhado em menos de cinco segundos. Quando todos pararam, o Rick ainda falou alto para todo mundo ouvir, "Cara, não importa o que tiveram que fazer, você ainda é mais homem que qualquer um de nós aqui."

Um dos meninos que tinha ficado quieto ainda tentou fazer uma piadinha, "Exceto pelo fato de que agora suas bolas estão nos seus peitos..."

A menina sentada na frente dele virou e deu um tapa na cara dele como eu nunca vi, e disse, "Sabe de uma coisa? Você é um idiota mesmo. Quer saber, arruma outra namorada. E não chega mais perto de mim." Ela me olhou e disse, "Desculpa, Jordan... Fico feliz que você esteja bem. E o Rick está certo. Você é a pessoa mais corajosa que eu conheço."

Nos minutos seguintes a classe ficou em completo silêncio. O Teddy não olhou nem falou comigo. Parecia completamente entretido em seus próprios pensamentos, então eu deixei-o em paz. E o resto do dia também foi do mesmo jeito. Mesmo na última aula, que eu fazia com a Sam, as risadinhas e os comentários de sempre tinham parado. Pelo menos até onde eu conseguia ouvir.

No resto da semana também, estranhamente, ninguém me perturbou. Eu tinha me preparado para uma semana tensa mas acabou sendo bem tranquila. Pelo jeito a ideia da operação que eu tive que fazer deixava os outros meninos tão assustados que ninguém tinha coragem nem de fazer piada. E as meninas, eu descobri, eram muito mais abertas do que os meninos. A maioria delas aceitou a situação e até mesmo com a Sam elas melhoraram. Parecia que, com tudo explicado, ficava melhor para todos absorverem a ideia. Claro que sempre existiam as barbies e uns idiotas que simplesmente nos ignoravam. Mas pelo menos não ficavam no nosso caminho.

No meio da semana o Brett me encontrou quando eu pegava meus livros no armário e disse, "Ei! Queria que você fosse o primeiro a saber que minha mãe foi chamada para uma entrevista de emprego."

Eu sorri, aliviado, "Boa notícia! É uma vaga boa?"

Ele concordou, "Na verdade a entrevista já foi e ela conseguiu o emprego. Ela me mandou uma mensagem meia hora atrás. Agora me responda, você teve algo a ver com isso?"

Eu sacudi a cabeça, "Como assim? Como eu poderia? Cara, eu tenho só quatorze anos. Como poderia arrumar um emprego para sua mãe?"

Ele olhou para mim por uns minutos e disse, "Cara, não precisa disfarçar. A entrevista era com uma certa sra. Taylor em uma empresa de advocacia."

Eu arregalei os olhos, "Uau! Eu não sabia."

Ele disse, "Sei... Fala a verdade, o que você fez?"

Eu respondi, "Nada demais. Eu só perguntei para minha mãe se tinha algum jeito de te ajudar com a parte jurídica, defender vocês pro-bono ou coisa parecida." E aí me dei conta do que minha mãe tinha feito e disse, "Na verdade eu já sei o que ela fez..."

O Brett continuou, "Jordan, eu sei o quanto você quer ajudar. Mas eu não quero favores..."

Eu sacudi a cabeça, "Cara, acredita em mim, isso não é um favor. A empresa da minha mãe não funciona assim. Eu sei que eles tinham uma vaga de secretária porque era a vaga da minha mãe antes dela ser promovida. E, pode ter certeza, se ela conseguiu o emprego é porque é qualificada."

Ele pensou por alguns segundos, "Bom, antes do meu pai força-la a largar o trabalho ela era secretária em um hospital."

Eu disse, "Viu só? A experiência dela é que conseguiu o emprego para ela. Sem favores. Imagino que isso vá ajudar vocês."

Ele concordou, "Claro que vai! Se bem que eu vou ter que vender meu carro para conseguir o dinheiro para começar a batalha jurídica."

Eu ri, "Ela não te contou, não é?" Vendo a expressão dele sem entender, eu continuei, "A empresa que minha mãe trabalha dá auxílio jurídico a todos os funcionários como parte dos benefícios. Para todos os funcionários..."

Ele arregalou os olhos e disse, "Jura?"

Eu ri e disse, "Juro, cara. Só vou pedir uma coisa. Na próxima vez que você encontrar minha mãe, dá um abraço nela. Ela que pensou em tudo. Eu só perguntei se ela podia ajudar."

Ele respirou fundo tentando não chorar e disse, "Pode ter certeza! Sabe... Depois que tudo veio à tona, eu achei... Achei que ficaríamos sozinho..."

Eu disse, "Nem a pau, Brett. Todo mundo sempre me diz que as pessoas me ajudam porque eu sou um cara legal. Você é um cara muito legal, Brett. Estão esquece esse negócio de ficar sozinho. Seus amigos nunca vão te abandonar, ok?"

Ele olhou e pareceu por um segundo que ele ia me dar um abraço. Mas como eu sabia que estávamos cercados por outros alunos eu logo estendi a mão para que ele apertasse. Ele sorriu quando percebeu o meu gesto para ajudar a proteger o seu 'segredo'. Ele apertou a minha mão e disse, "Digo o mesmo pra você, baixinho."

Naquela quarta-feira também começamos os treinos oficiais de Softball, ainda faltando uns dois meses para o começo da temporada. Apesar de eu não poder jogar oficialmente, as meninas não me deram opção a não ser vir e treinar com elas. A professora veio até me agradecer depois do treino. Quando ela viu como todo mundo jogou entendeu o quanto eu e a Sam ajudamos todo mundo a entrar em forma bem antes da hora. Ela confessou que todas as meninas queriam que eu jogasse, mas que ela entendia a situação. E disse que, assim que eu decidisse alguma coisa, meu lugar no time estava garantido. Não que eu não quisesse jogar com elas. Eu queria, e muito! Mas era... Complicado.

Eu também passei a semana pensando em alguma fantasia. Mesmo que a ideia do jogador de basquete não tivesse sido vetada, pensei que não seria uma boa de qualquer forma. Primeiro, não ia ter como eu usar uma camiseta regata do estilo de um jogador, tendo que usar um top por baixo. Depois, eu ia ficar parecendo uma menina vestindo a roupa do pai, isso sim. Eu acabei tão frustrado que cheguei a pensar em não ir na festa. Mas aí lembrei que o Brett ia estar lá. E, não só ele ia precisar da nossa ajuda, como eu queria ver como ele ia ficar. Sabia que a Lyndsey ia fazê-lo ficar o máximo. E também não podia desapontar a Sam. Ela estava trabalhando duro com a fantasia dela e mantendo segredo absoluto. Não só para mim, mas para todo mundo.

Na sexta-feira à noite, depois do banho, quando estava de novo me olhando no espelho... É, a essa altura eu tinha me acostumado a vestir calcinhas cavadas... Não era porque eu gostava mas porque todos os jeans que minha mãe tinha comprado me serviam como uma segunda pele... Enfim, estava olhando meu reflexo no espelho quando tive uma ideia. Com meus olhos azuis, se meu cabelo fosse um pouco mais claro, quem sabe eu conseguiria. A ideia de me vestir como menina ainda não me agradava nem um pouco, mas quem sabe eu conseguiria colocar essa ideia em prática e ainda surpreender a Sam. Ainda assim eu precisaria de ajuda porque a festa era em uma semana.

Pensei um pouco em quem poderia me ajudar e mandei uma mensagem pelo telefone.

{Eu, texto} *** Shelly, eu preciso de ajuda

{Shelly, texto} *** Claro Jord. Qualquer coisa que você precisar.

{Eu, texto} *** Preciso de ajuda com a minha fantasia. Tive uma ideia, mas preciso de muita ajuda.

{Shelly, texto} *** Claro! Já estou animada!

{Eu, texto} *** Podemos nos encontrar amanhã?

{Shelly, texto} *** Combinado. Boa noite Jord!

{Eu, texto} *** Boa noite Shell. Prometo que você vai adorar a ideia

E com isso, coloquei meu telefone de lado e pensei, "E lá vamos nós..."

Capítulo 20

Na manhã seguinte quando sentamos na mesa para tomar café da manhã eu contei para os meus pais meus planos para a fantasia. A preocupação deles foi se eu não estava me forçando a nada, se eu realmente estava preparado para isso. Expliquei para eles que tinha sido completamente minha ideia. Contei inclusive como a Sam tinha me encorajado a não tentar nada agora e esperar o próximo ano.

Quando ambos pareceram convencidos do assunto, minha mãe disse que podia me ajudar com o que eu quisesse, apesar de não ter muito tempo naquela semana para sair comigo para comprar nada. Expliquei que tinha recrutado a ajuda da Shelly e ela, imediatamente aliviada, começou a fazer uma lista de coisas para a Shelly comprar. Meu pai apenas virou os olhos numa expressão de 'você arrumou essa encrenca, agora se vira.' Mas claro que disse para ela que ia precisar de ajuda sim, principalmente com as pequenas coisas. Afinal, eu realmente queria surpreender a Sam.

Alguns minutos depois a campainha tocou e, antes de abrir a porta, ainda lembrei eles de que a Sam não sabia de nada então eles iam precisar se segurar. Claro que a mensagem foi para minha mãe.

O treino de Softball foi absolutamente tranquilo e normal naquele dia, exceto quando puxei a Shelly de canto para contar sobre a minha ideia. Ela deu um gritinho agudo de felicidade, mas tão alto que chamou a atenção de todo mundo. Eu resmunguei para ela dizendo que era segredo. E, depois de ver a reação da minha mãe e agora da Shelly comecei a me perguntar qual o tamanho da encrenca em que eu tinha me metido...

Eu contei para a Sam no caminho de volta pra casa que a Shelly ia me ajudar com a fantasia. Ela ficou curiosa e eu podia ver a sua cabeça maquinando sobre por quê eu tinha pedido ajuda para a Shelly. Eu inventei uma desculpa de que todas as ideias que eu tinha tido eram sem-graça e que no fim das contas agora precisava de ajuda porque não ia conseguir fazer sozinho. E como eu não podia contar para ela e o Brett e a Lyndsey tinham um monte de outras coisas para se preocuparem, a Shelly era a próxima opção. Ela sorriu e me contou o quanto estava animada com a festa. E me explicou que essa seria a primeira vez que ela ia em uma festa depois de ter iniciado a transição. Isso só me ajudou a confirmar que eu ia fazer de tudo para essa festa ser perfeita para ela. Como ela já tinha dito antes que um dia queria me ver realmente produzido eu prometi a mim mesmo que ia em frente, seja lá o que acontecesse. Eu ainda não me via de jeito nenhum como uma menina no dia-a-dia. Mas podia fazer isso por uma noite. Especialmente pela Sam.

A Shelly deixou a Sam na casa dela e depois me levou até a minha. Ela disse para eu me arrumar que ela voltaria em mais ou menos duas horas para irmos às compras. Eu pensei, "E lá vamos nós..."

Entrei em casa e avisei minha mãe que eu ia sair com a Shelly para comprar coisas para a fantasia. Pude ver que minha mãe ficou feliz, mas ainda assim tentou disfarçar. Na cabeça dela, ela não queria adicionar mais pressão em algo que, ela sabia, já ia ser um desafio enorme para mim.

Meia hora depois eu estava terminando de me enxugar no meu quarto quando, sem pensar, simplesmente coloquei uma calcinha e um sutiã.

E me dei conta do quanto aquela rotina já tinha se tornado normal para mim. Mesmo sabendo que eu não ia vestir um dos jeans apertados, acabei colocando uma das que eu usava com o jeans. O que me levou ao próximo passo, que eu andava evitando há muito tempo...

Enquanto estava no banho comecei a planejar na minha cabeça como seria a tarde de compras. E foi aí que me dei conta que as minhas opções não eram lá muito animadoras. Eu podia ir vestido normalmente, como tinha me acostumado na última semana. Era um visual meio andrógeno, um pouco mais para o feminino, com o jeans apertado e tudo. O problema disse era que as coisas que eu precisaria comprar, experimentar, vestir e tudo mais não combinavam nada com isso. E, na verdade, tentando não chamar a atenção eu ia acabar fazendo exatamente o oposto. Mesmo que pensassem que eu era uma menina, o que provavelmente aconteceria, chamaria a atenção uma menina com aquele estilo comprando as coisas que eu precisava comprar.

A outra opção era pior mas ao mesmo tempo talvez chamasse o mínimo de atenção possível. Era eu ir vestido como uma menina e entrar no papel. A vantagem de fazer isso era que, além de eu me 'misturar' com as outras pessoas, ia me ajudar a 'ensaiar' para a noite da festa. Então, juntei toda a coragem do mundo e me dirigi ao que eu chamava de 'área proibida' do meu guarda-roupas.

Durante as últimas semanas, desde que meu corpo começou a mudar para valer, sempre que minha mãe comprava roupa para mim ela sempre trazia um ou dois itens um pouco mais femininos do que eu estava preparado para admitir. Sempre que ela me mostrava algum deles, eu ficava irritado e ela então começou a guardar essas peças no mesmo lado do armário, o que eu comecei chamar de área proibida. Era uma parte que eu esperava não ter que mexer ainda por muito tempo. Mas, ali estava eu. Frente à frente com essas peças.

A primeira coisa que fiz foi pegar uma camiseta regata branca. Vesti e olhei no espelho. Era uma camiseta absolutamente feminina. Daquelas coladas no corpo, com a alça bem fina e tudo mais. Olhei, suspirei e fui em frente porque sabia que o pior estava ainda por vir. Foi aí que dei o passo final. Tirei do guarda-roupas uma saia. Veja, não há nada mais feminino no mundo do que uma saia. Era uma saia jeans curta, que ia mais ou menos até um pouco mais da metade da minha coxa. Nada no mundo te transforma mais em menina do que uma minissaia. Eu sabia disso. Uma vez colocada, não tinha mais nada de andrógeno. Vesti a saia e olhei no espelho. Cheguei a ter até um pouco de falta de ar, mas respirei fundo e lembrei da promessa que tinha feito a mim mesmo. Não importa o que fosse preciso, eu faria isso.

Acabei de me vestir colocando uma meia e um tênis. Sabia que a saia ia mudar meu jeito de andar então achei melhor não abusar da sorte com nenhuma novidade em sapatos. Foi um tênis e pronto. Quando olhei no espelho percebi que quase tudo estava pronto. Mas alguma coisa ainda não estava certa então vi que precisaria da ajuda de alguém. Abri a porta do meu quarto e gritei, "Mãe, pode subir aqui um pouco? Preciso de ajuda com uma coisa!"

Minha mãe entrou no quarto e, apesar de tentar disfarçar a surpresa, arregalou os olhos. Eu fiquei com vergonha, olhei para baixo e expliquei o meu racional porque eu tinha me vestido assim. Ela então disse, "Jordan, acredite em mim. Você fez a coisa certa. Cheguei a pensar exatamente nisso quando você entrou no banho, mas não quis fazer mais pressão. Se você vai comprar coisas de menina, é melhor que pareça uma menina."

Eu apontei para mim mesmo e respondi, "Bom, quanto a isso eu não tenho mais escolha..."

Ela suspirou, "Parecer uma menina é muito mais do que o que você está vestindo, ou os contornos do seu corpo. Você sabe disso. Quando, ou se, você resolver abraçar esse lado, vai ter que mudar muita coisa, não apenas as roupas. Mas isso é para um outro dia. Você disse que precisava de ajuda."

Eu disse, "É exatamente isso. Eu quero chamar o mínimo de atenção possível. Olhando no espelho, alguma coisa ainda não está certa. Quer dizer, estou no meio do caminho aqui. Eu vejo uma menina no espelho, mas ao mesmo tempo não vejo…"

Minha mãe entendeu rápido o que queria dizer, ou já tinha se preparado para isso há tempos. Ela falou, "Espere aqui um pouco." E saiu em direção ao quarto dela.

Quando voltou trouxe uma bolsa que, eu suspeitava, levaria meu pesadelo a um outro nível. Felizmente ela percebeu minha aflição e tirou primeiro um secador de cabelos e uma escova. E começou a trabalhar no meu cabelo até então molhado e meio embaraçado.

Enquanto trabalhava pediu que eu ficasse sentado e que não olhasse no espelho. Segundo ela, queria que eu tivesse o choque para me ajudar a 'entrar no papel', como eu mesmo tinha dito. Depois de alguns minutos trabalhando no meu cabelo ela finalmente desligou o secador. Pelo que eu podia sentir ela não tinha feito nada demais, apenas deixado meu cabelo realmente liso e macio.

Em seguida ela começou a tirar várias peças de maquiagem da bolsa, a maioria um completo mistério para mim. Quando ela viu meu olhar preocupado, disse, "Pode ficar tranquilo. Não é tudo para você. Só estou tentando achar as coisas certas."

Enquanto eu respirava aliviado ela fez uma cara de quem encontrou o que procurava. Tirou duas coisas da bolsa. Um deles eu reconhecia e ela me ajudou a colocar. Era um tipo de batom para o lábio. Não parecia ter nenhuma cor forte, mas tinha um cheiro de morango ou coisa parecida. A sensação não era muito diferente de quando eu colocava manteiga de cacau nos lábios para o frio, só que um pouco mais grudento. A segunda peça que ela tirou era um líquido bem escuro que depois aprendi ser um rímel. Ela aplicou um pouco nos meus olhos e disse que por hoje seria mais do que suficiente. Aí ela me pediu que virasse e olhasse no espelho.

Quase cheguei a engasgar com o susto e disse, "Uau…"

Ela perguntou, "Tudo bem com você? O que você achou?"

Eu corei um pouco quando admiti, "Não é tão ruim quanto eu imaginei... Quer dizer... Ainda não consigo acreditar que essa no espelho sou eu. Depois de tudo que passei... Uau..."

Ela veio por trás de mim e passou a mão no meu cabelo, dizendo, "Você está lindo, Jordan." Eu fiquei em silêncio por alguns minutos e ela perguntou, "Você está bem?"

Eu concordei, "Acho que sim... Estava só pensando uma coisa. Espera, deixa eu pegar meu telefone." Rapidamente fui até meu criado-mudo, peguei meu telefone e comecei a olhar as minhas fotos. As que eu tinha tirado para acompanhar meu progresso. E fui passando-as até chegar nas primeiras. No último mês, com tudo o que aconteceu, eu não tinha tirado nenhuma foto para acompanhar, mas agora olhando as primeiras eu mal podia acreditar. Comparando aquele garoto fraco de quase quarenta quilos com essa menina saudável de quase sessenta quilos, me fez até me sentir tonto e tive que sentar.

Minha mãe ficou preocupada e perguntou, "O que foi? O que você está olhando?"

Eu mostrei meu telefone para que ela visse e disse, "Isso... O doutor Byrnes me disse que seria uma boa ideia registrar as mudanças com fotos. Ele sabia que era algo que eu tinha medo que acontecesse e ele me disse que comparar com o passado me ajudaria a aceitar porque eu conseguiria me lembrar de como eu estava mal."

Ela engasgou, "Uau! Isso é de seis meses atrás?" Eu concordei e ela deu uns passos atrás para comparar a foto com o que ela estava vendo na frente dela. Ela então disse, "Eu não tinha me dado conta de quanto... Quer saber uma coisa? Quer saber o que eu vejo?" Quando eu levantei a cabeça para olhá-la nos olhos ela disse, "Jordan, nessas fotos todas você estava bravo. Mesmo sabendo que tinha sobrevivido, que ia viver, você estava absolutamente bravo com o que tinha perdido."

Ela não estava dizendo nada que eu não soubesse. Resmunguei, "Eu sei, mãe. Eu estava realmente furioso..." Voltei a olhar para o chão e disse com uma voz trêmula, "Mas agora, em compensação, olha pra mim..."

Ela falou séria, "Jordan... Sabe o que eu vejo agora?"

Eu suspirei, "Uma menina que um dia foi seu filho..."

Ela virou os olhos como se não tivesse paciência para minhas lamentações, "Jordan, primeiro de tudo, eu vejo meu filho. Meu filho que eu amo tanto e que eu pensei que ia perder para sempre. Mas, acima de tudo, eu vejo que você não mudou nada. E antes que você faça alguma piadinha, estou falando por dentro. Você passou por tanta coisa, enfrentou tanta coisa que tinha todos os motivos para virar uma pessoa amarga, triste. Ao contrário, você continua sendo uma pessoa maravilhosa. Você sempre teve uma luz linda brilhando dentro de você. E agora fico feliz que essa luz esteja brilhando do lado de fora, mesmo que seja em uma forma feminina."

Eu não pude me conter e sorri para ela, "Mãe, isso foi muito brega... Mas obrigado..."

Ela riu, se aproximou e me deu um beijo na testa, "Se foi brega mas funcionou, pra mim tudo bem..."

Olhei mais uma vez no espelho e disse para minha mãe, "Quer saber? Espera um pouco..." Ela não entendeu nada e ficou me olhando enquanto eu ia até o meu armário. Voltei segurando algumas coisas na mão. Cheguei na frente do espelho, tirei a regata que estava vestindo e coloquei uma mini blusa preta. Parecia uma camiseta normal mas vinha até acima do umbigo e deixava minha barriga de fora, além de ter uns grafites em rosa-choque desenhados. Tirei o tênis e coloquei uma bota preta. Olhei no espelho e disse, "Bom, se eu vou ter que me vestir de menina, pelo menos posso escolher que tipo de menina, não é?"

Minha mãe respondeu, "Ai meu deus... Já já vou ter que discutir sobre piercing com uma filha que eu nem sabia que tinha..." E com o comentário dela nós dois começamos a rir.

Estávamos ali conversando e eu acabando de ajeitar meu cabelo quando a Shelly entrou no quarto. Assim que ela me viu disse, "Uau! Vestida para matar!" Quando me virei para olhar vi a Shelly ficar roxa de vergonha quando percebeu que minha mãe estava ali no quarto. Ela disse, "Quer dizer... Desculpe sra. Taylor... Eu não sabia..."

Minha mãe sorriu e disse, "Eu estava pensando a mesma coisa, mas não ia dizer nada."

A Shelly tentou segurar o sorriso e perguntou, "Uau, mas por quê a produção?"

Eu expliquei, "Já que a gente vai sair para comprar roupas e coisas femininas e eu vou ter que ficar experimentando essas roupas, achei que o melhor jeito de não chamar a atenção seria esse. E, também, tenho que me acostumar um pouco afinal a festa é já na sexta-feira."

A Shelly entendeu e disse, "É. Mas a camiseta preta, a bota... Tipo, meio roqueira?"

Minha mãe disse na hora, "É, eu não sei... Essa bota..."

A Shelly me olhou de cima abaixo e disse, "Eu acho que está bom. Uma coisa meio rebelde... Fica bem nela... Quer dizer, nele... Ai, me desculpa Jordan... É que..."

Eu suspirei, "Eu sei... Eu pareço uma menina."

Ela me interrompeu, "Espera. Deixa eu terminar... É você parece uma menina. Mas sabe o que eu acho? Que esse visual fica bem em você. É um visual de quem atitude. E isso você tem sobrando."

Olhei para as duas enquanto elas me encaravam e disse, "Bom, então vamos às compras ou vamos ficar aqui discutindo meu gosto para moda?"

As duas riram tanto com meu comentário que chegaram até a ficar sem fôlego. Sinceramente a piada nem tinha sido tão engraçada assim, mas acho que acabaram rindo de tão nervosas que estavam. Foi aí que percebi que elas também estavam ansiosas com tudo aquilo. Afinal era a primeira vez que ia sair na rua daquele jeito.

Logo antes de sair fiz o meu gesto normal de pegar a carteira e colocar no bolso da calça. Só que... Bom, não dava para colocar a carteira no bolso da minha saia. É, dizer essa frase ainda não soa bem... Mas enfim olhei para a Shelly e vi que ela ia sugerir algo e interrompi imediatamente, "Nem a pau! Não vou ficar carregando uma bolsa por aí. Já estou no meu limite de mudanças para hoje." Vendo que não ia ter jeito ela concordou em levar minha carteira na bolsa dela.

Antes de sair de casa, ainda na porta, eu hesitei por um instante. Era a hora da verdade e eu sabia disso. Por mais que eu tentasse racionalizar na minha cabeça que eu vinha vestindo meus jeans femininos há muito tempo já, a saia e a camiseta que eu estava vestindo não tinham nada de racional. Respirei fundo, saí de casa, na verdade correndo para entrar logo no carro da Shelly.

A tarde de compras foi, claro muito mais longa do que eu queria, mas surpreendentemente não tão ruim quanto eu imaginava. Claro que na minha cabeça eu tinha pensado em ir em uma ou no máximo duas lojas. Uma para o vestido, uma para o sapato e, quem sabe, uma terceira para alguns acessórios. A excruciante caravana acabou sendo em quatro lojas diferentes apenas para o vestido, seguido de três outras para os sapatos e mesmo os acessórios precisaram de duas lojas diferentes... Comecei a me perguntar se um dia eu realmente conseguiria me acostumar com o universo feminino.

No domingo e no resto da semana, enquanto eu não estava na escola ou treinando beisebol eu estava trabalhando na minha fantasia. E, por trabalhar, eu quero dizer mais me preparando do que qualquer outra coisa. Veja bem, como minha mãe tinha falado, parecer uma menina era muito mais do que apenas colocar uma fantasia. E eu queria realmente surpreender a Sam então tinha decidido que ia praticar.

Então acabei passando todo o tempo livre que tinha em casa sozinho treinando gestos, postura, como andar, como sentar e tudo mais.

Até mesmo o sapato que eu ia usar na festa eu acabei comprando dois pares idênticos. Um para usar durante a semana e treinar e o outro para o dia da festa. Minha mãe me deu também algumas aulas básicas de maquiagem. No dia da festa tínhamos combinado que a Shelly vinha se arrumar em casa para me ajudar. Mas minha mãe me convenceu que eu devia saber pelo menos o básico para se precisasse retocar alguma coisa no meio da festa. Para falar a verdade eu acho que ela estava é se divertindo em ter uma filha por uns dias, então deixei a coisa rolar.

Durante a semana, a escola foi surpreendentemente bem. Com todo mundo se preparando para a festa, os professores diminuíram o volume de tarefas e trabalhos. E exceto por alguns idiotas, as pessoas estavam começando a aceitar tanto eu como a Sam. Nós ainda recebíamos um ou outro olhar de reprovação de algumas pessoas, mas nunca mais ouvimos nenhum comentário. A vida estava estranhamente calma, descontado os meus preparativos para a festa.

A Lyndsey e o Brett combinaram de manter a fantasia deles em absoluto segredo, então ninguém sabia nada. Na verdade, várias pessoas entraram na brincadeira, principalmente os casais. A Shelly e a Rachel, por exemplo, também estavam mantendo suas fantasias em segredo. E consegui que a Shelly mantivesse segredo não só sobre a minha fantasia mas também como eu tinha me vestido no dia em que saímos para as compras. Minha ideia era surpreender a Sam o máximo possível. Tinha certeza que ela ainda achava que eu ia vir com alguma coisa simples, como a minha sugestão do jogador de basquete. E, claro, ela também não falava nada sobre a fantasia dela, apenas que eu ia gostar bastante.

Com isso, chegou o sábado e, apesar da festa começar às sete da noite, a Shelly estava na minha casa às onze horas da manhã...

****

Durante a tarde inteira minha mãe e a Shelly trabalharam na minha transformação. A primeira coisa que elas fizeram foi atacar meu cabelo. Segundo elas era apenas para dar um 'formato' e tirar o jeito de mendigo. Depois foi a vez das minhas sobrancelhas. Eu fiquei surpreso que ainda sobrou alguma coisa depois de tanto que elas arrancaram. E enquanto a Shelly arrancava um por um dos pelos em cima dos meus olhos, minha mãe trabalhava nas minhas unhas. Ela estava preenchendo-as com algum tipo de cola e tinha umas extensões, ou seja lá qual fosse o nome, prontas para colar. Cheguei a reclamar de que eram muito compridas o que fez ela apenas me mostrar a embalagem que dizia 'tamanho pequeno'.

Minha mãe tinha acabado de ajustar as unhas quando a Shelly começou a passar uma gosma fedida na minha cabeça. Segundo ela, eu precisava disso para clarear um pouco o cabelo para ficar da mesma cor que o resto das extensões. Eu, claro, cada vez entendia menos o que estava acontecendo, mas resolvi relaxar e deixa-las se divertirem. Enquanto esperava meu cabelo terminar de ficar pronto minha mãe colocou minhas unhas embaixo de uma luz, talvez para secá-las. Elas, então, me mandaram para o chuveiro para lavar e passar condicionador duas vezes no meu cabelo.

Depois que saí do banho elas tinham deixado na cama a roupa de baixo que eu devia usar. Uma calcinha como as que eu já estava acostumado e um sutiã sem alça com uma estranha parte emborrachada por dentro. Segundo elas isso ia mantê-los firmes e deixar tudo apertado no lugar certo. Depois de vestir eu olhei para baixo e meus peitos pareciam enormes. As duas quase se acabaram de rir quando eu disse que dava para perder coisas dentro do meu decote...

A Shelly então começou a secar meu cabelo enquanto minha mãe pintava minhas unhas de rosa. Ela até pintou minhas unhas do pé e quando eu reclamei falando que o meu sapato era fechado, ela só concordou e não fez nenhum movimento para parar. Finalmente, com meu cabelo pronto a Shelly começou a trabalhar em colar as orelhas pontudas que me dariam o visual adequado junto com os prolongamentos no cabelo que completariam a fantasia. Enquanto as minhas orelhas de elfo secavam ela me passou um par de brincos que eu consegui colocar sem problema, graças aos furos que minha mãe tinha feito nas minhas orelhas de verdade na semana anterior.

Depois disso a Shelly foi tomar banho e se arrumar enquanto minha mãe terminava minha maquiagem. Fiz as contas e, sem contar as pausas, já estávamos nesse processo há quase cinco horas! Cheguei a tentar resmungar um pouco sobre o quanto isso tudo estava levando, mas minha mãe não deu muita bola. Continuando com a maior naturalidade, checou as minhas unhas e disse que era hora de colocar o vestido e o resto da fantasia.

Minha mãe me ajudou a vestir a meia-calça que era de um tom claro e tinha sido permeada por glitter. Aliás se tinha algo que não faltava na minha fantasia era glitter. Por todo o lado que eu andava podia ver o rastro cintilante que eu deixava. De uma certa forma isso ia dar ainda mais realismo para a minha personagem. Enfim, coloquei a meia-calça com a ajuda da minha mãe e ela então tirou o vestido do cabide no armário. Eu quase não consegui acreditar que era o mesmo que tínhamos comprado.

Quando experimentei o vestido na loja ele era bonito, mas nada especial. Era do tom verde que queríamos e a Shelly disse que isso era o mais importante. Ela então tinha tirado minhas medidas e levado o vestido para uma costureira. O resultado era absolutamente impressionante. O vestido tinha apenas uma alça em um ombro e deixava o outro ombro à mostra. Era decotado o suficiente, mostrando as minhas curvas, mas evitando que eu me metesse em encrenca com os professores e organizadores da festa. Existiam regras muito claras do que era ou não apropriado. Enfim, a costureira tinha encurtado ele um pouco em um dos lados também criando uma forma irregular. Um tecido por baixo também dava mais volume para a saia. E o comprimento também não era nada ousado, chegando pouco abaixo das minhas coxas. E, é claro, glitter... Muito glitter...

Quando minha mãe estava terminando de subir o zíper do meu vestido, a Shelly saiu do banheiro, já vestida com a sua fantasia quase completa. Eu adivinhei na hora, mesmo ainda não vendo o cabelo e outros acessórios. Era o vestido da Cinderela. Não que eu fosse um especialista em princesas, mas alguns personagens são inconfundíveis. O vestido azul, as luvas brancas. Só podia ser. Mas o que me chamou a atenção é que ela estava linda.

Eu nunca tinha visto a Shelly com roupas bem femininas. Acho que entre ela e a Rachel ela era sempre a mais masculina do casal. E foi exatamente por isso que elas combinaram de ir a Shelly como Cinderela e a Rachel como o príncipe. Quando a vi percebi que, por mais desconfortável que eu estivesse na minha fantasia, ela estava pior do que eu. Pelo menos o meu vestido era curto e de fácil manejo. O dela era longo, complicado e parecia que cada passo que ela dava precisava ser cuidadosamente calculado. Não pude deixar de soltar uma risada, dizendo, "Pelo menos não estou sozinho nisso..."

Ela estava me olhando com os olhos arregalados. E disse, "Caraca, Jordan! Você está linda!"

Eu corei um pouco, "Obrigado, Shelly. Mas duvido que eu esteja metade do que você está. Nunca pensei que fosse ver você vestida desse jeito."

Ela virou os olhos, "Isso é para a Rachel. Normalmente é ela que se produz toda, então quando ela pediu que eu fizesse isso por ela, achei que tinha que fazer." Ela tentou achar o espelho para se olhar e viu que ele estava virado para a parede. E disse, "Espera... Você ainda não se viu no espelho, não é?"

Eu sacudi a cabeça, "Não... Minha mãe não queria que eu me visse antes de ficar tudo pronto. Seja sincera, estou ridículo, não estou?"

Minha mãe interviu, "Nada de ridículo. Espera só e você vai ver. Shelly, me ajude a colocar as asas para ele ter o impacto completo."

Eu ainda resmunguei, "Tanto faz... Vamos logo."

Minha mãe tinha encomendado as asas pela internet. Eram feitas de um jeito que encaixavam em um suporte que tinha sido costurado ao vestido. Assim não precisava de nenhuma alça ou qualquer outra coisa que atrapalhasse a fantasia. Ela pegou as asas cuidadosamente e as encaixou no vestido.

Com isso fui para perto do espelho e minha mãe começou a virá-lo devagar, tentando fazer suspense. Eu resmunguei, "Mãe, para de gracinha..." Ela então respirou fundo e virou o espelho de uma vez.

Eu estava preparado para tudo. Enquanto elas trabalhavam na minha transformação eu tinha pensado várias vezes em qual seria o resultado. E pensei em tudo, desde uma caricatura bizarra até o mais parecido possível com a personagem. Mas nada tinha me preparado para aquilo. Demorou uns segundos para que eu conseguisse acreditar que a imagem do espelho era eu. Vi uma linda fada, com o cabelo claro, longo e cacheado. A maquiagem realçava meu rosto e meus olhos azuis combinavam perfeitamente com a personagem. Fiquei ali, olhando por alguns minutos, e a única coisa que consegui murmurar foi o nome da pequena fada, "Sininho..."

Eu não sei quando tempo fiquei ali, em transe com a minha imagem. Foi a Shelly que me trouxe de volta à realidade, falando enquanto estalava os dedos na minha cara, "Jordan! Você está bem?"

Eu pisquei e olhei para ela, ainda sem reação, "O que? O que você disse?"

Ela riu e repetiu, "Eu perguntei se está tudo bem. Você parecia estar hipnotizado..."

Eu respondi, "Não... Quer dizer, sim... Tudo bem. É que eu nunca imaginei que 'isso' fosse possível. Quer dizer... Nunca pensei... Você acha que Sam vai gostar?"

Ela continuou rindo, "Jordan, você está muito além de linda. A Sam vai cair de costas."

Eu dei um sorrisinho, "Tomara..." E aí reparei que ela tinha acabado de se arrumar, com maquiagem, cabelo, tiara e tudo mais. E estava linda. Eu disse, "Você também... Sabe que a Rachel não vai nem acreditar, não é?"

Ela sorriu, "Tomara... E aí, pronto para despedaçar corações?"

Eu concordei e pisquei para ela, "Bora!"

Minha mãe nos interrompeu, "Primeiro uma pausa para as fotos!"

Capítulo 21

Por sorte só levou uns quinze minutos até minha mãe ter todas as fotos que ela queria tanto de mim quanto da Shelly. Quando entramos no carro da Shelly eu ainda estava meio atordoado. Apesar de ter visto a minha imagem no espelho, quando vi as fotos tive uma sensação diferente. De alguma forma elas colocavam uma certa vida e perspectiva na cena. Era como estar me vendo pelos olhos das outras pessoas. E isso começou a me deixar apavorado.

Eu me dei conta que, quando decidi fazer isso, eu estava tão concentrado em fazer dar certo que não parei para pensar duas vezes. Mas agora... Era diferente. Ou pelo menos as coisas iam ser diferentes daqui para frente. Não importa o tamanho das mudanças que estavam acontecendo comigo e o quanto eu as aceitasse, eu sempre tinha dito, e me convencido, de que por dentro eu ainda era um menino. Mesmo na semana passada quando fiz o discurso para a classe inteira, era isso que eu dizia. Agora, ali estava eu, vestido de Sininho e indo para uma festa onde a escola inteira ia me ver.

A Shelly me chamou, "Jordan?"

Quer dizer, eu sabia que estava bem naquela fantasia. Não era vaidade, ou coisa parecida. Mas até agora eu só tinha me visto no espelho, o que me aproximava de mim mesmo. Mas depois que vi as fotos... Foi esquisito. Porque eu vi as fotos com o olhar de um menino vendo fotos de uma menina linda. E pensei como meus outros amigos me veriam...

A Shelly tentou de novo, "Jordan!" Eu mal ouvi a voz dela de tão entretido que estava com meus pensamentos.

Apesar de eu ser baixinho para um menino, eu sabia que eu tinha, nesse momento, um corpo que a maioria das minhas amigas daria tudo para ter. Juntando o vestido, a maquiagem e o salto-alto, a imagem que eu vi nas fotos era de uma garota ansiosa pelo seu primeiro baile. E essa ansiedade é que me chamou a atenção. Eu era um menino, ou pelo menos era o que eu achava que era na minha cabeça, e mesmo estando ali, no auge da feminilidade, ainda assim estava sorrindo. Caraca, mais do que sorrindo, eu estava vibrando...

De repente eu senti o carro parando enquanto a Shelly entrava em um estacionamento tão rápido que quase fez o carro derrapar. Ela parou, puxou o freio do carro e disse alto, "Jordan! Olha para mim!"

Eu olhei para ela e vi uma expressão preocupada no seu rosto. Quando me dei conta eu estava sentado abraçando minha barriga e balançando um pouco enquanto pensava em toda a situação. Também percebi como minha respiração estava acelerada e meu coração batendo forte. Eu tentei responder, brigando com meu pânico, "Putz... Desculpa..."

Ela colocou a mão no meu ombro tentando me acalmar, "O que aconteceu? Está tudo bem?"

Ainda tentando me controlar eu murmurei, "Tudo... Quer dizer... Acho... É que... Só agora... Me dei conta... Entende?..."

Ela sacudiu a cabeça de leve e disse, "Não, eu não entendo... Respira fundo, ok? Se você continuar assim vai acabar desmaiando. Eu achei que você estava ok com tudo isso."

A Outra Opção

Eu quase engasguei, "Estou... Quer dizer... Estava... Não sei... Me dei conta... Como eu vou parecer para todos os meus amigos... Eu sempre disse que sou um menino... Mas olha para mim agora..."

Ela disse, "Jordan, calma! Relaxa! Não tem motivo para se apavorar. É só uma fantasia."

Eu balancei a cabeça e disse, "Será que é? Eu já não sei..."

Ela demorou alguns segundos para entender o que eu disse e arregalou os olhos dizendo, "Olha... Se você acha que isso tudo é muita coisa para absorver, eu posso cancelar."

Eu falei, "Não! A Sam está esperando por isso há tempos... Eu não vou cancelar..."

Ela suspirou, "Jordan, se está tão difícil pra você, ela vai entender."

Eu sacudi minha cabeça rapidamente e disse, "Eu... Não vou... Cancelar... Preciso só de um minuto..."

Ela disse mais alto, "Jordan, você está hiperventilando e entrando em pânico. Acalme-se! A Sam entenderia."

Eu respondi, "É... Ela entenderia... Mas é a primeira festa dela... Como ela mesma... Eu não vou cancelar... Por nada nesse mundo..."

Ela arregalou os olhos de novo quando entendeu o motivo da minha determinação e disse, "Jordan, isso é... incrível..." Eu encolhi meus ombros tentando retomar o controle e depois de um minuto ela disse, "Ok, tenta pensar em outra. Qualquer coisa..."

Eu resmunguei, "Estou tentando, Shell..."

Mais alguns momentos passaram e ficou claro que eu não ia conseguir me controlar. Ouvi ela falando para ela mesma, "Não acredito que ou vou ter que fazer isso..." E antes que eu me desse conta do que ia acontecer, ela olhou para mim, segurou meu rosto e me beijou. Isso me tirou do meu ataque de pânico tamanho foi o susto. Ela me beijou longamente e a única coisa que eu podia pensar era em como os lábios dela eram macios colados nos meus. E percebi que parte disso era pelo fato de que nós dois estávamos usando o mesmo batom. Quando me dei conta do que estava acontecendo, parei imediatamente.

Eu disse, "Shelly! O que foi isso?" Eu olhei assustado, mas vi o sorriso no rosto dela.

Ela me olhou por um momento, mordendo os lábios, e disse, "Bom, pelo menos o seu ataque de pânico parou?" Eu pensei um pouco e concordei. Eu ainda estava respirando rápido, mas sob controle. Ela continuou sorrindo, "Eu fiz isso porque precisava te dar um choque para te tirar do pânico. Li isso em um site sobre ansiedade. E, pra ser sincera... O jeito como você falou da Sam e tudo o que tem feito por ela... É tão lindo. Fiquei com vontade de te beijar por isso também. Mas eu ainda não gosto de meninos. Aliás você foi o primeiro que eu beijei na minha vida..."

Eu resmunguei, "Do jeito que estou vestido não pareço nada com um menino."

Ela sorriu e disse, "É, não parece. E isso acho que fez tudo mais fácil. Mas você ainda é o Jordan, meu amigo, mesmo parecendo uma fadinha linda. Você é meu amigo e está fazendo algo incrível pela namorada, não importa o quanto difícil seja... Eu respeito muito isso. Eu te beijei para te tirar da espiral em que você estava, mas também porque você é um amigo maravilhoso... Agora, você acha que vai conseguir?"

Eu concordei, ainda tentando manter minhas emoções sob controle. Depois de alguns segundos eu disse, "Vou sim... Quando chegarmos lá e todos nos virem... Vai ser como arrancar um band-aid. De uma vez!"

Ela sorriu e disse, "Então vamos nessa. Se você começar a entrar em pânico de novo, me avisa antes de ficar insuportável, ok?" Então ela voltou a dirigir e em menos de cinco minutos estávamos entrando no estacionamento da escola. Depois de estacionar ela se aproximou de mim. Eu achei que ela ia me beijar de novo e quase fui para trás para desviar. Mas ela queria arrumar minha maquiagem depois do pânico e do beijo. Assim que ela terminou, ela pegou o telefone e mandou uma mensagem para a Rachel.

Eu estava ainda me olhando no espelho do banco do passageiro quando ouvi o telefone dela apitar. Ela olhou a mensagem e me disse, "Elas estão quase aqui. Pronto?"

Eu respondi, "Claro que não! Mas estamos aqui, não estamos? E se tem uma coisa que eu quero ver é a cara das duas quando nos virem."

Ela riu alto, "Quer saber? Eu também. Vamos pegar as suas asas e colocar, para a Sam ter o impacto completo."

Nós saímos rapidamente do carro, pegamos minas asas brilhantes no porta-malas e a Shelly me ajudou a coloca-las. Eu não disse mais nada e apenas abracei-a. Um abraço apertado, que dizia tudo. Dizia obrigado por tudo o que ela tinha feito por mim. Ela também não precisou dizer nada porque entendeu a mensagem e me abraçou de volta.

Estávamos nos abraçando quando ouvi uma buzina. Virei e vi a Rachel e a Sam saindo do carro.

A Rachel chegou na frente e pude ver a fantasia. Eu já sabia que seria o príncipe da Cinderela que tinha me dado carona, mas não estava pronto para aquilo. Ela criou uma versão andrógena do príncipe, meio sedutor e meio feminino. Ela estava com calças de couro justa, com uma jaqueta colorida e uma maquiagem forte no rosto. Eu ouvi a Shelly engolir em seco atrás de mim, enquanto a Rachel ficava olhando para nós dois, sem saber em quem focar sua atenção. Foi aí que a Sam chegou.

Eu ouvi a Sam dizer, meio sem fôlego, "Jordan? Ai.. Meu... Deus! Você está..." Ela me olhou de cima abaixo tentando absorver cada detalhe, "Linda!"

Eu corei e fiquei olhando para ela. Levei alguns minutos para me dar conta do que ela estava fantasiada. Assim como a Rachel ela tinha dado um toque novo a um personagem. Estava com botas de camurça marrom, uma meia-calça do mesmo tom verde que a minha, sem o glitter, é claro, um vestido verde colado ao corpo. Vi que ela também tinha orelhas pontudas de elfo. Um chapéu verde pontudo de lado e a espada na cintura acabaram de entregar a identidade do personagem. Eu disse, "Espera... Peter Pan?"

Ela riu e disse, "Isso mesmo... Mas ninguém sabia da minha fantasia, como você descobriu?"

Eu sacudi a cabeça, "Eu não descobri nada... Todas as minhas ideias eram ruins e um dia olhando no espelho eu achei que estava parecido com a Sininho. Aí lembrei que você disse que um dia queria me ver vestido assim, quer dizer, como menina..." Eu parei de falar para colocar meus pensamentos em ordem, e perguntei, "Mas, como você decidiu pelo Peter Pan?"

Ela deu um sorrisinho e disse, "Aquele dia em que combinamos de ir como algo que não éramos. Então eu pensei que uma fantasia de um personagem masculino ia cair perfeitamente. Aí lembrei o quanto você gostava de ler a história do Peter Pan. E com a minha transição, a história do 'garoto-perdido' também caiu bem."

A Rachel perguntou, meio incrédula, "Vocês não planejaram isso? Mesmo?"

A Sam respondeu, ainda sem tirar os olhos de mim, "Não. Não mesmo... O Jordan sempre lia esse livro e eu lembrei disso então achei que ele ia gostar."

Eu sorri e tentei piscar para tirar a umidade se formando nos meus olhos, "Era um jeito de escapar da realidade e dos meus problemas de saúde. A ideia de ser levado para um lugar onde eu nunca envelhecesse e nunca ficasse doente..." A Sam rapidamente veio e enxugou o canto dos meus olhos com um lenço de papel que não sei de onde ela tirou.

A Outra Opção

Ela sussurrou, "Tudo bem, Jordan. Você não está mais doente."

Eu sorri, "Eu sei... É só que... Nós estamos aqui e você finalmente está podendo ser você mesma... E temos a Shelly e a Rachel... Quer dizer, mesmo eu estando aqui vestido de fada... Com tudo o que está acontecendo... Estou tão feliz com tudo. É tudo tão..."

Ela sorriu e sussurrou, "Emocionante..." Então ela abaixou um pouco e me deu um beijo tão suave que me arrepiou inteiro.

Depois de nos beijarmos por alguns segundos, a Shelly achou que era hora de interromper, "Então, estão prontas?" A Sam e a Rachel disseram que sim e eu não pude resistir. Balancei meus ombros e os sinos das minhas asas fizeram um barulhinho ao mesmo tempo que glitter caía pelo chão. As três riram enquanto nos demos às mãos e fomos juntas para dentro. E percebi que, pela primeira vez tinha usado o adjetivo feminino para me incluir às meninas.

Dizer que eu estava nervoso quando entramos no salão, é pouco. Ainda bem que eu estava rodeado pelas meninas, do contrário eu teria amarelado. Eu não sei porque achei engraçado, mas quando o diretor olhou para nós, seus olhos congelaram em mim. O seu olhar confuso foi realmente engraçado. Eu apenas disse, "Oi, sr. Miller."

Ele rapidamente disfarçou o olhar antes de dizer, "Olá senhorita... Quer dizer, humm... Jordan?"

As meninas ficaram olhando para ele e eu apenas ri, dizendo, "É só uma fantasia, sr. Miller. Todas as outras ideias que eu tive não combinavam com..." Parei de falar apenas gesticulando para o meu corpo. Ele olhou um pouco confuso com um olhar que eu não consegui exatamente identificar.

E Sam disse, "E também, com isso estamos combinando, não acha?"

Ele sorriu e concordou, "Bom, meninas. Divirtam-se... Quer dizer... Meninas e Jordan..." Frustrado com o meu sorriso ele apenas resmungou, "Não sei nem porque eu me dou ao trabalho de tentar entender... Divirtam-se todos. Jordan e Samantha, se alguém os provocar falem comigo ou com algum professor, ok? Não tentem lidar com isso sozinhos."

Nós dissemos ao mesmo tempo, "Sim, senhor!" E saímos rindo em direção ao salão.

Com a interação e a confusão do sr. Miller, eu reparei que meu nervosismo tinha passado. Fiquei impressionado como algo tão pequeno podia mudar a perspectiva. Acho que o meu grande medo era do choque inicial. Afinal, até agora só quem tinha me visto eram a Sam, a Shelly e a Rachel, todas muito próximas. A reação positiva do sr. Miller me trouxe uma dose extra de confiança.

Conforme andamos pelo salão percebi que a maioria dos alunos estava achando minha fantasia normal. Ter a Sam do lado com a fantasia combinando ajudava bastante. A única coisa que realmente me incomodou era como os outros meninos ficavam olhando para o meu decote enquanto falavam comigo. Levou um tempo para me acostumar e aceitar, com a Sam me explicando que isso era normal. Infelizmente parecia que era uma situação que meninas conviviam diariamente. E agora era a minha vez.

A música começou às sete da noite e com isso a festa encheu rapidamente. Depois de uns quinze minutos ouvi uma voz atrás de mim, "Não acredito! Caraca! Jordan?"

Olhei para trás e vi o Tom com os olhos arregalados, e disse, "Muito cuidado com o que você vai dizer."

Ele olhou para os meus peitos por um segundo depois subiu e me olhou nos olhos. E disse, "Cara! Putz... Você está... Caraca, como vou dizer... Você está gostosa!"

A Sam passou o braço em volta da minha cintura, olhando desafiadoramente, enquanto uma menina saiu de trás dele e deu um tapa no ombro dele.

O Tom ficou quieto e corou. A menina sorriu e estendeu a mão, dizendo, "Meu nome é Steph. Vocês devem ser Jordan e Sam. Eu sou amiga do Tom."

Fiquei em choque, não por ela saber quem éramos, mas pelo Tom ter uma amiga para levar no baile. Eu perguntei, "Prazer. Mas você veio com ele por quê? Perdeu uma aposta ou coisa parecida?"

Ela riu, "Agora tenho certeza que você é o Jordan. O Tom me contou sobre você..." Ela então olhou para a Sam e para mim e sorriu, "Animal a fantasia de vocês!"

Depois que o Tom se recuperou, conversamos por alguns minutos. Ele explicou que ela jogava Softball em uma escola particular e a técnica do time delas nos viu todos treinando juntos e pediu que o Tom as ajudasse também. No fim das contas, arrumar para que ele treinasse Softball acabou ajudando mesmo. Estávamos ali conversando fazia uns dez minutos quando a Shelly chegou.

Meio apressada ela disse, "Jordan, parece que tem um problema com o Brett e a Lyndsey."

Preocupado, eu perguntei, "Eles estão bem?"

Ela respondeu, "Sim. Mas não estão deixando eles entrarem. O sr. Miller os levou para a sala dele. Preciso que você venha comigo."

Deixamos o Tom e a Steph e seguimos a Rachel e a Shelly até a sala do sr. Miller. Logo antes de abrir a porta eu pude ouvir o Brett falando, "Mas, sr. Miller, nós não estamos querendo desrespeitar nem provocar ninguém, eu juro."

A Shelly abriu a porta e nós entramos todos na sala do sr. Miller. Ele parecia bravo e quando olhei para o Brett e para a Lyndsey eu simplesmente arregalei os olhos e fiquei de boca aberta, sem saber o que dizer. As outras três meninas tiveram a mesma reação.

O sr. Miller olhou para nós e percebeu o nosso susto. Ele, então virou para os dois e disse, "E vocês acabaram de me dizer que eles sabiam disso tudo. É por isso que eu vou chamar seus pais."

Isso me trouxe de volta para a realidade. Eu disse, "Espere um pouco, sr Miller. O que está acontecendo? Por que eles estão encrencados?"

Ele suspirou e disse, "Jordan... Nós não podemos ter alunos fazendo esse tipo de gracinha." Ele parou por um minuto para pensar no melhor jeito de falar. E continuou, "Com você e a Samantha participando do baile, nós estávamos preocupados com algum aluno querer fazer algum tipo de gozação com vocês. Os dois aqui estão dizendo que vocês sabiam da fantasia deles, mas pela reação de vocês está claro que é mentira."

Eu não entendi, "Mas nós sabíamos... Quer dizer, não exatamente as fantasias, isso era uma surpresa. Mas somos todos amigos. Combinamos isso semanas atrás."

Isso fez o sr. Miller relaxar um pouco. Ele olhou para mim e depois para a Sam que estava confirmando tudo. Ele perguntou, "Vocês combinaram? Então vocês estão bem com isso?"

A Lyndsey completou, "Sim, eles estão. Na verdade, nos fantasiamos assim como forma de apoio. Não estamos tentando provocar ninguém."

O sr. Miller resmungou, "Ah... Então... Eu..."

Eu falei, "Sr. Miller, veja bem. Eu realmente agradeço a forma como o senhor está cuidando de nós. Mas nesse caso, realmente, não precisa. O Brett é um grande amigo."

Ele suspirou e disse, "Bom, nesse caso... Peço desculpas."

A Sam se aproximou dele e disse, "Tudo bem sr. Miller. O senhor tem sido um grande amigo. Só podemos agradecer." E para a surpresa do diretor, ela o abraçou e deu um beijo no rosto dele. O que, claro, deixou o coitado ainda mais envergonhado.

Já estávamos todos no corredor quando eu realmente pude olhar para a fantasia deles direito e fiquei surpreendido. A Lyndsey estava com uma calça jeans, camiseta branca e uma jaqueta de couro um pouco justa e com a gola alta, virada para cima. Reparei que ela tinha cortado o cabelo para deixa-lo mais curto e tinha passado uma tonelada de gel para não só o deixar em ordem, mas também para manter um topete enorme na frente. Ainda de quebra trazia um pente pequeno na mão.

Mas foi a fantasia do Brett que completou a cena. Ele estava com um vestido preto com bolinhas brancas, com uma saia cheia e salto alto. A maquiagem dele tinha sido feito num estilo pin-up dos anos sessenta e por cima trazia uma jaqueta de couro rosa clara, escrita atrás 'Pink Ladies'. Não sabia se o cabelo dele era uma peruca loira ou se ele tinha pintado o cabelo e colocado o mesmo tipo de extensão que eu. Tenho que admitir que, apesar da altura dele, estava bem 'passável'. Não pude me conter e dar um sorrisinho.

O Brett pareceu envergonhado e perguntou, "Está assim tão ruim?"

Eu rapidamente sacudi minha cabeça, dizendo, "Não! Não está mesmo, Brett. Eu estava sorrindo porque lembrei o nome dos personagens... Sandy e Danny, não é? Agora você precisa me dizer se prefere Sandy ou Brittany. E outra coisa... Caraca, eu achava que você já era alto, mas com esses saltos..."

Ele corou um pouco e disse, "Gostei... Brittany. Na verdade, pode me chamar de Britt, como sempre." E eu quase não percebi que ele tinha mudado o 'e' para 'i' no nome dele... ou dela... Bom, ele era transgênero e estava se apresentando como menina... Caraca, já não sabia mais o que pensar...

Conversamos um pouco atualizando todos sobre os últimos acontecimentos enquanto andávamos de volta para o salão. Quando entramos eu percebi que o número de pessoas tinha pelo menos dobrado desde que saímos para ajudar nossos amigos. Respirei fundo e entrei sem medo.

A essa altura, a maioria dos presentes já tinha ou visto ou ouvido da minha fantasia e do fato de eu não estar mais escondendo a minha 'situação'. O que surpreendeu a todos foi mesmo o Brett, ou a Britt. No começo algumas pessoas ficaram um pouco desconfortáveis. Mas depois, vendo a fantasia da Lynsdey e como os dois estavam combinando, passaram a tratar como se fosse uma piada, exatamente como ela previu.

Não demorou muito tempo para encontrarmos o resto do time de Softball e seus pares, junto com o Tom, a Steph e o Rick. Todos estavam se divertindo e depois do susto inicial de me ver vestido de Sininho, as pessoas na verdade esqueciam do assunto e voltavam a me tratar como sempre. Apenas o Tom e o Rick, de vez em quando ficavam me olhando. Mas assim que percebiam que eu estava olhando de volta, disfarçavam e olhavam para outro lado. Pra ser sincero eu não os culpava. Se eu estivesse sem a Sam, provavelmente também ficaria secando uma menina que estivesse vestida como eu estava. Pelo menos era a forma que eu tentava racionalizar o assunto.

As meninas tentaram me arrastar para a pista de dança algumas vezes, mas sem sucesso. A ideia de me soltar e começar a dançar, vestido do jeito que eu estava, começou a fazer meu pânico bater na porta novamente. Quer dizer, até a hora que começou a tocar 'Shut up and Dance'. Todas as meninas gritaram juntas e aí eu não tive mais opção.

Mesmo com os meus nervos à flor da pele, estar em volta das meninas, todas animadas, e ter a Sam na minha frente sorrindo, ajudou a me acalmar. Comecei a dançar, o que confesso, foi um pouco esquisito. Primeiro, os malditos saltos... Quando dizem que mulheres são melhores porque fazem tudo o que os homens fazem, e ainda de salto alto, é a mais pura verdade. Demorou uns minutos só para me acostumar com isso. Depois tinha o fato de que, do jeito que eu estava vestido, era melhor tentar dançar como uma menina para não passar ridículo. A Sam imediatamente entendeu meu dilema e pediu que eu a acompanhasse. Em pouco tempo eu já estava completamente à vontade, gritando 'shut up and dance with me' em alto e bom som. Ficamos na pista ainda mais umas quatro músicas. A Shelly riu e me mostrou que era fácil ver onde eu tinha dançado, pelo rastro de glitter que caíam das minhas asas. A essa altura eu já estava meio sem fôlego de tanto pular quando a Sam me puxou para o lado da pista.

Estávamos descansando um pouco enquanto víamos o Brett e a Lyndsey dançando quando a Sam falou, "Estou preocupada com ela."

Eu perguntei, "Quem? A Lyndsey?"

Ela sacudiu a cabeça e disse, "Não. A Britt... Era para ser só uma fantasia, lembra? Para ela experimentar sem ninguém desconfiar da verdade... Mas olha como ela está natural. Quando elas chegaram, a Britt estava andando como se fosse apenas um homem vestido de mulher. Mas olha agora..."

Eu olhei as duas com mais atenção e concordei. O Brett já tinha dois metros de altura e os saltos adicionavam uns dez centímetros. Mas ainda assim, ele estava dançando perfeitamente bem. Bem melhor do que você esperaria de um jogador de futebol americano vestido de mulher. Eu concordei, "Você tem razão. Tomara que ninguém mais perceba... Talvez ele possa dar a desculpa que se acostumou no meio da festa com os saltos... Sei lá... Eu me acostumei."

Ela me olhou de volta e sorriu, "Aliás, eu acho que você vai ter que usar salto mais vezes."

Eu olhei para ela sem entender e perguntei, "Como assim? Por quê?"

Ela abriu o sorriso mais ainda e disse, "Porque fica mais fácil para eu fazer isso..." Ela me puxou para perto e me beijou, de novo dando arrepio pelo meu corpo.

Por mais que eu não quisesse parar o beijo, tive que dizer, "Não prometo nada, mas pelo menos agora tenho um bom incentivo."

Ela piscou o olho pra mim. E disse, "Está com sede?"

Eu concordei e disse, "Estou sim. Senta enquanto eu vou pegar um refrigerante para nós"

Ela ainda tentou argumentar que talvez não fosse uma boa ideia eu ir sozinho, mas eu disse que tudo bem e fui até a mesa de bebidas. A verdade é que eu já nem lembrava mais como estava vestido, ou talvez já tivesse me acostumado com a ideia. Estava na fila para pegar as bebidas quando alguém me cutucou por trás. Virei e vi que era o Teddy.

Imediatamente fechei os punhos do meu lado e perguntei, "O que você quer, Teddy?"

Ele se surpreendeu com a minha reação e olhou para baixo colocando as mãos no bolso e disse, "Nada, Jordan... Eu só... Quer dizer... Jordan, me desculpa, cara!"

Agora quem estava surpreso era eu. Perguntei, "Desculpe por quê?"

Ele disse, "Por tudo, eu acho... Pelo modo que eu tratei você... E a Sam... Por ter sido um amigo de merda... Me desculpa mesmo, cara!"

Eu estava tentando entender exatamente o que ele queria dizer. Ele nunca tinha dito nada de ruim para mim ou para a Sam. Ele tinha ficado na dele, talvez até nos evitado de alguma maneira, mas nada demais. Então eu perguntei, "Mas o que fez você mudar de ideia?" Ele não falou nada só encolheu os ombros. Eu continuei, "Veja, essa não é a reposta. Hoje, o jeito como estou vestido é só uma fantasia, eu garanto. Mas e amanhã? E se eu resolver ir fundo nessa minha mudança? E daí?"

Ele finalmente olhou nos meus olhos e disse, "Jordan... Isso tudo é muito estranho para mim. Sabe, a vida inteira meus pais me disseram um monte de coisas sobre isso, sobre como é errado e tudo mais... Mas eu penso em tudo o que você passou e como você é meu amigo e o quanto gosto de você... De novo, me desculpa por ter sido um idiota..."

Eu dei um sorriso e disse, "Tudo bem cara. Não precisa se desculpar... Estamos bem? Fazemos o que agora?"

Ele encolheu os ombros de novo e disse, "Não sei... Eu não planejei nada depois de te pedir desculpas... Eu na verdade preciso voltar para a menina que veio comigo. Nem avisei que eu ia vir aqui. Ela deve estar achando que fugi... Mas eu tinha que te pedir desculpas."

Eu disse, "Ok. Obrigado, Teddy. Significa muito pra mim. Falamos na segunda-feira na aula?"

Ele concordou e antes de sair ainda disse, "Sabe... Você e a Sam estavam muito bem dançando... Quer dizer, pareciam felizes... Queria que você soubesse isso também." Ele corou um pouco e saiu quase correndo antes que eu pudesse dizer qualquer coisa. Eu estava ali ainda pensando quando ouvi o barman perguntar o que eu queria beber. Peguei as bebidas e voltei para onde a Sam estava.

Assim que cheguei ela perguntou, "O que o Teddy queria com você?"

Eu disse, "Você viu?" Ela concordou e eu vi que estava preocupada. Continuei, "Ele queria se desculpar por ter sido um amigo de merda."

Ela perguntou, "E você acredita nele?"

Eu disse, "Acho que sim... Quer dizer, sei que ele ainda está confuso. Mas pelo menos está tentando. Parece que os pais deles encheram a cabeça dele de minhoca. Ele está tentando conciliar tudo. Pelo menos é um começo."

A Sam disse, "Vamos esperar para ver, mas tomara que ele consiga."

Eu disse, "Tomara..."

Nossa conversa foi desviada pela Shelly e a Rachel que chegaram rindo baixinho de alguma coisa. Eu não consegui ouvir bem o que era, mas vi que as duas estavam com o batom borrado, seguramente por terem se beijado. Eu sorri, mas meu pensamento ainda estava na última parte da minha conversa com o Teddy. Em como eu e a Sam parecíamos felizes. Apesar de todos os conflitos dentro de mim, pelo menos essa noite eu estava realmente feliz. Dançando com a Sam e com as meninas, mesmo parecendo uma fada, eu estava feliz. E não tinha pensado nem uma vez nos meus problemas.

Quando terminei meu refrigerante vi a Sam rindo para mim, "Queria saber qual pensamento trouxe esse sorriso no seu rosto."

Antes que eu pudesse responder, o DJ anunciou que ia tocar algumas músicas para os casais. Eu estendi minha mão para ela e disse, "Então, o que um cara tem que fazer para conseguir dançar com a namorada nessa festa?"

Ela deu um sorrisinho e segurou minha mão, "É só pedir..."

Logo estávamos dançando abraçados na pista. Eu de salto e ela de botas me deixava quase do tamanho dela. A música estava quase terminando quando ela sussurrou no meu ouvido, "A Shelly me contou o que aconteceu no carro. Jordan, você não precisava..."

Eu sussurrei de volta, "Precisava sim... E faria tudo de novo por você."

Ela beijou o meu rosto e logo depois afastou um pouco a cabeça para tentar assoprar um pouco de glitter que estava no seu nariz. Ela riu e disse, "Meu deus... Nunca vamos conseguir tirar todo esse glitter ne nós. De quem foi essa ideia?"

Eu dei um sorrisinho e disse, "A ideia foi da Shelly. E não é um glitter qualquer, é meu pó mágico que ganhei das outras fadas... E essa merda gruda em tudo!"

Ela riu alto, "Gruda sim... Bom, se você já tem o pó magico, é só pensar em algum pensamento feliz para começar a voar."

A Outra Opção

Eu parei de dançar, olhei-a nos olhos e disse, "Já estou voando..." E, devagar, beijei-a.

Capítulo 22

Ficamos ali dançando abraçados por mais um tempo, até que a Shelly nos cutucou para avisar que a música lenta já tinha acabado. Foi aí que percebemos que todos em volta já estavam dançando outra música. Claro que isso virou gozação por vários dias.

Foi nessa hora que vimos uma agitação na entrada do salão. Conforme as pessoas iam se afastando, vimos o Jason entrando. Jason era aquele reserva do time de beisebol que tinha arrumado encrenca comigo. Ele e seus amigos eram exatamente os que sempre ficavam nos olhando na escola com olhar de reprovação.

Conforme foram entrando ficou claro que alguma coisa não estava certa. Alguns deles tinham os olhos vermelhos e estavam até um pouco alterados. Para nós estava fácil entender. Álcool ou drogas. Ou os dois. O Jason e outros dois amigos eram da nossa idade, mas os outros claramente não deviam estar ali. Eram seguramente maiores de dezoito anos. E pelo jeito que chegaram a ideia era mesmo arrumar briga.

Vi o Brett olhar para mim e imediatamente entendi a mensagem. Tensionei todos os músculos do corpo e, devagar, cheguei perto dele. A transformação dele foi impressionante. Em um segundo estava vendo a Britt dançar feliz e no segundo seguinte ela desapareceu completamente e pude ver o Brett de volta. Pelo jeito dele de andar e olhar não havia nenhum traço feminino. Nada. Praticamente ao mesmo tempo eu e ele tiramos os sapatos e ficamos lado a lado de braços cruzados. A Sam chegou por trás de mim e colocou a mão no meu ombro tentando ao mesmo tempo me fazer relaxar e tentar me segurar um pouco. A essa altura ela já me conhecia o suficiente para saber que, não importa quantos fossem, não importa o tamanho, eu não ia deixar ninguém mexer com meus amigos.

Os segundos em que ficamos nos encarando pareceu uma eternidade. Foi o Jason que começou a falar, "O que é isso? Agora é moda? Só tem gay nessa escola?" Ele deu uma volta falando para todos que estavam olhando, "Será que eu sou o único que enxerga isso? Sei que a nossa escola é liberal, mas isso já está demais."

O sangue começou a me subir à cabeça. Podia ver o Brett também ficando cada vez mais irritado. O Jason continuou, "Ser liberal é uma coisa... Ser promíscuo é outra! Nessa escola já não dá pra saber o que se esperar. Agora até os jogadores de futebol americano estão se vestindo de mulher. Eles eram para ser os exemplos da escola. Quando eu era menor, tudo o que eu queria era jogar beisebol ou futebol. Eu me inspirava nos meninos mais velhos. E agora olha só onde chegamos..."

A essa altura os olhos do Brett eram pura raiva. Mas ao mesmo tempo vi uma certa tristeza no olhar dele. Parecia que, apesar do ódio, ele estava se dando conta que, seja la o que acontecesse, o caminho da Britt não seria fácil. E acho que era esse sentimento a única coisa que o estava segurando. Do contrário já teria partido para cima do Jason.

Uma menina no meio da multidão gritou, "Cala a boca, Jason!" Ele não se deu por vencido e virou a atenção para mim, "Cala a boca por quê? Olha essa turma na minha frente. Além do jogador de futebol drag-queen tem esse nanico que nunca me enganou. Veio com todo o discurso de que não teve chance, não teve escolha. Mas na primeira oportunidade... Olha só... Se enfeitou todo. Fala a verdade, Jordan, você sempre quis fazer isso..."

Eu já não aguentava mais e a mão da Sam no meu ombro era a única coisa que me impedia de partir para cima dele. Mas quando abri a boca para falar alguma coisa, uma outra voz falou antes que eu, "Vou falar uma vez só, Jason! Cala a boca!" Era o Teddy.

Ele saiu de trás da multidão e encarou o Jason de frente, "Cara, você não sabe o que está falando. Não sei de onde saíram essas suas ideias. Conheço seus pais suficiente para saber que não vem deles. Ao contrário dos meus pais, os seus nunca encheram a sua cabeça de minhoca como os meus. E mesmo tendo ouvido a vida inteira o quanto tudo 'isso' é errado, eu acho que não existe ninguém mais incrível que o Jordan. E que a Sam. E que o Brett. E a Lyndsey, a Rachel, a Shelly e todas as pessoas que cercam essa turma maravilhosa. Sabe por quê? Porque eles foram obrigados a descascar todas as aparências e olhar para dentro um do outro. É isso que acontece com as pessoas que têm suas certezas colocadas à prova. Elas são obrigadas a se olhar no espelho e se questionar. E, nessa hora, só quem tem coragem e caráter mesmo é que sobrevive. Os que não têm ficam assim, como você. Burros, limitados e amedrontados."

Ele olhou para mim e para a Sam e continuou, "Nos últimos dias eu me fiz perguntas difíceis. Me coloquei na pele do Jordan e me perguntei qual seria a minha reação se eu tivesse passado por tudo o que ele passou. Mais ainda, e se eu fosse mais longe e me colocasse na pele da Sam. Que resolveu fazer tudo isso para se sentir bem consigo mesma. Para poder ser ela mesma de verdade. Eu não sei. Nem consigo imaginar. A única coisa que eu posso esperar é que um dia eu possa olhar no espelho e dizer que sou um décimo da pessoa que esses dois são."

A essa altura podia ver as lágrimas nos olhos dele quando ele disse, "Jordan, eu não sei como encarar tudo isso. Não sei que mudanças isso tudo vai trazer no meu 'mundinho'. Mas a única coisa que sei é que tenho orgulho de ter amigos como você e a Sam... Amo vocês dois. De coração."

A essa altura o Jason já estava muito mais envergonhado do que qualquer outra coisa. E ele fez a única coisa que um covarde faz nessa hora. Foi mais baixo ainda. Ele apontou para a Sam e disse, "Foda-se... E pensar que tudo começou com esse esquisito aí..."

Foi aí que eu perdi a cabeça. Dei um grito de raiva, colocando pra fora todo o meu ódio, fechei o olho e o punho e parti para cima dele. No minuto em que eu esperava sentir a minha mão acertando o rosto dele, senti um braço me segurando. O Brett, sendo maior que quase todos, foi o primeiro a ver o que acontecia e pulou para me segurar.

Era o sr. Miller que entrava no salão acompanhado por quatro policiais que estavam de plantão na escola. Alguém deve tê-lo avisado dos amigos mais velhos do Jason e ele não quis arriscar. Os policiais entraram, perguntaram a todos quem tinha mais de dezoito anos e os levaram embora. Pelo jeito que os policiais os seguraram e procuraram coisas nos bolsos deles estava claro que já conheciam a turma e sabiam o que iam encontrar.

Quando consegui me acalmar o suficiente para o Brett me largar, a situação toda já estava sob controle. Da turma do Jason só tinham restado ele e mais dois. Eles continuavam na minha frente, um pouco atordoados com tudo. A Sam estava entre nós, de costas para o Jason e olhando para mim e tentando me acalmar.

Nessa hora o Jason ainda tentou um último insulto. Olhou para mim por cima do ombro da Sam e disse baixo para ninguém mais ouvir, "Nanico, doente..." Foi nessa hora que vi a Sam arregalar os olhos e enchê-los de lágrimas. Ela não disse nada, apenas virou e deu um único soco no Jason. De onde eu estava consegui ver o punho dela acertar o queixo do Jason em cheio. Ele caiu no chão, chorando. A Sam olhou para os dois amigos dele e disse, "Ninguém fala assim com o meu namorado! Entenderam?" Os dois só olharam para baixo sem dizer uma palavra e saíram andando. Olhei para a mão da Sam e pude ver que estava cheia de sangue. Não sei se vinha dos dedos dela ou dos dentes do Jason.

****

Mais ou menos uma hora depois, a festa já estava terminando. Eu estava sentado em um balanço do lado de fora do salão, no playground da escola. A noite estava boa, começando a esfriar um pouco. Com a adrenalina começando a abaixar estava começando a sentir um pouco de frio.

A Sam chegou e sentou no balanço do lado. Pude ver a mão dela enfaixada e disse, "Não pude ficar lá. A enfermeira mandou todo mundo sair da porta da enfermaria. Não conseguia pensar em nada a não em como você estava então vim aqui para me acalmar."

Ela sorriu, "Eu tentei pedir para ela te deixar entrar. Mas a confusão era tanta que ela não quis nem ouvir."

Perguntei acenando para a mão dela, "Como está a sua mão?"

Ela disse, levantando a mão enfaixada, "Tudo bem. Pelo menos não quebrou. Vou ficar uns dias sem treinar Softball, mas tudo bem. O Jason é que ficou bem pior."

Fiquei um pouco preocupado, "Sério?"

Ela não pareceu abalada, "Acho que quebrou a mandíbula. E perdeu um ou dois dentes. Mas, quer saber, não me arrependo. Ele pediu."

Eu disse, "Sam, não precisava ter feito isso..."

Ela respondeu, "Sabe, Jordan. Pessoas como o Jason são assim. Elas vão cada vez mais baixo até atingirem o nosso ponto fraco. Enquanto ele estava nos insultando, falando das nossas escolhas, sinceramente, eu não estava nem aí. Já ouvi muita coisa e pior que isso, nos últimos anos. Mas quando ele te chamou de doente... Foi muito baixo. Mexeu com algo muito fundo em mim. E achei que essa era uma linha que não podia deixar ele cruzar. Não importa o que ele pense, trazer à tona toda a dor que você passou. Não, isso foi a gota d'água..."

A essa altura meus olhos já estavam cheios de lágrimas. Fiquei em pé e puxei-a para perto de mim e abracei-a com toda a minha força. E disse, "Obrigado, Sam... Por tudo." E continuei no seu ouvido, "Pena só que estragamos o seu primeiro baile como menina."

Ela me afastou um pouco e disse, "Na verdade, foi um ótimo presente para meu último baile como menino..."

Eu não entendi, "Como assim?"

Ela sorriu, "Eu ia deixar para te contar mais tarde, mas acho que a hora é perfeita." Vendo que eu continuava sem entender, ela continuou, "Existe uma razão pela qual eu escolhi a fantasia de Peter Pan essa noite. Lembra que eu te falei que tinha que ir no meu endócrino para discutir aumentar meu bloqueador de testosterona? Pois é, a dose não pode ser aumentada, porque já estou no máximo. Ao mesmo tempo, ele disse que, com o laudo do meu terapeuta, ele não quer que a testosterona comece a mudar meu corpo. Então ele me aprovou para começar o tratamento com estrógeno..."

Demorei uns segundos para entender o que ela estava dizendo, "Mas... Eu pensei que tinha que esperar até pelo menos os dezesseis anos..."

Ela sorriu ainda mais, "Normalmente sim. Mas, como eu disse, por causa de tudo o que passei e do laudo do meu terapeuta, ele aprovou uma exceção. E quer saber, Jordan? Tudo isso só está acontecendo porque você entrou na minha vida."

A essa altura as lágrimas corriam soltas pelo meu rosto, "Como assim?"

Ela explicou, "Depois que eu te reencontrei, passei a ter mais certeza do que eu quero. E essa certeza passou a refletir no meu jeito de agir, de pensar... E meu terapeuta percebeu isso de cara. Então, Jordan, você hoje me deu uma boa despedida do mundo masculino, sendo minha namorada por uma noite e me deixando até arrumar briga com outro menino. Mas, mais do que isso, você me deu um presente enorme. Me deu a chance de me tornar a menina que sempre quis ser."

A lua brilhava no céu, um ventinho frio soprou. Eu beijei-a. E o arrepio que senti, seja pelo frio ou pelo beijo, foi a coisa mais gostosa que senti na vida. Disse, entre um beijo e outro, "Eu te amo, Sam."

Ela respondeu, "Eu te amo, Jordan."

Epílogo

Naquela manhã quando desci a escada e entrei na cozinha pude ver o choque dos meus pais. Sei que eles tentaram disfarçar, mas a reação deles não os deixou esconder. Meu pai quase engasgou com o café e chegou a cuspir um pouco na tela do tablet. E minha mãe ficou em absoluto silêncio, hipnotizada.

Eu já tinha, claro, me preparado para isso. E como não resisto a uma piadinha, apenas disse, "O que aconteceu? Não me digam que meu batom está borrado..."

Eles ficaram ainda olhando para mim alguns segundos até que eu comecei a rir alto. Minha mãe tentou parecer brava com a minha piadinha, "Jordan, não tem graça... Posso saber o que está acontecendo?"

Ela estava se referindo ao fato de eu estar vestindo o mesmo visual que usei quando saí para fazer compras com a Shelly, algumas semanas atrás. Exceto que agora estava usando para ir para a escola.

Eu comecei a explicar, "Mãe, na verdade não é nada demais. Quer dizer... É uma mudança grande. Mas não é nada radical e definitivo. A festa do sábado me mostrou que eu não preciso ter medo dessas mudanças e o melhor que posso fazer é aproveitar. E me divertir."

Continuei sob o olhar cheio de lágrimas da minha mãe, "Eu não sei se vou aceitar essa ideia de ser uma menina o tempo todo. Talvez seja uma questão de tempo, talvez não aconteça nunca... Mas eu já perdi muito tempo da minha vida me preocupando com o que eu não tenho, com o que eu perdi. E agora quero aproveitar o que tenho."

Minha mãe e eu pai não disseram nada. Apenas chegaram perto e me abraçaram. Quando a campainha tocou eu apenas dei tchau e fui para a porta.

Quando abri dei de cara com a Sam. Ela me olhou e abriu um sorriso enorme. Achei que ela ia levar um susto, mas pelo jeito ela já esperava isso. E me dei conta do quanto ela me conhecia.

Sorri de volta, dei a mão para ela e saímos andando. No caminho, ainda pensei ter reparado que ela parecia mais feminina do que nunca.

O dia prometia.

A Outra Opção